我的父亲

【俄罗斯】维克多·叶罗菲耶夫 著
陈淑贤 译

北 京 出 版 集 团
北京十月文艺出版社

《我的父亲》仿佛一架钢琴，每位读者在这架钢琴上可以弹出自己的旋律。

——作者

献给我的父亲

本书中所有人物，包括真实存在的人和作者自己都纯属虚构

总序

俄国是一个文学的国度，更是一个长篇小说的国度，从普希金的《上尉的女儿》、莱蒙托夫的《当代英雄》和果戈理的《死魂灵》起，到屠格涅夫的《贵族之家》和《父与子》、陀思妥耶夫斯基的《罪与罚》和《卡拉马佐夫兄弟》、托尔斯泰的《战争与和平》《安娜·卡列尼娜》和《复活》，长篇小说始终是19世纪俄国现实主义文学的主要构成和最高成就；在20世纪，肖洛霍夫的《静静的顿河》、帕斯捷尔纳克的《日瓦戈医生》、布尔加科夫的《大师与玛格丽特》、列昂诺夫的《俄罗斯森林》、格罗斯曼的《生活与命运》和索尔仁尼琴的《红轮》等长篇小说名作又相继面世，延续着俄语文学史诗性叙事的辉煌传统。进入21世纪以来，俄语作家在长篇小说领域的笔耕又有哪些新的收获呢？这套“俄罗斯当代长篇小说丛书”或许能让汉语读者对俄语文学长篇小说近30年的发展现状有一个窥斑见豹的了解。

本套丛书第一辑收入四部长篇，即佩列文的《“百事”一代》（Generation “П”，2000）、乌利茨卡娅的《库科茨基医生的病案》（Казус Кукоцкого，2001）、索罗金的《碲钉国》（Теллурия，2014）和瓦尔拉莫夫的《臆想之狼》（Мысленный волк，2014）。丛书第一辑于2018年推出后在国内读书界引起较大反响，也得到俄罗斯有关方面的关注，俄罗斯翻译研究院（Институт перевода）主动提出新的篇目建议，并提供版权，在此基础上，我们又继续推出“21世纪俄语长篇小说丛书”第二辑，把乌利茨卡娅的《索尼奇卡》（Сонечка，1992）、维克多·叶罗菲耶夫的《我的父亲》（Хороший Сталин，2004）和雅辛娜的《我的孩子们》

（Дети мои，2019）这三部小说译介给大家。从这七部作品的发表年代看，最早的《索尼奇卡》面世于1992年，最新的《我的孩子们》是2018年新作，它们之间的时间跨度近30年，将这七部小说串联起来读，能在一定程度上揣摩出当代俄国长篇小说的发展轨迹和创作现状。

这七部小说的六位作者（其中两部小说为同一作家的作品）都是俄罗斯当今文坛最有影响力的作家。从六位作者的出生年代看，最年长的乌利茨卡娅生于1943年，最年轻的雅辛娜生于1977年，他们年龄相差30多岁，却可被视为广义上的同一代作家，因为除雅辛娜外的几位作家有一个共同之处，即均在苏联解体前后登上文坛，并在近20年间最终确立了“健在的经典作家”之身份。

柳德米拉·乌利茨卡娅（Людмила Улицкая，1943年生）毕业于莫斯科大学生物系，曾在苏联科学院遗传学研究所工作，后去剧院做编剧。1992年，她因中篇小说《索尼奇卡》一举成名。小说的女主人公索尼奇卡在初恋失败后心如止水，阅读成为她的第二自然，嫁给一位名画家后她任劳任怨，成为贤妻良母，在丈夫有了外遇后仍对丈夫表示理解和宽容，甚至与丈夫的情人一同出席葬礼，但小说作者告诉我们，索尼奇卡并非一位传统型“愚忠”妻子，她在丈夫“不忠”后重新返回书本的世界，从“自然和物质”的领域步入“文化和概念”的领域，而拥有自己独立精神世界的女人才可能是真正幸福的女人。《库科茨基医生的病案》被视为乌利茨卡娅最成功的长篇小说之一，小说以一位医生的家庭生活来折射20世纪上半期的苏联社会，作者让时代的变迁和家庭的变故相互交织，把女性的叙事角度和细腻的心理描写融为一体，从而给出一份苏联时期知识分子家庭生活的文学纪事。乌利茨卡娅因为这部小说获2001年“俄语布克奖”，是该奖创建十年后的首位女性获奖者。2005年，根据这部小说改编的电视连续剧受到广泛欢迎。据统计，这部小说已被译成近30种外语。

弗拉基米尔·索罗金（Владимир Сорокин, 1955年生）早年毕业于莫斯科石油天然气学院，成为化学工程师，但后在《接班人》杂志社工作，凭爱好成为画家，为出版社做过图书装帧，他自20世纪70年代开始写诗，80年代加入地下文学运动，1985年在法国"句法"出版社出版第一部长篇《队列》，在苏联解体后的1992年,《队列》在俄罗斯境内的《电影艺术》杂志发表，引起广泛关注，作家从此被视为俄语后现代文学的主要代表之一。他后来陆续推出的重要作品还有《玛丽娜的第十三次爱情》(1995)、《蓝色油脂》(1999)、《冰三部曲》(2009)、《暴风雪》(2010)等。2014年面世的《碲钉国》是一部具有后现代色彩的反乌托邦小说或曰新乌托邦小说，小说以21世纪中期的欧洲为描写对象，描写人们为获得用特殊金属碲制成的钉子而展开的激烈争夺。在欧洲"新的中世纪"，在阿尔泰山区形成的新的"碲钉共和国"，人人趋之若骛的"碲钉"成为一个核心意象，它既象征着人类文明的结晶，人们幸福和智慧的源泉，同时也指称黄金和财富，是人们内心深处的崇拜和欲望的客体，它有可能还暗指专制的权力、强加的异质文化和入侵的他人思想。正是这一形象的多重内涵和不确定所指，赋予了这部小说以广阔的阐释空间。2014年，这部小说获得俄语文学当下最重要的图书奖“大书奖”。

维克多·佩列文（Виктор Пелевин，1962年生）与索罗金一同被视为俄语后现代文学最重要的两位代表作家，他本人及其作品自上世纪90年代起备受追捧，据说“连平常只读电话簿的人”也纷纷捧读他的小说。他1985年毕业于莫斯科动力学院，1989年进入高尔基文学院，后在《科学与宗教》杂志社工作，在该杂志发表第一个短篇，1991年出版第一个短篇集《蓝灯》，此后的长篇《奥蒙·拉》（1992）、《昆虫生活》（1993）、《恰巴耶夫与虚空》（1996）等均引起广泛反响，2000年出版的长篇《“百事”一代》更是一时洛阳纸贵，据统计至今已在全球累计售出350万册。2011年，这部小说被改编成同名电影。这部小说以准作家塔塔尔斯基在苏联解体前后的生活经历为线索，再现了20世纪70年代喝着百事可乐长大的一代苏联人在社会剧烈转型时期的心路历程。在这部小说后佩列文“封笔”

数年，后又发表《转折时期的辩证法》（2003）、《V帝国》（2006）、《t》（2009）、《蝙蝠侠阿波罗》（2013）和《玛士撒拉之灯》（2016）等长篇小说。佩列文的创作被批评界称为“佩列文现象”，自20世纪90年代以来的写作者乃至阅读者甚至被称为“佩列文一代”，但佩列文为人低调，从不抛头露面，以至于有读者怀疑是否真的存在这位作家，他们猜测这可能是某个热衷电脑创作实验的写作班子所采用的笔名。

阿列克谢·瓦尔拉莫夫（Алексей Варламов，1963年生）1985年毕业于莫斯科大学，在以普里什文的创作为题完成博士论文后不久，他成为莫斯科大学语文系教授，讲授20世纪初的俄国文学。他1987年起开始发表文学作品，1995年以中篇《生》成名，近些年来，他勤奋写作，一口气为青年近卫军出版社著名的“杰出人物传记丛书”写作了七部传记，即《普里什文传》《格林传》《阿·托尔斯泰传》《格里高利·拉斯普京传》《布尔加科夫传》《普拉东诺夫传》《舒克申传》。瓦尔拉莫夫自称，他的近作《臆想之狼》是他关于1914—1918年俄国文化生活的文学想象，是“讲述白银时代的个人尝试”。在作家看来，关于第一次世界大战和十月革命，人们从社会历史、政治军事等方面的思考已经太多，却很少有人从思想文化、个人心理等方面进行描述。斯拉夫人有这样一句古老的祷告词：“愿我躲开臆想之狼。”作家用“臆想之狼”这一意象来概括当时俄国人的精神状态和集体无意识，即一种强烈的焦虑、莫名的冲动和破坏的激情，但在作家笔下，被这一情绪所浸润、所笼罩的那个时代，却又是一个“混乱的时期、丰富的时期、饱满的时期、饶有兴味的时期”。

维克多·叶罗菲耶夫（Виктор Ерофеев，1947年生）的父亲当过苏联驻法国的外交官，作家少时生活在巴黎，后在莫斯科大学语文系和苏联科学院世界文学研究所学习，1979年因参与编辑地下文学辑刊《大都会》被苏联作协开除。苏联解体前后，他的文章《追悼苏联文学》引起激烈争论，他的长篇《俄罗斯美女》（1990）也曾蜚声文坛。《我的父亲》以斯大林身边一位高官与斯大林的关系和他对斯大林的看法为主线，以独特的角度和方式揭示了以作者为代表的一代人的心路历程。小说中的“高官”就是作者的父亲，但这又是一部地道的虚构小说，作者说其中只有“心理的真实”。这部小说曾被誉为“当代《父与子》”。

古泽尔·雅辛娜（Гузель Яхина，1977年生）是当今俄语文坛一颗冉冉升起的明星，她生于喀山，是鞑靼人，毕业于喀山师范学院外语系，1999年去莫斯科，任财经记者，2015年毕业于莫斯科电影学院编剧系。2015年，她的处女作《祖列伊哈睁开了眼睛》(Зулейха открывает глаза)一炮打响，出版后相继获得“大书奖”“亚斯纳亚·波利亚纳奖”“俄语布克奖”等当今俄语文学最重要的奖项，小说还被改编成电视剧。2018年，雅辛娜再接再厉，写出她的第二部长篇小说《我的孩子们》。这部小说以一位乡村德语教师在20世纪20—30年代的遭遇为线索，揭示伏尔加流域中部地区德裔人的历史命运。

将这七部俄语小说作为一个整体来阅读，我们大致能够归纳出新世纪俄国长篇小说体现出的几个新特征：

首先，从创作方法的角度看，当代俄语长篇小说似乎出现了现实主义传统与后现代主义时尚相互交织的局面。在上述六位作家中，维克多·叶罗菲耶夫、索罗金和佩列文均被视为俄语后现代主义文学运动的标志性人物，而乌利茨卡娅、瓦尔拉莫夫和雅辛娜的创作却被认为是相对“传统”的。俄语后现代文学发端于20世纪五六十年代，在苏联解体前后达到其鼎盛期，但近些年来，它作为一个整体的影响似在逐渐缩小；与之形成对照的便是，俄语文学的现实主义传统却似在强势回归。这两种文学倾向和潮流相向而行，其结果便是二者的相互渗透，具体而言，后现代作家似乎越来越注重情节叙事，最典型的例子就是索罗金的创作,《碲钉国》虽然并不好读，但与他之前的小说相比已然十分“传统”了；而在乌利茨卡娅、瓦尔拉莫夫和雅辛娜的小说中，我们也不难发现一些现代派文学、后现代文学影响的痕迹。于是，在当代俄语文学的长篇小说创作领域，一方面是后现代主义文学在巨浪拍岸后留下的余波，即它对传统长篇小说叙事模式的冲击和解构，另一方面则是现实主义文学传统在泰然自若的同时对包括后现代文学在内的新潮文学因素的积极吸收和借鉴。

其次，从体裁属性的角度看，当代俄语长篇小说似乎呈现出了某种交叉性和合成性。在这七部长篇中，《我的父亲》和《臆想之狼》似乎都在有意模糊虚构和非虚构两种文体之间的界限，《碲钉国》把乌托邦小说、社会讽刺小说、科学幻想小说的特征融为一体，《“百事”一代》的体裁属性更为模糊，其研究者给它戴上了众多帽子，如“广告话语小说”“宗教神话小说”“商场暗战小说”“社会寓言小说”等，这些定义是小说题材意义上的，也是体裁意义上的。与长篇小说自身的体裁属性的多元化形成有趣呼应的是，这几位作家的社会角色也是多重的，除佩列文外的五位作家都是当下俄罗斯十分活跃的文化活动家：身为高尔基文学院院长的瓦尔拉莫夫主办文学杂志，经常举办国际性的文学论坛；乌利茨卡娅创办基金会，积极介入俄罗斯的政治生活；维克多·叶罗菲耶夫是著名的电视节目主持人；索罗金不时在国内外举办个人画展；雅辛娜成名之后也开始在世界各地的文化活动中抛头露面。而编写影视和话剧剧本、撰写评论和杂文、接受媒体的采访、在国内外高校讲课等，都是他们热衷并擅长的活动。这些长篇小说作者似乎也和他们的作品一样，在尝试最大限度地拓展其存在的空间和影响的范围。

最后，从作品内容的角度看，当代俄语长篇小说似乎表现出了某种非情节化、非英雄化的趋向。这七部长篇，无论是地道的后现代小说还是相对传统的小说，都不再具有饶有兴味、贯穿始终的清晰线索，情节也并非始终围绕主人公展开，即便有主人公，他们也与俄语文学传统长篇中的主角不同，似乎不再是作者倾注情感着力塑造的对象，而遭遇到某种扁平化处理。长篇小说主人公的“非英雄化”，既是现代派文学和后现代文学潮流对于传统长篇小说创作范式的冲击和解构之结果，但在一定程度上恐怕也是生活自身的多元化、碎片化和非逻辑化等现实现象在文学中的显现和反映。但悖论的是，即便在这些情节淡化、人物扁平的当代俄语长篇小说中，我们分明仍能感觉到俄语文学的某些传统特质之渗透，比如对民族历史充满反思的追溯，对社会现实不无悲悯的关注，对人及其生活既温情又超然的观照，对文学及其力量既坚定又疑虑的信仰。

值得一提的是，这七部小说的作者均与中国有着各种各样的关联。除这七部小说外，他们的其他作品也有被译成汉语的，如佩列文的《恰巴耶夫与虚空》和《黄色箭头》、维克多·叶罗菲耶夫的《俄罗斯美女》、乌利茨卡娅的《美狄亚和她的孩子们》和《您的真诚的舒里克》、瓦尔拉莫夫的《生》、索罗金的《暴风雪》、雅辛娜的《祖列伊哈睁开了眼睛》等；乌利茨卡娅、瓦尔拉莫夫多次访华，佩列文据说曾悄悄旅行西藏等地，雅辛娜也曾应邀来华参加鲁迅文学院的国际写作计划。更为重要的是，在佩列文和索罗金这两位最重要的后现代作家的小说中，所谓“中国题材”均占有一定分量，索罗金在《暴风雪》中写到作为“向导”的“中国医生”，在《碲钉国》中也写到“莫斯科的中国人”，而对东方宗教极感兴趣的佩列文，其长篇小说《恰巴耶夫与虚空》更被称为俄语文学中的第一部“禅宗小说”。

在一片“作者已死”“小说已死”的哀叹声中，当代俄语的长篇小说作家们仍在积极写作，当代俄语的长篇小说仍在不断面世并产生影响；21世纪俄语长篇小说的样式和风格与普希金和托尔斯泰相比已显出越来越大的差异，但它们无疑仍是19世纪中后期形成的俄语文学长篇小说创作传统的延续和发展。

在“俄罗斯当代长篇小说丛书”第二辑出版之际，本人作为丛书主编要向下列人士表示感谢：感谢俄罗斯翻译研究院院长叶夫盖尼·列兹尼琴科先生（Евгений Резниченко）主动提供《我的孩子们》一书版权，感谢北京十月文艺出版社韩敬群先生、王霆女士、韩晓征女士的辛苦编辑，感谢丛书各位译者的辛勤劳作！

刘文飞

2020年5月18日

于京西近山居

致中国读者

亲爱的中国读者：

我是一个不喜欢讲套话的人，不过，当然在你们伟大的国家能翻译出版我的书，使我感到骄傲。首先，中国对于我来说，意味着勤劳和智慧、天才和知识渊博。我崇拜中国古代哲学的深邃，我也关注中国未来的广阔前景。

俄罗斯和中国至今保持着自己的神秘性。有时候，也许是封闭性。两个国家关于时代、关于人的价值具有独立的认知，这恰恰使我们两国更加友好与亲近。神秘性——这对作家有无比的吸引力，尽管当代世界倾向于暴露性和公开性。我曾到过中国的两个地方：上海和西藏，所到之处使我内心深受震撼。

《我的父亲》一书 —— 是父与子相知相爱的悲剧性故事，其结局是在思想上谋杀了父亲。这是世界文化的永恒主题，我在本书中以我的非同寻常的家庭为背景展开这一主题。书中涉及我生活中珍贵的隐秘细节。我在叙述这些细节时激情洋溢，同时又竭力不偏不倚，不急于做出道德结论。我非常珍惜我的读者的自由。

维克多·叶罗菲耶夫

2005年4月

译者前言

四十年风云　两代人冲突

我写过也看过不少前言、后记、新书介绍、文学评论之类的文字，我一直在思考，在生活节奏加快、信息传递加速的时代，如何能在有限的时间内接收更大的信息量，让信息一步到位。译完《我的父亲》一书后，编辑要我写篇译本前言，我便尝试以板块形式，以数字、原话、略加点评作为内容来提供相关信息，这样也许比写篇通常的译序更灵便一些，读者想要了解哪个板块，可以随便点击。

作者的书前题记说："《我的父亲》仿佛一架钢琴，每位读者在这架钢琴上可以弹出自己的旋律。"这种旋律当然不会是单音色的，其中有认同，有激赏，也必然有相异相反的心声。这篇拼盘式的文章中兼带着对作品做点分析，只是个人翻译之余的粗浅印象，不深入，不完整，也没有做全面评价，还可能有理解不当和应当特别说到而失之疏漏的地方，请读者指正。

采访摘译

当代俄罗斯著名作家、文学评论家维·弗·叶罗菲耶夫的长篇小说《我的父亲》2004 年在俄罗斯问世。在此之前该书首先在德国出版了德文版。新书出版后在西方和俄罗斯引起巨大轰动。俄罗斯媒体纷纷对作家进行采访，这里摘译几个访谈的片段：

问：书名为什么叫《我的父亲》？

答：我想在这部小说里集中描写我家庭中很多年一直存在的父与子的矛盾，但是名称不能叫《父与子》，因为俄国经典作家屠格涅夫已有名著《父与子》，而《我的父亲》这个书名不曾有过。

问：请谈谈这本书的创作过程。

答：这部小说我写了几年，后来德国《法兰克福汇报》要在报纸上连载，于是加速了完稿进程。全书连载了 40 天，每期以大量篇幅压在读者头上，同时把我打造成在德国那段时间的头号文学明星了。

问：这部作品给你带来了荣誉，你有何感受？

答：享誉世界的大提琴家罗斯特洛波维奇1992年曾对我说过：荣誉——好像单峰骆驼，你爬上去，然后还得从上面爬下来，仅此而已……不过，如果你第二次获得荣誉，那么这意味着，你——永久。当然，这里说的永久是夸大性的说法。现在，伴随着这本书的诞生，我继上一部小说《俄罗斯美女》之后获得了第二次荣誉。不仅于此，小说的影响远远超出了书的界限，电视、广播都启动了。电影导演瓦伊达建议把《我的父亲》拍成电影。不过我突然感到沮丧，觉得这些并不使我激动，似乎一切都从我的身边飞驰而过。

问：当代俄罗斯作家中未必有谁能像你那样在西方具有如此高的知名度？

答：德国著名作家、导演、电视节目主持人克吕格，在莫斯科以克里姆林宫为背景对我进行电视采访时，说我在书中为父母树立了"健在者的纪念碑"，塑造了给人留下深刻印象的鲜明形象，在德国和俄罗斯很多人都是这样评价的。这本书至少将有10种其他语言出版。

问：书中的主人公做出什么反应？

答：我83岁高龄的父亲应邀出席了在莫斯科举办的《我的父亲》新书发布会。但读了全书之后他后悔不该去。父母认为这本书玷污了我们家庭的声誉，要我做出解释。为此，我在《莫斯科新闻》上做了声明，把父母提出的具体意见刊登出来了。我认为这是小说，并非历史真实。小说把人变成了艺术形象，他们是精神力量，这种力量存在于我父母先天的潜质中。

问：你在家里穿着前胸和后背带金字印迹的日本黑色和服，有什么特别的感觉吗?

答：我觉得疲惫不堪，我像狗一样工作。和服是我在家里穿的工作服。我不觉得是什么贵族派头。相反觉得我是被判刑在电脑上劳动的写手——无产者。

译者点评

背景——

长篇小说《我的父亲》在俄罗斯乃至世界其他国家出版不是偶然的。请看俄罗斯民意测验统计：

2003 年，斯大林逝世 50 周年时，尤里·列瓦达分析中心的调查结果：53% 的俄罗斯人对斯大林抱有好感。

另外一次社会学问卷调查："谁是历史杰出人物?"被调查者年龄 55 岁以上的答案一致是列宁与斯大林，年龄 25 岁以下的答案中斯大林占第 4 位。

2005 年 2 月俄国社会舆论调查中心进行的问卷调查结果表明，当今俄罗斯 40% 以上的人期待"新的斯大林"。

2005年1月19日莫斯科市一位高级官员表示，该市计划为斯大林建立一座新的雕像，让这个40年前随处可见的形象重新回到莫斯科街头。

今年——2005年是第二次世界大战胜利60周年，世界上很多国家都将隆重庆祝，俄罗斯媒体报道："大元帅重又回到了俄罗斯重大政治事件当中。"

二战中具有转折性意义的斯大林格勒大血战，长久铭刻在人们的心中。斯大林格勒这个英雄城市于1961年改名为伏尔加格勒，多年来一直有人呼吁改回原名，在二战胜利60周年前夕，这种呼声达到高潮。

2005年3月，美国新出版一本斯大林传记，作者是英国著名历史学家罗伯特·瑟维斯。这部760页的书已于2004年末在英国出版。作者说他以新史料、新观点重新评述了斯大林。

在这样的背景下，俄罗斯国内书店书摊上出现醒目的《我的父亲》，评论界认为是及时的，而且是今天稀有的现象，是作家把大元帅作为文学形象来表现的大胆尝试。

体裁——

《我的父亲》的体裁众说纷纭。作者在书的封面中把它定义为长篇小说，评论界说是自传体小说、回忆录、自传文学、作者自白，也有人称之为文学随笔，也许这几种体裁样式在这本书中都兼而有之。俄罗斯有的评论家认为，叶罗菲耶夫试图复活19世纪俄国平民知识分子作家车尔尼雪夫斯基创作的划时代长篇小说《怎么办》的“政治文学”体裁，这暗示作品具有某种划时代的意义。

作者在《莫斯科新闻》上再次确认这是长篇纪实小说，是在历史和家庭的真实资料基础上进行了某些虚构。我认为叫长篇纪实小说比较贴切，尽管作者声明“书中所有人物，包括真实存在的人和作者自己都纯属虚构”，但书中人物几乎都实有其人，社会背景、历史事件、故事脉络都有史迹可循，读来使人感到纪实成分很大也很明显。但作者是把它作为一部小说、一部艺术作品来构建的，作者对某些人物的心理描写、性格刻画以及事件细节进行了虚构，现实主义和非现实主义的艺术手段并行不悖，因而有效地加强了小说的艺术感染力，也激活了历史人物。

视点——

小说的叙述方式有独特之处。为了展现人物、行为、情境和事件，作者同时采用了第一人称和第三人称。用“我”的口吻叙事，这是大量的，同时也用“他”“小男孩”取代“我”，还运用了类似戏剧人物对白的形式，写到关键场景时让人物如斯大林、父亲、船长等直接说话，或独白或对白，内容字体与上下文相同，而人名则用改换字体标出，使人物更加鲜活，意义的表达更加突出。

情节——

小说的情节是围绕苏联外交家弗拉季米尔·叶罗菲耶夫的家庭展开的。20世纪30年代末期，弗拉季米尔考入了国立列宁格勒大学语文系，学习法语后转到莫斯科苏共中央高级翻译学校，从那里出来分配到外交部工作，担任斯大林专职法语翻译，后来在苏联驻瑞典大使馆任职，在驻法国大使馆任文化参赞，在非洲两个国家任大使，在驻巴黎的联合国教科文组织任副总干事。当即将调任外交部副部长之际，命运之神突然向他亮出了“黄牌”。他的受西方自由民主思想影响的儿子维克多违犯禁令，与阿克肖诺夫等5位作家创办未经官方允许的《大都会》文学丛刊，发表了23位苏联作家的突破性作品，在文学界、思想界爆炸了一枚“核弹”。当局如临大敌，严加查禁，多方追究，维克多和波波夫被开除出作协，同时还对弗拉季米尔·叶罗菲耶夫施加压力，以撤职相威胁。做父亲的不得不牺牲自己的高官厚禄和国外优裕的生活，被召回“待业”。后来儿子利用曾做过“纨绔子弟”的旧关系，为父申冤，父亲又回到了外交部，每天看《真理报》直至退休。维克多说自己“最终我杀害了父亲”。

维克多的母亲与父亲同在高级翻译学校学习，她酷爱文学、艺术，翻译过文学作品，写过关于幕后外交的小说《不枯燥的花园》并出版。她接受西方生活方式的影响，倾向变革，而又不愿放弃既得利益和特权。

维克多生于仕宦之家，在巴黎度过童年，从小受到民主自由思想的熏陶，对苏联体制和思想由怀疑不满到公然抵触反抗，以笔为武器，以集会、刊物为阵地，表现出自己的觉醒和作为。终于在同父亲、家庭和当局的一系列矛盾和冲突中，成长为新一代有良知的作家。

“父”与“子”的命运冲突不仅限于家庭，而有着广阔的空间和背景。随着情节的发展，诸多著名人物如政治家斯大林、莫洛托夫、贝利亚、戴高乐、多列士，画家毕加索，明星伊夫·蒙当，音乐家罗斯特洛波维奇，作家阿克肖诺夫、阿赫马杜林娜、米哈尔科夫、西蒙诺夫、爱伦堡、叶甫图申科等，活灵活现地出现在读者面前。波涛汹涌的海洋，战云密布的天空，美丽如画的巴黎，神秘莫测的非洲，故事发生的这些背景更增加了小说的历史真实感。

形象——

本书俄文版封面底图是色彩较淡的斯大林肖像的头部，从头发、浓眉、眼睛到制服衣领，几乎占去整个封面，前面突显的是外交家叶罗菲耶夫，他的肩上扛着两三岁的儿子维克多，父亲半身，儿子全身。三个人物形象，犹如三个层面，由远到近、由大到小，由头像、半身像到全身像构成一个立体。

重塑斯大林好的形象

第一个层面上的肖像是斯大林。在他的形象中集神与人、善与恶于一体。对斯大林的严重错误和后果，作者通过维克多和其他人物之口做了必要的批评和揭露，同时认为斯大林还有其好的方面，还要承认他的价值和作用。

当新上任的法语翻译叶罗菲耶夫初次被斯大林召见时，领袖问他的出生地在哪里？他回答“在国立列宁格勒大学”，引起斯大林“捂着腰大笑”，斯大林对这一所答非所问不但没有生气，反而安慰翻译不要紧张，好好工作。

一个深夜，紧急通知叶罗菲耶夫去克里姆林宫工作。由于政府大楼地板太滑，他跌了一跤，把手摔伤了，急忙用手帕缠上，赶上为斯大林接见法共总书记多列士谈判当翻译。斯大林让翻译坐在他的位置上，他在大厅中踱步，边叼着烟斗边低声说着，突然停在翻译身后问：“您的手怎么了？”“没什么，小事。”过了片刻，医疗组飞也似的进来了，立刻给他上药包扎，原来是斯大林悄悄按了他桌子下面的按钮通知“急救”。医生们还以为“一国之首”出了问题，虚惊一场。

还有一次，克里姆林宫举行盛大招待会招待外宾，斯大林身穿浅色大元帅服，服务员从侧面给他倒红色越橘汁时，手一发颤，果汁洒在了大元帅肩头上，服务员领班一个箭步上前企图擦拭，斯大林笑容可掬地挥了一下手，表示毫不在意。

这些细节表现了斯大林善良、宽容、细心的一面。当然，小说通过对话，也让斯大林自我展示了他的另一面：

“我（指作者）。斯大林杀死知道他罪恶的人……他从暴虐中获得满足……

“斯大林。格杀勿论。该杀多少就杀多少！他们妨碍我，而我——想做事情，我是人世间最孤独的人。”

小说写他“喜欢逮捕他手下人的妻子”，更喜欢看到他们为自己妻子求情的可怜面孔，他甚至冷酷到对他的下属开玩笑：“我们给您找一个更好的妻子！”

在维克多看来，“斯大林的出现对于俄罗斯人民来说等同于耶稣·约瑟夫维奇的出现”，斯大林“永远是正面的人民英雄”，是“人们怀旧的指示器”，无论怎样批判他、诋毁他，“他仍活着”。在文学作品中把斯大林“打入地狱最底层，钉在十字架上，他从地狱走了出来”。“俄罗斯就其本质而言是斯大林魂魄”，“俄罗斯的每一个领导人那里都有自己的小斯大林”，“人民心里珍藏着好的斯大林，俄罗斯救星和伟大民族之父的形象”，“斯大林活着”。理想——与他同在。

小说最后写道：“21 世纪之初——是谁从远方和蔼可亲地向

我们挥着一只手?”这个问号给人们留下了许多想象的空间。

“我的父亲是好的斯大林”

小说形象构架中的第二个层面是外交家、作者的父亲弗拉季米尔·叶罗菲耶夫。这是个从上到下，从白人到黑人一致赞美的杰出外交家，是作为妻子“生活工程师”的好丈夫，是大师级象棋能手和战无不胜的网球健将。“他喜欢笔直站着，两腿微微分开”（有别于卑躬屈膝的其他官员），就是在“总统府前面拍照也目视前方”（有别于眼睛滴溜溜转的马屁精）。他具有“天生的魅力”，“不加修饰”的英俊。在各个岗位上他都精诚工作——他从来不读诗，但是在拜会塞内加尔总统、著名诗人桑戈尔时，必须懂诗；他连半场足球都看得厌倦，但在接待足球队时却“抚摸着浅色头发的小伙子”加以鼓励，并且在看台上助威；他不热爱音乐，却耐心地陪着小提琴家选购小提琴。他从不放声大笑、不说粗话、不酗酒，喜欢追求时尚，长着一双“斯大林之鹰”的眼睛，他直言不讳：“共产主义思想本身不坏……有朝一日人类可能以新的形式在较高的道德水准上回到共产主义事业中。”他的儿子说：“我父亲是好的斯大林。”

后斯大林时代的新人维克多

第三个层面上的人物是书中的我——维克多·叶罗菲耶夫，封面上他在最前面，全身像，坐在父亲的肩上，面带犹豫和恐慌，正如他自己写的：他投生得不对，可能是把别人的命运错投给他了。他从一出生，就罩上一层神秘的轻纱：母亲临产前梦见俄国伟大作家陀思妥耶夫斯基，作家问母亲生下儿子是否幸福，母亲答幸福，作家建议："把婴儿溺死！"

小说为表现主人公幼年、少年、青年的不同形象，采用了不同的叙述方式：时而用第一人称，时而用"小男孩"，时而用"他"。用"小男孩"展示他的童年、少年生活，用"他"时多半为了在玄学、宿命论、哲学、文学、道德观等话题上大发议论，表现较深奥的内容，和人物的"不由自主性"。

作者主要采用的表达方式还是第一人称，以"我"出面来叙述，在真实的"我"的叙事中夹杂着大量的想象。主人公的创作分裂成思维的白天和谵妄的黑夜，时而真实、时而虚幻。他认为自己的前世是"半人半神"，存在着内在的诸多不协调：性格中结合了黑斑金钱豹的凶猛与柔弱小动物的驯顺；吃人野兽般的嘴唇上带着温柔而诱人的微笑；瘦削的肩上顶着硕大的脑袋。这些天生的不协调反映在他的各个方面，小时候别人打掉他的一颗牙，他不还手，但是可以一口气打死很多飞鸟。当毕加索问他想“成为什么人”时，他回答“什么人都不想成为”，而这个人竟然在20世纪70年代末制造文学“核弹”，企图爆炸并埋葬苏联文学。他崇拜女性，却像“点燃灯泡一样点燃女人，像扔掉厌倦了的灯泡一样甩掉女人”，他有过的女人多到她们之中的一半名字都记不住了。他享用父亲的特权，却又反对父亲终生奋斗的事业……他矛盾、困惑、绝望，企图自杀又想不出不痛苦而又体面的自杀方法。这是一个性格复杂的人物，比较完整的艺术形象。

书中虽然还有其他人物，但是构筑全书的形象主要是这对父子，他们在不同层面直接反映或折射出20世纪40年代至80年代的苏联政坛、社会和生活以及国际舞台的若干真实面貌。叶罗菲耶夫家庭的命运绝非个案，而是有其鲜明的典型性。

艺术——

小说语言丰富，比喻生动，既有直喻，又有隐喻，有时甚至用得古怪、晦涩，但耐人寻味。比如这样一些以破折号引出的比喻和形容：诗人叶甫图申科——美洲豹，歌手奥库扎瓦——海马，外交官与克格勃头子同在马戏团，前者是戴白手套的人，后者是拿皮鞭的，阴天——黑醋栗，目光——像猫厌恶狗屎一样的目光，玩笑——像阳光洒在绿叶上的斑点；外壳松脆的法棍式面包——像复活了的螟蛾，他自己——像仰面朝天四只爪子乱踢腾的乌龟。

书中的比喻注意到观照与递进：比如前面写了苏联驻英国大使馆丢了一只猫，开始还关心它，后来在被人们忘记时，猫回来了。过了很多页以后，作家把没有人需要和期待的创作比作这只猫，前后一观照，作家用意就很清楚了。又如递进：书中三次写到主人公在不同境遇下来到斯大林的流放地——纳雷姆。这个小镇一条人行道上流淌着炼乳，作品主人公把炼乳比作调和俄罗斯现实的灵丹妙药和踏上民族康复之路的象征，“我”起初踏上没脚深、后来踏上没膝深、最后踏上没脖颈深的又黏又稠的白色炼乳之路，这种递进象征着“我”的处境的变化。

作家还用意识流手法来捕捉人物的心理活动过程，将人物的感觉认知与意识和下意识的思想、回忆、期望、感情和琐碎的联想融合在一起。标点符号的用法也独辟蹊径。经常用破折号表示意思的转折，或者提示底下有个注释性文字，有时则是为了加深某种视觉效果，如“分析——理想的大敌”“谜底——神话的破灭”等等，企图借此引出更多的深思。

作家其人

据俄罗斯媒体报道：2005 年 3 月 18 日俄罗斯总统普京在对法国进行工作访问期间，在爱丽舍宫接见了出席第 25 届法国书展的俄罗斯当代著名作家一行 40 人，普京总统把维克多・叶罗菲耶夫和其他文学精英介绍给了法国总统希拉克，两位总统与维克多一起合影，希拉克用法语同他交谈并接受了作家不久前用法语出版的著作。

1947年9月19日维·弗·叶罗菲耶夫出生在莫斯科苏联外交官家庭，1970年毕业于国立莫斯科大学语言文学系，1973年毕业于世界文学研究所，1975年进行副博士研究答辩，论文题目是《陀思妥耶夫斯基和法国的存在主义》，1991年在美国出版了单行本。毕业后在世界文学研究所工作。

作为文学评论家的处女作，是刊登在《文学问题》（1973）上的文学随笔——评法国作家萨德侯爵的创作，从此在文坛上崭露头角。1979年加入作协，后因作为《大都会》文学丛刊创办人之一于同年被作协开除。1988年恢复作协会员资格，1989年发表文学评论文章《悼念苏联文学》，在俄罗斯出版的长篇小说有《俄罗斯美女》（1990），《最后审判》（1996），《我的父亲》（2004），还有10余部小说和文学随笔。短篇小说《与白痴一起生活》由作曲家什尼特克改编成歌剧，1992年在阿姆斯特丹上演，1993年由导演罗戈什金拍摄成同名电影。叶罗菲耶夫主编了当代小说选《俄罗斯恶之花》（1997）和《到了出生的时刻》（2000）。他的作品目前在世界上已有27种语言出版，1992年获“纳博科夫奖”。

最近10年他经常在美国南加利福尼亚大学等高校讲学。

叶罗菲耶夫是俄罗斯杂志《外国文学》《新文学导报》和《射手》的编委会成员，欧洲文化俱乐部副主席，俄联邦总统下属的国家奖评委会成员，文化电视台“伪经书”节目的作者和主持人。通过多方面的活动展现出多样的才华和智慧。

陈淑贤

2005 年 3 月 20 日　北京

目录

第一章

最终我杀害了父亲。列宁山上莫斯科大学塔楼顶上蓝色刻度盘的金色指针指示零下 40 摄氏度。汽车无法驱动，飞鸟惧怕飞行，城市仿佛是填充着人的肉冻，僵硬地站立着。清晨我在浴室的椭圆形镜子里照了一下，发现一夜之间，我的双鬓已经花白。我还不满 32 岁。啊！这是我生活中最寒冷的一月。

诚然，我父亲仍然健在，甚至不久前休息时他还打过网球。现在尽管他日渐苍老，不过仍然在别墅里用电动割草机在草坪上，在绣球花与玫瑰花丛之间，在他自幼喜爱的醋栗树丛中经常割草。他像从前一样开汽车时顽固地不戴眼镜，这常常惹母亲生气和担忧，要知道行人——多得很！别墅二楼是父亲的书房，高大的橡树枝在窗外微微摇晃。他独自一人长时间地、慢慢地抚摸着自己刚毅的下颚，在打字机上敲着什么。（莫非他是在写回忆录?）当然，这已经是细枝末节了。我不是在肉体上，而是在政治上杀害了他。

根据我们国家的法律，这是真正的死亡。

*

是否可以把双亲当作常人呢？我对此一贯怀疑。双亲——是没有冲出的底片。生活中我们所遇见的人们当中我们最不了解的就是自己的父母，因为不是我们迎接他们，而是亘古以来由祖辈们“首创”的传宗接代：父母迎接了我们。婴儿的脐带没有断——我们生下来有多少与父母相像的地方，他们不知道，智力的萎缩可以弥补，其余的——都是推想。我们害怕看见他们的肉体，不敢窥视他们的心灵。对于我们来说，他们永远也不会变成常人，永远是没头没尾的缕缕印象，永远是摇摇晃晃的稻草人的幻影。

他们是神圣不可侵犯的。我们对他们的批评被认为虚弱无力，无中生有，尚未消除的儿童恐惧所抱有的成见，关于同现实斗争以达到尽善尽美被认为是毫无根据的，不正确的。不过，双亲在我们的评价面前同样也是虚弱无力的，我们与父母之间的爱不属于他们和我们，而是属于既在母亲怀抱中，也在文明怀抱中迷失方向的本能，我们在这种本能中积极求索人类光明的发端，然而我们不能不对这种使我们误入歧途的本能进行报复。被冠以“父与子”的爱没有感激的公分母，这种爱充满无尽无休的抱怨、争执，从而产生悔之晚矣的苦涩。

双亲——是我们与死亡之间的缓冲器，他们也像伟大的艺术家一样没有权利考虑年龄，我们对他们不可避免的反抗即或在生物学方面无可指责，那么在道德方面却是卑鄙的。双亲——是我们所拥有的一切之中最亲近的。但是当家庭的亲密关系卷到国际冲突之中，而这冲突使家庭濒临死亡边缘，正如我的家庭中所发生的那样，此时让人不禁开始思考、回忆和分析。在这个生死关头，我决定写本书。

*

匿名信

苏联外交部部长葛罗米柯同志收

副本：奥地利维也纳苏联驻联合国代表处弗·伊·叶罗菲耶夫大使航空信，信封上印的三位飞行员是《莫斯科——远东》不着陆飞行40年的苏联英雄奥西片科、格里佐杜博夫、拉斯科夫。

邮戳：31－1791840（1979年1月31日18时40分发出）莫斯科邮政总局9号车间。

第二份副本寄给我：莫斯科高尔基大街27/29号30室维·叶罗菲耶夫收

航空信信封上印的是属于苏联当代动物区系系列中的贝加尔湖海豹。

邮戳：31－1791840，莫斯科邮政总局9号车间。

信封上发信人地址和姓名均为伪造。匿名信书写者留在上述信中的笔体和标点都是一样的。

尊敬的外交部部长同志：

我认为，某些与两种社会制度斗争有关系的部门，例如外交部应从目前在文学领域进行的局部冲突中得出结论。

只要设想一下：在我们德高望重的外交家的家庭中出了真正的败类，他写了无人需要的短篇淫秽小说，现在作为具有明显反苏倾向的地下丛刊发起人和作者之一，维克多·叶罗菲耶夫的短篇小说的情节是在公共厕所里展开的，这公共厕所应理解成是我们的社会，这简直是前所未有的事件！

目前文学界正在调查一个没有出版过任何书籍的年轻人是用什么方式加入作家协会的，难道不应考虑这个年轻人在国外居住期间以及目前借父母高官职位之便经常出国而生吞活剥地吸收了很多可怕的思想吗？我们不认为他直接受雇，但是有一点毋庸置疑：敌对的意识形态单刀直入地刺进他的脑海！

（……）目前很多人议论，说他父母的关系将会帮助这个本阶级的叛逆者摆脱困境，现在他表现得极端粗鲁无礼，毫无任何悔过自新的迹象，如果他父母的崇高威望将能把这一场近似破坏性的政治事件“悄悄地压下去”，那么这将令人万分遗憾！相反如果以这个痛心疾首事件为例在外交部内部开展一次教育活动，那将是无比重要的，为了使所有的人思考父母的自由思想和对问题缺少警惕会造成什么后果……（信的第二页在两份副本中均没有）。

*

也许，在俄罗斯我是最自由的人，实际上这是微不足道的成果，在这一领域看不出有什么特别的竞争对手，所有的人都在其他角斗场上较量。我不知道该如何利用这种自由，不过的确给了我自由，好像未卜先知似的。怎么会是这样的呢，没有任何官衔，权柄、信仰和奖项。我认为自己很走运，我既没有上司，也没有下属，我既不依附于荡妇，也不依附于红军，我蔑视评论家、时尚、狂热者。在地球上最荒唐可笑的国家做最自由的人——快活得不成体统。在其他国家里居住着严肃认真的人们，他们像挑着满满的两桶水一样，肩负着责任的重担，而在我们国家——居住着荒唐可笑的人们：有些词难以翻译成外语，比如说：庄稼佬、娘儿们、警察、知识分子、集体农庄庄员、集中营囚犯、长官和其他不三不四的人。荒唐可笑的人们不需要自由。

俄罗斯人的头脑中曾有过天才思想——每种思想都天才得可笑，他们建立了第三罗马，使元老们复活，建设了共产主义。他们什么都相信：他们相信沙皇、白色天使、欧洲、美洲、东正教、内务人民委员部、集会、社团、革命、金币、民族优越感——相信过一切人和一切事，就是不相信自己。但是最可笑的是——号召俄罗斯人民自我认识，敲响警钟，撞击和尚的钟：

“弟兄们！站起来，让我们拥抱吧！让我们共饮吧！”

弟兄们将站起来，而且必然开怀畅饮。坐下与知识分子侃侃而谈，彻夜不眠，谈论上帝、死亡、女人们、作者的歌曲、命运——结果交谈者们青筋暴起，构想如泉涌，视野向四周展开：与拜伦一起吸烟，同格瓦拉打台球。然而清晨醒来——知识分子已不见踪影，文艺界的浪荡派也不翼而飞。那个时候——坐下，面向大型商业、电视、政治、金融寡头——滔滔不绝地胡说八道或者同年轻人到迪厅去：在那里你可以了解到关于善与恶的空间大战，日语中粗野骂娘话的词源学，超级模特不喜欢的 44 种方法，哈米吉多顿（《新约》启示录中指世界末日众王争战之地）神秘莫测种种；同时，你还可以跳各族舞。

俄罗斯作家——也是荒唐可笑的人们。一些人噙泪大笑，另外一些人就是一般的笑。在这个可笑的国家里他们关心道德。但是他们像在反恐中心那样，极其残暴，喜欢拿活人当作祭品，他们砍杀妇女和敌人的头。长篇小说浸透着可笑的父辈与可笑的子辈的主题。不仅屠格涅夫和陀思妥耶夫斯基，而且白银时代在别雷的长篇小说《彼得堡》中把父与子的主题提高到革命的儿子和反革命的父亲之间大义灭亲的高度。书、炸弹、恐怖活动。倘若我母亲知道，她由于担心我对书刊冷漠，而竭力培养我热爱文学，结果我在生活实践中将反映这个主题，玷污了全家，那么她可能会把我们家庭图书馆的全部书籍付诸一炬。

*

我母亲在1979年2月17日从维也纳寄到莫斯科给我父亲的信中写道：

亲爱的沃瓦：

到明天为止你不在我身边已经两个星期了，所有时间都好像在苏格兰淋浴一样，一会儿是冷水，一会儿是热水……

我给你写过的信中，曾谈到我尽最大可能地在所有时间内做些事情，与人们交往以排遣苦闷、忧思，不过现在看来，我已经用尽了一切可能接触的机会，再说在我们这种与世隔绝的生活中能有很多熟人吗？

一连三天细雨绵绵或者阴云密布，甚至不能上街散步……

我常常为你担忧！你与文学实验有什么关系？维克多的行动像最后一个白痴。当他什么事也没有好好干，如常言所说，还没有“出息成人”的时候，却遭到四面八方的打击。这简直是不负责任！他做了许多蠢事，毁掉自己的生活，损失惨重，而且时间还将拖得很久。

不过，你，这与你有何相干？你忠于职守，无可非议，工作损害了你的健康和神经。你的使命重大，全部身心投入工作。当别人……喝伏特加酒的时候，你却在晚上工作直至深夜。

到此为止吧，因为我简直写不下去了……

寄给你们一些东西。

袜子给安德烈，一盒鱼子酱给孙子奥列格，葡萄酒你们大家喝吧！

热烈最热烈地吻你！

加丽娅

*

像野生动物一样，季节急剧地改变着它们的栖息地。在落满灰尘的鳄鱼皮皮箱里，在把手已坏的昂贵手提包中，在装过“首都牌”出口伏特加的厚纸箱里保存着已故友人的名片，历届政府发出的招待会上同早已长逝的人共同进餐的菜单，一些附有号外新闻的报纸（主要是讣告）。对仕途生涯中某些文牍的珍爱、对永恒的渴望和对留下印迹的向往。我父亲是个喜欢收藏旧物的人。

母亲。你为什么需要这些东西?

父亲从来不回答这个问题，在他的写字台中间抽屉里珍藏着一期《真理报》：在新闻史上前所未有的对亡故者的颂扬，报纸版面周围是黑边。医生关于领袖病故诊断结论的风格富有文采，使人不禁想到：这一切——酷似文学。

那个时候整个生活都是文学，1953 年 3 月 5 日，这部文学作品的人物分成两类：一些人泣不成声，一些人拍手称快，然而曾有一个人，他没有发觉斯大林逝世。他既没有发觉收音机播放的哀乐，也没有发现大街上扫院子的人们高高挂起来的带有黑色条带的红旗。他就住在莫斯科市中心高尔基大街 27/29 号，马雅可夫斯基广场附近，他的邻居是住在由德国俘虏精心建造的正面带有花纹雕塑的斯大林时期高楼中的斯大林重要作家法捷耶夫和杰出的社会主义现实主义画家拉克吉奥诺夫。晚些时候我的母亲出于原则性拒绝请他为自己画像，因为她喜欢印象派画家，而那个时候，拉克吉奥诺夫的名声已被诋毁。因此，母亲始终没有画像，否则当今可以高价出售。除了印象派画家，母亲后来还喜欢奥库扎瓦的歌曲。有一天，加丽娜·费奥德罗夫娜把他领到我们家，他从压皱的软包装的烟盒中取出“夏娃”牌香烟，一支接一支地吸着，在吸烟之前，还一本正经地把香烟揉一揉，奥库扎瓦瘦削、年轻，表现得有点傲气（也许由于拘谨），他全神贯注地听布拉桑斯的一组唱片，我的父亲与布拉桑斯相识，在我看来，只要布拉桑斯刚一唱歌，奥库扎瓦刹那间便忘记我们的存在，而有时候，出于礼貌重又想起了我们，当话题涉及斯大林逝世时，母亲说那一天大家都哭了，因为不理解。恰在此刻，奥库扎瓦突然压低嗓音说……

奥库扎瓦。那是我一生中最幸福的一天。

大家顿时陷入了窘境。

没有察觉到斯大林逝世的那个人当时才5岁半，但是对此很少有人能原谅他。孩子们生活、走路、唱歌并且知道国家发生了什么事情，尤其是这个男孩的父亲在克里姆林宫任职，是莫洛托夫的助手和斯大林的专职法语翻译，或许我完全丧失了记忆，否则无论我怎样冥思苦想，我也回想不起来这个举国哀悼的日子。这到底是怎么回事？

我一直向父母提出这个问题，起初我记得母亲那一天和她的女友们一起痛哭，她们都在苏联外交部工作，哭的原因有两个：第一，他们热爱斯大林，第二，她们害怕没有斯大林国家将会崩溃，后来母亲承认说：

母亲。我后悔当时为他痛哭，斯大林是个庞大的怪物。

至于第二个原因，从历史上看母亲的女友们的预见是正确的，斯大林逝世了——苏联就在翌日开始瓦解，不久邻居法捷耶夫自杀，无论怎么涂脂抹粉，可是国家仍在继续瓦解，最后分崩离析。

那么父亲呢？父亲是否哭了呢？

父亲。那一天特别忙，没有时间哭。

绝对不是那么回事！当父亲不愿意谈某些事情时，他不是转弯抹角地，而是简短明确地回答，理所当然他需要去定制棺材、花圈、灵车。在苏联各地购买大批鲜花，致使与斯大林同时逝世的作曲家普罗科菲耶夫的墓上没有鲜花可献。最后父亲和他的同志们为选定墓地而忙碌，在以后的几天组织指挥送葬的拥挤不堪的人群，疏散抢救那些还没有走到追悼会就溘然长逝的人，直至不久前父亲承认说：

父亲。那一天我轻松地长吁了一口气，不过这是承认事实还是像野生动物那样季节变了栖息地也随之变化呢？

*

摘自《世界报》1979 年 1 月 25 日达尼埃尔·维尔内的文章：

一些非异端苏联作家拒绝书刊检查并出版了打字稿

杂志。

莫斯科，莫斯科一条小街上的咖啡馆，1月23日星期二，一批作家预订了大厅以便向一些苏联朋友，作家和艺术家们介绍新的出版物，但是在约定的那一天，咖啡馆被关闭，在此前夕医生们决定第二天为“卫生日”，咖啡馆必须立即消毒。

五位作家：瓦·阿克肖诺夫（他的作品，例如《带星星的火车票》和《我们金子般的小铁块》在法国颇为有名），安·比托夫、维·叶罗菲耶夫（评论家，与《莫斯科——彼图什基》的作者同姓）、法·伊斯坎德尔（来自阿布哈兹的作家）和叶·波波夫（来自西伯利亚的青年诗人）未经官方允许，拒绝任何检查出版了一份杂志。

作者们根据19世纪的传统把这部集子称作丛刊，丛刊为硬纸封面大开本，A4纸的4倍，共120多页相当于700页的书。丛刊上刊登了23名苏联作家的作品……

丛刊的名称叫《大都会》，这个词有三种意思：大都会作为首都，作为地铁（地下艺术）和作为著名的“莫斯科旅馆”，因为作者们正在“寻找庇护地”……（附录1）

*

我父亲是那个时代苏联最杰出的外交家之一。卓越之处在于：聪颖、机敏、难以置信的工作能力，乐观富有魅力，不加修饰的英俊、谦逊，他喜欢开玩笑，他的玩笑好像阳光洒在绿色树叶上的斑点一样变幻莫测。这些笑话珍存在我的记忆中的不是语言，而是情绪，其中有一种特殊的、温暖小气候，它形成了我童年的小气候。有时候我觉得我对南国的眷恋，我对蒲宁所处的特殊环境感到格外亲切，对我把俄罗斯北方不能生长的尖顶杨树和洋槐叫作我的树木，我“认为”法国梧桐的母本存在于我国的植物区系——所有这一切恰恰都与父亲的笑话有联系。我父亲气宇轩昂，很有独立见解，即或在斯大林时代在高级首长面前也举止从容自然，总的说来与他的那些眼球滴溜溜地转动、奴颜婢膝、低三下四的僵化的同行相比，他喜欢笔直地站立，双腿稍微分开有点像美国派头，穿着当时流行的肥大裤子，眼睛微微眯着——至少在50年代初与我父亲有过深厚交往的著名元帅科涅夫的女儿玛伊娅向我是这样描绘的。顺便说一下，那些年代他们拍的彩色照片很惹人喜爱，有的背景是莫斯科斯大林汽车制造厂“吉斯”牌白色高级轿车旁，有的是索契的体育场上，晒黑的手中握着网球拍，我认为这是斯大林时代甜蜜生活的样板，我不止一次有机会听到不同名人对我父亲的溢美之词，他们之中有：物理学家彼·卡皮察、罗斯特洛波维奇、盖勒斯、叶甫图申科（在尼克林山别墅午饭时谈到的）。

我不能不为父亲自豪。他不从国外购买贵重礼物馈赠“上司”，不向高官的妻子献殷勤。他讨厌通常采用的所谓“外交倒卖”，从国外购买西方贵重照相机、录音机、“劳力士”手表、电唱机，这些都是不能进入苏联市场的紧俏商品，他们带回国内，通过莫斯科的寄售商店出售，从而获利。父亲的观点——坚定不移的共产党员，长着一双灰色眼睛的“斯大林之鹰”，他直接参与制定苏联的“冷战”构想，他虔诚地相信苏联制度比资本主义制度优越，梦寐以求实现世界革命。

*

我是在 1947 年 9 月出生的，有过斯大林时代幸福的童年。晶莹的、无忧无虑的天堂。在这个意义上我敢于同貌似运动员的纳博科夫较量。我也是小少爷，只不过他是贵族，我出生在官员家庭。我是被羊膜包着出生的人。许多年以后，我才知道俄罗斯人有个传说：这样的人生来有福，注定幸运。当母亲生我时，她曾梦见陀思妥耶夫斯基，这是她梦中的稀客。

陀思妥耶夫斯基。怎么样，你高兴吗?

母亲。在此之前，我这样幸福只有一次，那是战争结束，当时我在东京庆祝战争胜利，在苏联大使馆武官处工作，大使馆的人们大喝特喝，开始是喝普通的葡萄酒，后来连珍贵的好酒也都喝光了，最后战胜国的两个外交官因为一个女人而打起架来。

陀思妥耶夫斯基。那个女人就是你。

母亲。一眼看出——你是陀思妥耶夫斯基。

陀思妥耶夫斯基皱起眉头。

陀思妥耶夫斯基。把婴儿溺死。

我母亲沉思，她在考虑这位经典作家的建议。

*

我从莫斯科向维也纳寄给父母的信中把年代写错了（这类事情常常发生在1月）写的是1978年1月27日，实际上是1979年1月27日，信的基调是催眠曲，内容是“儿子”半真半假的混合物，信写得相当滑头。

亲爱的父亲、母亲：

现在有可能给你们写这封短信谈一谈我们的事情。我的儿子奥列格是我们家里最大的乐趣，他不停地说呀说呀，说出一些天真的话，现在几乎不用纠正，他能说出一些句子，每天去幼儿园，看样子他很乐意去，在那里学到各种知识包括音乐（他边走边唱）。爱妻薇莎一如既往，工作压得喘不过气。她还是那么清瘦、明快。我也忙于工作，其中一件我想多说一点，在一年之中，莫斯科的一些作家（比托夫、阿克肖诺夫、伊斯坎德尔还有我）编辑了一本文学丛刊，刊登实验小说和诗歌。不久前我们把它送到作家协会并建议出版，我们的提议被接受——对我们来说简直出乎意料，我们感到极大的怀疑，不久这种怀疑变成了严重的事件，起初让我们到作协去，狠狠地批评我们，给我们洗脑；他们大发雷霆、跺脚。由于著名作家诗人——阿赫玛杜琳娜、沃兹涅先斯基、维索茨基等人的名气，这种严厉批判成为全莫斯科关注的焦点，加上西方报刊、广播也不甘寂寞，开始摇旗呐喊。召开了大约70人参加的作协书记处扩大会议，会上这类人士例如格里巴乔夫、茹可夫以及其他“野蛮分子”一连4个小时向我们恐吓威胁。我不知道事态将如何进一步发展，但是，依我看“他们”简直发疯，我本人在作协和在研究所内部做了自我检讨，希望我们纯粹的文学事业不要演化成其他事件（因为某些保守思想和停滞的热心维护者们可能做出蠢事）。我写给你们这些是希望你们理智冷静地对待正在发生的事情，理解我的美好初衷（不仅是我的，而且也是我的朋友们的）。遗憾的是从事件进程看：黑暗势力占上风，但是如果他们将采取极端的组织结论，那么冲突可能将从莫斯科发展成更大的规模，（提示一下，据见证人回忆现在发生的事件很像1963年的事件）我没有放弃希望：事情结局将多多少少说得过去。无论如何，没有与我商量不要采取任何行动，我明白这一切使你们特别焦虑，但是不说出来——根本不可能。我的自我感觉很好，只是消耗掉（并还将消耗）太多精力。弟弟安德烈、薇莎，可怜的人们，他们也在万分焦虑……谢谢你们寄来的灰褐色裤子……不过现在顾不上穿。我热烈地、温柔地吻你们，有关事件的发展我将尽快写给你们，薇莎吻你们。

你们的维克多

*

在战后半饥饿状态的莫斯科，祖母往我母亲工作单位打电话惊奇地汇报了我的早餐：

“小维克多吃了整整一盒黑鱼子酱！”

母亲的工作非常有趣，她阅读那些任何人都读不到的资料，一旦泄露可能会被杀头。母亲谨言慎行，是个小女神。她在斯摩棱斯克广场的摩天大楼里接触宇宙间的秘密，她阅读美国报纸和杂志挑选出对苏联的诽谤言论，对其归纳后交给机要科。

美国人表现丑陋，在报刊上充斥诬蔑、中伤，疯狂地向俄国人头上栽赃，美国人写道：俄国人自相残杀，把自己人赶到西伯利亚死亡营；斯大林是世界上最残暴的独裁者，吃人魔王，他吞并了波罗的海、波兰和其他的东欧国家。好心的约翰大叔，军事联盟的盟友不复存在了。不曾久经锻炼的人们看到这些话可能会吓得屁滚尿流或者至少目瞪口呆，不过对于母亲来说，美国的诽谤只是过眼云烟，丝毫不起作用。她明白西伯利亚的共产主义建设——不是死亡营。母亲真正仇恨美国人，不过美国作家德莱塞除外。在工作空闲时间母亲把他的作品译成俄文，她希望成为翻译家。母亲知道美国女人的大腿不直，汗毛很重，可她们却偏偏愿意裸露大腿，完全不同的外国生活画面每时每刻都在她的眼前掠过，她看着广告：请她与全美国一起品味骆驼牌香烟，她对此有时难以容忍，但是更加使她不能容忍的是我的祖母阿娜斯塔西娅·尼康德洛夫娜。

如果说美国刚开始制订登陆红场的计划以恐吓共产党人和北极熊，那么我祖母已登陆莫斯科并且在我们家里牢固地占领了阵地。祖母原来的住房在莫霍瓦亚街的一栋二层楼里，与加里宁博物馆的单独宅院为邻，对面是列宁图书馆地铁站的拱形入口，她的居室用火炉取暖，散发着俄罗斯外省孀居老妇的特殊气息，住宅只有上水管道（在走廊里，在洗手池下面常年放着一个脏水桶，我经常往那里撒尿）。祖母搬到我们的住宅以后，把保姆玛露霞挤到第二位，祖母霸占了煤气灶，她又是煮香肠，又是在一个镀锌的大桶里咕噜咕噜地煮床单、衣服等。如果心血来潮，那个大桶甚至可以煮下整整一个小孩儿。祖母把煮好的衣服、被单用形如螃螯的大木夹子从沸水里捞出来，将这些衣物放在搓衣板上，用手把汗渍、污点使劲儿地搓了又搓，然后在厨房装有弹簧的灰色木杆上挂了起来，厨房顿时变成了帐篷营，我可乐坏了，可以在那些挂着的长长被单之间捉迷藏，很容易躲藏，日日夜夜互相寻找。祖母把沉重的铸铁熨斗烧得通红，熨斗底面上发出亮光，使人想起中世纪酷刑使用的刑具，她用抹布握着熨斗怒气冲冲地熨平父亲的衣服，从潮湿的衣服上冒出咝咝的蒸汽，破旧的床单经不住高温，变成褐色，只能当抹布，以此获得第二次生命。我坐在苹果机前琢磨着怎样把祖母的洗衣车间改变成另一种工作场所。祖母的能量遗传给我了，我是她的嫡孙。

祖母在厨房里忙碌着，大汗淋漓，满脸通红，半裸着身子，只穿一件玫瑰色的胸罩，她抱怨说：心脏不舒服。之后她要么在同样难以忍受的热水中洗个澡，浴室中热得连镜子都汗珠滚滚；要么乘坐“救护车”去医院，母亲认为祖母是装病，在发生争吵时祖母经常是砰的一声猛力关门，震得窗户玻璃碎裂，母亲在祖母侵占之下生活，一遇冲突便独自躲到浴室忍气吞声地把眼泪往肚子里咽，她不敢赶走祖母，因为祖母的保护伞是我父亲。

“应该给孩子吃麦片粥。”母亲翻阅着外国杂志《生活》，从苏联的摩天大楼里发出轻轻的声音。

*

父亲下班后不好意思地拿回来从克里姆林宫食品分配处领到的蓝色食品袋，里面全是最好吃的食品：香脆的奶肠、博士牌细香肠、熟猪肉、干咸鱼脊肉、鲑鱼、螃蟹。

大家都应品尝品尝，
螃蟹的肉又嫩又香！

这是在“水族馆”公园入口处，在那个时代少有的大幅广告牌上面的广告词，公园门口摆设两个贵族式的大花瓶，还有用大理石制作的嚼着葡萄叶的山羊（如今，那里是闪着拉斯韦加斯灯光牌匾的赌场）。供给父亲的甜食价格高得惊人：优质酥糖、淡粉色的水果软糖、巧克力朗姆酒心糖、“松林小熊”糖、各种颜色的基辅果脯、糖果点心、蜂蜜饼及其他等。有时候食品袋上露出暗红色斑点——这是鲜牛肉块透出的血迹，厨房里飘逸出顶花带刺鲜嫩小黄瓜的清香味儿，在酷寒的冬季在厨房的玻璃窗上冰冻的蕨菜枝叶仿佛一幅美丽的图画，而此刻这里顶花带刺鲜嫩小黄瓜的香气格外诱人。斯大林时代出版的《美味健康食谱》一书印有淡褐色的照片，美味佳肴应有尽有：闪光鲟鱼、烤乳猪、格鲁吉亚名牌葡萄酒，这本介绍高档佳肴的书，在我们家里不被看作是可望而不可即的，不被看作是对人们的嘲弄。

那时候我很瘦，不爱吃饭，祖母为了让我长胖，竟然用鱼油折磨我，她把我喂成小胖子的愿望终于实现了，我们抓紧时机跑到照相师那里，我和祖母脸贴着脸，互相拥抱着留影纪念。特殊优待的气氛在我们生活的各个层面温馨地萦绕——每年免费在库兹涅茨基桥的服装店用英国进口毛料为父亲缝制时尚西装；在西夫采夫弗拉专门医院看病，医院的过道上铺着地毯，两旁大木桶里生长着枝叶伸展的棕榈，而医生的和蔼可亲仿佛童话中描写的那般；我们住宅的楼门口有专人保卫，门廊整洁清静，在我们楼里住着斯大林的警卫队大队长，具有无限权能的伏拉希克同志，还有散发着阿尔及利亚橘子香气的，挂满贵重礼物的克里姆林宫新年枞树；多次观看特供影片的优待证；书籍特供证（在普通书店难以买到的作品全集的预订）；任何演出的剧票；直至在新圣母公墓保留墓位的预约证。

夏天，乘坐黑色长型吉姆牌轿车——与美国40年代末生产的车型相似，到莫斯科郊外苏联外交部劳动别墅区休息。在那里，六月黄昏，我着魔似的骑着自行车，稠李树的花香令我心醉，在已不是孩童的性感的嘴唇上挂着热牛奶的残迹，我坐在木台阶上和玛露霞下棋，我父亲的司机——戴着黑制帽的萨沙，向她大献殷勤。

*

我生来不服输（父母为纪念战胜德国法西斯把我叫作“长胜将军”），我长这么大第一次和玛露霞对弈，第一盘棋我就旗开得胜。周围世界无限美好，绚丽多姿：闪耀的灯光，高楼大厦、地铁、公园带有舒适靠背的白色长椅。在索科尔尼基公园，冬季，在这样的一条长椅上我们不顾暴风雪肆虐继续下棋，那是一场难分难解的棋赛，生气时把棋子扔到雪堆中，棋子在没腰深的雪地里“行走”，我由于患百日咳还没痊愈，仍在咳嗽，玛露霞的动作很可笑，她用带窟窿的手套搓着鼻子，我们这两个对手的水平简直是半斤八两，我们“错过了”很多好的棋路，把“王”与“象”混淆，在性格方面我们都属于任性的人。

我很难服输，哭哭啼啼地把“兵”朝玛露霞的脸上打去。不一会儿我们又和好了，一起从雪水中把棋子捡了出来，春天总是突然降临，在通向地铁回家的马路上，融化的冰雪细流涓涓。在椴树根周围的湿土上留下了水靴子的脚印，春光普照大地，空气焕然一新。我们的家庭由仆人、亲朋好友、母亲的女友——形成了可靠的堡垒。我好像生活在基督怀抱中无忧无虑。

*

苏联作家协会莫斯科分会第一书记费·库茨涅佐夫在1979年2月9日的《莫斯科文学家》报上发表了为《大都会》感到羞耻的文章：

(……) 在这个鱼龙混杂的丛刊中，掩人耳目、弄虚作假比比皆是，这令人羞辱，其中充斥着大量无聊平庸、低级趣味、奇谈怪论的作品，只不过用粗制滥造的所谓“荒诞派理论”或者新型的寻神派略加掩盖自己。在讨论《大都会》文学丛刊的莫斯科作协书记处和党委会的联席会议上，全体与会者实际上都谈到了这个丛刊水平无比低劣。

况且，这里存在着荒谬的反常现象：关于道德精神牵强附会的谈话竟然与违反道德精神的胡说八道同时出现在一本刊物中，这里指的是文学新人维·叶罗菲耶夫的短篇小说《浪女费妮娅》，小说中的主人公对在男厕而后又在女厕墙上看见的秽言污语熟视无睹。而叶罗菲耶夫的第二个短篇小说只要看一下他的标题《本世纪稍稍降温的性欲高潮》就足够了！(……)

*

每个俄罗斯人都梦想当沙皇，却不是人人都能如愿以偿。俄国沙皇常常具有平民作风。祖母出生在科斯特罗马，娘家姓卢维莫娃，她在圣彼得堡亲眼见过俄国末代沙皇——在没有侍卫的保护之下，在涅瓦大街的圈楼大商场买衣扣，显然他的大衣扣子丢了一个，没有派人去买而是亲自去，这绝不是让别人为难，而是认为随便点更好，他不想向任何人表明自己的平民作风，但是这个非同寻常的沙皇买扣子瞬间却成为我祖母记忆中的永恒，成了她一生中少有的美好回忆中的珍藏。倘若没有看见尼古拉二世在圈楼大商场的这一场景，那么她的生活中着实没有什么值得回忆的，除了这个突然的奇遇。

“沙皇真的是一个人，没有侍卫？”在童年时我问过祖母，在那个年代，关于俄国沙皇最好是闭口不谈，而她回答说不仅看见了沙皇在那里买扣子，而且她与沙皇站得还特别近，近得几乎不能再近了。

“我没有看见其他人。”

“就是说，没有任何侍卫在场？”

“没有。”

“他身旁没有女儿吗？”

“去大商场给自己买扣子还要带女儿，这算是什么男子汉？”祖母气恼地问。

“那么，也许儿子与他一起去的？”我像孩子似的刨根问底。

“听我说，我再向你讲一遍事情的经过，我到圈楼大商场想给自己买一副针织手套……”

“可能他不是沙皇，只是你以为他是沙皇？”我突然在脑子里冒出了这个想法。

祖母听罢，好似丧失了言语能力，以不解的目光看着我，仿佛我从她的手上抢走了手表似的，后来当她恢复了理智，她不再理睬我，一整天不和我说话。第二天在别墅里我又问她：

“你怎么猜出那个人是沙皇，是凭肩章吗？”

“根本没有沙皇戴的肩章。”她以教训的口吻对我说。

“那么，凭他的‘胡子’？”

“在俄国所有的男人都留小胡子，还有很多人留着大胡子呢！”祖母反驳说。

“要么就是看他走路的样子？”

“他没有走路，站在那儿手里拿着扣子看。”

“是大家都猜到了还是就你一个人认出他是沙皇？”

“我没有看见别的人，就看见他了。”

“那么，你买手套的地方离他有多远？你与他之间有几米？”

“我还没去买手套，只是看见了摊位。”

“就在旁边？”

“在圈楼大商场手套和扣子在一起卖。”

“沙皇没和你说话吗？他没有帮你挑选白色的针织手套吗？”

“他光忙着挑选自己的扣子了。”

“你们在一个店铺里并排站了很长时间，他挑扣子，你挑手套，是不是?”

“小傻瓜，不应该提出这样的问题!”

接着她又是一天不理我，甚至在吃晚饭时也一声不吭，晚饭很香，她很会做饭，做的肉馅饼特别好吃，每当祖母烤肉馅饼时她的面颊就会发红，而当她谈到沙皇买扣子的见闻时，脸上也会泛出这样的红晕。

“也许，沙皇携皇后一起去的呢?”这是冬天在莫斯科高尔基大街我们的住宅里，我又提出了这个问题。

“你别分心了，最好还是做功课吧!”祖母厉声说。

“那一次你为什么叫我‘小傻瓜’?”

“我没叫。”

“不，你叫了。”

“你说谎。”

“我没说谎。”

“他一个人站在大商场挑选扣子，挑了很长时间。”

“皇后呢?”

“你千万别对任何人说!”

“我不说。”

“别说我曾见过沙皇。”

“为什么?”

“你保证?”

“我保证!”

“不向任何人说?”

“就连对母亲也不说。”

“是的。”

“不过，应该什么都向母亲说呀!”

“但是关于沙皇可以不对母亲说。”

“他比母亲更重要吗?”

祖母陷入了沉思，她是我父亲的妈妈。

“你知道吗?你的父亲想离开你的母亲。”

“离开她上哪儿去呢?”

我能够想象，父亲离开了母亲，走在大雪覆盖的林中小路上，我感到心惊胆战，害怕他挨冻。

从那时起直到现在，每当我给自己买扣子，尤其是在彼得堡的圈楼大商场买扣子时，我都会觉得自己是俄国沙皇。

*

我是在战后混乱年代出生的。显然是把别人的命运安排给了我。总体上我投生人世时命运赋予我的行为和性格与我这个具体人不相符合。我的命中既有精力极其旺盛的黑斑金钱豹，又有温顺轻信的小动物。我动作缓慢，我系鞋带能磨蹭几个小时，而且还没有学会正确地系上它，因此，我总是不系鞋带上街，与我并排走着的一些女士常常为此吃惊，我一只脚在大街上跳着，寻找一个合适的地方能把没系上鞋带的那只脚放在上面。起初她们觉得我这个动作很好笑，她们笑我那笨拙的样子，后来这种怪相使她们感到厌恶。

另一方面我的性情又很急躁，是能够把周围的一切掀卷起来的飓风，这种泾渭分明的性格在我的童年照片中能够看得出：一个腼腆的小男孩，眼里闪出欲把世界钻透以便钻出新法则的刺人目光，吃人野兽的嘴唇上露出温柔而诱人的微笑，有点驼背。超常大的鼻孔准备吸入草坪上全部清新、绿草如茵的表层，食品和饮品的香味，带有这种鼻翼的鼻子尤其富有进攻性和残忍性，而这只大脑袋很难选中尺寸合适的普通帽子和苏联中小学生的制帽，我的同班同学根据我的脑袋形状认为是史前期猴子的颅骨，他们开玩笑把我叫作“猴子”，这样大的头长在瘦削的双肩上，当我用瘦骨嶙峋的双手（至今也仍然这么瘦）抱紧我的头时，真的活像蒙克画像《呐喊》中的场面。

*

《国际先驱论坛报》刊登克劳斯的文章：苏联迫害新杂志的

创办者。

苏联政权当局开始迫害和恐吓行动，以威胁非正式文学杂志的创办者，该杂志向国家对艺术的监督提出了挑战。

《大都会》的五位创办者遭到作家协会莫斯科分会的批评，个别作家面临被开除会籍的威胁。

在宣布该杂志事件之后两周之内，出版检查官们把丛刊所有创办者的电影、戏剧、长篇小说甚至刊登他们文章的杂志一律查封。

最有名望的苏联作家之一，《大都会》的主要创办者瓦·阿克肖诺夫说：他被谴责为他在西方寻求知名度，以便他能较容易地移居西方。

阿克肖诺夫先生最近几年对西方国家进行若干次正式访问，他的作品被正式译成英文，他说自己不打算移民。（附录2）

*

我站在黑色木制电线杆旁呆然不动。夏天，拉兹多雷镇，当时几岁我记不清了，头发剪得很短，留着直直的刘海儿，也许戴着白色巴拿马帽，我不敢肯定。但我却准确地记得：在木制电线杆上钉着一块铁牌，上面标的是骷髅头骨和交叉着的两根骨头，还有一个红色箭头表示危险、死亡。我虔诚地站在电线杆前不寒而栗。我觉得只要一伸手触摸它，我就会立刻死掉，我不知道这是什么，但是我预感到必死无疑。所有后来的生活印象都被这个箭头斩断和勾销，我是跨越对死亡的恐惧而进入生活的。死亡唤醒了我，我生活的第一印象——对死亡的畏惧，我不能从惊愕中恢复原状，当我看见电工在电线杆上标出的骷髅头和交叉骨形时，我颤抖了一下，这样的标记似乎令我想到自己的生活意义。

参天的松树，慢悠悠移动的羊群，羊可以少量地作为私有，而牛则禁止私养。在寂静和恬适的草地上，死亡与羊群共存，我真想抚摸小羊，又怕触痛它们被锯掉羊角的部位。夏天，放羊的最佳季节，我折断一根草，送到小羊嘴边，小羊咩咩地叫着，拉出粒粒羊粪。我用草喂羊。羊——我生活中最早遇见的动物。羊之歌——我童年的主题，我想伸手触摸一下电线杆，顿时又缩了回来，这简直是在同死亡游戏。死亡的恐惧渐渐舒展，然后完全消退，然而那个夏天，这种意识重又苏醒，死亡的恐惧重又降临。

我们乘坐父亲的咖啡色胜利牌轿车在公路上行驶。放眼望去无际的田野，猛然，一声惊雷，紧接着是可怕的霹雳声，轰隆一声雷鸣，电光霍霍击打着汽车近旁的电线杆，杆的底部变成像是火红的棕榈叶，向四周迸发出火星。此刻我比任何时候，任何地方——无论影院、无论剧场——都更加强烈地想象到死神的降临。向我提出了任务，我必须完成，雷神无论他是谁，正是他，用手指点拨了我。

雷神调整了我的生活秩序，这是我的第一个程序，后来经常打乱它，偶尔出轨，但是死亡成了我的生活风向标，它有节奏地敲打着，终于我听到了这声音，我天生对死亡的剧烈恐惧机制启动了。我与这种机制毫无关系，这是天生的，只属于我个人的机制，我既不了解长明灯，也不知道圣像，父母没有给我洗礼。老奶奶们也没有把我偷偷抱到教堂去，我是被基督教遗忘的人。苏联时期认为死亡是不存在的，死亡是自然现象，马克思主义哲学避而不谈死亡，对它嗤之以鼻。对死者的态度像对逃兵一样恶劣，安葬工作糟糕透顶，革命以后的很多年代里，墓地周围没有埋葬的尸体腐烂发臭，野狗还有漂亮的猎犬等争先恐后地抢着吃。后来采用了处理死者的快速火化方法，在国内竖立起很多火葬场的高大烟筒，其形状很像音乐符号。而那些守墓人都是酒鬼。

*

我在孤立无援的境遇下领悟了死亡，由于没有牧师在场，我被变成了死亡的迷恋者。当父亲的司机萨沙（他追求我家女用人玛露霞希望与她同居并保证娶她，其实他是个无赖，因为他已有妻子，其实这种生活与我们无关）把新年枞树抬到我们家时，我才笑逐颜开，我们开始装饰点缀枞树，站到长凳上，站得高一些才能把红星挂到树梢上，在树枝上挂上小球、小鱼，而在下面摆上我童年第一个红脸神——俄国式翘鼻子红脸马车夫，我感觉轻松地喘了一口气。圣诞老人是从世界神话中用笨拙的剪子剪出来的。他孤独一人一直待到枞树针叶脱落，大约两周时间直至俄历新年。就连世界众神中这样一个小神赠送的礼品也足以使我感到温暖，他向我诉说世界的秘密，他是我的盟友。

1月1日凌晨，父母还在睡觉时，我从摆在父母卧室中靠窗暖气旁边的床上爬了起来，跑到散发着枞树清香的餐厅，为了钻到枞树下面去，在长着马车夫面孔的圣诞老人四周放满了礼品。

由于暖气过热，我常常梦见模糊不清的群众游行队伍。节日和礼品医治了我童年生活中对死亡的恐惧。生活由节日和礼物构成，其他的一切都是未知数，生是由于从死亡中摆脱。我生来不知道什么是贫穷、奴役、怯懦，没有培养我这样的道德。我没有受过公共住宅居住的屈辱，我的自发性道德是对世界无比信任，对世界无比坦诚，我的胸怀如此坦荡，是舞蹈神的心灵。

我不明白怎么可以日复一日、年复一年地工作，而且工资微薄，午饭休息时间很短，还得忍受上司声嘶力竭的喊叫和周围同事阴郁的面孔和粗鲁的行为，我能够猜想需要工作，但不知道目的何在？不过，我从童年起就知道礼品分为两类，一种是幻想类礼品，你甚至不应幻想它，如果幻想也只能在睡觉之前冥想。例如：挂有很多车厢的铁路、桥梁和铁轨，这类礼品只有在成人生活中才能享有。他们一生都在不停地改变、校准、拨正自己的方向。冷不防地，母亲悄悄走到我的背后，甚至没有发觉母亲就在身边，因为全神贯注在各种礼品上。母亲抚摸我的头，这是充满幸福的时刻。

*

另一类礼品例如勿缠我牌通心粉，如果需要可以随时买到，这种礼品产生惊人的热能，散发出煮通心粉的美味。瞧，还有带筹码的某种游戏，或者装有消防梯的仿真消防车。坐在这些礼品面前，不禁可怜起自己，也可怜父母，但是不想表露出来，勉强做出高兴的样子，拥抱了母亲，而自己却在寻思：

“你们干吗要这样？我什么都明白。”

*

我弟弟安德烈（他比我小 8 岁半）寄往维也纳给父母的信摘录——

莫斯科

1979 年 5 月 8 日

亲爱的母亲、父亲：

再写一两封信就将结束我们多年通信的生活了，这是我一生中的整整一个时代（……）通信期间我努力学习写信，可到头来还是没有学会——我写得蹩脚而糟糕。

此刻，我特别为难——不知道写什么才能安慰你们和使你们振作精神，因为我自己由于陷入的倒霉处境而惊慌失措。我能看到（准确地说是从你们的声音中听到）你们对此事忧心忡忡，我也看出维克多的心绪不佳，他轻率地不计后果，因而遭受严重的精神打击，这对他本人贻害无穷，我害怕，特别害怕这一切将注定影响我们的家庭关系，但愿关系不致破裂（……）

*

梳理记忆如同支帐篷一样，把回忆的绳索拴到若干根桩子上，然后等待着我这个“一事无成”的作家从帐篷里爬出来。眼前是家庭相册，祖父伊万·彼得罗维奇·叶罗菲耶夫，我只有在无意识的记忆中认出他，而我从来不能把这种记忆提升到表面上来，无论怎样仔细看我和祖父的合影都无济于事，照片上以别墅为背景，阳光明媚，我们一起修理气炉子，我使劲地回忆祖父的夹鼻眼镜和绣花尖顶小圆帽。

祖父。当交通警察真棒，站在岗位上，指挥棒指向那边，指向这边，停止通行。

祖母。开玩笑大王，谁也不会像他这样爱说笑话。

这位我认不出来的爱开玩笑的外来人是叶罗菲耶夫家族的幽默始祖，他安葬在瓦冈口公墓第 19 墓区，祖母温存地安慰我说，在拉兹多雷镇，祖父曾一连几个小时和我玩小汽车游戏。

我自幼酷爱各种游戏：在沙地上修建城堡、公路、桥梁、铁路，然后用带褐色条纹的儿童足球把这些建筑物砸得粉碎，祖母说祖父曾和我一起踢足球，我特别喜欢在别墅地带和林中空地上踢足球，树木充当足球大门的框架，时而拨开树枝，时而使其合拢，不过我还是记不清祖父。莫非我是向站在白桦与山杨之间的什么幽灵射的球吗？

此外，我还是三轮自行车疯狂的骑手，我玩命似的转动着脚蹬子，专门挑选在树木根须裸露像小蛇爬着似的不平坦小径上骑飞车，享受颠簸，我飞也似的奔跑，车铃在空中不停地响着，我在狂奔之后，特别喜欢骑着自行车把两腿抬高穿越水洼子，经常陷在水洼中间，转动着自行车把手，长时间束手无策，东张西望。我明明知道陷入水洼，可是知道也没用，反正我一定要往水洼子里面骑。在我创作之初，拼凑五花八门的作品时，我明白童年生活中水洼的作用不可低估，水洼不仅是障碍，而且也是诱惑。我喜欢用小棍拍打水洼，水向四处飞溅，浑身全被打湿，这是我自讨苦吃，我觉得更加好玩的是慢慢把木棍插进水洼，戳入水底发出咕噜咕噜的响声，这声音使我着迷。我爱看自行车和汽车轮胎在泥路上留下的车辙。渴望留下印迹的思想使我痴迷，祖母总是骂我的手特别脏，指甲缝有泥，全部童年中不绝于耳的话是洗手和清理指甲。我很像持水罐少女那幅雕塑作品，只不过我是站在别墅悬挂在树上的洗手器旁的男孩雕塑，水洼中发出的咕噜声使我萌发对异性的爱。

我一直记不清的祖父伊万·彼得罗维奇在格拉诺夫斯基大街的克里姆林宫医院死于心肌梗死，当我稍稍长大后，祖母和我吵嘴时说，是我杀死了祖父，把全部罪过加在我的头上，好像我是罪魁祸首似的，我用羞愧的眼神茫然失措地望着祖母。

祖母。你任性，要祖父扛着你走，他可怜巴巴的，只好把你放在肩膀上，可是他不能这样负重。

这令人信服，那个时代大家都曾杀过人，有人杀害德国人，有人杀害自己人，我杀死了祖父。

祖母。他没有活到荣获列宁勋章，只差两个星期。

我罪行累累，如果遵循家庭的这个逻辑，既然我杀死了祖父，那么我也必然杀死父亲。

*

1979 年 5 月 8 日我寄到维也纳给父母的信件摘抄——

亲爱的母亲、父亲：

压在我头上的道德十字架沉重，而且非常沉重，我简直不知道说什么：你们椎心泣血的痛苦以及对我的失望，我无言以对。当然现在可以在纸上发泄、解释，任积存的情绪释放出来，可这又将怎样呢？残酷的反常现象：本想做些需要的和正确的事情，可是反倒给我最亲近的人们造成伤害。我对你们应该感恩，我只向上帝祈求一点：愿上帝保佑，在这些倒霉和痛苦的日子里，大家保持我们家庭的团结，保持互相理解和信任。我经常思考这些（……）

*

我在三岁半以前像游击队员一样保持沉默，唯一的例外是说出“阿依”。我家隔壁宽敞住宅里住着身材高大、目光炯炯的鲍利斯·费奥多罗维奇一家人，他们家总有很多亲戚、食客，还有各个房间乱走乱窜咪咪叫的一些猫，当我敲他们家房门时，家庭女仆波兰人卓娅在门内问：

“谁呀?”

“阿依!”我不是回答“自己人”，而是说这两个字。

大家都取笑我，“阿依”成了我的绰号、暗号，成为可爱而又笨拙的本性，我就这样，作为喊着“阿依”的丑角闯入了生活。在我童年的梦中我曾作为非洲多贡人部族的成员：人的宇宙化和宇宙的拟人化——是确定人的世界观的两个平行的过程，我在宇宙拟人化镜子中看到自己的影子，在这里祖母、玛露霞、臭虫、蚂蚁是语言存储器，恰恰由于我的长期不言症，语言把我变成自己的载体，把自己未来的信息传递给我了。

我是为了传递语言而出世的语言——婴儿。我周围的小孩子们都在说话——我却沉默不语。非洲的神秘主义者知道很多限制说话的方法，但是对于生活在莫斯科的我来说，那些方法显然是不适宜的，例如，抽烟斗和嚼烟叶，食用可乐果坚果、锯掉牙齿、用颜料涂牙，嘴上纹上花纹，我悟出祸从口出的道理，语言的产生带来很大危险性，它打破了沉默的和谐。沉默，秘密具有原始性价值，因为世界最初存在是没有语言的。我至今说话困难，天生笨口拙舌，在年轻时候这简直是灾难（我一说话就急得脸红），嘴唇紧张，哆嗦，我对说话流利的人，电视新闻播音员、评论员很难理解，我像对待背叛者一样对待说话滔滔不绝的人。斯大林时期尽人皆知的大幅宣传画，上面画着诚实的妇女，一个手指贴近嘴唇，意思是不要泄露机密！我对这个画面莫名地喜欢。我害怕说出：我担心世界分裂，那时，现象和后果内在的秘密就会暴露在光天化日之下，我知道在原因—后果联系中无任何意义，在我童年的梦境中，一开始我就不需要说话，因为现存的一切懂得无声的语言，懂得自然界中不绝于耳的簌簌声。

情况是这样的，我看见了体现男性生殖器崇拜神的一棵粗糙的大树；我看见了像喷泉喷水那样向人间洒水的造物神，他们之间互相交流信息，完全不用语言。但是，作为“阿依”的我，不知道既能生植物，也能生动物的男性生殖器崇拜神的妻子是否对造物神创造的所有女人嫉妒。我感觉到那里一切全然不同。当时我不能理解，现在我明白造物神同她们交媾，那时，我更多地想到他们之间关系复杂。可能，某某女人难以忍受，背叛了自己的丈夫，看，那就是她，穿一件白色衬衫乘莫斯科地铁回家，下一站是马雅可夫斯基站，她刚刚走到站台，那个体现为大树的男性生殖器崇拜神尾随在她身后，猛然之间抓住她的喉咙，紧紧按着她的喉咙。卧室中靠床的整面墙上挂着达吉斯坦色彩缤纷的壁毯，互不忠实的夫妻激烈地为自己的背叛辩白，解释着他们之间的关系，气喘吁吁，出现了间歇，这是为了重新产生语言和继续辩白，我开始明白语言是背叛的后果，是辩白背叛的形式。这时我钻到了长沙发下面去了，低矮的长沙发下面满是灰尘，堆积着早已废弃的东西，玩具、小面额硬币、糖纸，我默不作声，为我发现了的这个真理而吃惊，我的同龄人，表妹列娜穿着棕色长袜也跟着我钻到长沙发下面，她从刻赤市来到莫斯科做客，她想在我们这里小住并且报上户口，但是不知什么原因没有办成。“刻赤”这个词直至现在一想起来就像牙齿嚼着沙子似的，这个词不知怎么使人联想到“心脏”这个词。列娜的爸爸是军事飞行员，飞行时用的姓是叶拉金。夏天我们曾一起在劳动别墅玩游戏，我们在茂密带刺的马林浆果树丛中设立医疗包扎站：脱下衣服让对方检查身体，也看了生殖器，我看见我身体的某些部分与列娜的相似——关节、乳头。令我惊奇的不仅是语言的秘密，而且还有她那两腿之间的垂直缝隙。这次在长沙发下面，我预感到可能发生像在别墅中那样的“游戏”。可是不知道与什么人，在什么时候，雄性激素在我体内涌动，这比狂躁更强烈。列娜的头较大，梳着外省流行的细细的小辫，扎着白头结，她成了我的第一个女孩，最亲近的姑娘，生活中说知心话的女伴儿。我感到心里憋闷得难受，我想说话，可是我既没有可乐喝，也没有香烟抽。然而眼前的寂静可能使我爆炸。列娜像个有经验的侦探，她爬到我面前，把头伸到我的短裤里，抓起我的生殖器，舔着它，它像快活的小蛇似的蠕动，她吮吸着。一对表兄妹乱伦获得了快感，我们的脸由此变得扭曲，这种狂喜每秒都在增加。

“我亲爱的。”我抚摸着她的头说，列娜乐不可支，从长沙发下面钻了出来，跑到餐厅。

列娜。加丽娅姨妈，小维克多开口说话了！

我也从长沙发下面钻了出来，我吃惊地喊着。

“为什么有这么多的警察？”我看着，好像我在沿着布拉戈维申斯克胡同走着，经过寄售商店，商店的陈列柜很小，仿佛因出售资本主义商品而羞耻似的，迎面而来的是行进着的警察连队，他们上哪儿去？干什么？

母亲。他们到澡堂去。

真的，警官们的腋下夹着浴巾，他们列队去洗澡。

“维克多开始说话了！”母亲高兴地喊着。

“他将成长为离经叛道的人”，勃列日涅夫未来的助手亚历山德罗夫摇着头说。我难以说出实际上我在什么时候失去童贞，看来，我是天生的罪人和天生有过错的人。在远处，出现一株草茎：那是祖母妹妹莉丽娅祖母的身影，她在家中扮演圣徒的角色，她从来没有钱，当她客居在我祖母家时，祖母总是叮嘱她夜里不要在长沙发上翻身，怕把沙发压坏，而莉丽娅祖母却把双手叠起说：

“我的好姐姐阿娜斯塔西娅，我亲爱的姐姐……”

*

记忆仿佛是被爱犬啃光的僵尸。当室内只剩下爱犬的时候，由于恐惧和饥饿，它一连几个小时吠叫，在已经死亡的主人身边打转儿，但是饥饿超过了爱犬对主人的忠实：它吃光主人的肉，起初小心翼翼先吃主人裸露的双手，然后难以遏制，理智开始模糊，爱犬左右摇着脑袋，撕咬主人的躯体，发出咕噜噜的哼声，撕成碎块。被啃光的主人尸体的复活——不可想象的奇迹，不过有时也能复活，主人颤动一下，被撕碎的肉块和皮肤在恢复原位的指令之下，与双手、双脚、臀部、生殖器官贴在一起了，吞下去的内脏从狗嘴里吐了出来，赶紧装进主人敞开的肚子里，子弹的伤口迅速愈合，墙上的血迹正在消失，流淌在地上的血正在挥发，把眼睛放回到眼眶之中，腹部开始愈合，迅速长出女人们曾一度喜欢抚摸的毛发。血腥气味也已消散，主人的心脏又跳动起来，他霍地站起来了，走到衣架旁。爱犬高兴地摇着尾巴跟在主人后面，预感到在外面遛弯儿的快乐，套上颈圈儿，通向楼梯平台的门敞开着，主人和狗向下跑去，大门啪地响了一声，他们走出去了。当狗在附近的林荫路上解决自己的事儿时，主人环顾四周，他到外面遛狗不是为了报复或者弄清事件原委。他是想寻找不仅同自己敌人，而且也同自己达到完美和解的途径，他嫣然一笑。他感到幸福。

*

我在一生中只有一次为斯大林干杯：那是我 5 岁生日孩子们

聚会的时候，其中有斯大林警卫队大队长鲍利斯·费奥多罗维奇的两个宝贝儿子，基里尔还没上学就已经开始喝酒，喝醉了就吐——在他那张清心寡欲的小床旁边总是放着一个小盆，后来又成一个小吸毒鬼，无论是昏睡，还是清醒状态，他总是让自己祖母背着，在宽敞的房间来回走着。他的哥哥廖沙是个小学生，意志坚强，勇于进取，很小的时候不知为什么就心醉神迷地爱上了近东，在墙上挂着一幅近东大地图（我看着地图，也很羡慕，也想象他那样炽烈地爱上地球的某块土地，表面看上去我喜欢非洲，不过不知道为什么需要非洲，美洲被涂上冷色，敌对颜色，那时候我还没想到喜欢俄罗斯——因此，到头来我没有所喜欢的），后来，廖沙真的青云直上，一步到达自己生活目的地：他担任了驻阿拉伯国家的苏联大使。廖沙无所不知，智慧超人，至少超过我。他在我面前态度傲慢，说话信心十足而肯定，我简直心慌意乱，为了哪怕是不致冷场我提出一些含混不清的愚蠢问题，一秒钟之内又改变自己的观点，完全相反的观点。在我全部童年时期母亲一直担心我会成为傻瓜。我没有神童的任何征兆，而母亲总是把廖沙和满头黑色卷发的漂亮女孩米洛奇卡作为我的榜样，母亲对我抱的希望很小，老实说实际毫无希望，意识到自己的愚笨，我甚至不敢爱上米洛奇卡。只有当坐在餐桌旁，只有在杯子中斟上番茄汁，只有玛露霞从厨房端上了热气腾腾香味扑鼻的菜时，作为鲍利斯·费奥多罗维奇的长子廖沙才从椅子上站起来，他稍微噘起嘴唇，好像要吐吐沫似的（他说话时总像吐吐沫一样），他举杯，这第一杯酒不是祝贺我的生日，而是为斯大林干杯。

廖沙。我提议为斯大林同志干杯！大家站立起来。餐桌气氛并不是紧张，而我母亲感到不知所措，因为在我们家里没有为斯大林干过杯，无论从政治方面，无论从情绪方面，这对我们家都不适宜，我意识到场面有点尴尬，像猴子一样爬起来碰杯，以缓和气氛，况且我心急火燎地急于碰杯，因为所有成年人都碰杯，而在此之前我干脆没有机会真正地碰杯，此外，与比我大、比我优秀的男孩碰杯，让我高兴得飘飘然。

生日宴席以流血而告终，围着餐桌追着客人跑，追着怎么也追不上的将军女儿，不易接近的米洛奇卡，我撞到了桌角上，嘴角破裂了，至今还有伤痕，如果仔细看，我的嘴角不对称。

母亲把嘴角上流着血的我带到摆有很多棕榈树的那座专门医院，可由于母亲忘记带出入证，那里的门卫坚决不放我们进去，由于出血我吓得痛哭流涕。等待进门的时间如此之长，给我留下的印象好像整个童年时期我的嘴角都一直在流血似的。母亲急得发疯，像一只凶猛的老虎，对门卫又是大喊大叫，又是苦苦哀求，又是厉声威胁，可是门卫却一声不响。

他真是一个铁石心肠的人。

*

以杀死父亲的代价赎回了“我”内在各个部分之间病态的不协调，由此我使自己符合上苍的安排，为了在今后的生涯中顺利一些，我已听天由命了，尽管不止一次对此产生怀疑。童年的不协调，嘴角上的裂痕与我永远结伴。来之不易的坚定性并非终生保证，人的软弱性，使我涣散，无法集中注意力，不能克服一个训练有素的运动员所遇到的困难，相反，我痛苦地跌倒在地，长时间抚平创伤，幸好我终究挣扎着重又站立起来——我试图分析为自己调成的鸡尾酒中的各种成分，我并没有弄明白所有成分，注定不可能明白其全部，此时俄罗斯助我一臂之力，我不知道为此是否应感谢俄罗斯。让我投生在俄罗斯也许有某种隐秘的天职使然。在俄罗斯生活，好像是头朝下走路，倒看各种事物，我不知道何处是我的真正祖国，可能在地图上没有。但是，俄罗斯是我童年的天堂!

第二章

我的出生应当归功于当时世界局势的混乱无序，不得不承认，我的出生纯属偶然，但是又是精心编织的事件，我作为真正意义的“偶然家族”之子在家族徽章的标志物当中，借助诗人曼德尔施塔姆的启迪，我将为自己选择不直的台球杆，不光滑的台球和有窟窿的台球袋，哪怕就是因为无论是我父亲，还是我，从来没有认真地打过台球。在我的记忆中，血缘很近的祖辈们声名并不显赫，这首先是由半虚半实有时是真实的职业而确定的，例如：职业是劳动组合队队员或者神甫，有时也有纯属虚构的，例如我祖母把她父亲尼康德拉编造成职业革命家，这深深地印在我的记忆之中，祖母一般来说是个编造能手。诚然在我母亲的家族谱系中倒是有较为显赫的亲缘关系，那是不大受宠的贵族——她的祖父以及一些辈辈流传的男女亲戚构成的错综复杂的谱系，确切地说，通过基扬斯基这个名门望族，可以延展到俄国文化：至少有本国无线电发明家波波夫，谱系又延伸到化学家门捷列夫家族，末了又接续到诗人勃洛克，不过这已是八竿子打不着的远亲了，是家族树中的旁枝末节。

我不知道有关一个局部事件从何谈起，这个事件有损荣誉和违背健全思想，这是指十月革命以后在摩尔曼斯克附近发生的鲜为人知的英—美武装干涉阴谋的未遂事件。有一次电视放映了荒芜的、大雪覆盖下的入侵者坟丘。精于虚构的祖母阿娜斯塔西娅曾经美貌出众，她那时住在芬兰边界的小镇谢斯特罗列茨克，她的父亲有 5 处夏季别墅供出租，她每天滑雪 50 俄里，芬兰人尤霍对她倾心。祖母逝世前不久，在看电视节目——俄罗斯与芬兰冰球比赛时，勾起她对早已逝去的静谧生活淡淡的怀恋，她对我说："如果我嫁给尤霍，我会为芬兰球队助威的。"

爱上她的还有眼部有黑眼圈儿的魁梧男子汉，他叫伊万，1918 年祖母担心饥荒，全家从谢斯特罗列茨克迁居到彼得格勒，又从那里迁到卡累利阿，伊万毫不掩饰想娶阿娜斯塔西娅为妻，突然美国人向那里进犯了。

伊万戴着夹鼻眼镜，在卡累利阿铁路局担任会计，他是个机灵的小伙子，布尔什维克指定他负责征兵工作，他的全名是伊万·彼得罗维奇·叶罗菲耶夫，他被我祖母的美貌征服，就把身材高大的伊万写入征兵册，让他第一个应征入伍，尽管他有免服兵役证。伊万应征入伍了，他被派到摩尔曼斯克前线，在与美国人搏斗中下落不明。

下面引用歌剧中的台词，在《叶甫盖尼·奥涅金》歌剧中达吉亚娜的咏叹调中唱道："我已经嫁给了别人，我将一辈子对他忠实……"1920年伊万回到了彼得格勒。我祖母在大街上与她的第一个男人伊万不期而遇。

*

"伊万，晚了。"祖母说。当时她已经怀孕，就是我的父亲。我认为美国人死于摩尔曼斯克城下是罪有应得。

后来，为了过得更加快活，祖母用最鲜艳的，有些粗制滥造的色彩大加描绘她那天才无比的丈夫。追溯到我的曾祖父彼得·叶罗菲耶夫，长得英俊，是全村最性感的大力士，穿着油亮的皮靴，他是有钱的磨坊主，住在窗户镶花边的阁楼上，他换了很多老婆，是19个儿子的父亲，生最后一个儿子——我祖父时已年近八旬。戴着夹鼻眼镜的我祖父不需要粉饰、美化，他的性格温顺，有些漫不经心，比如说：他穿着节日的裤子在街上散步，手里拿着的紫雪糕融化得一塌糊涂，他在内心里总是把祖母叫作"女政委"，不过，他的情绪有时也受影响，有一次位于格洛霍沃伊大街的肃反机关找了他的麻烦，是肃反人员在捷尔仁斯基直接指挥下审讯他，枪口对着他要他立刻说出他的祖父埋藏金子的秘密地方，实际上绝无此事。

*伊万·彼得罗维奇。*愿上帝保佑你们！什么金子啊！

*捷尔仁斯基。*上帝不保佑我们，而是反对我们，但是我们一定能找到金子。

伊万·彼得罗维奇恍然大悟，捷尔仁斯基说“上帝”时用波兰语的发音是“布格河”，对他来说上帝是如此遥远和如此浑浊。伊万从手指上取下结婚戒指递给了捷尔仁斯基。

*伊万·彼得罗维奇。*这是我的全部金子。

*捷尔仁斯基。*戴上去！别装模作样了！涅姆泽尔！

相貌很像诗人的涅姆泽尔走了进来。

*捷尔仁斯基。*把这个公民（他用目光扫了一下伊万·彼得罗维奇愁云密布的脸）……送回家去！

在我的基因中就这样坚实地埋下了死亡：童年第一个印象是别墅区带有骷髅头和交叉骨形标记的电线杆；可怕的电柱：只要触摸它，立刻就会死亡。当祖母年轻时决定参加布尔什维克党，以便成为余粮征集队队员时，祖父威胁说：

“你入党，我就离婚！”

“可惜呀，要是入了党，现在成了老党员，还能在广播中发表讲话呢！”我童年时祖母对我说。

1920年以后的那些年代，祖父、祖母同半个国家的人口一起被划分到爱发牢骚的市侩人群之中，他们伴随着苦难进入了社会主义，他们生下了我的父亲，父亲平安地长到8岁，暑假期间掉在伏尔加河中——却奇迹般地被救了上来，他从不回忆自己枯燥不愉快的童年，中学毕业时全部课程都是5分，在苏联极地英雄功勋鼓舞之下报考北极研究所，但没有如愿，因为肺部不太好，体检没有通过。作为铁路职工工会总会计师的祖父反倒为此高兴，父亲考入了铁道学院，铁道学院的俄语缩写词格外别扭，发音好像是火车头刹车时的刺耳声音，不过到了最后关头，他又偶然上了第三个大学学习：因为突然产生要到西班牙当志愿兵的念头。父亲不具备文学天赋，对“文学艺术”兴趣淡漠，他总是把这个词放在引号之中，他考入了国立列宁格勒大学语文系，为世界革命而攻读西班牙语。

*

在大学走廊里，佩戴崭新奖章的翻译们来回走着，我那年轻的父亲希望与他们一起乘坐潜水艇驶向西班牙海岸。他身材瘦削颀长，穿了一件他唯一的棕色绒面革短外衣，已出落成仪表堂堂的苏维埃人！百折不挠的共青团员。由于佛朗哥的胜利，他没有学西班牙语，而是改学法语。

“叶罗菲耶夫同志，您的出生地在什么地方？”10年以后在克里姆林宫，斯大林亲自召见时这样问他。这个办公室醒目的地方陈列着列宁死后取的面模。

据我父亲说，斯大林说话“声音特别低沉，有很多语法错误”。不久前，他补充说，印象很深的是斯大林是“高加索族人”，父亲当时没有听清斯大林的问题，便顺口回答说：“约瑟夫·维萨里昂诺维奇，是在国立列宁格勒大学。”

“怎么直接在大学里出生的？”

斯大林难以置信地开心起来，他哈哈大笑捂着腰部，面部表情仿佛在说：“瞧，你让我笑死了！”“哎，我真的止不住了！”

此刻办公室门口出现了贝利亚和莫洛托夫，为了出席与外宾的会谈，他们呆呆地站在那里，全然不知底细。贝利亚的夹鼻眼镜闪出对称的反光，心想：这个瘦高青年人怎么能把领袖逗得如此开怀大笑？秘密何在，说了什么？他们不敢问，斯大林认为也没有必要向他们解释。

“好了，你逗得我笑够了。”斯大林友善地对我父亲说。

父亲心领神会。

“我们开始工作。”斯大林以严肃的口吻请大家坐下，然后向我的父亲说，“您安心工作，不要慌。我说话声音低，听不清楚时，您可以再问一遍，不过我说话较慢。”

按铃叫波斯克列贝舍夫：

“客人到了吗？请他进来吧？”法国共产党书记多列士快步走

了进来。

“您好！怎么样?”斯大林衷心地问候多列士。我父亲开始翻译，有时他下意识地觉得贝利亚一眨不眨的眼睛透过夹鼻眼镜闪出的凝视。据莫洛托夫说斯大林称贝利亚的眼睛是毒蛇的眼睛。

*

父亲的前任，斯大林的法语翻译由于在给从巴黎来的军事代表团当翻译时把航空术语译错而被免职。

“我的印象是，我的法语比您好。”斯大林对那个译员说。

“斯大林举止谦逊。”我父亲在领袖初次会见后这样评价说，然后又补充了一句，“他的个人魅力给我留下强烈印象。”

父亲能有机会使苏联人民之父发笑，这多亏他年少时候的一场病。每年三月中旬他都患莫名其妙的扁桃体炎，嗓子化脓，40度高烧。父亲考入语文系后，丝毫不怀疑俄罗斯的语言文学比起西班牙内战更加具有致命的危险性。

“1939 年 3 月 12 日我又卧床不起，特别着急，由于生病我不能参加我们同学诗人克雷什科的生日晚会。”

克雷什科无所畏惧，胆大包天，在课堂上他那蓬松丰厚的头俯在纸上，公开写反对斯大林的诗，他和我父亲每天见面，是好朋友，他们俩都很讨姑娘们喜欢，父亲劝他慎重一些，可是他一笑了之，在宿舍里喝了酒之后他给父亲朗诵了城市民谣：

斯大林、托洛茨基、乌里扬诺夫

他们是流氓团伙。

父亲嘴上挂出毫无表情的微笑，在克雷什科那里庆祝生日的人们第二天全都因参加“反苏集会”而被捕了。

“我为此感到震惊，不过我知道，克雷什科行为无拘无束，爱讲笑话，朗诵‘反苏’短诗，也许遭到什么人的暗算了。不久，把姑娘们释放出来，小伙子们关押时间较长，有的人肋骨被打断。科斯佳肾被打伤——把他打个半死，要求他招供，虽然那天晚上他喝过伏特加酒以后在餐桌上就睡着了，什么也没听见，什么也没看见，克雷什科被判死刑。”

“由于写诗而被判死刑？”我抑郁地问。

“我很清楚，本不该朗诵那些诗。”

这无须争辩。我们说起这个话题总是转弯抹角，干脆不再提它了，在我父亲的家里长期没有发觉在周围、在各地、附近、身边发生的，数千本书讲述的大规模恐怖事件。并非置之不理，并非退避三舍，而主要是没被关注。不过那一次因关押的人太多，反应强烈，震撼了语言文学群星荟萃的列宁格勒大学，我父亲亲眼看见内务人民委员部的人在大教室里抓走了大胡子拉丁语教师。

他被捕时场面动人心魄，年轻的肃反人员甚至递给他大衣，把他友善地从大教室带走，拍着他的肩膀，而拉丁语教师微笑地走着，仿佛是去教师餐厅喝茶。在扎戈罗德内大街我祖父、祖母的住宅中，每逢星期六最亲近的朋友举办家庭聚会玩扑克纸牌“傻瓜”，在这些人当中，铁路员工、党员、奖章获得者费加金被抓走了。有时他提出一些抽象的问题：

“伊万·彼得罗维奇，你说说看，下雨时在街上走着，大雨点子打在身上你能不浇湿吗?”

“是啊！为此首先我和你应该减肥。”祖父开了个玩笑。费加金不见了，这时全家都耸了耸肩膀，不解地问：“因为什么?”不过，后来全家人说：“那些人将会弄清楚。”

*

父亲的生活在一瞬间发生了转折，1939 年 9 月通知二年级大学生到革命摇篮斯莫尔尼宫去，父亲的命运之神把一份《列宁格勒真理报》毕恭毕敬地递到共产党市委书记手中，报纸上登着斯大林、莫洛托夫和里宾特洛甫的照片，他们相视而笑，这是苏联—纳粹的婚礼。

“知道站在斯大林旁边的这个青年人是谁吗?”

“是翻译。”父亲领悟了。

“你想成为这样的翻译吗?”

“是的。”

“你父母是什么人?”

非党人士，铁路员工的祖父伊万没有引起异议，我祖母那时已不工作，她退休前曾任向地方报纸提供照片的摄影联合会列宁格勒分会秘书，她接收预订的摄影，把底片交付冲洗，然后印刷。蒸蒸日上的摄影界使她变成重要人物，甚至有点任性，我的整个童年时期她不时地向我提起自己上司滑稽可笑的姓：什么丘金-留姆金。（我想是：丘吉科夫）她对这个人格外温情脉脉，丘吉科夫对于她来说是比任何照片客户更重要，那些跟在她身后慢慢走着的摄影师就更不在话下了，此外祖母还结识了各界名流，包括苏联作家的“头面人物”，她对作家的反应一贯不好，在我当了作家时，祖母特别不放心。

祖母。你当了作家？瞧你呀！所有作家都是醉鬼。

“常常是这样，他们走了进来，站在那儿，身体摇摇晃晃。”她把特瓦尔多夫斯基与西蒙诺夫，把卡达耶夫与法捷耶夫混为一谈。

那是集体摄影的年代，人们一排排、一组组照相，工厂、学校、医院员工留下集体摄影，以此反映苏联人的面貌。有一次摄影联合会把一张混入了人民敌人皮亚塔科夫的集体照片交付使用，而警惕性高的报纸没有刊载这张照片，掀起了轩然大波。

“我怎么知道照片上都是什么人！”祖母向她喜爱的上司丘金－留姆金解释为自己开脱。根据祖父的要求，不久祖母就辞职了，而丘金－留姆金被开除党籍，祖父养了一只猫名字叫“日姆里克”，他宠爱这只猫，当祖母不在家时，猫就睡在长沙发上，一听到祖母上楼梯的脚步声，祖父就叫：

“女政委驾到！”

小猫纵身跳下沙发跑出居室躲藏到脏水桶后面。

“我们想派你到莫斯科去？”在斯莫尔尼宫人们对父亲说，父亲同意了，后来他对我开玩笑地说，如果他不同意，那么最终他可能进行副博士论文答辩，题目将是 17 世纪法语中冠词或者前缀的作用。语言文学没有使他赢得尊敬，而是像他的童年一样使他忧伤。在指定时间父亲到了十月火车站，他手提木箱为了去苏共中央高级翻译学校学习，在站台上与父母、小猫（祖父抱着猫）以及朋友们恋恋不舍地告别：

“一路平安！”他们说。

“再见！”父亲回答说。

*

父亲进入了超越个人观点的特殊人士之列。感谢社会制度提供高等教育和锦绣前程的机会——什么事情都不是自然而然的。

他们不是像匆匆过客那样利用这个制度，而是完全浸透在制度之中，他们的观点应与制度的观点完全吻合，他们作为个人已不复存在，从一开始就下意识地准备自我牺牲，在所有较为尊重自己的专制者制度下，主要的不是杀害不合潮流的诗人，而是抹杀他们的个性存在，使其名存实亡。为了祭祀而进行的政治谋杀不是随心所欲，而是制度赖以生存的逻辑，是在个人前途的展望与现有水平之间的差距中得出的天才数学结论。斯大林向人的本性宣战。在历史上任何人任何时候都不曾这样做过（神圣的宗教法庭——脆弱的人们）。人民——卑鄙之徒，党内同志—— 一堆废物。把所有的人甚至莫洛托夫拖下水，逼向右倾，推向私有制度。斯大林再把他们像割草一样一茬一茬地剪掉。

斯大林。我希望培育抗寒柠檬。

这是名副其实的不切实际的要求。这项措施能否成功既取决于在俄罗斯的可适应性，也取决于不断更新，清除那些头脑中不能适应的人。未来将会因消除二律背反论而热情欢呼。我一开始惊异，后来明白了：当我父亲说斯大林在场时他并不激动，其实并非如此。那些由于编写关于斯大林趣闻的知识分子在斯大林接见时激动不安，我父亲与他们不同，父亲是趣闻续编者之一，是增大了的光量子。由于这种地位他就更难得与家人团聚了。

*

苏共中央高级翻译学校——曾经是1939年的皇村中学旧址，其中100名学员，为他们工作的教师和行政干部也是100人。由外国教师任课，课余时间为他们安排丰盛的伙食，甚至有专人为他们整理、打扫房间。我的来自诺夫戈罗德卡镇的母亲也在那里的英语部学习：我父亲开始追求她，有一次约会时他还吻了她，写过一些情书，弗拉季米尔骄傲的签名尤其使未来的母亲欣喜若狂。她身穿新买的橘黄色毛衣等待下一次约会，但是没有等到。父亲狂热地追求与母亲同一寝室的邻床女友——美女柳芭，棕色头发的柳芭在与我父亲约会之后大摇大摆地骄傲地走进了父亲的宿舍。献给柳芭不少诗歌的诗人斯莫林斯基被柳芭甩了，他与我母亲同病相怜，失恋之痛不比我母亲轻，但是在这种同样受辱的基础上，他们俩之间并没有产生恋情。母亲潜心学习外语，出落成热爱艺术的知识女性，父亲在大学生剧院演出。他身穿水兵海魂衫，走上舞台——军舰的甲板，瞪着凸出的眼睛喊着："让开！"然后退到幕后。这场戏预示着他的前程似锦。

*

我能否判断20世纪的特征呢？只需一声枪响，只需奥斯威辛集中营的焚尸炉一开，顿时我将不复存在。自我献身的奔波不能事后采取。

战争初期我父亲已是提前考试的毕业生，翻译学校的学员。特种部队准备在敌人后方进行破坏活动。在奔赴前线之前最后一次跳伞时他失败了，一条腿跌伤，他落到了一棵高大的云杉树上，被送入医院，外科医生决定一只腿从膝盖以下截肢，因担心坏疽，父亲拒绝截肢。大夫说：你自己写：拒绝手术。他写了。躺在走廊里，一心想着那只滚烫的腿，发着高烧，一直说着胡话，几乎没有什么指望了。可巧有那么一位年轻医生偶然挽救了他，打算在他的腿上试用一种药——维什涅夫斯基软膏。医生每天两次耐心地把软膏搽在我父亲的腿上。过了许多年以后，维什涅夫斯基其人到我们家做客，他对以其姓命名的软膏痛骂一顿：他身材高大、性情好动，像个将军似的，他喝法国白兰地，与他相比父母成了俄国文学中的小人物。晚饭以后在桌上剩下很多面包渣。他用手指触摸我的脊柱，他觉得不理想。据母亲说由于朋友关系在大学生面前他为我母亲做了阑尾炎切除手术，并且娴熟地缝上了伤口。当时父亲因伤没有同那个小组一起去斯摩林西诺爆炸桥梁，而去的人全部牺牲。

“小伙子，你算走运。”建议为父亲截肢的外科医生翻看地图时对父亲说。

父亲出院以后，有关方面恰好找到了他，请他到外交人民委员部，也叫外交部去工作，因为大部分工作人员在1941年10月莫斯科被包围期间作为民兵捍卫祖国的心脏时阵亡了。

指挥官在告别时对父亲说：

“现在你将踏着红色地毯走路，会忘掉我们的。”

*

德国人海上作战战果辉煌，当世界得知战果时惊得目瞪口呆——U－47潜水艇占领了英国基地斯卡帕湾（海军上尉普林1939年10月14日）一举击沉“皇家橡树”号战列舰。希特勒成了海洋的威胁。在德国海军上将雷德尔指挥之下快速进军苏联期间，在北极地带展开了消灭舰船的战斗。雷德尔笃信上帝，他绝不允许玷污海军和海战战术。无论怎样，德国海军应归功于雷德尔独特的公式“战争无仇恨”。我们天生的敌人除了雷德尔以及海军少将邓尼茨、德国潜水艇和极圈内空军以外，还有“蒂尔皮茨”号战列舰。

“我们决定把您派到瑞典去，”外交部负责人事工作的副部长杰卡诺佐夫向我父亲宣布说，“在那里他们会教会您外交业务，柯伦泰是位经验丰富的大使，有什么问题吗？”

1953年被枪决的贝利亚的亲信杰卡诺佐夫对这一任命事先全然不知，在中立的瑞典工作，当然将是幸福的，甚至在少有的私人时间内还有机会去爱上反法西斯的丹麦物理学家波尔的女儿。不过根据神奇故事的程式，为了获得幸福主人公应该经受各种生死磨难。

"我应该穿什么衣服去?"穿着军便服的父亲站在杰卡诺佐夫面前大胆地问。

"您先出国，到了那里再换装。"

我父亲成了奥德修斯。瑞典被同盟国切断，挪威和丹麦被占领，芬兰站在德国人一方战斗。先让父亲到达古比雪夫市，从那里去阿尔汉格尔斯克，最后与海上商船队一起到达英国，至于怎样到达斯德哥尔摩，只有天知道！

如果写好莱坞式的电影剧本，我想从轰炸写起。画外音：这部电影表现美国和英国海军的勇敢——"泰坦尼克"号正在休养生息。德国人轰炸了木制建筑很多的阿尔汉格尔斯克市，城市一片火海。城市四郊少有的砖结构建筑物"国际宾馆"也在熊熊燃烧。我父亲恰恰住在那里。同盟国下决心派出自己舰队回击。父亲在阿尔汉格尔斯克住了很多天。

"同志，你也去瑞典吗？是同路人？你叫什么？弗拉季米尔，我们一起去吃红烧肉罐头吧！"

在宾馆的大厅，满地是没踝骨深的灰烬，两个戴着黑帽子的青年外交信使互相来回扔着肉罐头，好像玩橄榄球似的。

"弗拉季米尔，现在采用的是船队租界！"两个外交信使继续掷着罐头说："商船队在军舰护航之下，从英国和美国给我们运来战略物资、设备，喂！接着——罐头！商船返回去时运走俄国的原料。好了，我们喝酒去吧！伏特加酒是治疗烟焦味儿的良药。"

"我们这是第三次乘船去瑞典。"走进外交信使的两人房间，第一个信使把帽子扔到床上介绍说。

"怎么样？"父亲问。

"死不了的！战争像人的生活一样主要得有钱！"

"别说了，无名氏老兄！"第二个外交信使向多棱玻璃杯里边倒酒边说，"我愈是怕死，死亡就离我愈远。"

"弗拉季米尔，别听他的！德国人在北部集中了以蒂尔皮茨号战列舰为主力的大型海军集群。"

"排水量为 52600 吨，船员有 2608 人，"第二个外交信使补充说，"这是一座城市！任何国家都没有这样的战列舰！"

父亲表现出领悟的神情。

"弗拉季米尔，有一个客房女服务员，她长得和绝代佳人女演员柳芭芙·奥尔洛娃一模一样，经验丰富的女将。为什么所有的女演员都和导演睡觉呢？"第一个信使舔着下嘴唇说。

"在极圈内地区和战列舰一起还有巡洋舰。"第二个信使接着自己的话题，并且扳着手指头数着，"沙恩霍斯特号（我认为那里没有这支军舰，我核实了参考书——作者注）、海军上将谢尔号、柳特佐夫号、科隆号、纽伦堡号共 5 艘！"

“战争以后，纽伦堡号将挂着我们的船旗航行，改名叫海军上将马卡罗夫号。”第一个信使嘻嘻笑着说。

“听着，还有20多个现代化水雷艇分舰队，参战的还有520多架德国飞机和大量潜水艇，指挥是……”

“海军少将邓尼茨，”父亲接着话头说，“你们有什么好高兴的呢?”

“好样的！希特勒向邓尼茨下达了全面切断通向我们北方港口航道的任务。”

斯大林。索索与伊斯托米娜同床共枕。

他躺在那里一丝不挂羞羞答答……

两个信使环顾四周。

“弗拉季米尔，你听见什么了?”

“什么也没有听见。”

“我们也是什么都没听见。”

“我们如果不被炸死——就必将活着冲出去!”第一个信使说，愉快地看了看盖着印章的外交信件口袋，“来，我们喝酒吧!”

1942年7月苏联潜艇海员卢宁成功地袭击了蒂尔皮茨号战列舰，开到挪威峡湾去修理，尽管在西方历史学中认为：卢宁和他的K－21潜水艇是广告宣传。无论怎样这为同盟国的船只通行开辟了道路。9月初组建了QP－14护航舰队：其中包括几艘苏联和英国的干货船、油轮，船只像小孩子一样在英国和美国的军舰关怀和保护之下，在这个护航队中没有苏联军事“保姆”。请看这支护航队——真的！不可战胜。一组巡洋舰，20 艘舰队驱逐舰，对空防御军舰，11 艘驱歼快艇、扫雷艇、潜水艇、水雷扫雷艇！

“弗拉季米尔，你坐哪艘船？到我们干货船来吧！”两个外交信使向父亲摇晃着从苏联船上拿下来的几盒肉罐头。

“让我到英国人那里，乘坐水雷扫雷艇。”

“把你派得太远了！还是跟我们在一起吧！”

“我这里有书面命令啊！”

“现在让我们想想办法，我们的船长是个好小伙子！”

弗拉季米尔登上了米德尔顿勋爵号扫雷艇没有什么好高兴的，他几乎不懂英语，与谁交往呢？那两个外交信使运气真好，让他们登上了“自己人”的船。而怀有身孕，特别年轻的卡佳·瓦林尼科娃也被分配到英国干货船上，她是到在伦敦工作的丈夫那里去。通常俄国人喜欢换地方，在起航之前，卡佳，未来的小妈妈含着眼泪请求与我父亲同行，她说：

“弗拉季米尔，在生人中间我害怕。”任何人都没有察觉在宾馆等船期间他们已经成为患难之交了。

“所幸的是没有上帝。”卡佳继续说，“如果注定要死，千万不要在地狱烧死。”

“为什么在地狱？”

卡佳耸了耸肩膀，父亲开始为她张罗，找人说请允许她与我父亲同行，但是无济于事。

“我的那些英国人已经灰溜溜的了，因为护航队起航日期定在13号，现在要是军舰上面坐上了个女人，你自己知道，这是不吉利的征兆。”船长在码头上向这位美丽的孕妇解释说。

扫雷艇上的船员大多数是苏格兰人，他们婉拒了卡佳，却友好热情地接待了我父亲，由于吸烟而牙齿黑黄的船长下达指令。

船长 。给他发一套带风帽的黄色防水工作服，保暖衬衣、靴子，还有私人武器——毛瑟枪。常言说，人靠衣服马靠鞍！生平第一次父亲像个真正的男子汉，黄色工作服，带着毛瑟枪，他持武器并不感到可怕。

QP－14 护航队还没有驶入白海，就遭遇德国侦察飞机的轰炸。于是战斗开始了！护航队针对德国人展开了密集的拦截射击，不过德国人是有经验的牲畜。航向——斯匹茨卑尔格群岛，天空布满飞机，战争在我父亲的脑海中变幻、叠化，“Xe－177”型鱼雷飞机和“容克－88”型俯冲轰炸机大型空战队不停地进攻。

父亲看见扫雷艇的尾部火焰连成一串在海上燃烧。

上帝。战争犹如一切创造性游戏——直观地证明我的存在。

在冰冷的海水中，在洒满油污的海面上失声喊叫的人们正被淹没，没有人能够拯救他们：向护航队下达的命令是：全速前进，摆脱敌人，不要由于救援溺水者而耽搁。德国人正在追踪护航队一直追到新地岛浮冰群边缘，在那里，为了节省汽油，不能长时间地盘旋在敌人上空！

父亲逐渐习惯炮弹轰鸣下的生活，他天生的求知欲重又萌发，他请求船长介绍一下，船长说：

“战争之前米德尔顿勋爵号是捕鲸船，鲸鱼就其本质而言就是德国人，一句话：都是哺乳动物，我有52名船员，这是我们的武器：两门大炮，船首和船尾各一门，在船长桥楼上有两架大口径机枪，还有发射深水炸弹的设备。还有一个好消息：卡佳生了。”

“真的？”

“今天早晨生的，到冰岛时我们喝香槟酒庆祝。德国飞机已不再袭击我们了，尽管不停地进行各种飞行，相信我，只要过了斯匹茨卑尔根群岛进入大西洋，一切就会轻松些。”

弗拉季米尔不得不承认谚语“好像早已料到”在这种情况下已不适用。在斯匹茨卑尔根群岛与挪威之间航行特别危险，德国空军并不停息，可能要炸毁整个护航队，突然浓雾笼罩大西洋，天水难分，护航队淹没在白茫茫雾海之中，德国飞机那时还没有雷达，德国的主力舰艇没有出海，希特勒不想让自己的舰队冒险。

但是，在挪威的熊岛水域德国飞机一下子打沉了几艘船只，那两位快活的牌迷——外交信使活活葬身火海，他们不愿意把早已过期的邮件留在燃烧的干货船上。同一天，卡佳连同刚出生的女儿也被海水吞没，英国海员为纪念她在海上降生，给她起名玛丽娜。

在大西洋护航队与标有德国法西斯党徽的潜水艇相遇，潜水艇蛮横无理地在水面上向护航队冲去，然后潜入水下再从各个方向发射鱼雷。像往常一样我父亲站在船长的桥楼上，猛烈爆炸的气浪把他打倒在围栏上。父亲，别落入大海！扫雷舰近旁，崭新的刚刚下水的漂亮英国舰队驱逐舰索马里号被炸，一只鱼雷打中了机舱。

舰队驱逐舰倾斜了，但没有沉没，向其他两艘驱逐舰和我父亲乘坐的作为辅助船的扫雷艇下达命令，保证把那艘被炸坏的索马里号拖到冰岛，该船上的船员从救生艇上回到船上，护航队继续航行，几天之后的一个夜里海上掀起风暴，索马里号被巨浪劈成两半，连同全体船员一起迅速卷入了海底，海员们抛下大网，捞上来15名由于寒冷而变黑了的人和一些鱼（船上总共600人）。给他们喝几口朗姆酒，用酒精擦身，用热水袋热敷。两个人幸存了下来，驱逐舰完成了拖曳任务，加速向前行驶以便追上护航队，扫雷艇孤零零地在大洋上前行。

*

寂静。太阳。漂浮的极地之夜（已经过了季节，只是为了保留美好的回忆）。天气非常适宜航行。有时候父亲好像是作为成熟的男子汉在度假，他在船甲板上慢悠悠地走着。在碧蓝的远方徐徐闪现出爱的幻影，白云仿佛柔软的婚纱，遗憾的是身旁没有——我父亲到底想拥抱谁呢？清晨他看见在船尾后面地平线上冒出奇怪的烟。战斗警报：“敌人的水上军舰。”

“全速前进！”船长在扩音器中喊着。

不过我们的扫雷艇与三艘驱逐舰在速度上较量是力不从心的。走在最前面的一艘向空中鸣炮警告扫雷艇停止前进。

“他妈的！”船长向我父亲瞥了一眼嘶哑地骂了一句，“转舵！准备战斗！”他用扩音器喊着。

扫雷艇调动所有武器，尽管不强大，发疯似的射了出去，父亲紧握着毛瑟枪柄，可是他忘了把子弹塞到什么地方了，他跑到船舱在枕头底下找到了子弹，又跑回船长桥楼。（我不会使用武器有遗传性，虽然童年时在室内靶场射击百发百中），难熬的寂静。父亲知道他绝对不会活着落入德国人手中。三艘驱逐舰哗啦哗啦地劈开海水，向扫雷艇靠近，与扫雷艇相比，有如天壤之别，父亲抬头仰望，突然喊声震天：

“美国人！是美国人呀！”

驱逐舰紧紧靠拢。船上聚集着来自俄克拉荷马、明尼苏达、密西西比和亚拉巴马的美国人、白人和黑人、自己人，当亲人美国佬把带有鹰国徽的口袋一个个扔到扫雷艇甲板上时，大家潸然泪下。罐头、罐装啤酒，我父亲和苏格兰船员早已忘记是什么味道了。在扫雷艇上摆起丰盛的宴席。大家都觉得自己是英雄，一个醉醺醺的人向父亲大声说：

“为了斯大林格勒！为斯大林格勒干杯！”

斯大林。是否为时过早？

晚上，父亲很不好意思地教船员们俄语中的骂人话。

*

我父亲——苏联的奥德修斯终于登上了自己首次出国的海岸，他两脚踏在地球上，欣喜地感觉到坚实的土壤，放心大胆地在冰岛的雷克雅未克市没有灯火管制的大街上行走，颜色鲜艳的房子晚间被电灯照得通明。弗拉季米尔欣赏着被公认为北欧最美的姑娘们。

冰岛从不闭关自守，这一点对俄罗斯有很大吸引力，并非偶然的是陀思妥耶夫斯基笔下的魔鬼主人公，漂亮的斯塔夫罗金曾到过冰岛，当然他没有讲述这个国家留给他的印象，因为这个引人遐想的国家无须旅游者用观感描绘。

如果不说命运嘲弄的话，惊人的巧合是我恰在我父亲的那个年龄——22 岁也偶遇冰岛，不同的是我从未置身于冰岛这个国家，那是我自己的“冰岛”，她住在楼上 6 层，地址是和平大街，里加火车站附近的外交大楼，院子门口有苏联警察站岗。我经常表现出自己的非苏联性和非俄罗斯性，为了大摇大摆进院我穿着棕色皮革面白羊羔里的皮毛一体大衣，不系扣子，以便不引起怀疑，这不仅反映出我的洋气，而且也表现出我的粗俗无礼。在那些年代为此我会付出不小的代价。这是我越出苏联常轨第一个反叛行为，心境焦灼，永不停息，致使我彻底背离俄罗斯文学轨道。刚一想写点什么，立刻没完没了地怀疑自己，不相信自己。当我刚一强烈地预感到要发生什么事，我就立刻会为我的冰岛担忧，她为我敞开风流韵事之门，她把我的生活变成千古绝唱。

后来，当我不止一次损害了这部绝唱时，我在想象中回到过作为其源头、构思和难以企及的人物形象“冰岛”。“冰岛”成了我婚外恋的对象，是我非法热恋的姑娘，我的“冰岛”，她比我大两岁，在北约国家中最小的国家大使馆担任外交官。官邸坐落在沃罗夫斯基大街附近的最僻静的胡同里。我那时是大学五年级学生，刚刚幸福地结婚，是等待自己新婚娇妻的新郎。我的新婚妻子由于签证拖延而不能从她的东欧国家出境。那天是 11 月 7 日，一伙有些微醉常常在电影院附近聚堆的朋友们把“冰岛”带到我父母当时不居住的住宅，我和她并肩站在父母卧室门朝院子有点摇晃的小阳台上，观看苏联礼花，她观看礼花是那样的高兴，那样发自内心的幸福使我明白，这是庆贺我们幸福的礼花。于是只有在青少年时代才爆发的那种心血来潮，渐渐地一切都有节奏地消逝、舒展、融化在空气中，好像事先安排好似的，毫不勉强，毫不意外，只有我们两个人，一切将把我们融合在一起直至永远。我们爱得发狂，英语词汇已无法表达，我们几乎不说话。如果说有尘世之爱，有人间的极乐世界，那么革命节那一天在和平大街我父母住宅的地毯上，这体现到顶点。我们神魂颠倒，如醉如痴。爱情要求最直截了当的、有趣味的语言，不需要拐弯抹角，装腔作势的语言，小市民的浪漫情调。如果爱情是真正的，那么对爱情的描写只能是文学的仿制品。我们就这样开始哑然无语的生活，我们不信任英语，在和平大街上的住宅里，我们陷入完全非法的情爱之中，沉浸在无声的美丽童话王国之中，而在这王国周围并不宁静。当她倒茶，转动她那高尚的头时，动作缓慢，当她在街心花园打量着我，当她用贵族式纤细的双手捧着冰岛语的高尔基自传体小说时，悠闲自得。在她那蓝色长沙发上，我创下了非人的性欲纪录，从此以后在任何时候都将不会再有这样的纪录，也许最主要的，今后在任何时候，对任何人都不再羡慕。这些刻骨铭心的话“你真棒”！她的裸露的白皙的大腿，让那个什么斯塔夫罗金见鬼去吧，让我父亲当军人的渴望见鬼去吧！

我在里加地铁站下车。我 22 岁，时间已经很晚了，我急于回家，我看着自动电梯上晚归人们模糊的轮廓——我深深明白任何人，任何时候都没有像我此刻这样幸福，她对我说在冰岛有民歌却没有民间舞蹈，各国都有唯独那里没有。同样冰岛的人没有姓，他们在生活中只有父名。我和她在狂热做爱时不需要呼唤名字，精液喷射就足够了，她的一个手指有伤疤，我的左手食指上留有伤疤，这是七年级时我用木柄长刀削水萝卜时留下的伤痕。在厨房里，鲜血、手指上的疤痕。我们是带有记号的人。不过据她说，她的指骨当时已被切断——完全切断——后来迅速地接上了，并且愈合了，怎么能愈合呢？不可能这样。无论是你的手指，无论是你本人，这都是不存在的。

我看着她转头的不平常动作，那头黑色的秀发，由于激动而略微湿润的眼睛——在莫斯科冬季的街心花园里——我们应该决定——她已经怀孕，是我的孩子——我真不敢相信自己的幸福。

“阿乌斯塔！”我思念着……“船长的女儿！你过得怎么样？你在哪儿？谁和你在一起？你有几个孩子？也许已经有了孙子了吧？你的两个妹妹怎么样？他们的情况好吗？我们之间究竟发生了什么事？”

*

在冰岛稍加休整，米德尔顿勋爵号驶向不列颠群岛。父亲又将面临多少致命的危险——无法预料。

夜深人静，船员刚刚准备就寝，听到警报：

“发现一艘敌人的潜水艇!”

父亲从床上跳起来，飞快地顺着金属舷梯跑向甲板，他像有经验的海员那样，谛听着打在甲板上的浪花飞溅声，有节奏的拍打声，他找准机会，打开沉重的铁门，想去船长指挥桥楼，那里的舷梯离这里只有6米，他已经跑了多一半，忽然听到船长骂他：“弗拉季米尔，没有关上舱门，那里的探照灯照射整个周围水域——这是德国人最好的靶子!”

父亲转回身跑着，一个大浪向他打去，他跌倒了，不过他赶紧抓住了门把手——他悬在那里摇来摆去，活像马戏团的小丑，又一个巨浪像踢了他一脚似的打湿了他的全身，他浑身湿透，连冻带吓，牙齿直打哆嗦，不过，他仍然坚持自己的意图，这一次总算跑到了船长桥楼的舷梯，在被船只划破了的曲线水面上，他看见闪烁的淡绿灯光，扫雷艇小心地向那个目标接近，苏格兰人对不明目标保持瞄准状态，眼看将开始海上决斗，父亲咬紧牙关，他不会祈祷。

当他们驶向神秘火光，海员们发现“敌人”是一棵在水上漂移发出孔雀石绿色磷光的圆木的时候，父亲大惊失色。圆木被机枪打成碎片，船员们很长时间取笑那个把黑夜漂浮的圆木当成敌人目标而发出警报的值班员。

*

擦洗甲板，所有金属扶手被擦得明光锃亮。我们的船只驶进了英国，原以为米德尔顿勋爵号已经沉没了的爱丁堡市政当局为船员安排了隆重的迎接仪式，军乐队吹着风笛，在大风中奏着雄壮豪迈的进行曲。由身材魁梧穿着方格裙、高尔夫球裤的苏格兰人组成的卫兵队排列在市政厅大厦门前，在市政大厅中为海员们准备了盛宴；海员们饱餐了苏格兰式动物内脏做的菜肴，这种菜灰褐色，我父亲嘴上挂着新上任外交官的微笑把这道菜放到自己的食碟时，心想：这道菜真像狗屎。品尝之后，丝毫没有外交礼仪地暗想：要是狗屎都这样该多好！我父亲的胃疼得厉害。他第一次在众多外国人场合下露面，他穿着比较旧的军便服，看上去挺可笑的，不过谁也没有对此有任何挑剔，要知道爱丁堡亲眼看见了来自烽火硝烟的俄罗斯大地的苏联外交官。

“你到什么地方去？我们很快出海，跟我们一起走吗？”

弗拉季米尔乘坐老式的卧铺车厢火车上路了，船长和七位海员在车站上送行，他们喝了很多威士忌酒，我父亲与船员个个吻别，长时间从车窗向外挥手，窗外掠过宛如彩粉画般覆盖树木的群山，父亲在车厢走廊的窗前站了半天，这是他坐火车的习惯。迟暮时分，他抵达了伦敦，蓝色灯光昏暗地照着月台，没有人去接他，叫了一辆黑色的出租马车，来到加尔金广场佩拉斯加登大街13号，上了台阶并按了门铃。古老的沉重房门打开，父亲做了自我介绍，被请进门去。那天夜里值班的青年外交官很高兴这位不期而至的交谈者，他们开始喝茶。

“您相信13这个不吉利的数字吗？”

“那要看指的是什么事？”

“这栋房子由于是13号，低价买下作为大使馆。相邻的独家宅院从那时起不是被破坏就是遭到严重的轰炸，而大使馆却安然无恙。”

“怎么，轰炸还很激烈吗？”

另外一个工作人员一边打着哈欠一边走了进来。

“您看见猫了吗？”

“什么猫？”

“猫不见了。”

丢了猫的那个工作人员把我父亲送到附近的旅馆。

“法西斯分子！我养惯了猫，妻子留在了莫斯科。”

“会找到的！”我父亲对他说。

父亲永远是乐天派。他把大热水袋放到被子下面，感觉到脚部暖烘烘的，很舒服，刹那之间便睡着了。在那些年代，父亲学会在任何地方、任何状况之下都能睡觉，他睡觉特别死，甚至耳边响起手枪声都不能惊醒他。不过这一次他在深夜猛然惊醒，夜晚黑得伸手不见五指，压在身上的被子如同沙袋，父亲想是不是天花板掉下来了，他用力下床，听见窗户玻璃碎片散落在地板上的响声，满屋都进了风，窗户框和中间夹层全都荡然无存。显然附近有重型地雷爆炸。父亲想：傍晚神志昏，留待翌日晨，还是接着睡觉吧！

德国飞行员空战很猛！希特勒——空中霸主。希特勒空军全面霸占了伦敦领空。清晨，弥漫着烟味的空气有点呛人，像当时在阿尔汉格尔斯克那样，但是父亲没有看到疲惫不堪的伦敦居民有什么绝望的表情，人们看上去全神贯注，精神集中，电影院都还工作。次日，大使馆人员领着我父亲去了最大的百货商店，那里精干的售货员不到半个小时就给父亲选中了普通便服，并且把原来的衣服仔细地放进服装袋里，尽管在街上谁都没有注意，可是父亲觉得穿着窄裤腿的裤子和第一次头上戴着礼帽，很不自在。

“你是和卡佳·瓦林尼科娃一起来的吗？”大使馆的同志们冷不防地问。

“她淹死了，还有小女儿一起。”我父亲说。

同事们哄堂大笑。

“你们怎么了？”

“你知道她是谁吗？”

“是谁？”

重又哈哈大笑，弗拉季米尔再没有往下问。

“我的猫找到了。”已经见过面的那个工作人员说。

“您看，这不是找到了嘛。”父亲微笑着说。

父亲善于很快与人们交往，但是一生中他从未哈哈大笑过。抵达瑞典不比取得胜利更快，更容易。美国人答应把他送到那里，他们喝完了咖啡，来到了停机坪。

“好，我们走吧!”空军飞行员请我父亲抽了切斯特菲尔德牌香烟之后说。夜间停机坪上停着三架轰炸机。

“多么好的飞机!”父亲说，“为什么不开辟第二战场呢?”

美国人笑着说:“你问丘吉尔去吧!”高大的黑人飞行员慢慢地、轻蔑地伸出粉红色的舌头继续说:“丘吉尔害怕德国人。”

美国人一贯因自己的军备感到骄傲。工艺技术——西方的灵魂，飞到瑞典需要经过德国人占领的挪威。

“小菜一碟儿!”美国人向父亲保证说，“我们夜里飞越挪威窄航线，计划飞行中关闭发动机。”

“像拔牙一样又快又不可怕。”黑人飞行员说。

夜间在挪威上空德国人发现了美国轰炸机，追上了它们，击落了黑人飞行员乘坐的那架轰炸机，这已经是在瑞典领空了，从各方关系看这都是不诚实的。三架轰炸机中的一架迅速逃脱——比俄罗斯的轮盘赌的轮盘转动得还快。1942 年 11 月初，十月革命节 25 周年前夕，经过大约两个月的旅程，朴实忠厚的奥德修斯——我父亲在斯德哥尔摩地区着陆，他安全无恙地度过了上面提到的那场空战，当时他正香甜地酣睡呢。

*

作家——与外交家截然不同的人，我开始思索，观察成为我父亲之前的那个青年人的升迁过程，此时此刻我不禁陷入半嘲讽的思绪，我企图在内心自我解释，我不再热爱外交事业，最主要原因：外交不是别的，而是把自己利益无条件服从自己国家的利益，可能至今所积累的历史经验把我父亲的行为变成集朴实忠厚行为之大成（《朴实忠诚的奥德修斯》），而我则以某种傲慢的态度对待这一点。不过，最有可能的是父亲和儿子角色的互不相容性。

孩子们，无论他们是什么样的，总是把我们的生活变成陷阱。今天在普留希赫街一栋房子旁边看见了一个上届同学，她长得很美，她沿街跑着，散发出低档化妆水的味道，突然她从一个戴眼镜的青年男人身边跑开，边跑边向他回过头来，钟情地说：

“我怕你。”

从她的父母的观点看，这种情爱是背叛，可她自己——却堕落成妓女。难怪在传统社会，父母为子女挑选未婚夫和未婚妻，他们想：孩子是我们的私有财产，因为我们生下了他们，他们是只有我们有权出售的商品，而子女们自己永远不同意这一点。

孩子们以自己全部行动背离我们：时尚、舞蹈、风俗，用他们的语言嘲笑我们的语言。我们生儿育女——是爱情的延续，孩子们哭闹影响父母睡觉，给他们换尿布，孩子们生病。我们夜晚去地铁站接他们使他们不受欺负，可他们却难为情，当我沿高尔基大街向普希金广场方向走着前去参加中学毕业生晚会时，我母亲衣着考究、年轻漂亮地与我同行，我感到害羞。走到曾一度作为赠送给斯大林礼品博物馆的革命博物馆时，我甚至打算与她分开单独走，而她根本不明白我的心思，喃喃地说："你为什么这么着急?"可能她以为我是害怕迟到呢。

孩子——是我们的死亡缓冲器，他们不仅传宗接代，而且还预示着我们的永恒，也许不像宗教永恒那样明确，但是总归是永恒。如果认为死亡是真实性的最高标准，那么我们处在明显的不平等地位，孩子的死亡断送父母，是对他们永生的谋杀，而父母的死亡——只不过是个人悲剧。

父母比文学更为重要，描写他们时，作家的风格开始摇摆，作家竭力把印象和感受注入形象之中，这是徒劳。不过孩子常常比自己的生命更加重要，当沿着红军街心公园散步回来，推着载有我儿子奥列格甜睡的时髦牛仔布儿童车过人们横道时，我想到如果发生意外：——或是他——或是我，我会钻到汽车下舍身拯救儿子，牺牲自我，这很自然，其中甚至没有任何慷慨之心可言。

不过我们在命运面前也要滑头，我们只选择与我们血缘相关的子女，而对偶然的非婚生子女则排斥在外——因为他们不适合为我们传宗接代。

冬季的早晨，我从写这本书的别墅回到莫斯科，我看见在帕夫洛夫斯基工人居住区一些汽车站等车的人群，在清晨的昏暗中，他们模糊不清，睡眼惺忪、声音嘶哑——他们去市里为自己孩子们工作，我觉得他们所有的人都在化工厂工作。从产院出来，父母的微笑是错误的，他们为此应付出代价，孩子们没有注意到我们的付出——我们生活在这种明显的事实之中。在我们出生那天的欢宴上，父母爱子之心像灯泡烧坏之前突然闪亮。父母幸福地叫一声："宝贝儿子！"此时爱已陷入绝境，父母的情爱已毫无出路。在弥天大谎中我们扮演着繁衍后代的消极角色，这样的后代早已不再意识到自己的这种作用了，年迈父母遗留的最后公式——毫无用处。我们不能用遗产赎身，甚至如果有遗产的话。扔到污水坑里的破板凳——我们身后所留下的一切。

子女毫无人性，我们一辈子都为他们提心吊胆，当别人认为：我们的孩子荒唐可笑时，我们却为他们感到莫名的骄傲。如果子女们不聪明、不漂亮，这很令人不快，但是聪明过人和功成名就的子女却又使我们陷入缺陷综合体的感觉之中，他们将成为我们失败的裁判，父母掩饰自己子女的缺点；子女却轻易地挑衅式地谈论父母的缺点，当然也有很多崇拜父母的例子，纳博科夫感激自己的父亲，因此部分地仇视弗洛伊德，不过纳博科夫理想的父亲的头脑结构只适用于文学，而不适用于生活，我们把孩子们遇到的每件小事都戏剧化，他们如果注意到了这一点，则认为我们的戏剧索然寡味、庸俗、老生常谈。父母完成了一生中最重要的使命——他们生下了我们，剩余的一切——无关紧要。

*

“亚历山德拉·米哈伊洛夫娜·柯伦泰是我外交事业的老师”，我父亲多次非常自豪地说。

1942 年瑞典保持中立地位。在那里展开了大规模戈培尔的宣传战，在街上悬挂着德国情报室提供的大幅玻璃窗宣传栏，里面炫耀雅利安人士兵在东线胜利的照片，德国人带着胜利的微笑。挪威大学生常常打碎这样的玻璃宣传栏，德国人重新换上玻璃，然后再被打碎，法西斯分子作为报复打碎了在车站广场上树立的苏联宣传栏，上面的瓦西里·焦尔金张着大嘴笑（比德国士兵的微笑更胜一筹），但是，宣传栏使用的玻璃是普通的玻璃，重新镶也比较容易。

外交——是奇特的事业，外交是战争以和平手段的继续吗？柯伦泰多么成功地进行了关于把芬兰从战争中摆脱的谈判！柯伦泰获悉瓦伦堡同芬兰总统赖提私交甚笃之后，她便积极地并且坚持不懈地请求他出面斡旋，对芬兰人施加影响使他们立刻停止同苏联作战，瓦伦堡答应了她的请求并前往赫尔辛基，此时柯伦泰发电报给莫斯科建议在这些天加强对芬兰首都的轰炸。

“她是利用自己私交捍卫苏联利益的能手。”父亲与我私下谈话中强调说。

“瑞典人除了那些纯粹法西斯组织以外，对德国人反感……”她坐在残疾人轮椅上对大使馆工作人员解释说，“彼得罗夫，您在那里做什么呢?”

“没做什么。”

“正是这样，彼得罗夫，您知道吗，瑞典人不喜欢希特勒制度，也不希望在自己国家试行。”

我父亲不止一次在柯伦泰那里目睹她是怎样斥责瑞典的大臣们破坏中立地位的。

“朋友们，你们怎么能这样!”

“同志，请原谅我们!”内阁首相不好意思地急忙道歉。

父亲对柯伦泰佩服得五体投地，有一次他对我说在战争最激烈的时候，她把瑞典国王查理十二雕像指向俄罗斯作为敌人的手臂扭转过去指向德国人。此事历史没有记载，但是却深深地印在我的心中。大使馆依靠着瑞典人民强烈的反战情绪。整个战争期间我父亲一直作为大使的助手在那里工作。刚一到任时他住在宾馆，夜间猛然惊醒，眼前的景象是：一个姑娘来到他的房间，头冠上点燃着蜡烛，父亲揉了揉眼睛，想弄清楚：是做梦？是奸细？是长期的节欲？姑娘走到他的床前，微笑着把放着咖啡和饼干的托盘送到他的眼前，父亲欠起身靠在枕头上，喝了咖啡，嚼着松脆的饼干，发出咯吱咯吱的响声。姑娘笑吟吟地端着托盘走了出去，关上房门。在大使馆用作吃午饭和接待客人的大厅的墙上挂着很大的瓷制装饰盘，是列宁格勒瓷器工厂的工人们赠送给柯伦泰的，上面是："不劳动者不得食！""工农永远当家做主！"

柯伦泰让我父亲在晚上帮助她写回忆录。在战争激烈年代，在斯大林主义鼎盛时期，她用法语写回忆录以便在墨西哥出版，在她的房间里放着一个薄铁皮的箱子，她用长长的手把带滚轮的安乐椅拉到大箱子跟前，在我父亲的帮助下打开沉重的箱盖，盖上的商标是沙皇徽章，她手伸到所需要的考古层深度掏出了列宁、马尔托夫、罗莎·卢森堡的信件，仔细看着普列汉诺夫带有个人签名的照片，她说：

"和普列汉诺夫的接近使得我长时期无法转向布尔什维克。"

柯伦泰是列宁第一届政府成员，但是她表示反对布列斯特和约并同自己的朋友什利亚普尼科夫成立了反对党——自由工人党，在该党被取缔之后她退出了政府，有时柯伦泰把身子向椅背一靠开始讲述自己。她很信任我的父亲，她说自己度过了互相联系但又截然不同的生活，她的性格特点是：叛逆倾向。

柯伦泰。我是彼得堡上层社会的贵族小姐，我的贵族出身对我在瑞典工作很有好处，对贵族迷恋得发狂的保守瑞典人原谅我的布尔什维克主义和我担任苏联大使。

很久很久以前，1914 年 9 月，有一次瑞典内政大臣曾下令，因鼓吹革命而逮捕柯伦泰，国王古斯塔夫五世签署了把她从瑞典永久驱逐的命令。她一双碧蓝的眼睛闪出狡黠的光芒，浓重的眉毛微微向上一挑，拨了拨额发，向我父亲说，当 1930 年她作为苏联驻瑞典全权代表递交国书时，古斯塔夫五世接见她觉得不好意思，国王把自己颁发过的旧命令偷偷地废除了。我祖父仍继续在铁路工作，列宁格勒被围困期间，祖父、祖母一直住在那里。每天，我祖父从扎戈罗德内大街步履蹒跚地走到十月火车站，把自己过时了的肥裤子换成了儿子的共青团员裤，他在我父亲去瑞典乘坐开往西方的特快列车上认识了一位皮肤白皙的姑娘，到站下车时她穿上了德国党卫军的制服。响起了可怕的大炮声，从敞开的窗户向我祖母家飞进了一个被炸断了的头，这是女邻居的头，祖母此时惊得魂不附体，她不知如何是好，是把人头送给她的丈夫？是叫警察？还是干脆扔到院子里？

“尼娜·瓦西里耶夫娜，您怎么这样倒霉呢？”

祖母和这个女邻居友好相处，祖母刚刚给她改缝了衣服，那个女邻居答应给我祖母报酬。共产主义的情爱——这等于一杯白开水吗？柯伦泰作为婚姻关系的主要反对者，认为家庭滋生妨碍建设共产主义的利己主义，不过她却嫁给了苏军将领德边科。

柯伦泰。我比丈夫大 17 岁，可是这并不使我感到难为情，当我们相爱的时候，我们觉得年轻，可是当我开始因作为苏军将领的妻子，而他因作为驻外全权代表的丈夫而苦恼时，我们的爱情也就到了尽头。

柯伦泰不仅是布尔什维克而且还是性革命者——白银时代的传奇人物，爱吃巧克力糖，还是“工蜂”式非性交自由恋爱的维护者，列宁对柯伦泰的理论感到惊愕，我父亲没有成为她的新教徒。在1905年流血的星期日，柯伦泰去了冬宫，枪声四起，她得以逃脱——若干年以后我的父亲重又见到了她，她已经坐在残疾人的轮椅上了。柯伦泰早已不再贪杯，不再闪烁伟大政治家的光环。当我祖父回家以后，他们夫妇商量很久。邻居各家差不多都饿死了，祖母缝衣服挣钱没有饿死，人们用雪橇把尸体送到埃利斯曼医学研究所。死者的头发因寒风和冰冻发出簌簌声。在瑞典大使馆彼得罗夫走了进来，他是负责监督苏联侨民组织的驻扎官的助手，他对我父亲说：

“你没看出来吗？柯伦泰不是我们的人，她周围的人都很可疑，女佣是瑞典人，司机也是瑞典人。”

父亲拒绝与彼得罗夫合作。

“你会后悔的，那时已经晚了。”彼得罗夫说。

他不止一次向我父亲施加压力。

“我要把这事报告给柯伦泰。”父亲说。

彼得罗夫对我父亲大骂一顿，后来他在奥地利工作，携大使馆公款潜逃。大使馆的一些年轻单身汉忍受不了长期在国外生活，我父亲的朋友阿尔卡吉，在多次请求调回国的申请没被批准之后，他向莫斯科寄了揭发自己的匿名信，信中详细地写了他酗酒，他夜里在公园与妓女相会（指出酒名、酒吧和公园名称、妓女的姓名），他立刻被召回。1944 年 8 月初突然来了电报：指示我父亲去莫斯科出差，柯伦泰深感焦虑，她回答莫斯科不同意他走，她习惯与我父亲一起工作，更主要的是她产生爱慕之情，男人们比较迟钝，残疾女人总归也是女人啊！瑞典之夜在为祝贺芬兰人退出战争的晚会休息期间他们用法语交谈：

“‘暧昧’这个词法语怎么说？”柯伦泰问。

我父亲用法语告诉了她。

“怎么说？怎么说？”

我父亲——傻瓜！莫斯科再次发了电报，柯伦泰再次拒绝，最后莫斯科发了莫洛托夫亲自署名的电报，这一次柯伦泰无可奈何地摊开了双手。

“我真的不明白，不过您是非走不可了。”

父母搬进了曾属于黑眉毛参赞切尔内绍夫在莫斯科的宽敞住宅，他曾担任苏联驻巴西大使，几年以后不幸淹死，在切尔内绍夫溺水时，他的助手去救他，被鲨鱼咬掉了头，而他的母亲在莫斯科不知道这一噩耗，她只是做了一个梦：儿子坐在岸边钓鱼——没有头。当我父亲离开瑞典，这位参赞——切尔内绍夫半真半假开玩笑地问：

“你干了什么事，为什么这样断然地把你召回?”

父亲没有回答，他不知道该说什么。

*

“你是否想过你刚一到莫斯科就会逮捕你?”

“为什么?”

“不为什么，你回国怎么走这么长时间?”

“战争。”父亲冷笑一声。

在我父亲眼前，展开欧洲解放的详图，他继续扮演苏联奥德修斯的角色，1944 年 8 月末从瑞典乘坐英国军事运输飞机道格拉斯号起飞，顺利地飞过了挪威上空，穿过北海，在快要飞到苏格兰上空时——又是 25——德国一架歼击机向这架飞机射击，右机翼开始燃烧，飞行员试图灭火，但是没有成功，驾驶舱进了烟，沿机舱顶上的汽油胶制储藏器悬垂在乘客头顶上，苏格兰沿岸有很多军用飞机场，飞行员迅速下降，飞机刚一着陆，父亲和其他乘客从机上冲出急忙奔跑以便躲到不远的飞机库去。

我看着，我父亲跑着，一只手按着头上的礼帽，此时我突然意识到他不为自己生命担心，因为他有保护证书，保护证书使人对危险持轻率和漠然的态度，皮箱也完好无损，消防车立即开到燃烧着的飞机旁，他们用沙子和灭火剂扑灭了火焰，而放在瑞典制造的深褐色皮箱中的父亲的瑞典西装，上面镶着永不损坏的用处不多的精致银色拉链，这套散发着樟脑味的西装一直保存在祖母的房间直至她去世为止。虽然祖母患有脊髓炎，可是她的皮肤始终像年轻时候那样，她的意识一直非常清晰，这种病发展到腰部麻痹，而且扩大到肺部，但是祖母经历了自己的斯大林格勒大血战，打退了病魔的进攻，在15年期间（一直抱怨两腿烧伤般疼痛）对于未来医学工作者来说，她是奇迹的活样板。遗憾的是我没有为祖母骄傲的机会，她在孔采沃医院的抢救室里逝世，已是92岁高龄，礼仪大厅追悼会上全家都等待父亲的决定，这里首先是美感。父亲走到了隔壁房间，看了灵柩——祖母看上去很美，他点了点头示意请把祖母的遗体推出来，我们全家手持单数鲜花一一向遗体告别。在瓦冈口公墓，最近10年没有见过祖母的我母亲，为老人画十字祝福与她永别。

在伦敦我父亲面临新的考验：Фay－2型弹道导弹——导弹以超音速的速度从最高空飞向城市发射，而发射时开始听到强烈爆炸的响声，紧接着是穿透空气刺耳的呼啸声，德国人没有向英国人通报这种新式武器，因此起初谁也不明白落到头上的是什么，大家生活在不可知的，不可预料的死亡威胁之下。根据与美国人达成的协议我父亲前往在南威尔士的美国空军基地，从那里再把他送到卡萨布兰卡，然后去开罗，再从开罗去莫斯科，外表威武的美国飞行员飞行时总是有些微醉。尽管丘吉尔阻拦，可是第二战场还是开辟了，看来厄运已经过去，初秋的早晨他们让我父亲登上他以前去瑞典已熟悉的重型轰炸机，父亲在金属椅上坐好，盖上方格毛毯，开始入睡，因为飞到摩洛哥将不少于 6 个小时，他入睡了——猛然间飞机下降，父亲跑到驾驶舱问发生了什么事。

“接到在法国降落的命令。”

父亲从舷窗向外看，到处都是狂轰滥炸的废墟，飞机机翼下面是诺曼底的大城市卡昂，城市在战火中熊熊燃烧。美国在法国的指挥部军官看到我父亲觉得吃惊，他们建议父亲不要继续乘飞机，而是与他们的军官一起乘坐吉普车经过法国去土伦，于是父亲坐上了军用吉普车，开始旅途上的颠簸，什么叫走运？——实现不可能的事情。比赛已经公开，分数正在增加，法国就是在被揭露有叛徒行为时也不丧失其魅力，马路两旁微微变黄显得凄凉的高大梧桐树，十字路口上傲然挺立的棕榈树，在土伦地中海广阔无垠，呈金黄色绝非鲱鱼成群的波罗的海，房屋多为黄色，窗户朝南，咖啡厅欢声笑语，人们在大街小巷悠闲散步。身上挂着机枪、手榴弹和自动武器的法国游击队员拥抱着貌似意大利人的卷发姑娘，卷发女郎由于狂吻而全身扭动。我父亲去了电影院，正在放映从德国人手里缴获的纪录片，放映厅闷热，抽烟、吵闹，银幕上出现了希特勒，举起一只手，此时银幕上又出现一排排机枪遮挡，观众为之叫好。

美国人把我父亲从土伦送到罗马，而没有去莫斯科，开始了我父亲的意大利假日，在罗马他没能找到已去意大利北部的苏联军事使团，于是英国人又把他送到那布勒斯，那里有英国基地，英国人对我父亲有点怀疑，但是仍允许他等候顺路飞机，安排他就住在机场的帆布帐篷里，然而，不幸的是不仅英国人不向他提供伙食，而且他手里只剩下购买 5 盒火柴的钱了。由于心绪不佳他在去维苏威火山的途中迷路了，迎面走来一个意大利青年，得知父亲是俄罗斯人，青年高兴地请他到他们的共产党支部去，父亲婉言谢绝了，可是第二天，一大帮晒得黝黑的共产党员涌进了父亲住的帐篷紧紧地拥抱他，他们带来整整一袋子食品、红葡萄酒、香烟，父亲不再愁眉不展了。英国人打算摆脱这个可疑分子，于是送他上了飞往开罗的飞机，但是，飞机没有飞到埃及，飞机降落在巴里市被毁的飞机场，德国人频繁地轰炸这座城市，从巴里市盟军登陆希腊，父亲重又住上了帐篷，由于轰炸，更多的时间是在战壕和避弹壕中度过，他脏得难以辨认，没有时间洗脸。黎明时分两名英国士兵闯进帐篷，推醒父亲，抓起他的深褐色瑞典皮箱（应该说是好东西）并命令父亲向飞往开罗的飞机快跑。父亲急忙起来穿上衣服，跑去一看，只见正在爬高的飞机尾巴，飞机连同他的皮箱一起飞走了。过了一些天，在埃及找到了皮箱，他在那里参观了开罗和金字塔。一位阿拉伯老人牵着骆驼，我父亲坐在骆驼上观光，那老人送给他一枚古老的印章，上面刻着“一帆风顺”字样。以后的旅程真的一帆风顺了，他飞抵伊朗，到了坐落在荒芜公园中的苏联大使馆，他看见了一年以前召开同盟国三巨头会议的大厅。1944 年初父亲从德黑兰抵达莫斯科，那里已经散发出胜利的气息。事情原来是这样，莫洛托夫急需一名懂法语的参事——秘书，父亲是最佳人选。

*

莫洛托夫有午睡半小时的习惯，在办公室隔壁有一个休息室，那里的圆桌上总是摆着莫洛托夫特别喜欢的鲜花、水果盘、核桃坚果，他是国家二号人物，城市、汽车、集体农庄以他命名，他的大幅照片悬挂在街上、博物馆中。年轻时他曾在餐馆拉过小提琴。莫洛托夫从来不笑，如果微笑，也很勉强，他总穿西装系领带，面色红润，额头很大秃额角，高鼻梁上戴着夹鼻眼镜，留着像鬃一样硬的仔细修剪的唇髭。

我父亲认为莫洛托夫既不是政治家，也不是慷慨激昂的革命演说家。莫洛托夫耐心地听着我父亲对柯伦泰的高度评价，不打断他，也不对这个未来工作人员的意见随声附和。柯伦泰特别赏识莫洛托夫，在他的生活中起过重要作用，在她担任苏共中央妇女部长时，恰好是莫洛托夫的下属，她介绍热姆丘任娜与莫洛托夫相识，两人后来真的成了夫妻。

在与莫洛托夫一起工作的最初几个月，我父亲总是感觉他很快将被赶走，如果还没赶走他仅仅是由于暂时还没有找到接替的人，莫洛托夫不像卡冈诺维奇那样用拳头敲打桌子而使几个助手都死于心机梗死，但是莫洛托夫喜欢给别人起外号，例如“老娘儿们”“饭桶”这样刺耳的词，莫洛托夫吩咐我父亲纠正签名的写法，应改成全姓一字不落，像他本人一样。莫洛托夫每天必到斯大林那里去，有一天出乎意料提前回来了，他正遇到我父亲与作为部长候选人的首席顾问波采罗布下棋。

“我从前也下棋，”莫洛托夫观看他们对弈时说，“那是在坐牢的时候，在黑暗的囚室里不能阅读，什么事情都不能做。”

*

两天以后我父亲飞抵巴黎出席世界和平大会，时间不定。他的心已经上路了，1946 年 7 月 26 日他站在外交人民委员部自己办公室的窗旁。

我们家庭中有自己的苏联共产党史简明教程——父母关系正史。他们 1937 年在列宁格勒大学语文系相识，正史确认事情仅限于相识而已。在正史中顺便一笔带过：他们各自有心上人。

根据父母关系正史简明教程记载我未来的父母被送到了莫斯科高级翻译学校学习，他们在那里也是一般交往，整个战争期间各奔东西，母亲去了中亚的费尔干纳，疏散使母亲另有所爱。她与我父亲相互没有通信。

后来，我们家庭的历史出乎意料进入兴盛期——1946 年 7 月 26 日我父亲在外交大楼自己办公室倚窗遥望时，猛然看见正走在库兹涅茨基桥上的我母亲，父亲顿开茅塞：她是他的命运，他跑到大街上向她求婚，她接受了，他们跑到婚姻登记处，父亲马上就要飞走，可能去旧金山，可能去巴黎，最好不要拖延，婚礼从简。

这部历史一切都很美好，除了有一天，在结婚纪念日时，我母亲说外交部窗户没有朝库兹涅茨基桥方向开的，后来认为是出现了幻影，显然他们这不是正传，母亲特别强调在库兹涅茨基桥会见时“那里还有一个人”，这里有很多拨不开的迷雾。不过不管外交部的窗户朝哪个方向开，婚后第二年，我出生了。事情的原委是这样，父亲看见了熟人加丽娅・切丘里娜，她正和女友从卢比扬卡向库兹涅茨基桥下行，父亲跑到街上，追上了两个女友问：

“你们上哪儿去?”

“去看体育比赛。”

事实上，她们是沿库兹涅茨基桥向卢比扬卡去，父亲不可能从自己的窗口看见她们。我的无神论的母亲至今确信，这里不存在神秘主义。在神秘莫测的绳结中交织着偶然的结局：像一个怯懦的跳伞员被从飞机推下去那样把我推向了人世。

上面说的那两个女友是加丽娅和柳芭，她们是同学（柳芭就是从母亲加丽娅手中抢走父亲的那个漂亮女生，母亲过后一想起那些有她特别喜欢的父亲签名的信就难过）。她们俩是到狄纳莫体育场去，父亲追上了她们边走边向加丽娅求婚，并去登记（这次已不钟情于柳芭了，他与柳芭曾在从事破坏活动的学校学习过，在那里他摔伤了一条腿，后来，柳芭去了阿尔及利亚找戴高乐，而他去了瑞典）。加丽娅感到意外，而他把她领到最近的婚姻登记处去登记，那里因为他们不在那个区居住而拒绝办理。他们在莫斯科到处奔波（我母亲已经提出回家，她开始生气了），后来他们在一个小的婚姻登记处偶然找到了证婚人，他们登记了，那个小登记处坐落在米乌斯街，那里结婚和死亡在一个办公室办理，战争之前他们曾在这条街上的高级翻译学校学习过，那时他们相爱，但是感情不对等。没有举行婚礼。

*

就这样我父亲在克里姆林宫工作了，我不确切地知道他在那里做什么，但是当我和朋友们（冬天，我们用围巾把脸包得严严的只露出眼睛，穿着羊剪绒大衣，拿着小铲到高尔基公园玩雪堆）路过克里姆林宫时我一本正经地对朋友们说：

“我父亲和斯大林同志在这里工作。”

玛露霞出于她固有的农民朴实感情，她想改变仆人对主人的称呼，我坚持不同意。

父亲是个难以见到的人，没白天没黑夜地工作，斯大林的工作人员只有到了拂晓才各自回家，有时候清晨起来我想到父母床前哪怕看一眼他睡觉的模样，但是不让我进去，不过每逢星期日、节假日父亲成了看得见摸得着的人了。他那一双灰色的眼睛闪出青春的光芒，额发斜分着，此时我心里乐滋滋的。

我尤其喜欢盛大的革命节，一大早街上的扩音器就播放歌曲，我醒得特别早，早于播放音乐，早于装有“喀秋莎”火箭炮和其他武器的坦克像玩具似的沿我们的中心大街向红场行驶时发出的隆隆声。四位领袖的画像悬挂在对面的楼上，两旁是深红色条幅，领袖们的四张脸亲切地贴着好像水族馆里四尾欢唱的鱼。父亲领着我去参加检阅，他穿着配有将军肩章的浅灰色外交制服，我特别高兴看到士兵们列队整齐，向他致军礼的场面。但是我亲爱的父亲辉煌成就不是在红场上体现的，在那里，我没有看见站在陵墓上的斯大林。

我不知道什么原因反正有一天，我真的喜出望外，父亲带着我去别墅，我们乘坐红色车轮的普通市郊火车，冒出的烟味特别好闻。夏日的黎明我们走上木站台，父亲穿着将军制服直接坐在站台上系鞋带，而没有坐在长椅上，就在系鞋带这一秒钟内他便仰头瞌睡起来，我想我们大难临头了，并且偷偷地生怕别人看见，哭了起来，父亲头上的制帽滑落下去，他醒了，疑惑不解地向站在身旁的警官问：

“您在这里做什么？”父亲不高兴地问。

“将军同志，我在守卫您！”警官行了个军礼说。毫无疑问这是我一生中遇到的最好的警官。

*

我父亲从来不生病，作为莫洛托夫的秘书，生病被认为是违反党纪，而父亲是守纪律的共产党员。

“守纪律的人从来不感冒，特别注意自己衣着和行为，他从不坐在通风窗下面或者在寒冷天不穿大衣。”莫洛托夫对自己的工作人员说。

有一天当我看见父亲的一只手扎着绷带时，我吓得魂儿都飞了，他支支吾吾地回答受伤的原因。我童年的天堂是成年人世界的上层建筑，在那个世界里光怪陆离变幻万千。

“有一天我们工作结束得特别早，大约凌晨一点钟，”父亲讲述着，“我很满意，回到家钻进浴缸，舒服极了！可是时间不长，妻子（当母亲怀我的时候喝了很多豌豆汤，甚至到现在也讨厌豌豆汤的味道）叩击浴室的门并报告说（叩击和报告这两个动词表达那个时代的家庭气氛，如同电影中表现的那样，不过以后我不会再用这样的词了），火速去克里姆林宫，已经派出了汽车，我的头发湿漉漉的，便急忙跑下楼去。

“斯大林的高级私人轿车一路畅通无阻，飞快驶入斯帕斯克塔楼，我经过门卫径直跑上政府大楼二楼，顺着窄长的走廊小跑，到拐弯处，我在光滑如冰的地板块上跌倒，一只手跌破，鲜血直流，我上了楼，拿手帕把手扎上，斯大林的首席顾问波斯克列贝舍夫在走廊头上站着大声斥骂我不加小心，他一边痛骂着，一边抓住我的后脖领子，打开外层门把我推进斯大林办公室。

“办公室长条桌两旁面对面默默地坐着两个代表团：由政治局组成的苏联代表团和外国代表团。‘一国之首’嘴里噙着烟斗站在办公室中央。他对我点了点头，让我坐在首席——斯大林的座位上，我拿出记事本放在膝盖上，以便掩盖受伤的手，斯大林穿着软皮靴静静地在我的身后来回走着，我像往常那样，一边记录一边翻译。

“斯大林突然不说话了，他走到我的面前，用烟斗指着我的手问：

“‘您的手怎么了？’

“‘没什么，约瑟夫·维萨里昂诺维奇，有点擦伤，不严重。’我含混不清地说着。

“‘到底是怎么回事？’斯大林继续坚持问。

“‘是这样，我跌了一跤，没什么，不要紧的。’

“‘怎么跌倒的？在什么地方？’

“此时门打开了，医生和两个助手，手提急救箱飞也似的跑了进来，大家都很紧张，他们身后是波斯克列贝舍夫。斯大林在同我讲话时，悄悄地按了桌下的按钮，要求医疗救护，医护人员以为是斯大林出了什么事，因此都惶恐不安。斯大林看出医生困惑不解的目光，镇静地说：

“‘请您检查一下他的手。’

“医生快步来到我跟前，在助手帮助下迅速擦拭我那只已经红肿了的手并扎上了绷带。

“‘可以走了！’斯大林命令说，医疗救护像突然出现那样又急忙退了出去，在场的人一声不响地观看这一场面。会谈重又恢复。”

手的故事还有续篇，接见外宾之后，斯大林拍着我父亲的肩膀问莫洛托夫。

“维亚切斯拉夫，你怎么不关心他呢？你看，他又瘦，又苍白，你没有让他吃好吧？一定让他吃得好。”

“我一定让他吃好。”莫洛托夫含混不清地说，他不知道斯大林暗示什么，斯大林对青年人的兴趣和关注使莫洛托夫不太高兴，这是克里姆林宫换代的预兆。

“你怎么不奖励一下自己的工作人员，其中包括翻译呢？”斯大林像看同谋犯似的向我父亲瞟了一眼对莫洛托夫说，“要知道有时候他们以牺牲自己的健康为代价在工作！你提出个方案我们批准！”

不久，我父亲在克里姆林宫第一次荣获了“劳动红旗勋章”。在父亲的讲述中斯大林不顾自己的形象和威望沿着独自的轨迹前进，例如他对勒内·克莱尔的电影《巴黎的屋檐下》充满令人感动的爱（我父亲为领袖翻译了电影），斯大林还具备“谦逊”“和善”“好客”等美德。

电影结束之后，斯大林站了起来，转向父亲示意他到身旁，父亲走近时，斯大林从眼前的茶几拿起苏维埃牌香槟酒倒了满满一杯递给我父亲。

“斯大林同志，谢谢您，我工作时不喝酒。”父亲说。

斯大林笑了笑坚持说：

“来，喝吧！”斯大林说，“莫洛托夫会允许的，您已经很辛苦了。”

莫洛托夫和政治局其他人微微一笑，父亲高兴地一口气干了一杯香槟酒。

*

斯大林请我父亲喝香槟酒，他向英俊青年温和地微笑，关爱地望着他，这一切使我非常感动，我的鼻子甚至发酸，为什么？

因为第一，因为第二，因为第三，因为第四，这里的因为是不无道理的。我高兴地知道，在那一时刻在灯光昏暗的放映厅里，我父亲登上了事业成就的珠穆朗玛峰，我为他感到无限幸福，凡是听我讲述这一场景的人无论他们的观点如何都深受感动。感动的原因并非出于理智。因为在关于希特勒、毛泽东、金日成的回忆录中同样讲述这一类催人泪下的场面。

无限权力使人陶醉。成为主宰——是对才能超群的人的馈赠，是历史的独享。我理智上意识到那些胆小的败类，向我父亲微笑的政治委员，他们是伏罗希洛夫们、卡冈诺维奇们、贝利亚们——他们是荒野、雪地、月光之下的一群狼，准备把我父亲撕成碎块，我听得见他们互相争夺，当这群狼吃掉我父亲时，父亲也将变成狼。这些无耻之徒和罪犯真该被绞死，我父亲的顶头上司莫洛托夫——是郁郁寡欢的人，他是意识形态方面冷酷的面包干。斯大林是政治谋杀的元凶。我该怎样对付他们呢？——杀死他们！我与他们无话可谈。可是，不知怎么的，我依然高兴得忘乎所以，心里甜滋滋的，这是那种性高潮时的幻觉。

权力的真理不属于被同情的一方，政权站在杀手的背后。大的政治从流血开始。俄罗斯政权是愚蠢的、令人恶心的，政权组成是：庄稼汉的趣闻、骂娘的话、生煎牛排、健忘、昏聩、酒醉不醒、暴虐、满口洋葱气味、逍遥法外，各种侮辱——这一切使我厌恶，他们倘若以虚伪的态度对待我——那么我会在第二天跑去告诉所有的人，他们是一堆臭狗屎。但是如果政权当局收买我，那么我将骑虎难下。我喜欢想象红军是怎样奸污和打死年轻贵族女人的。我躺在床上——想象着。我是一个假想的施暴者，在现实中我仇恨暴力，甚至不能容忍某种开玩笑地“捶打”。但是为什么我依然偏爱这个题目，它搅得我心神不安呢？为什么对此感兴趣，甚至细枝末节都使我忧心忡忡呢？作家的荣誉——政权的影子，但是有时候多么想摆脱这个影子啊！

*

斯大林对人的关爱使我父亲惊异。比如：有时候到父亲的别墅来了一个大忙人，他查看我父亲的房间，床上铺了些什么，摸摸枕头是否绵软。有时候关心看上去完全是微不足道的事情。我父亲的同事拉普绍夫在斯大林的索契官邸晚饭时喝多了，在很多的走廊里迷路了，他好不容易地找到了一个房间，坐在桌旁拉开抽屉——他顿时清醒，看见一整套烟斗，此刻听到身后“大管家”的声音。

“您在我的桌子里翻什么呢？”

可怜的家伙吓得面如死灰，我父亲此时强调，斯大林不能容忍任何不拘礼节的事情，例如：苏联驻波兰大使列别杰夫的一段故事，列别杰夫经常陪哥穆尔卡书记和波兰其他领导人到莫斯科会谈，出席在克里姆林宫的亲切会晤，1951 年列别杰夫从华沙给斯大林寄了一本他自己写的关于在人民民主国家建立社会主义基本原理一书，并写了个字条：“斯大林同志，寄上此书，请提意见。”斯大林在这张字条上写了批语：“召回大使。”

*

我父亲最喜欢回忆的是克里姆林宫特别丰盛的午宴，他坐在斯大林身旁，翻译着与贵宾慢条斯理的谈话，斯大林身穿浅黄色的大元帅服兴致勃勃，怡然自得，时不时地抿一口葡萄酒。席间，服装整齐、仪表端庄的服务员们穿梭似的来回走着，时而在每道菜之后换盘，往餐桌上摆带有苏联国徽的新盘。时而端上火鸡，一个服务员从斯大林侧面倒越橘汁时，手一颤抖，红色的果汁洒到了元帅服上，谈笑声戛然而止，贝利亚眉头一皱，短时间离开了餐桌。斯大林却毫不在意，服务员领班一个箭步冲上前去，慌张地想用抹布擦拭湿的地方，斯大林轻轻一摆手阻止了他。后来这个惹祸的青年服务员再也没有露面，盛宴重又洋溢着适度的热烈气氛。

“这就叫作克制力。”父亲说。

“那个服务员被枪毙了吗?”我问。

“不知道。”父亲耸了耸肩膀。

我们父子有很多相似之处。笑容、鼻子、漫不经心地张着嘴巴、神经性颤抖着的腿，难以想象的动作缓慢，喜欢把双手手掌交叉放在脑后，讲话音调完全一模一样，可以像一个人那样发出号令，指挥时代列车，不过，我总想部分地控制这种局势：减少相似的弱点，有时有人把我当作是我父亲，他们非常惊讶我怎么会如此苍老——有突然变老的病。以前人们说我像父亲，现在他们说父亲像我。这是我的社会地位小小的胜利，可是对此我并不高兴。我愈来愈害怕像父亲，害怕从那个角落吹来衰老之风，我开始驼背了，我父亲至今头发很密，没有脱发。但更加可怕的是记忆模糊，父亲常常用玩笑掩饰这一点，有时却弄巧成拙，他说话时愈来愈多地运用感叹词、停顿、老生常谈。

我父亲开汽车的情况我已经说过：大难当头的预感，我感觉到在这其中预示着我的未来，如果我将有未来的话，尤其是在早晨，在喝香槟、伏特加酒之前，这种预感更加突出，真想知道时代列车驶向何方。

我很长时间用同一个问题缠着他：斯大林是否相信共产主义，或者只不过建成的是苏联帝国主义？在关于斯大林的两极评价：虐待狂——（俄罗斯知识分子的评价）忘我奋斗者，时至今日我父亲的评价仍倾向于后者。知识分子不能向他发号施令，正像我所经历的那样，例如知识分子仇视日丹诺夫，无言地暗中仇恨，因为日丹诺夫全力主张消灭哪怕是表面的自由，主张公开处死阿赫玛托娃和左琴科。可是日丹诺夫——斯大林重要的思想家在我们家里却被奉为救命恩人。祖母从被围困的列宁格勒给我父亲写了求情的信，信中写道：祖母和祖父已经卧床不起、虚弱无力，父亲给日丹诺夫写信请求帮助，过了几天，一个军人背着一袋子食品甚至还有葡萄酒送到祖母的住宅。由于父亲在克里姆林宫工作，他能够当面向日丹诺夫致谢。

“算了！”日丹诺夫谦逊地摆了摆手。

现在父亲还记忆犹新：日丹诺夫很活跃，仪表端庄，反应敏捷。日丹诺夫逝世时我感到伤心。

此外据父亲说，日丹诺夫曾反对战后的芬兰苏联化，主张这个北方邻国中立，在政治局因政治自由化日丹诺夫受到了严厉批评，此后患了致命的心肌梗死。日丹诺夫死亡的情况与俄国政权童话有关的一切，仍然是个不解之谜。

我们坐在家里茶几旁喝茶，我童年时代所住的这条街已经更名。

“我认为，”父亲说，“斯大林不是那种从施暴中获得快乐的政治杀手，我不能把这一点与他的外貌相联系。”

我父亲一生都保持喝淡茶的习惯，祖母从来不忘节约茶叶，我记得家里有一把很小的铝匙，专门在沏茶时使用。

“你不是给我讲过关于他的一双发黄的、凶恶的眼睛吗？”我问。

“斯大林的目光可怕。”父亲勉强同意地说，“他知道，因此通常掩饰这种目光。为了神圣的事业他能够杀死周围所有的人。他的惩罚是以信任作为依据的，他善于向我们的人民灌输共产主义思想。他是个聪明人，哪怕是举出同希特勒的条约为例就足够了，苏联的任何一个领导人都不可能采取这样正确的步骤，我们把希特勒推向同西方作战。”

*

永别了，夏加尔！我发觉我有一个很有意思的特征，社会主义现实主义吸引着我，这可能完全像孕妇对“某种酸的东西”嘴馋一样，也就是说这是我的生理需要，没有政治内幕。在我的书的框架内所表达的构想是把社会主义现实主义与其混杂体——近年来出现的社会主义艺术加以比较，社会主义艺术是作为社会主义现实主义灭亡的预兆而产生的，社会主义艺术本身包括恐惧、幽默、痛苦、报复。试图消灭社会主义现实主义的异己们玩弄的把戏，经过若干时间以后，看来是卑劣的，一些权威性艺术家诸如卡巴科夫或者布拉托夫在社会主义艺术中找到了玄妙的脉络而科马尔和梅拉梅德以虚伪的虔诚对待斯大林形象，这一切使人懂得：社会主义现实主义本身像生活一样经历着真正的国家乌托邦悲剧。

俄罗斯迷恋廉价的奇谈怪论。阿赫玛托娃曾写过诗歌是从垃圾中产生的，她的这种坦率使知识分子振聋发聩。我觉得在伦敦轰炸以后，苏联大使馆一位工作人员丢失的瘦猫，在人们已不再等待时，它却回来了——这是创作的隐喻，这样的创作愈是继续，就愈加名不副实。

勃罗茨基、格拉西莫夫、亚布隆斯卡娅、拉克季奥诺夫的顺从主义不使我吃惊，因为我对艺术家自古存在软弱性表示怜悯，我为之惊奇的是俄罗斯关于人民和国家理想一致性的这种幻想，这一幻想使斯大林与莎士比亚政治分寸感相撞击。俄国的先锋派的创作也面向乌托邦，因此在这本书中出现马列维奇的名画黑色正方形（书中可找到），并非偶然。彼得罗夫－沃德金及其红马，20 年代赞颂共青团的立体派宣传画，绝不亚于立体派形象的我父母青年时棱角鲜明的轮廓，令人怀疑的哲学妄谈以及最后还有我们全家（父亲、母亲和我）同样的驼背拱肩，这是宇宙胚胎赐予我们的姿势——所有这些都说明两种乌托邦的直接联系。另当别论的是先锋派的乌托邦渴望渗入事物的本质，吮吸精髓，与此同时社会主义现实主义天真的一统性，表现为国家神秘主义；不是按照政治家们的指示，而是由俄罗斯的上帝亲自订货进行作画，就是神秘主义的反映。有些画博得极大的好评，勃罗茨基在列宁逝世后立刻作的《列宁灵柩》，画面上有追悼大厅——高大的热带森林、枝叶伸展的棕榈树。列宁逝世变成了非洲部落土皇帝的葬礼。有过辉煌岁月的俄罗斯国家蜷缩成政治局成员的和偶像列宁夫人克鲁普斯卡娅双方。另外一次斯大林站在日丹诺夫灵柩旁。也有棕榈树，枝叶繁茂的棕榈树象征庄严肃穆，惩戒错误和共产主义不朽。日丹诺夫是化妆师手中的杰作，化妆得像活人一样也得进棺材——别无去处。不久前我发现父亲年迈所表现出的冷漠，参加他的朋友、大使、网球手的国葬时，父亲问我：

“当然事情是惨痛的，想知道吗？”

果真如此！父亲掌握了外交经典语言——法语。不过，不仅有外交招待会也有外交葬礼，死者躺在按俄式规矩敞着盖的棺材里，他那副天生的气宇轩昂和贵族派头就连死也没能变样，他是驻远东一个岛国的大使，我父亲在俄罗斯外交部部长在场的情况下向死者悼念说：

“尊敬的特命全权大使先生，您对加强我们国家关系方面做出的努力，当之无愧地称作功勋。”

我没有想到，胸前挂满勋章（其中有两枚列宁勋章）的死者生前仅是大使头衔。当宣读俄联邦总统和联合国秘书长的唁电时，我明白了在这种场合下十字架、牧师的长袍和祈祷都不现实，这一瞬间外交战胜了死亡。

社会主义现实主义者们猜透了俄罗斯人的心灵，永不枯竭的热情，依靠这种热情可以40次绕地球飞行，在俄联邦人民艺术家拉克季奥诺夫早期的画上表现苏联年轻坦克手骄傲地向英雄大尉展示自己的墙报，这似乎是嘲笑。是应枪毙？还是应奖励？艺术家是位天才，在那些橱窗中展示着佛罗伦萨画派的风景画一点也不亚于从先锋派转向社会主义现实主义的杰伊涅克，不过归根结底俄罗斯的上帝扯下了面具。

乌托邦以后1954年普拉斯托夫画了一幅画叫《春》，画上是一个裸体女人，粉红色的乳头、圆滚滚的臀部，在俄国人喜爱的澡堂刚刚沐浴，她的小腹散发着春的气息，周围是春雪，这个裸女蹲在一个婴儿面前——这幅画您不觉得像爱伦堡的解冻吗？这是——回归家庭的价值，回归个人生活，现在只有透过通风窗才可以看到什么是个人生活——梦寐以求。

*

1944年我父亲从斯德哥尔摩被召回担任莫洛托夫的助手，他成了苏联军事政策的见证人和执行者，在他参加之下起草了很多斯大林致罗斯福和丘吉尔的信函。

“斯大林进行战争是企图把革命思想推向欧洲，在由我担任翻译的与多列士的会谈中斯大林说，如果不开辟第二战场，我们将前进得更远，而法国共产党人也将会在自己国家进行必要的变革。”

据我父亲说，“早在丘吉尔在富尔顿讲话之前斯大林已经把赌注押在第三次世界大战上，他以世界标准进行思维。与希特勒不同，斯大林考虑如何战胜美国，他想得到一切。他一贯致力于世界革命，在全世界建立霸权。”

“我认为在未来，世界革命是可能的。”父亲补充说。

“就是说，是我们发动冷战？”我问。此时我特别用心地采用了“我们”这个词，而且不是像通常那样：类似我这样的自由知识分子对待苏联政权总是称“他们”。

父亲不慌不忙地微微点头。

“你热爱斯大林吗？”

对于我提的这个问题，不同时期我父亲回答也不相同。起初回答坚决，后来多多少少有点犹豫不决，但是他从来没有过否定性的回答，他认为斯大林是具有世界规模“吸引力”的人物：

“当我第一次看见他时，我心里发慌。暗红色缺少光泽的脸上留有天花瘢，左手不能动弹，他用另外一只手把左手插到衣服口袋里，不过即使我背着门坐着，也能感觉到他走进自己办公室，斯大林占据整个空间，其他一切全都被挤出去。”

我提醒父亲，赫鲁晓夫曾说斯大林是按照地球仪指挥战争的。顺便说一下恰恰是这个地球仪打破了我母亲对赫鲁晓夫秘密报告的信任，她认为赫鲁晓夫的话有过多的报复性，父亲笑了。1948年8月初柏林危机高潮时，父亲参加了斯大林与三个西方大使的会谈，正如报纸写的那样，当时世界处于战争边缘。

斯大林镇定自若，吸着他喜欢的黑塞哥维那牌香烟，他不吸，香烟常常熄灭。斯大林眼前从来不放纸张，不做记载。谈话涉及同盟国有权在柏林派驻自己军队的问题。美国大使——艾森豪威尔的将军和前参谋长史密斯提出了军事进驻的论据。史密斯证明，苏联为西方大国驻扎柏林制造困难，这是违背同盟国条约的，与此同时美国指挥部不反对苏联军队第一个攻克柏林。

"你们不可能比我们提前进入柏林，你们来不及。"斯大林直视前方温和地说。

父亲为自己国家自豪，甚至高兴得想跷起二郎腿，但是立刻转为仔细听领袖低沉的谈话，父亲目睹斯大林凭借记忆讲述柏林战役每天、每时的进程。与此同时作为由朱可夫元帅统率的白俄罗斯第一方面军和由科涅夫元帅统率的乌克兰第一方面军的部队在距离柏林 60 公里至 80 公里处已占领了阵地，切断了巴顿将军指挥的美国军队与 320 公里至 350 公里以西的城市之间的联系。红军冲破敌人在泽洛沃高地的强大防御之后的第五天开始攻克柏林，次日已经展开了巷战，听到这里美国大使的耳朵开始发烧。

"事实如此，"斯大林最后说，"如果您不相信，我们一起去档案室，我给您看当时的参谋部地图。"

"不必！"美国大使局促不安地回答，"大元帅先生，我相信您，谢谢！"

骨瘦如柴的史密斯被击败。斯大林节节胜利，现在他是作为德国完整的一贯保护者在发言。

“我们将撤销柏林周围的哨所，这是技术问题，但是你们应撤销关于分裂德国的问题。”

大使们（父亲冷笑着对我说）彬彬有礼，但是竭尽全力坚持己见。

“德国的中立化对于西方来说意味着全面的灾难。”我按捺不住说出了看法。

我这个含有敌意的反应使父亲警觉起来，我不再说话了。

“是的，不过总归斯大林还是错了。”父亲若有所思地说，这种思考好像是在仔细研究一盘棋的博弈。

“错在哪儿呢?”

“斯大林推动了戴高乐，支持了法国强盛这一思想，他知道戴高乐无法容忍美国人，应该与法国结成更加紧密的联盟。戴高乐喜欢莱茵一带，戴高乐曾经说过，‘如果法国真的将拥有莱茵，那么阿登纳将是我的不共戴天之敌’。”

考虑到面临灭顶之灾，遭受致命打击的资本主义野兽可能爬上不列颠群岛，在这一局势下，超级斯大林对斯大林的批评在我看来更加意味深长。更有意思的是在1990年时我父亲与苏联外交部门的很多其他老干部不同，其中包括前面谈到的那位挂满勋章贵族派头的死者在内，他在对待俄罗斯的态度方面做了反共产主义的选择。

“不过戴高乐仍然高度评价斯大林，”我父亲补充说，“1956年当我和维诺格拉多夫大使在一起访问戴高乐，当话题涉及斯大林的镇压时，戴高乐说小人物犯小错误，大人物犯大错误。”

父亲支离破碎的观点出现幻觉，他不能够从内在和远处看待事件，新知识不能同步补充，他坦率地向我承认了这一点。戴高乐召见俄罗斯外交家们的逻辑至今我仍觉得荒唐，戴高乐的借口是他写回忆录需要咨询以便了解赫鲁晓夫秘密报告的内容。或者你是尼采或者你是人民公仆：欧洲建立在角色的这种分工上。

我恰恰欢迎尼采，我父亲对斯大林的信念愈加动摇，我就对斯大林愈加感兴趣。我不愿意像社会主义现实主义者那样，以斯大林的形象冒险，不过在欧洲文化时期，艺术家本人比自己的作品更加令人感兴趣，艺术家偷梁换柱用自己代替作品，而斯大林就是这种变幻的伟大先知，人民群众变成了他登上权力巅峰的垫脚石。

“为什么在西方恰恰把莫洛托夫叫作‘不’字先生呢?”我抛开任何时候都不与父亲讨论的念头问他。

“是大型角逐的一部分。”父亲微笑着说，“是角色再分配，莫洛托夫作为‘不好的人’同西方人谈判导致破裂。扮演‘不’字先生的角色，再也没有比这更适合于对他性格的评价了，他完全丧失幽默感。此时出现了‘好人’斯大林，大家重又笑逐颜开。”

据父亲说，莫洛托夫虽然是很有教养的人，但是冷漠使人厌烦。不管怎样，看来在日丹诺夫死后，他是政治局中能够说出巴尔扎克从没写过《包法利夫人》的长篇小说的唯一委员。他喜欢在大自然中长时间散步、滑冰，喜欢喝加柠檬的纳尔赞矿泉水，特别爱吃荞麦粥。有一次他给我父亲出了个难题。

“您知道荞麦粥有什么益处，了解一下向我报告！”

共产党人经常提出的长寿思想对于莫洛托夫来说是永生的代名词，在私事方面莫洛托夫不仅对荞麦粥感兴趣，1947 年苏联实行了货币改革，半年以后一天夜里，莫洛托夫问我父亲：

“您手头有纸币吗？”

“纸币？”父亲不解地拍着衣袋掏出钱包。

莫洛托夫饶有兴味地看着自己国家的纸币。

“高质量的纸币！”他赞扬说。

*

根据我父亲多年的观察，斯大林只重视莫洛托夫，其余的人全是执行者。他们俩掌管苏联，按照他们的要求，绝对中央集权国家的一切问题都应上报——上至全球问题，下到女衫剪裁和莫斯科公厕，斯大林在恐怖事件最猖獗时期，斥责赫鲁晓夫缺少请示。斯大林甚至连自己公民大小便问题都要过问。

助手们写作班子的作用难以估量，为起草报告，他们必须准备自己的详细大纲，其中包括12至15份文件，并且注明IA（特急件），I（急件）和“其他件”。“大管家”斯大林和“管家”莫洛托夫重视写作班子的倡议，甚至鼓励某些自由思想（我喜欢父亲的自由思想，有几次在纽约附近的苏联别墅他甚至与苏联极端残酷无情的维辛斯基对弈，父亲一口气赢了对方，为此维辛斯基不能原谅我的父亲，于是在每年提交的希望改善住房申请表的名单中他总是把我父亲一笔勾掉，最后父亲只好请求莫洛托夫帮忙，一听说利用职权解决私事，他火冒三丈，不过还是在父亲的申请书上签了字——几年以后父亲心甘情愿地在巴黎的布尔歇飞机场扛着维辛斯基的棺材）。领导之间在通过决定之前允许各抒己见，比如说在讨论美国的马歇尔计划时，莫洛托夫在自己写作班子的激励之下同意原则上通过，此时斯大林急忙阻止了自己的战友。

1949年莫洛托夫的妻子热姆丘任娜因被指控犯有犹太复活主义罪而被捕：她建议把克里木交给犹太人，是否有些过分？领袖们关于此事的简短谈话透露如下：

“维亚切，我们不会平白无故地抓人。”斯大林对莫洛托夫说，在私人谈话中斯大林按照美国人的习惯把名字简化——把维亚切斯拉夫叫作维亚切。斯大林喜欢逮捕最亲近战友的妻子，例如加里宁、伏罗希洛夫，还有那个波斯克列贝舍夫等人的妻子。

每一次斯大林都好奇地等待着第二天早晨被捕妻子的丈夫们将会以什么样的恳求目光看着他，他们将犹豫不决，不知用什么话替妻子求情。这位热姆丘任娜在克里姆林宫的招待会上穿着袒胸露背的衣服喝着香槟酒，散发出香水味，她还记得最后一次见到斯大林妻子阿利卢耶娃的情景，阿利卢耶娃端庄高傲地向人民演员们微笑，拍着扮演伊万雷帝的演员——美男子切尔卡索夫的肩膀。然而，此时此刻热姆丘任娜却成了卢比扬卡监狱阶下囚。按照狱医的命令她赤裸着身体，把臀部转向医生以便检查她的肛门。据我父亲说，当波斯克列贝舍夫替妻子求情时斯大林开玩笑地回答说：

“我们将给你找一个更好的妻子。”

莫洛托夫如同其他人一样，默默忍受妻子的被捕，不过他与斯大林谈话回来以后勃然大怒。父亲把在克里姆林宫工作看成是神奇的事，尤其是在初期，因为他接触的是那些悬挂在全国各地千百万大型画像复制品的领袖们本人，他们是：斯大林、莫洛托夫、加里宁、卡冈诺维奇、伏罗希洛夫、贝里亚，画像上面他们神态庄重。莫洛托夫的肖像与本人一模一样：外省人矜持的微笑，在这笑容中含有某种像猫厌恶脏物的目光，好像在他的眼前有一堆狗屎似的。当这幅肖像失去其肖像面貌，失去违背无数训诫的时候，世界末日即将来临。莫洛托夫变成了狂怒的戴着夹鼻眼镜的猫（布尔加科夫是否以他为原型写的别格莫特呢?），从斯大林那里回来以后，这只狂怒的猫把公文夹往桌上一扔，向助手们狂叫着：

“坐着干什么，傻瓜们，快看文件吧！”

*

回忆受到莫洛托夫申斥时，父亲说最厉害的一次是与爱伦堡有关。战争后期爱伦堡是最受欢迎的苏联作家，立体主义流派和巴黎的知名人士，他有意识地忽视阶级立场写了一篇文章，内容是在被红军占领的柯尼斯堡他与德国工人和农民谈话中，德国的工农一直支持希特勒侵略计划，希望俄罗斯人能够在他们手下干些粗活儿。爱伦堡（贯穿着白色线条）含混不清地要求全球性复仇，因为文章伤害了民族感情，莫洛托夫除了本职以外，还负责对外政策杂志《国际工人运动问题》，而爱伦堡的这篇文章恰恰投给了该杂志，莫洛托夫要求作者修改，他让我父亲向作者讲解：

“战争即将结束，我们必须在德国寻求健全的力量和某些支持而不是给他们抹黑。”

有什么不可理解的呢？我父亲前去执行“管家”的任务，来到爱伦堡住宅，他感觉自己是最高权力的使者，爱伦堡走到前厅迎接，通常在这种情况下，作家的“名气”远远低于身材，作家的焦黄的脸，疲惫不堪好像经常酗酒似的，眼睛下部的眼袋很大。

“请坐!”

他们在书房坐下。

“莫洛托夫同志坚持请您……”

爱伦堡从这第一句话中已经明白，他开始感到枯燥，如同所有的听到必须修改内容的作家那样，他快快不乐地听完我父亲的话以后，脸色变得更加焦黄了。

“所写的一切都是事实，我不打算做任何修改。”

在父亲的记忆中莫洛托夫的威信第一次没有自动生效，父亲不敢相信自己的耳朵，把结果向莫洛托夫做了报告，莫洛托夫暴跳如雷。

“您自己理解得不好，不会向对方讲清最明白的事情。”

他命令父亲再次去见爱伦堡，父亲使出浑身解数以便说服爱伦堡。

“你们不想登就不要登，这是你们的事。”似乎非常“顺从的”爱伦堡断然向父亲说，我父亲扫兴地慢腾腾地去见“管家”，明知道等待他的是什么。论战从官僚主义命令式语言转变为思想磨合，这可以看出作家与政权出现了位置转换。

爱伦堡。应该消灭那些把犹太人烧死在焚尸炉里的德国人，他们都支持过希特勒，让我们把他们统统闷死。焚尸炉还在——事情怎么停下来了呢?

莫洛托夫。停止您的犹太问题研究吧！您想把我引到什么地方去？我夫人是犹太人。

爱伦堡。我要求全球性复仇，以眼还眼，以牙还牙。

莫洛托夫。在柯尼斯堡已经狠狠地报复过了。红军不分年龄地奸污了德国女人，放心吧，你们的柯佩列夫将写这类事情。

爱伦堡。这不是论据！法西斯分子也奸污了我们的女人。

莫洛托夫。我们女人乐意，包括女共青团员，她们笑嘻嘻的，这些狗崽子！她们以为德国人永远不走了呢！

爱伦堡。很有意思，战后在俄罗斯和德国出生了多少混血儿呢？可能有几百万，不过谁也不会做这样的统计。

莫洛托夫。不要离题胡说八道，您应修改文章，我们需要的不是德国人的骨灰，而是建设社会主义活的斗士，德国人喜欢秩序，他们将列队从一种制度过渡到另外一种制度。

爱伦堡。他们都会纷纷投向西方的。

莫洛托夫。这是您投向西方，投入您的巴黎吧！

爱伦堡。您不信任我吗？

莫洛托夫。怎么可以信任犹太的丑八怪呢？

爱伦堡。指的是您的夫人吗？

莫洛托夫。听着，畜生，这与我的夫人有何相干！我们需要战争赔偿，德国的汽车工厂！最后还有我们不应该过早地同美国人吵架。他们不会支持您的那个焚尸炉思想！

爱伦堡。那么冷战呢?

莫洛托夫。这是明天的事，而今天给您的任务是把柯尼斯堡的名字改掉。

爱伦堡。改成莫洛托夫堡!

莫洛托夫。住嘴，你这个仇视人类者!

爱伦堡。我不知道您是资产阶级人道主义者!

实际上，从逻辑上看没有争议。爱伦堡的勇敢与被拥戴的政权所持的仇恨立场是不谋而合的。在这个领域甚至可以与全能的总理对抗。例如在我父亲后来的实践中，东欧人民民主政治家们在阶级仇恨方面比苏联同行常常更加激进。这并不受到赞同，如果愿意的话在这里可以发现托洛茨基主义，但是这比右倾更加可怕。莫洛托夫在这种具体场合下能够引用普希金的话说：在俄罗斯唯一的欧洲人是政府。父亲感到心绪不宁的主要不是争论的本质，而是拒不服从。形成的情况是作家（没有肩章，甚至没有党籍）可以傲慢地对待最高当局的代表——我父亲，严重地挫伤父亲逐渐坚定的自我评价，爱伦堡接见我父亲的场景谁都无法忍受。父亲对爱伦堡怀恨在心，从而对所有作家抱有敌意，一生如此，可能因此他任何时候都不再阅读文学作品。是否觉得每个作者的每一行文字都散发出傲慢的气味呢?父亲与知识分子之间的裂痕就是这样产生的，有一次他甚至向我“透露”（官场语言），他对爱伦堡的自我评价打击说：爱伦堡“法语说得不好”。当爱伦堡去世时父母的朋友加丽娜·费奥多罗夫娜跑到我们家气喘吁吁地通知说爱伦堡的别墅（院内有栗树）要卖，父亲冷漠地拒绝了这事，莫洛托夫——爱伦堡之间的辩论使我感兴趣的不是内容，而是叛逆精神，父亲和儿子在后来经常重复一句话，这句话是父亲在困惑莫解时说出来的：

“作家敢于顶撞国家第二号人物。”

父亲——明显忧愤，儿子——暗自钦佩。这个片段是对我反叛的呼唤。

*

逮捕莫洛托夫的妻子仅是斯大林对待“不”字先生的第一个打击：

“在党的十九大以后，1952 年 10 月在莫洛托夫头上悬挂着斧头，”父亲讲述说，“莫洛托夫坐在空空的办公桌旁，只能翻看苏联报纸和塔斯社电讯，其他资料不送交给他，斯大林很少召见他。”部长会议秘书处中勤快的后勤人员已经把莫洛托夫办公室贵重的吊灯、窗帘摘了下来。

国家安全部门也加强了对我父亲的监视。有一天晚上政府内部直线电话铃响了，一个陌生人的声音告诉我父亲说在斯大林同志经过走廊时，我父亲躲在窗帘后面。这简直是哈姆雷特式的幻想！超前的社会主义艺术。还有一次，在南方休假时父亲收到火速返回莫斯科的电报，在父亲的办公室女清洁工——克格勃间谍——找到了毕加索画的带有斯大林纪念像的明信片，明信片作为书签夹在书里了，贝利亚把毕加索的画看作是讽刺画，于是开始了调查。

1953 年 3 月斯大林逝世，这挽救了父亲免遭古拉格群岛的监禁，而我没被送到人民敌人的孩子生活的幼儿园。当年夏初贝利亚被捕，在他被捕以后，在莫洛托夫办公室里安装了专门的扩音器转播“现场实况”：父亲亲耳听见“转播对这个恶棍的审讯”。还传出了哭声和给他留一条命的哀求声。在斯大林逝世以后的几个小时，莫洛托夫要求贝利亚释放被捕的妻子，莫洛托夫是在苏联微微打开古拉格群岛的门的第一个领导人，他有时候听贝利亚的吼叫哭号，有时——不听，贝利亚的哭叫渐渐习以为常，后来消失了，因为他已被处决。

两年以后我父亲不在莫洛托夫手下工作了。又是那个神秘莫测的扁桃体炎再次保护他免遭可能的不幸。那是与 1957 年莫洛托夫（和反党集团一起）即将降职有关的不幸事件：

“也许经常的神经紧张挽救了我们所有的人少生病尤其在战争期间，可是当生活开始进入正轨，疾病就找上来了。得知我患扁桃体炎之后，莫洛托夫不满意地说：‘这个叶罗菲耶夫总是生病。’我气得火冒三丈，我说，我工作10年，毫不吝惜自己，去你的吧！我病好上班以后对莫洛托夫直言：我再也不想在他手下工作了。”

*

节日结束了。小男孩慌乱不安地紧紧抓住消防车的消防梯，向上爬害怕，向下降——又怕跌在石头上，三年级小学生在下面站着向上面抛掷石块：第一块打到了小男孩的背部，另一块——肩头，最后第三块打中了后脑勺，小男孩轻轻喊了一声，仰面落在地上。学校校长像一位有经验的船长，领导学校走过了男女合校新的难关。文学老师伊泽亚·莫伊谢耶维奇与低年级老师卓娅·尼古拉耶夫娜关于不久前出版的爱伦堡的书交流自己的看法。卓娅非常年轻、腼腆。有一次校长竟然走到她面前贴近她，隔着连衣裙用手指掐了一下她的腹部。校长头发乌黑，相貌也还年轻，卓娅不知道怎样对待这种情况，要知道，他掐了一下，也许并非恶意，更多的可能是开玩笑，她向他莞尔而笑，校长握紧拳头说：“您掌握在我的拳头之中。”她垂下眼睛，校长说：“卓娅·尼古拉耶夫娜！我不是作为校长，而是作为男人请求您不要穿淡紫色的长裤子，您不适合穿它。”卓娅突然陷入窘境，她羞得无地自容。不是作为校长而是作为男人请求您。她躺在沙发床上读着爱伦堡的作品，可是她怎么也读不下去，眼前总是站着校长：留有斜分的额发，瘦削的身材。卓娅试图理清自己的感情。她把淡紫色的长裤脱了下来，永远不再穿它，把它当成抹布了。

早晨来了一个工人，来得这么早，好像梦中提醒他似的，手里拿着白色粗绳，穿过房间，打开阳台的门，顿时湿润的空气和冷风飘进室内。工人站在阳台上打量了一下，企图用绳子拴上大约一人高的五角星，上面有像人的眼睛闪烁着的小灯泡，工人没有一下子使红五星顺利落地，还划破了手出了点血，马马虎虎包扎上了，站在下面的扫院子的工人从大街上向他不满意地大喊大叫。工人回到室内浑身湿漉漉的，满头大汗，一副疲倦的样子，他用喑哑的嗓子说想喝点水。

“那么在电影方面您喜欢什么呢?”莫伊谢耶维奇问卓娅。她想了一下闷闷不乐地回答：“我喜欢影片《亚历山大·涅夫斯基》。”最近时期，校长开始对她吹毛求疵，诸如：工作日志填写得不对，为什么不办墙报。有一天在上课时她打开教室的门，看见校长在走廊站着偷听她讲课，他只是听，什么话也没说就走了。“他仇视我并想把我赶走”——卓娅在家里躺在沙发床上蜷缩成一团这样想着，开始哭泣，和卓娅同住的弟弟点上了火炉，他是个小坏蛋，听了风就是雨，他听见姐姐在抽泣，转过身来拍了一下姐姐的屁股，喊叫着：“你恋爱了!”卓娅像个受伤的小鸟哀怨地说了一句：“傻瓜!”

给工人从水龙头下接了水，他边喝边环视四周：贵重的紧俏商品——带保护装置的电视机，上面放着金边画框的一幅画，画面上一位手持长剑，身穿短肥裤子的火枪手还有一束金合欢花，一把刀和一只柠檬。睡眼惺忪的小男孩穿着外衣，把头枕在手掌上，一双黑溜溜的眼睛从长沙发上凝神望着那个工人。在长沙发上方有一些钉子眼儿，从前在那上面挂过壁毯，现在插着小红旗杆，每逢节日，小男孩模仿大街上的样子在室内点缀红星、标语和领袖像，他还在长沙发上举行阅兵式，其中有锡制的士兵和外表磨损的棋子，还有已经掉了头的马。

“这个鬼东西，他看了个遍！”那个工人走后祖母一边擦地板一边恶狠狠地骂着。小男孩的手指划破，他吃力地扣紧制服裤带，临走之前爆发了冲突：祖母让他在皮鞋外面穿上新套鞋，祖母神经不好，可她却引以为骄傲，因为她渡过了列宁格勒围困难关。祖母发疯似的把穿上新套鞋的小男孩推到门外，没有告别。小男孩噙着眼泪用脚踢着电梯铁门，呼唤电梯工，在电梯工上楼时，祖母探头看了看，她又恢复成快活的年轻人了。小男孩真想捅她一刀。

“彼得罗维奇”祖母向穿着不知什么军队的破旧军装的老电梯工说，“给你这些汤，别洒了，别忘了把锅送回来。加小心！”祖母说。

电梯工咧开没有牙齿的嘴微笑着向祖母鞠了一躬，带着小男孩下了楼，打开锅盖长时间地高兴地闻着白菜汤。年轻时彼得罗维奇在尤苏波夫公爵家当过厨师，曾到国外学习过烹饪技术，先是在华沙的“猎人俱乐部”，后来又去了巴黎。在这栋楼里居住着一些有权有势的先生们，擦得明光锃亮的黑色轿车接送他们。彼得罗维奇笔直地站着向他们敬军礼，接父亲的是咖啡色胜利牌轿车。老电梯工老泪纵横，小男孩嗅了一下，彼得罗维奇身上也有味儿，但是与那个工人有些不同。大街上，夜色尚未消退，曾下过雨夹雪，可以在拥挤不堪的电车里坐一站到学校，可是小男孩从来不坐电车。大街上的节日装饰物都已摘了下去。看样子是永久取下来了。小男孩失魂落魄，就连今天省下来的40戈比也无法使他高兴。制服上带有“山”字帽徽的制帽滑落到眼睛上，制帽尺寸大，祖母从里面缝上棉花，棉花也掉下来了。小男孩背着沉重的书包在雨雪中走着，他从被德国炮弹炸坏了的拱门下的大街拐弯，沿胡同走一分钟就看见学校的砖楼了。

校长的窗户亮着，校长经常睡在办公室，不愿意回到马克思－恩格斯大街上的住宅，他的住宅在革命前演员卡恰洛夫曾住过。校长住在由从前的浴室改修过的13平方米发潮的房间，室内一些水管支棱着，校长对自己不满意，他当过苏联军官上过前线，一天一天地拖延着，迟迟不做决定。他在前线枪杀德国人可从未犹豫过。小男孩走到挤满了人的更衣室，当他把大衣挂到衣架上时，他的制帽掉在地上，他像追球似的急忙去捡，追到墙角刚弯下身去捡，身后面有人踢了他一下，小男孩转过身来，三年级学生向他脸上吐了一口唾沫，他默默地扭过脸擦了下去，又有人朝他的沉重书包踢了一脚，书包从肩上滑落下来，教科书、笔记本、文具盒全都掉在了地上，他又开始捡。在一个笔记本上留有踩过的脚印，横七竖八的条纹，卓娅·尼古拉耶夫娜非常不喜欢邋遢人，她把不整洁的笔记本向全班展示，用两个指头捏着笔记本的一角仿佛捏着一只死老鼠的尾巴。卓娅终于读完了爱伦堡的作品，没有什么特殊的，是谈一些艺术家们之间的争论，内容枯燥。当小男孩在那里捡自己的笔记本时，更衣室已经没有人了，他惊慌失措，不知该怎么办，套鞋放到哪里？是放在衣服架下面的地上吗？他们能允许放吗？小男孩眼前浮起经历过围困的祖母向他呵斥的场面。铃声响了，卓娅·尼古拉耶夫娜特别不喜欢迟到的学生，她让他们坐在角落里，把他们打发到绰号叫作“鲤鱼”的教务长那里去。小男孩的面颊发热，他打开书包，想把套鞋塞到书包里，可是没有地方，突然他想出了一个主意，把一只套鞋塞进裤子的右面裤兜，另一只塞进左边的裤兜，但是左面却塞不进去，里面有手帕，他把手帕拿出来塞到制服前胸的口袋中，套鞋总算塞了进去，鞋后跟露在外面，他把制服下摆往下抻了抻，遮住裤兜，把带有“山”字的裤带紧了紧，离开了更衣室。

校长站在楼梯入口处，是校长本人，从他身边逃过是不可能的，校长的脸色吓人，他看见男孩便一步蹿上前去。校长本来已被学生们搅扰得心烦。他上过前线，得过勋章，可是却把他派到学校工作，他追求更高的职位，他特别讨厌家境富裕，身上散发出儿童香皂气味的男孩子们。恰恰此刻，校长的注意力被分散了：一贯迟到的伊泽亚·莫伊谢耶维奇向他飞快地跑着，校长全身挡住上楼梯的通道，校长说："您，这个……您马上停止宣传您的那个爱伦堡!"这位文学教师气冲冲地说："大家都在读他的书呢！……"

"大家！您给我马上停止阅读，就这样!"文学教师面色阴郁，喃喃地骂了一句："卓娅是个叛徒!"——校长手中握着一串钥匙，说："您掌握在我手里!"他走了，发出钥匙的叮当声。男孩在两个男人争执时，悄悄溜走，跑上了二楼，跑过冷森森走廊的一半，拉开教室门，他眯起眼睛，教室内灯光明亮、冷漠。卓娅老师站在讲台旁高声地、一顿一挫地讲解着，她讲完了一个段落，把目光转向小男孩，他站在门口：头发剪得光光的，眼睛黑溜溜的，两耳发热通红，衣帽不整，书包肮脏。卓娅仔细望着他惊奇地问：裤兜里装的是什么？40 双眼睛一齐盯向小男孩，他默不作声，他感觉到湿漉漉的套鞋向外淌水，透过裤兜布，褐色袜子，一直流到脚上，凉丝丝的。我问你："你裤兜里装的是什么？——"女老师一字一顿地问。"没什么……"小男孩含混不清地回答。"——你过来——"他羞愧地斜着身子走到老师面前，老师掀起制服下摆，掏出红衬里黑色套鞋，她用两个手指拿着套鞋展示给全班并说出了一个词：

“套鞋。”

教室里哄堂大笑，尖叫声、咯咯笑声，很多脸色发黄患有佝偻病的孩子俯在课桌上捧腹大笑。大笑的还有安德里阿诺夫、巴拉诺夫、贝克宁，后者是鞑靼人。大笑的还有尚未充分施展出才华的神童格尔曼。多罗费耶夫和茹廖夫像赫尔岑与奥加廖夫那样拥抱在一起咧着嘴笑，身材较胖，患有突眼性甲状腺肿的瓦西里耶娃笑得前仰后合，她那早熟的胸部颤动着。全班女生中第一个迎接女性特征的漂亮女孩吉拉·卡普里娜笑得上气不接下气。绰号小猴子的纳雷什金娜尖声尖叫地笑着（5 年以后文学老师莫伊谢耶维奇问：你是来自那个纳雷什金家族的吗？怎么不说话？已经没有什么可怕的了。不过，她干脆没明白：那个家族是什么家族？她是尤仁斯基胡同的纳雷什金娜）。大笑的还有：戈里亚伊诺娃，她后来与丈夫、性情活泼好动的阿尔齐巴舍夫去古巴出差两年，后来他成了相当有名的文学家，是作协会员。大笑的还有中学毕业获金质奖章的特鲁尼娜以及佐洛托列娃和流行病学医生古谢娃，不到 30 岁就头发花白，学会弹吉他的加多娃。大笑的还有长着纤细长腿的索金娜，她由于血液感染过早离开人世，不在人世的还有卷发的纽什金娜，她跌进了空的电梯间不幸身亡。但是也有走运的，她是棕色头发的傻姑娘特鲁尼娜，她的丈夫是中央委员，不过是共青团中央委员会的。走运的还有彼得罗相，她嫁给了匈牙利人，她将一辈子都说匈牙利语——难懂的语言！大笑的还有身体虚弱的波格丹诺夫，两年以后他的一条腿受重伤，坐在最后课桌的特列嘉柯夫也笑了！——他的尾骨损伤，爱吃甜食，爱说别人坏话的洛斯也大笑不止。一些笑的还有亚基缅科，他因喝醉从窗户上跌下致残，但却生了双胞胎。尤金娜寿命长于所有的人，在90岁生日时，她身穿花泳装来到公共厨房，邻居们向她鼓掌喝彩。没有笑的只有霍赫洛夫一个人，因为他从来不笑。咯咯笑的还有数学家苏卡奇，后来迁往沃尔库塔市去了，凶手马科西莫夫，他把鸽子房的主人给杀了。仰天大笑的韦尔琴柯是个喜欢与外国人交换东西的家伙，从小就在莫斯科的“北京饭店”门口缠着外国人哀求着要口香糖，还有赫拉斯科夫。笑声此起彼伏，扎伊采夫、戴眼镜的舒布、来自反法西斯家庭的罗马尼亚女孩斯泰拉·狄更斯、在殖民战争中受过伤的准尉夏波夫、练空手道拳术的切莫丹诺夫，胸脯过于平坦的女孩瓦格涅尔都笑得屁滚尿流。巴克拉查诺娃、穆哈诺夫和克雷什科笑得从椅子上跌到课桌之间的过道上，好像水果似的在地上滚着。

阿列克谢·马列西耶夫的儿子笑容可掬，他在上学前就当上了少先队员，一直由国家抚养。卓娅老师也哈哈笑着，孩子们的笑声感染了她，她实在憋不住了发出了银铃般的笑声，哈—哈—哈——她一笑就再也收不住了——哈—哈—哈！

引起哄堂大笑的罪魁，大家取笑的对象站在老师讲台旁边，露在外面的裤兜很脏，从他那双漆黑如煤的眼睛中滚出了热泪，顺着小男孩的长方形脸向下淌。透过自己的笑声，透过孩子们的笑声，突然卓娅听见小男孩虔诚地忘我地悄悄祈祷：

“上帝，”小男孩低声说，“原谅他们吧，上帝，原谅他们和宽恕他们吧！他们不是罪人，是善良的人，他们是好人，上帝啊！”

卓娅停止笑声，手里继续拿着套鞋，凝神注视着小男孩。猛然间，她发现在这个不讨人喜欢的一年级男生的头顶上，在他那剃光头发的头顶上犹如薄薄的冰层一样的光环在闪亮。

“我爱他们，上帝！”小男孩低声说。“圣徒！”——卓娅老师突然发呆，她流露出怅然若失的神情。

“你们这里出了什么事？”校长站在门口问，“成了疯人院了！赶快停止！”

全体哑然无声。卓娅手中拿着小男孩的套鞋，站在那里茫然地看着校长。

“您在打乱我们学校的学习秩序！到走廊来！”校长向她厉声喊着，斜分的额发颤动了一下。

卓娅如同做梦一样什么也不明白地到了走廊，手里提着学生的套鞋，校长关上门，教室里没有人管，孩子们重又大声喊叫起来。

“这套鞋是怎么回事？”校长问，他的脸像野兽般凶狠。

“是一个男孩子的。”卓娅不连贯地说，“您明白吗，他是圣徒……”卓娅睁大眼睛对校长说。

校长从她手里把套鞋拿了过来，放在自己宽大的手掌上，若有所思地打量这套鞋的红色衬里。

“卓娅·尼古拉耶夫娜！”他说，这个男人发出的强烈口臭向她的脸上袭来，“真的不能再这样下去了，我有十三平方米的居室在市中心，搬到我那里去住吧，做我的妻子吧！”

卓娅轻轻尖叫一声，从消防梯上飞落下来仰面跌在地上。

*

我们家发生了重大变化。我们去了巴黎，父亲甚至同意做大使馆一秘，但是莫洛托夫得知这一降职任命以后勃然大怒，他命令父亲担任文化参赞。当斯大林安葬在列宁墓中的列宁尸体旁之后，父亲领着我凭专门通行证去瞻仰：暂时还不允许人民群众到那里去。我走着，好像娱乐性参观似的，毫无顾忌两脚跳来跳去地，可是当进到大理石的地下室以后，我简直就要吓死了，斯大林与列宁是我生活中第一次看到的死人，如果说列宁神态安详久远，那么斯大林则全身冒出死亡的寒气，他躺在那里尸骨未寒，面孔好看也很可怕。后来我在梦中经常把斯大林与我在别墅电线杆子看见的骷髅与交叉骨形混杂在一起。我受到的刺激如此强烈，以至于后来在巴黎，我含泪拒绝瞻仰安葬在荣军院的拿破仑灵柩，害怕目睹他也那样躺在敞着盖的棺材里。

“你想象中的共产主义是什么样的？”

父亲沉默了片刻。

“我们曾相信这是安排人类生活最好的形式，最合理的形式，它建立在所有人们甚至宗教公认的原则上面。”

我父亲与上帝之间没有建立外交关系，他从来不进教堂，就连作为文物建筑的教堂也不进去。我看见他站在彼列捷尔金诺作家村的教堂台阶旁，寒气袭人，教堂尖顶放射出刺眼的光芒，父亲穿着卡拉库尔绵羊皮领的大衣，戴着卡拉库尔绵羊皮帽，他与快乐不知疲倦的朋友古别尔曼（此人的自杀令人大惊失色：在门上吊死）交谈，顺便说一下父亲从来不是反犹太主义者，一生一次都没有说过俄罗斯人通常说的那些关于犹太人的话。母亲去过教堂是出于好奇心，是和女友叶列娜·尼古拉耶夫娜·廖里克（她已不在人世，在巴黎1970年时因西方物质极大丰富而使她精神失常，后来治了很长时间）一起去的教堂。母亲可以去，而父亲本人从未踏上那敌对的圣土。在我们家认为谈论上帝是不体面的，难以启齿，上帝——偏见而愚蠢。“上帝”一词在父母的生活中是小写字母。

“你告诉我，可能你相信上帝！”母亲大发雷霆向我口头上的反叛宣战，母亲是神甫的孙女，她祖父为了不连累家人专门躲藏到僻静的乡村。在改革年代，母亲上了年纪以后她的无神论思想有些淡薄，不过仍坚信我与上帝是格格不入的。

“前面我谈的原则是些什么呢?”父亲继续关于共产主义的谈话，“这是关心人，首先是人，团结、友谊、公费医疗制度、免费教育。人在集体面前为自己行为、自己工作负责。我们是在‘拳头’之下教育出来的，如果有人道德败坏，那么他知道他将在党的会议上对此负责。”

与父亲一起工作的大多数人都是腼腆拘谨的，连想都不敢想关于道德败坏的事，莫洛托夫的第一助手波采罗布年轻时与姑娘约会，由于不好意思说他想去厕所而尿了裤子。当然也有例外，我父亲最亲近的朋友亚历山德罗夫。他聪明，性情活泼，能用德文背诵《浮士德》(他曾担任勃列日涅夫的权威助手)，晚些时候美国人称他是俄国的基辛格，当他到我们家做客时，不仅一字不差地引用歌德的诗，而且还对我们家的女用人动手动脚的，这使我母亲不高兴。有一次，我看见在我的卧室衣柜里俄国基辛格正在狂热地吻自己的妻子，他们有礼貌地向我挥了挥手，更过分的，他们把我和年轻妻子拉到他们在电报大楼对面的豪华住宅去欣赏伦勃朗的名画《达娜厄》最好的复制品，上面表现的是裸女，最后他们夫妇还给我们看了摊在古董式桌子上他们自己的裸体照片。

我父亲在谦逊和纪律严明方面永远是言行一致的。

“我们的失败对于全人类具有全球性意义。”父亲说，“这是哲学范畴的世界性灾难。希望破灭了。”

不过有一次，我和父亲沿着莫斯科郊外伊斯特拉河畔散步，他的兴致很高，他天生是比较乐观的：

“共产主义思想本身不坏，经验表明在俄罗斯条件下我们对此没有准备，正如今天，我们对民主化也没有准备一样，但是经验并非毫无用处。有朝一日，人类可能以新的形式在较高的道德水准上回到共产主义事业中。”

有一次在斯大林时代，在国家百货商店收款员给我祖母算错账了，祖母惊讶地问：

“我儿子在克里姆林宫工作，你们给我算错账，难道不害怕吗？”

收款员恨不得把全部进款都给我祖母作为赔偿。

*

可以把斯大林比作俄罗斯的某些玩具：斯大林——镶嵌式玩具，斯大林——魔力极权主义缔造者。俄罗斯人喜欢谜语。斯大林给他们出了谜语，斯大林像潜水艇一样完全密封、隔绝。他是我们的黄色潜艇，他从不说出实际上他想要什么。他嘲笑所有的人而他至死也未露出真面目。

出版了无数自由思想的书籍中把斯大林描绘成暴君，描写西方帮助了俄国革命成长壮大，在内战中获得胜利。缓解了俄国的移民浪潮，把斯大林同希特勒联合起来，最后又遣返了几乎全部的俄国难民。我们生活在与西方思想评论隔绝的自由空间。我们应该在自身范畴内思考我们自己，我们是偶然飞进了迄今为止谁也未曾到过的那种天体。这是人类无法探求的值。这是两种截然不同事物的趋同。我们回到正常意义的制度实际上是不可能的，我们只能模拟健全的思想。

我长大后开始明白：斯大林对于西方和大多数俄国知识分子来说是一码事，而对于上百万的俄罗斯人来说是另一码事，他们不相信坏的斯大林，他们不相信斯大林会折磨人会给他人造成痛苦。人民心中珍藏着好的斯大林，俄罗斯救星和伟大民族之父的形象。我父亲与人民站在一起，不抱怨斯大林！

另外的原始森林中的拿破仑，另外的共产党人，另外的祖母，我都没有而且很快也将不会有。

我从家用的小箱里取出带有椭圆形标签的各种人物像。标签——世界性用于统计和监督的标牌。唯我主义——没有童年外伤，我从纯粹的偶然变成了衡量事物的尺度。斯大林然后是莫洛托夫、贝利亚、米高扬、政治局其他委员，还有闻名遐迩的外国人——向我微笑的戴高乐，里宾特洛甫和多列士，还有我的舞蹈老师恩维尔·霍查。

根据自己的学说或者违背自己的学说，他们的存在绝对是为了我的快乐，从事物的深层看他们是我的产物，而这深层并非真实。（有一次在印度的瓦拉纳西施航空港有一个印度人，他的胡子比他的脸还大，一双枯瘦的手拿着古旧的卡宾枪，当我错误地走到某个被竹栅栏围着的禁止进入的地区时，那个大胡子印度人做了一个威胁的手势，我看着他，我不相信他会对我有什么伤害）

这一切都以不尽如人意而告终。我猜到了唯我主义的礼仪。我崇拜唯我主义的偶像。我曾发誓在与父亲玩他喜欢的游戏中，尤其是网球，我不赢他，可这无济于事，天生的脆弱性在我的家庭中是明显的例证。小天地被冲破了。印度人离开了原地，开了一枪，啪的一声！是向灼热的空气射击！我的那些玩具人物上的标签散落了。祖母生气了，反对我给她安排的角色，祖母比苏联国家的寿命还长，临终前她向我承认说，她一贯认为列宁是“不好的人”。

“你从前怎么不说呢?”我问。

“我不想毁掉你的生活。”祖母模仿着演员的腔调，嗓音嘶哑地说。

她不知道，没有她的这种观点我已经毁掉了自己的生活，我们没有告诉她家里发生的灾难——像患了什么羞于开口的疾病瞒着她。她不知道1979年我被风吹到了地下出版物那里，从而我不由自主地在政治上杀害了我父亲（也许弗洛伊德学说的信徒们将兴奋起来）。

毕竟还有幸事：良知依然存在。在俄罗斯应该活得长久，以便活到某种时候。然而良知却在沉睡。睡眠之神许普诺斯——她的上帝喜欢发号施令。她将梦见某些事，梦还会继续。那么俄罗斯是什么？该不是良知的梦境吧？

第三章

我早已对作家的智慧感到失望了。在我看来只有为数极少的作家是聪明的，最优秀的俄国作家有——果戈理和普拉东诺夫——好像他们也有先天性痴呆症。无须怀疑托尔斯泰和陀思妥耶夫斯基的哲学智慧。契诃夫——不可知论者，所喜的是他不允许自己过多思考。纳博科夫也不聪明绝顶。普希金公开说出诗歌应该是有点愚蠢，这触及了隐秘。在俄罗斯当今的作家之中也许只有比托夫启动自己的智慧，忙得团团转。我记得在康涅狄格州与菲利普·罗斯共进晚餐时给我带来的惊喜。布罗茨基给我留下的印象是他很聪明，不过他晚年以文学巨匠自居，盛气凌人，这与他的智慧格格不入。简言之，虽不很多，但是凤毛麟角还是有的，我很幸运在生活中遇到了两位才智超群的人：阿尔弗莱德·什尼特克和阿列克谢·洛谢夫。有一次在老阿尔巴特街的住宅中，夜里洛谢夫对我说，在一维空间中哲学家应具有二维智慧，在二维空间中哲学家应有三维智慧，而洛谢夫却具有四维智慧。

创作——不是别的，而是以作品警悟世人，为了做一个新的“警悟者”，必须荣膺天之骄子称号。这种命运的赐予及其意义至今尚不清楚，但是无疑这里不存在意外与偶然，在这里恰恰需要那种四维智慧——准备拥抱——理智健全的人所认为的无限。在文学中无论多么奇怪，无限不是由宇宙现象，而是由细节构成。这就是为什么作家在写自传时，在描写作家成长过程中常常出现败笔，他们缺少思维的附加值。不过他们终究还能够顿开茅塞。我想做那些几乎不可能的事。

我从巴黎写给祖母的第一封信，是通过外交信使发送的。

1955 年 9 月 13 日　巴黎

亲爱的祖母，你好！

在巴黎有很多汽车，但是根本没有黑鱼子酱。我很想（它!）你！我们暂时一切都好，星期一爸爸给我买了捷克产网球拍，今天我和爸爸打了网球，我已经开始有点入门了。有时做功课，我们学校在布洛涅森林旁边，我们班学生很少，我的老师叫基里拉·瓦西里耶夫娜。

莫斯科天气怎么样？巴黎特别热，现在天气不好，当然很少下雨，请给我写信。

狠狠地、狠狠地亲吻你！

你的孙子　维克多

*

布洛涅森林——不是森林，香榭丽舍（田园）大街——不是田园，八月末我们乘火车在布拉格换车后抵达巴黎。阿尼金参赞在东站迎接我们，火车站上空乌云和火车头冒出的黑烟交织缭绕。阿尼金上下打量着我母亲身穿的黑底白条漂亮连衣裙，他觉得不相信自己的眼睛，惊呆地看着她那光着脚穿着的平跟鞋。我们坐上汽车携带着箱子，经过市区去大使馆。

巴黎以其酷热迎接了我们，母亲一直奇怪："大家穿得怎么像在浴场上似的，人们穿着短裤。"

在汽车里情绪不知为什么莫名的高昂。我们大汗淋漓，衣服贴在身上，绰号叫作猴子的我情绪也格外的好，可以猜测经过的街叫什么，驶过协和广场以后，母亲把我的脑袋扭向右侧：

"你看，这是香榭丽舍（田园）大街"，我把身子俯向母亲，把头探出车窗，我的面前展现出宽阔的大街，汽车如流，两旁是树木，街的远方尽头是不大的拱门。

"在哪儿呢？"

"这不是吗，就在你眼前！"

我拼命睁大眼睛看着大街，拱门，我真想看见田园，可是我仍旧没有看到。我不厌其烦地问母亲田园在哪里？在哪里？我只看见阳光杲杲，周边淡灰色的热气浮荡。

“你别转头！”

“我没有转。”

“那不是看见了吗？”

“是的！”

我的巴黎生活是从这个谎话开始的，母亲因摆脱了我的纠缠而松了口气，我想在拱门后面恰恰开始我没有看见的那片田园，因为大街伸向一座山：“可是母亲怎么能看见呢？”父亲手里拿着似乎毫无用处的礼帽对我的回答：“是的！”为了表示高兴，他坐在前排车座上点了点头，然后关切地问阿尼金：

“他们对我们的态度如何？”

这个问题他已习以为常，后来，无论我从什么地方回来，父亲总是真诚关切地问我：

“他们对我们的态度如何？”（我总是想诚实地回答：不好。在日本和乌克兰不好，在波兰、法国、芬兰、匈牙利、美国不好。只有在塞尔维亚——好。）

“一两句话说不清楚。”参赞微笑回答。

香榭丽舍（田园）大街。在我的脑子里呈现出土豆田地，遍开土豆紫色花朵的无际原野，土豆田野对于这个国家具有生命攸关的重要意义。我们刚刚来到的地方，可能是法国的中心以出售土豆为生并以此为骄傲，我看见了成百上千的劳动者，他们沿这条街走向山上，他们手持镐头、耙子穿过拱门立刻干起农活儿，每当我经过香榭丽舍（田园）大街时，这种想象都涌上脑际，我想也许实际上在那里，在拱门后面，真的是一片土豆田，我害怕母亲一直担心我会长成傻瓜而没有勇气向母亲承认：我没有看见田园。

*

在波卢什金诺外交部别墅村，父亲在修剪草坪。在那里每一块地方都反映出外交官曾工作过的那个国家的风情，早在苏联时期一些房屋就已建筑成德国式优质结实的房屋；另一些是加利福尼亚式；第三种是保加利亚式和罗马尼亚式；第四种是斯堪的纳维亚风格的红色木房。我父母建造了类似阿尔卑斯式的小农舍。在这个别墅村只是缺少中国式的宝塔和俄罗斯的别墅。如果我父亲不是去巴黎，而是去另外一个国家，那么我的生活会是另一番景象。

每一个俄罗斯人都需要暖和，与地理的寒冷做斗争有两种方法：一种是几个朋友聚在一起喝伏特加酒，另一种是俄罗斯人自己的热带——蒸汽浴，在那里有满脸通红的魔鬼，躺在板铺上大汗淋漓，在烧成白热化的火炉前用白桦树条抽打着身子，在那里也有洗过蒸汽浴之后喝着冰镇啤酒，裹在洁白被单里的天使。

当从美洲穿过北极飞往莫斯科时，飞机在北冰洋边缘开始下降，俄罗斯看上去像裹在白雪中身穿裘皮的美女。不过尽管有彼得堡的白夜和摩尔曼斯克北极光，西伯利亚和泰加林，但是俄罗斯人仍不认为自己是北方人，北方——这是芬兰、挪威，最后还有雅库特，而俄罗斯是移向极圈方向的世界精神中心，俄罗斯不是按自己意愿躲到北部，而是由于在中世纪早期担心草原游牧民族的进犯。俄罗斯期待着返回文明的温暖怀抱。

我经受过气候引起的精神压抑，我很喜欢巴黎的气候，我喜欢玫瑰花盛开的十二月。我终生都在梦中梦见的梧桐树和栗树。巴黎气候宜人，让人迷醉。这里的气候使人无忧无虑。在卢森堡公园生长着俄罗斯茫茫雪原上的黄杨，它散发出我童年的气息，是我与当地人不相同的“名片”。

乘坐苏联老式长途列车驶过德国和比利时时，每一次都感觉到天空骤然袭来的阴云、阵雨，气候变幻无常，但是只要一进法国边界，天空好像有一种无声的雷鸣，浮云四散，地平线延展，天空向上升腾，金字塔形的杨树碧绿参天，阳光照射到车厢的窗户上。

在巴黎没有可供专门疗养、生长棕榈树的纯粹意义上的南方。如果我住在罗马，我会成为享乐主义者；在柏林，我可能成为孤僻的人；在纽约我会成为苏联官员。只有巴黎是我的第二故乡。

从莫斯科童年天堂僻静小岛，我被带到了传统意义上真正的世界天堂，当时是 1955 年中期，那是一个被歌颂、被赞美的天堂，一个尚未丧失生命力、一个生机勃发而现实的天堂。在当时的巴黎还居住着很多白卫军，他们开着出租车，他们说着已经过时了的俄语，对于苏联人来说，乘坐出租汽车不无危险。我不太明白，但更多的是感觉到表面现象，我没有在巴黎大众化的舞厅跳过舞，没有到爵士乐小酒馆去喝过酒，没有因对异国新花样——摇滚乐喝彩而喊得声音嘶哑，没有与斜眼睛的萨特一起坐在咖啡厅闲聊。但是毋庸置疑，我完全变了。可是彻底改变的还有我的父母。

*

我像做梦一样看见他们宛如演戏一样频繁地换装。一切从换装开始，母亲突然穿得袒胸露背，眼看着她变得年轻，头发烫得弯弯曲曲的，她不再梳那种使她有些与众不同，显得古板高耸的发髻，现在她剪成短发。如果拿出她来巴黎前的相片，那么母亲的脸型，是勃洛克笔下高颧骨眯缝眼俄罗斯东部西徐亚人的面孔，而现在在巴黎这种东方人面孔变成柔美的斯拉夫人脸型了。母亲穿着时髦的黄色、蓝色喇叭筒裙，紧身衬衫。在由新经济政策的残余——健在的女裁缝波丽娜裁缝制的深色春秋夹大衣和单色的连衣裙之后，现在的时装显得尤为花哨，鲜艳得仿佛巴黎市郊的田野，我经常在田野上跑着，我和母亲、家庭女佣克拉娃在那里采摘黑蕊红罂粟花，我们特别爱采罂粟（原来的女佣玛露霞因小时候曾在德国人占领的沃洛克拉姆斯克居住过而不被允许去巴黎）。我们请父亲把灰色的“标致-403”汽车停在路旁，汽车装有转弯时闪亮的黄色车灯（当时法国一些汽车仍装有那种像破翅膀似的伸缩式汽车转弯指示器）。汽车带有绿牌红字外交车号，那个时候，这引起好奇心极强的法国人的格外瞩目。把我们看作是巴黎的稀客。这种车号蕴藏着无所不能。汽车哪怕是横向停在马路上——警察对您也得毕恭毕敬，像对待国王一样。开着带有这种牌号的汽车，甚至可以撞人，撞伤、撞死——全都无所谓——至多把你召回莫斯科——仅此而已。我在大使馆石墙院内和一些苏联男孩子讨论这样的无所不能。我的头脑由于我父亲的威力和不受惩罚而眩晕，显然他从来没有猜想到这一点。我们跳过路旁的排水沟爬上小山坡去采罂粟。

父亲穿着波浪形条纹的裤子，领子不扣纽扣的短袖衬衫，休息日他按照法国人的习惯只穿休闲装。他的发式也开始改变，像法国演员那样头发主要向两边侧分。他买了大框墨镜，母亲也买了太阳镜——时髦、略呈椭圆形，有镶嵌装饰又不过分显眼。父母戴在手上的表也都换了，母亲的表是长方形精巧的坤表。

在法国母亲的气味也与在莫斯科不同。每当她走到我跟前说

“夜安”时，她的手、脸的皮肤中察觉到某种与俄罗斯气味不同的清香。母亲开始变得不像从前那样臃肿了，变得不太像我的母亲了，她不再驼背，明显消瘦，她走路的样子也变了，她步履轻盈、好动，经常在我面前迅速消失。夜里向我告别之后不再像从前那样坐一会儿，抚摸我的手安慰我，而是说完我长久期待的话——“好了，睡觉吧”，立刻转身离开我。

这是她在国外工作时间最长的一次。在日本那一次不算。战争期间她是作为爱国者放弃去纽约工作的建议而去日本。当时她是作为侦查总局派去的间谍，在大使馆武官处掩护之下工作的。她阅读收集侦查机关感兴趣的日本报刊资料，这位顽强的姑娘学会了日语，是为了在苏联人当中第一个（她读了《政府公报》）获得关于理查德·佐尔格被处死的消息，她还不知道此人是谁，但是根据俄罗斯军人在大使馆为这事忙于奔波的情况判断，她明白发生了某种大事。在苏联大使馆对面挂着用日文写的“一切外国人全是间谍”的标语，母亲因这条标语有失分寸而气愤，她还因有失分寸而感到气愤的是：日本男人从澡堂出来在东京大街上走着，穿着和服，敞着衣襟，露出赤裸的下身，而他们的妻子在后面跑着、吃力地追着自己丈夫的场景。

后来，在莫斯科她出席了对佐尔格当年的同事——一对俄—德夫妇的审讯。战后从日本监狱把这对夫妇押送到苏联。这位俄罗斯妻子在日本监狱招供了，其时他们在等待被处死。可以想象他们以什么样的目光看着我未来的母亲。她仍在侦查总局工作，在记录他们的口供。不过这一对夫妇没有被处决而是被悄悄送到东德。很多年以后他们成了英雄。母亲在与我父亲结婚以后，立刻被调到外交部，在较为安全的岗位——机要室工作。

在巴黎母亲不需要躲在大使馆的地下掩体，她是文化参赞的夫人，她理应衣着考究出席各种招待会，同阿拉贡、伊夫·蒙当交谈。父母买了一些像玩具似的用具和物品：母亲买了红色的带各种颜色线穗的化妆用品盒、各种指甲刀、镀金的发针。她用吹风机吹干头发，父亲呢，用飞利浦牌带小轮的电动剃须刀刮胡子。我真羡慕——我很想玩一下他那个用具。出席盛大官方招待会时，我父亲穿黑色晚礼服，系着白色蝴蝶领结，他有一整套西装领扣、袖扣，领带的数量不断增加。母亲穿着针织的金红色晚礼服，站在镜子前左照右照。父亲催促说：“应该走了。”

请注意！在总统官邸给他们拍照，母亲的头稍微向后仰，父亲以上流社会的风度直视前方。我的超级父母！

我们住在第七行政区，豪华单独宅院，俄罗斯头发蓬乱的司机们在院内跑着，插着红旗的吉斯牌小轿车开到门口，维诺格拉多夫大使走下台阶。父母教我学会用法语说我们大使馆的地址，以防万一，如果我在街上走丢了呢！维诺格拉多夫大使的狗“黑脸儿”在大使馆花园里奔跑。池塘里养着金鱼，在我们餐厅里有用大理石砌成的高大的壁炉，当然现在不烧它。

我自己也在变化，从内衣开始把我的狄纳莫短裤换上了像游泳裤那样前面开口的白色短裤，后来晚些时候在莫斯科我有了真正的短裤。我身穿深蓝色纯棉高领套头衫，这种衣衫只有在1990年以后莫斯科才能见到，带贴兜的外套，我和母亲从大使馆出去向右转，走过几栋房屋，我们到巴黎真正的理发馆去理发，那里的椅子软得令人吃惊。父母热衷于法国风格，他们年轻、体态匀称，他们天生是时尚的宠儿。不过如果我们穿得过于讲究，那么对此常常说——品位不高，在我们家里忌讳浮华、摆阔气，认为这是不得体的。我的父母逐渐像外国人了。

*

外国人——是敌人。父亲在敌人领土上工作。巴黎居住着很多外国人，全市出售在莫斯科被禁止的外国报纸，电台播放着禁止谈论的题目，电影院放映禁演的影片，到处飘扬着可怕的外国国旗，苏联外交人员走出大使馆大门犹如走上战场，很少有人相信会活着回来。维诺格拉多夫大使的前任巴甫洛夫大使骄傲地向莫斯科通报说，一年期间他没有花一个法郎用于在大使馆举办邀请法国人出席的招待会。

父亲到法国时正赶上敌视外国人的程度有某些下降。法国人以旅游者身份成批地涌入莫斯科和列宁格勒，父亲帮助组织这样的旅游。父亲是在苏联提出缓和国际紧张局势的口号之下来到巴黎的。反正凡是削弱、分裂、破坏西方——都是好事。当然我父亲是真正的外交恐怖主义者，他幻想着法国将由共产党人领导，法国将成为法国社会主义共和国。不过他未必希望法国人失去柑橘和葡萄酒，为了买“卡门贝浓味”软乳酪和牛奶而排长队。关于这些他没有考虑，他的想象力没有延展到这些范围。由那些他不喜欢的人在巴黎制造饥饿、枪杀和清洗吧！

我的父亲是反历史主义的，他所反对的一切都不可战胜，他所为之奋斗的一切与派他出去的那个国家的名字一起泯灭，只有一个例外，父亲在大使馆担任文化参赞，当时开始了文化交流，苏联音乐家、马戏团、芭蕾舞大师乌兰诺娃访问过巴黎。法国人由于兴奋而吵架，演出大厅遭到破坏，俄国侨民在音乐会上痛哭流涕，侨民比外国人更凶，有一次我和父母去北海——比利时奥斯坦德市疗养院，我们安静地坐在咖啡厅里，我喝着可可，突然爆发了不愉快事件，在那个咖啡厅坐着一家人，看上去他们很讨人喜欢，可是他们竟然要求店主把我们赶出去，因为我们来自莫斯科：

“他们是苏联杀人犯!”

店主没有赶走我们，是我们自己迅速离开的，我连可可也没有喝完。

“父亲，我们杀死了谁?”我们走在大街上时我问父亲。

在我们之间隔着葬送百万人生命的深渊。我的父亲是打开文化闸门的人，不过父亲总归还是不喜欢文化，在他看来文化是政治的偏僻角落，文化是余暇消遣，是休息日在博物馆闲逛，他希望担任政务参赞，在维诺格拉多夫大使领导之下能够有效地对抗西方。

我几乎不知道父亲的其他方面，只知道父亲利用列宁阶级斗争词汇，以仇恨的语言进行思维，父亲经常使用的词是挑衅，肮脏的战争、捏造、同谋、政客。当1960年赫鲁晓夫访问法国期间，在兰斯市对不愿意说出自己不共戴天之敌的名字的法国领导人施加压力时，我父亲真的很开心。

“在东线是谁同你们作战?”

“不记得。”

“需要提示他们叫什么名字吗?”

“叫什么?”

“法西斯分子!”

眼睛不停地转动，以部长为首的法国官员胆怯地缄默不语，我不知道我父亲当时在想什么，不过他在向我讲述这件事时觉得很幸福。我作为俄罗斯驻联邦德国大使馆的工作人员，对来自赫鲁晓夫对父亲所在的国家煽起的仇恨，不让忠诚工作的我的父亲参加赫鲁晓夫官方代表团表示不满。

外交部副部长，我父亲的顶头上司谢苗诺夫曾担任过柏林的卫戍司令，他在休息日戴着鸭舌帽，他对列宁持怀疑态度，于是他强迫我父亲晚上读列宁著作以便找出对当今政治问题的答案，父亲在莫斯科高尔基大街的住宅，晚饭后坐在从巴黎运回的法国黄色皮椅上，周围摆满印有领袖像的深红色的列宁著作，父亲一只手拿着铅笔，看上去像是一个被逼着念书的小学生。

*

我知道我父亲是好的斯大林。每个家庭——是共产主义组织的最小单位。父亲是一家之主，他——热爱，他——仇恨。斯大林把全体俄罗斯人当作孩子，他们也真的是孩子。我从来没有见过父亲酗酒。非常文雅地喝酒，酷爱威士忌酒——这是各国，其中包括穆斯林大国外交家们以及他们夫人的通病。他们常常因患喝酒癖而退休。父亲喜欢俄罗斯伏特加酒，可是他从来不像俄罗斯人那样喝得一醉方休。他在食品柜中总是存有四分之一瓶伏特加酒，偶尔喝一点，但是不能让我母亲看见，母亲因自己父亲患有嗜酒癖自幼深受其害，她对家里人喝酒管得极严，不过父亲喝酒从来不会有失体面。贪杯大醉对于他是不可想象的。我有无数次坐在马桶上大吐不止，我眼睛混浊连肠子都要吐出来了——可是父亲从来没有。我任何时候都未曾听见他说过骂娘的话，甚至连狗屎、人粪之类的词，他都极少使用。关于他教苏格兰海员骂人话的讲述，我觉得不太可信。

当然我父亲一辈子有两个俄语词发音不准，俄语中的司机、美丽（我也学他的发音，很长时间才纠正过来）。我父母厌恶俄罗斯人的蛮横无理，他们从不去俄罗斯小酒馆——只有在法国他们发现世界上有如此好的去处——餐馆。

*

食在巴黎。整个巴黎都洋溢着美味佳肴的香气，法国人能做的事便是吃，坐在大街上——吃，走在大街上——吃，躺下——还是吃。法国式的吃不知不觉地融入我们日常生活。吃比穿要复杂得多。父亲在饮食方面非常墨守成规。至今对于他来说，饺子依然是纵情狂欢时受欢迎的食品，饺子在锅里的沸水中旋转，我的整个童年也在这样的旋转中度过。每当父亲庆祝 10 月 9 日生日时，克拉娃都做饺子，她从少女时起就是一个毫无保留的善良而虔诚的俄罗斯女性，她对政治制度漠不关心，她是我们家中无私而忠实的人，而且她具有惊人的烹饪才能。克拉娃做的饺子小巧，匀称有花边儿。饺子皮的花边儿是用带有花纹的水杯压出来的，她把花边饺子摆在撒有干面的木托盘上，以防粘在一起。饺子下锅煮时，在大锅中慢慢浮起，品尝的神圣时刻到了，克拉娃用笊篱从锅里捞出一个饺子端到餐桌上品尝。父亲在饺子上面放点黄油，吹了吹害怕烫嘴吃了下去。“怎么样?”克拉娃激动地问。“熟了!”父亲吧嗒一下嘴说，参加包饺子的人的酒杯倒上伏特加酒。吃饺子时喝酒，作为例外可开怀畅饮，但是谁也不醉。饺子与伏特加酒的搭配缔造了俄罗斯精神的无坚不摧，表现在“喀秋莎”大炮和大剧院的芭蕾舞的水平上。后来在莫斯科，我恰恰是在吃饺子的家庭欢宴上第一次喝伏特加酒。父亲和我一起在晚饭中吃了差不多有一百个饺子，饺子与普拉东诺夫笔下的家庭稳定的思想有关：难以想象有朝一日克拉娃的手艺结束了该如何是好?!饺子是我们家庭中所有成员长生不老，而且还将永生的保证。谁都不敢随便地把饺子叫作“小饺子”。母亲不爱吃饺子。吃过饺子之后，我们撑得很长时间喘不过气来，坐下喝柠檬茶。已经没有心思吃甜食了，虽然母亲从巴黎带回的配方制作的柠檬馅饼是唯一的例外。

我们家除了爱吃具有礼仪性质的莫斯科饺子以外，还有在巴黎商店购买的小灌肠——只不过与克里姆林宫肠、米高扬肠和乳白色肠相比，小灌肠不够香，而且有点辣，颜色像法国人的脸似的微微泛红。

巴黎生活的突变从葡萄酒开始。父母不知不觉地过上上流社会的生活，这是早在革命前他们就向往的：他们酷爱法国葡萄酒，后来这种酒成为我们家庭衡量葡萄酒的标准，父亲在“尼古拉斯”酒品商店给家里买干葡萄酒，可是在那些年代在莫斯科对待这种酒也像对待思想意识一样，认为味道不正，是劣等货。从克里木的甜味波尔图葡萄酒、马德拉葡萄酒、核烈斯白葡萄酒到波尔多酒和勃艮第葡萄酒的道路，成了苏联人立场的重大改变。每逢休息日，父母也让我略微喝一点葡萄酒，起初是掺些白开水喝，这真是圣餐！在我们餐桌上除了法国葡萄酒，还端上法国的软乳酪。开始小心翼翼地品尝味道有点难闻的“卡门贝浓味”软乳酪和“变幻莫测”软乳酪。与莫斯科的黄色奶酪不同，法国乳酪打破一切常规生产出带硬壳的乳酪。后来餐桌上愈来愈多地摆上更加难闻的，让俄国人连放在冰箱中都难以忍受的乳酪，比如“断绝往来”乳酪。

在我们家两种强大美食体系之战由进攻、防御和反攻组成。在厨房里正在生煎牛排。这道菜加上红葡萄酒，让克拉娃的煎肉饼败下阵来。流血的战役暂停，突然出现了黑面包干。我们对此不能袖手旁观。黑面包干使我们联想起的不是苦役，而是对博罗季诺黑面包的思乡之情。我们全家都很想念这种面包。祖母从莫斯科寄来自己缝的白色口袋，里面装的黑面包干，用紫色圆珠笔写着“弗·伊·叶罗菲耶夫收”。我和父亲走着、嚼着，面包硬壳在我们的衣兜里碎成面包屑。此时法国棍式面包外壳松脆像复活了的螟蛾一样与价格便宜的莫斯科长型面包展开了战斗，法棍排挤长型面包。只有像女士小手包一样用面堆成的莫斯科圆柱形面包仍保留自己长久的优势。过了一段时间，端上餐桌的第一道凉拌菜是绿生菜拌西红柿、生蘑菇，上面浇的是橄榄油和葡萄醋，至今莫斯科对此仍不屑一顾，相比之下浇着“蛋黄酱的莫斯科沙拉”已登不上大雅之堂了。与法国人相对抗的有酸黄瓜，松散的煮土豆、腌蘑菇、渍白菜、腌得不太咸的鲑鱼——难道你不是俄国人吗？——冷盘打破了拿破仑的计划，蟹肉拌鲜黄瓜上面撒上青豌豆。博罗季诺：鲜脆的烤乳猪配上鸭胸脯香气扑鼻噢！本书的这一章应该空腹写，以便饮食之战具有真实感，战斗诚实而公正。不过法国菜肴在我们家的主要胜利是炸薯条，为了做这种菜买了一个专门的炊具，我们把它叫作煎锅。把土豆切成长条放在金属网中，再把网放到滚开的热油里炸，全屋香气弥漫。生煎牛排、炸薯条、波尔多葡萄酒，这是向饺子的挑战。用煎锅煎出的俄式炸土豆也退居第二位了。我的生活超前了40年。我母亲买了擦碎韭葱的用具，我们家开始做一种法国新式汤再浇上炸面包块和酸奶油。不久前我在“风味食品”节目中介绍这道菜的做法，看来大家对此没有太大兴趣。

母亲比其他的人更胜一筹，她什么都品尝，她吃阿尔萨斯的蜗牛和经典的洋葱汤（不要与韭葱混淆），她喜欢牡蛎，爱吃各种鱼，特别是鳎目鱼配上柠檬。父亲不吃牡蛎，他像索巴凯维奇一样知道牡蛎的形状像什么。母亲爱吃法国菜方面与父亲出现分歧。她对美食的爱好没有止境，除了田鸡之外，她认为田鸡有一股鱼味，近似鱼与鸡之间的怪味。她说“闻起来觉得好笑”（她的常用语)。据说田鸡腿的肉又嫩又鲜，也许这是俄罗斯人的偏爱。俄罗斯的法国菜迷们被田鸡腿缠得迈不开步了。

我理解我的那些缺少温饱和需要安慰的同胞的狂怒，他们连喊带骂地说：你和你的田鸡一起滚蛋！(顺便说一下，父亲连这种骂人话都不说)。他们的确非常地恨我。在他们被扭曲了的生活中没有田鸡和其他法国菜，他们也都各得其所并且不想改变。他们能够自圆其说，证明没有失误。我高兴他们一切还都不错。我尽量离他们远一些。在我的文化中有双重国籍。它是由生活符号学和我的血液中看不见的细节构成。恰恰是这种双重国籍使我有权说俄罗斯不属于欧洲：俄罗斯具有一种经常敌视欧洲的属性。

在大使馆、商务代表处、苏联其他机构中还有数百苏联人像我们家庭一样生活在巴黎。他们同样在市内漫步，甚至购物，但是他们主要的目的是赚钱，他们节省一切。回首往事不禁引人思考：为什么我的父母改变了，把自己迅速融入欧洲，而其他绝大多数人却仍然像从前在莫斯科一样的穿着打扮。他们坐在厨房板凳上排队等着理发，抽着苏联劣质香烟。(父亲当时抽烟很多，不过立刻转为抽法国香烟，也抽亚美尼亚加利生产的烟，这种烟劲特大。父母从哪里来的改头换面的兴趣呢?)

若干年以后，不同的人喜欢向我重复两件事：我的反抗——这是由于母亲不太喜欢我引起的，我的世界观——是由于我的巴黎童年生活形成的。第一点——胡说：母亲病态地害怕我会成为傻子，而这一点恰恰唤醒了我埋葬在最深层的才能，击穿了我的懒惰。我母亲不断地向亲人们（也不仅向他们）当面说下流话的惊人才能常常使她的儿媳们惊呆，但是却促使我成长。第二点——绝对真实，具有个性特点。如果不算成年人，就拿孩子来说吧，在布洛涅森林附近苏联学校学习的人并不少。但是谁也没有像我这样被巴黎吃掉。后来这些苏联的小巴黎人我在任何地方也没有再见到过，我所遇见的两三个人，绝对不能怀疑他们背叛祖国。如果说我的父母在巴黎有些蜕化，那么恐怕我走得比他们更远。在巴黎和在我以后的全部生活中，我背叛了祖国，我背叛的不是仅仅为了我而存在的我童年的莫斯科，而是我从来都没有感受到，我起初尽力使其成为我的祖国的那个国家。我背叛了祖国，却没有察觉：轻松而自由地背叛。

*

至今不能理解事情是怎么发生的。实际上我在法国是匆匆过客，我生活在法国的最表层，但是法国却把我整个地、完全地吞没了。父亲作为文化参赞，有机会单独在法国旅行。我们到戛纳出席电影节，一路上我们住在法国各种小旅馆，早餐我们吃羊角面包、草莓酱或者杏酱、喝咖啡，看来这已经足够了。

我在巴黎的苏联学校学习，是一个不太正规的学习场所。在那里一个教室同时有两个年级学习：一年级和三年级、二年级和四年级。有一次，作家卡达耶夫到我们学校来，他的脸被画成善意的漫画面孔（那个时候喜欢把作家打扮成漫画相）。显然是要求他这样做的。《团的儿子》一书的作者讲了什么长长的黑猫的故事。

“只是你们还不明白这些。”我只记得黑猫和“还不明白”，其他的话都忘了。这是偶然进入我生活的带着长长的黑猫的第一位作家。两位女老师半节课给低年级上，半节课给高年级上，基本上不给学生打“不及格”的分数。基里拉·瓦西里耶夫娜还兼校长。我暗自爱上了她，除她以外，我还暗自爱上了比我高一年级的不知姓名的小姑娘，当她离开之后，我爱上了另一个不知姓名的小姑娘，也是比我高一年级。在大使馆院内为我们这些学生提供往返学校的汽车。

“红领巾摘下来了吗?”司机问。

我们上学戴红领巾，但是在穿过整个巴黎市向学校行驶路程中，要求我们摘下红领巾，大使馆害怕有人对苏联孩子挑衅。起初我的红领巾不标准，克拉娃用颜色较深的法国布料做的，很像骑马牧人戴的领巾似的。后来祖母从莫斯科给我寄来了真正的红领巾——像过节一样，我从来没有像在巴黎那样珍视少先队员红领巾。以优秀队员的精神教育我们，可是我们不由自主地、渐渐地被侵蚀，当沿着香榭丽舍大街行驶时，我们兴奋地看着带有“巨齿”的大型美国汽车，“巨齿”指的是保险杠，我们确信在发生事故时，“巨齿”自动伸出来能把对手的汽车撞成碎片。

孩子们在大使馆院内玩耍，与法国人接触极少，有时候我和母亲去图勒里公园，但是那里没有什么好玩的，难道就是为了吃冰淇淋吗？不过在卢森堡公园我可以一连几个小时把租用的帆船放到池塘里游。母亲坐在带花边的绿色椅子上，这种椅子特别沉重，要想把它放到想坐的地方需要在沙地上拖，拖得咯吱咯吱响，沙地上留下一道道痕迹。而金属椅子需付费，记性好的老奶奶收下零钱放在小盒里，我和母亲租一把椅子两个人坐，其实我不用坐椅子，我从低矮的石头栏杆探过身子观察着我的帆船的航行。卢森堡公园正面的大钟总是走得较快，时间伴随着呼啸声飞驰而过。晚风骤然鸣起，修剪成梳状的栗树下面，堆起来的褐色树叶被风卷起沙沙作响，吹打着法国国王的雕像——它好像从背后遥望着我似的。不知不觉，晚霞爬上天空，母亲合上书本，叠好报纸，把杂志塞进手包里：该回家了。当沉湎于喜爱的事情，忘记一切的时候，这种时光的流逝是我与由无数幻想编织的童年永恒的沟通。

在那些年代，外交人员的孩子们禁止上法国学校，只有新闻工作者的孩子们可以去。我是由一个亚美尼亚的老太太教的法语，虽然她是侨民，不知什么原因允许她进入大使馆门内的过道。她在过道旁边一个小房间（也许是电话亭）给我单独上课，她带来法国儿童读物，那里的画面使我心惊肉跳，为儿童读物作的画有些夸张：孩子们不顾一切地奔跑，津津有味地从上跌下（跌落时女孩子们的裙子掀了起来，露出白色短裤），孩子们大哭，眼泪大滴大滴地向下落，他们是那样不怜惜自己，在看过这样的书后，俄罗斯书中的孩子们简直是由雪堆成的听话乖乖。我在亚美尼亚女老师那里学习的法语不多。与我弟弟比较，我掌握法语远不像母语那样。在我的法国童年中有一个印在内心深处的词。有一次我在无意之中用这个法语词使赫鲁晓夫的法语翻译杜比宁难堪。他知道我学过法语便说：

“你用法语说点什么吧！”

那个时候，他是我父亲的下级，对我当然高看一眼：

“科克西涅里。”我不好意思地说出这个法语词。

“什么？”

“科克西涅里。”我更加羞怯，重复一遍。我天生怕羞，好像刚从水里捞出来的黄瓜。

我感觉到这位未来的俄罗斯驻法国大使漂亮的额头上泛起惊慌的皱纹，此人在1991年无条件地、轻而易举地支持了反戈尔巴乔夫的政变。

“瓢虫。”我喃喃地说出了这个法语词的意思。

*

每逢星期日，在香榭丽舍大街的起点都有支起帆布篷的邮票市场，我由于过分高兴，把邮票市场给说颠倒了。这个邮票市场对我来说至关重要，我母亲一周给我100法郎，当时的法郎硬币，用于购物简直是微不足道。硬币成了我行为表现的调节器，表现不好就不给零用钱。我把钱攒起来或者买玩具士兵或者买玩具小汽车，或者买邮票，当然我什么都想买。

我对邮票其实也不太懂，我的爱好和购买不带有专业集邮性质。我和父母一起去买邮票，邮票按价值分类出售：在大的透明信袋里装的主要是平淡无奇的邮票，带有手持旗帜的玛丽安娜肖像的法国邮票，略微用水洗过的德国、比利时、荷兰、西班牙邮票，上面盖有很重的“法兰西”字样的印戳。有时还有俄国革命前带双头鹰象征的邮票。与此同时，在小信袋中装的则是系列成套的邮票，贵重邮票按张出售，我买不起。可以立刻买很多便宜的邮票，父母不动声色地支持我这样做。他们整天坐在家里帮我整理粘贴邮票。他们继承了在十月铁路局当会计的我祖父和在诺夫戈罗德担任簿记员的外祖母谢拉菲玛·米哈伊洛夫娜遗传的耐性。当能够买到一些英国殖民地的邮票时，我简直无限幸福。我特别喜爱带有国王或者头戴花边皇冠新女王伊丽莎白二世的邮票，还有一张带有什么圣赫勒拿岛的邮票让我激动得连喊带叫，差一点丧失我那本来就不太发达的语言功能。不过我也很欣赏葡萄牙殖民地安哥拉和莫桑比克那些绘有鱼、蝴蝶和其他动物的邮票，迄今为止这些国家在我的意识中依然是瑰丽多姿的邮票，我相信它们定能战胜各种社会灾难。我喜欢一些小国的邮票多样性，例如：圣马力诺。后来我专程去那里收集邮票，我也喜欢摩纳哥、列支敦士登、安道尔等国家的邮票。我也有被普通花纸头蒙骗的经历，我还迷上了蒙古发行的三角形邮票以及无齿邮票，我觉得这些邮票更接近恐龙时代。父母给我买了邮票夹和邮票目录。邮票目录是用小号铅字印刷的，我在非常专业的两卷邮票目录中寻找我已购买的邮票并做了登记，在邮票下角用蓝铅笔画上横线表示已买。我曾认为购买世界上所有邮票的理想是可以实现的。实际上，我收购了世界，至于邮票上是否有邮戳，我并不特别在乎，我把最珍贵的邮票放在邮票册中，用窄小透明胶带贴上（有时邮票向外掉），次一些的邮票放在邮票夹中，能保持清洁，但是堆积在一起，就好像挤在一起的经济舱中的旅客一样。

收集、保存邮票使我有所感悟，我父母对此非常欣慰。通过邮票，世界使我感到亲切，世界与我贴近并在我的心中永驻。与世界紧密相连之感，把我变成客观评价国家的少年世界主义者，冲淡政治倾向的少年历史比较语言学家。祖母看了莫斯科信上的苏联邮票之后觉得可笑。我多么希望这些邮票能讨我喜欢。从一开始我对待苏联邮票就抱有像美国人对待自己的客人那样的态度：

他们不想寻找，也不愿意看到客人们的缺点，他们把客人抬得很高，只有在后来才开始缓慢地降低。在苏联邮票中，我看到了字母和面值世界：卢布和戈比让我高兴，更加让我高兴的还有邮票上的人、地点和事件：普希金、柴可夫斯基、契卡洛夫、红场、攻打冬宫——真棒！不过最终的印象是：过于严肃、呆板、重复、成人化，久看生厌。邮票是老师，应该考虑到这一点。普通邮票绝对无个性，而带有活动家肖像的纪念邮票又都是老一套复制品，这些邮票根本不能与葡萄牙殖民地的蝴蝶邮票相比，蝴蝶远比葡萄牙本国色彩暗淡的邮票有趣得多。

香榭丽舍大街起点的那个邮票市场成为我在法国的磁石。为了瞒着父母，到那里去什么招儿我都想过。戴着法国蓝色贝雷帽的小男孩不复存在了，他变成了单纯的嗜好。我喜欢去市内靶场进行小型射击，而且射得很准，靶场老板因我得的奖品多而对我不满。对于邮票市场我不是热爱，也不是着迷，而是奉若神明。它是我童年的宗教礼仪。我漫步在邮票市场，面色苍白，一副清心寡欲的神情，目不斜视地看着市场上的邮票摊床、柜台。邮票成了我的欲望、创作，我的一切。从那时起，我的生活变成了不同磁石的相互交替。我在巴黎读大学时，曾疯狂地逛俄罗斯书店，最禁止的书店——基督教青年会书店，那里出售的反苏作品之多令人害怕，大惊失色。书店对面是克格勃租用的一家住房，他们从窗口监视买书的人，我担惊受怕，我常常梦见我去书店，走着，走着。邮票市场发掘出我天生的对某事过于迷恋而成癖的特性。

从文化中挖掘纯属政治的根，父亲如此积极地在巴黎同西方斗争，结果，他被法国特工机关授予“间谍”称号。法国大使佛罗芒-麦利斯，我父亲当时法国外交部同行，很多年以后，我对他仍旧没有好感，他是一位生硬、毫不让步的外交家。

巴黎以世界水平的明星荟萃而大放异彩。我父亲善于同有用的人交往。在父亲斡旋之下，伊夫·蒙当在引起很多法国人愤怒的1956年匈牙利事件之后到莫斯科巡回演出。父亲很了解毕加索，到碧蓝海滨去拜访过他，毕加索引为骄傲的是他拯救了列宁的花岗岩半身像，没有被不知名的法国雕塑家所毁。获救的列宁雕像后来长时间地放在大使馆的“红角”落满灰尘。父亲的主要敌人是美国人。乘坐娱乐性快艇，沿塞纳河游览，悦耳的乐声缭绕，我们甲板上的邻座是几个放荡不羁的青年：穿着花里胡哨的衬衫，手拿啤酒杯，大声讲着英语。

“当心点！他们是换成便装的美国大兵。”父亲严肃地警告我，9岁的我，心神不定地看着这些退役敌人。

与此同时，我父亲酷爱生活，他尽量不去理会巴黎是阳光灿烂，还是烟雾迷蒙。父亲待人天生温和而委婉，这与他的意识形态有些格格不入，因此在我们家庭中没有个人专断，而这在本质上残害了我父亲。

*

我是战争之神，我兴高采烈地玩着士兵作战游戏，也许这是缪斯第一次出现，在我的童年中缪斯没有用武之地。因为我远远不是在那种家庭气氛中成长的孩子，在那种家庭里孩子从小被认为是祖传的天才，数十双眼睛盯着他，眼巴巴地盼望有朝一日他被奉为神童。我的战争缪斯出现在巴黎住宅餐厅地板上，圆形餐桌下面。两方面的军队互相进攻，他们的命运取决于从我的手指飞出的橡皮或者铅笔的命中率。我是战神的中立执行者，我让对垒双方都有胜利的机会。

那个时代在莫斯科买的俄罗斯士兵两条腿并在一起，两只手紧贴在裤缝上，玩具士兵制作粗糙，公式化，千篇一律站在完全一样的圆形底座上。只有旗手不同，他手持红旗，不过他的制服的绿色颜料很容易脱落，裸露出原来的银灰金属本色。

在法国出售各种不同的军人玩具，当时没有什么政治色彩，可以玩骑马牧人与印第安人打仗，这些玩具人用同样的塑料制作，可是在道义评估上他们是不等价的。出售的印第安人长着鹰勾鼻子，手持弓箭和战斧，他们的脸画得像恶魔，很明显他们是敌人；而骑马牧人穿着红色衬衫扬起双手，手中有套马索，左轮手枪或者步枪，他们个个是英俊彪悍的小伙子，有一些还勇敢地策马飞奔。我父母对骑马牧人与印第安人打仗不予以评价，而我与父母的态度则不同：对立双方的脸谱化表明胜负早已注定。

制作技巧很高的拿破仑战争年代的士兵对我来说没有太大吸引力，因为我还不懂历史，不愿意玩从前的战争游戏。我需要的是坦克，而不是装圆形炮弹的大炮。我喜欢现代法国士兵，他们动作敏捷、灵活机动，皮肤很像真的，只是塑料材质有点轻，一被橡皮击中他们便立刻仰面朝天倒下。最引人注目的是穿着灰绿色军服戴着帽盔的金属制作的法国军官（我把它叫作大尉），帽盔侧面印有法国三色旗，他的右手握着手枪，投入战斗。他的眉毛又黑又长，甚至过于浓重，这多少有些让我发窘，其他方面他无可挑剔——勇士的圣像。跟在他后面的士兵比较简单，他们有机枪、掷弹筒、各种器械，包括吉普车。苏联士兵像木偶似的，成群结队，他们的死亡毫无意义。在大尉指挥之下的法国军队表现出机动灵活性。

我用橡皮时而向这一伙，时而向另一方射击，他们进攻，在凳子腿后面掩蔽，倒在地板上的士兵被认为是阵亡；没有完全倒下、靠在战车旁或战友旁的士兵算负伤，休息片刻站起来重新进攻。我一连几天玩打仗，自我陶醉好像排练实现编好的剧目似的。忘掉做功课、吃饭、睡觉，唯一的希望是父母不要妨碍我。有时战争需要增援，我把象棋作为援兵分成白色和黑色，他们也参加战斗，与士兵并肩作战——这简直是星球大战的前兆。

我诚实地射击，有时没有命中，如同我自己下棋时会输棋一样。不过当我喜爱的大尉连同自己的椭圆形底座一起倒下时，我总归还是要了滑头。假装他倒下时有人扶了一把，那么他算受伤。苏联军队中我最宝贵的是军旗，但是在内心深处我终究站在法国人一边。倘若法国士兵制作技巧更差一些，我与他们也许找不到共同语言了。倘若法国不是以美味佳肴著称，不那么香气袭人，倘若法国不是那样家庭化的国家，我也许就站在苏联士兵一方了。

*

永远散发着霉味的俄罗斯作家坐下写自传出自一个目的：幻想自己争当挂在圣诞树尖顶上的那颗星，而其他的作家则是挂得较低的次要玩具。较低处的玩具可以从树枝上随便摘下，而要想摘下顶尖上的星，则需要在地板上踮着脚、蹦着高才行。

在强烈追求特殊地位方面，俄罗斯与其他国家不同之处在于，俄罗斯不仅认为自己是智能资源的载体，而且还是以宇宙真理之光普照世界的伟大国家。在俄罗斯这种背景上，强烈追求具有世界声望的俄罗斯作家在登上世界荣誉舞台之前一直不露声色，一旦获得荣誉将不是蝴蝶展翅飞翔，而是兽中之王——恐龙。“我既不承认西方的哲学家，也不承认东方的智者，我属于俄罗斯的上帝。”俄罗斯作家如是说。

俄罗斯的上帝把作家的自传变成命中注定的神箍，神箍特别紧地勒在头上，你或者忍受或者呐喊。俄罗斯作家从来不安分守己。他们内心躁动不安。他们绝对不会陷入偶然性和规律性双重世界之中，不会倾听这个世界会奏出和谐旋律。俄罗斯作家不理解偶然性。他追求，他向往。混沌，变得更加浓重，天空出现了形如海豚或者白熊的云彩，是海豚还是白熊取决于个人判断，然后云彩又变成茫茫迷雾。但是如果在俄罗斯世界中有某种独特的东西，那么这不是浑浊的气体，而是意志与荒谬、规律与天意的折射——暗示着生活中潜流正在涌动。

*

苏联的马戏团小丑、芭蕾舞演员、作家和艺术家、音乐家和演员——我父亲在巴黎接待的常客。我父亲是严格的监督者。只要父亲向莫斯科发出一份关于某人政治不可靠的密码电报，那么他可能毁掉某演员的一生，某人会被禁止出国。父亲是重要而又危险的人物，人们向他阿谀奉迎，愿与他结交。

父亲认为这些人之中有的人真心想做朋友，例如：列·柯岗，实际上他们已成为朋友，他们可以倾吐积愫，父亲陪柯岗在巴黎购买罕见的小提琴，父亲详细讲述这位著名小提琴家是怎样仔细挑选小提琴的，给我的印象是父亲在某个时刻曾准备承认世界不仅由政治主宰。但是，莫洛托夫显然不是无缘无故地认为每个艺术活动家都有腐朽的方面，因此与他们友好相处将面临危险。应该鼓励这位文化监督官，使他能够涉足难以进入的苏联伟大音乐家的领地，启发他们更加热爱自己的故土家园，尤其是热爱自己的国家，哪怕他们不承认这一点也罢。他们具有截然不同的爱好。我父亲喜欢打网球，早在去巴黎之前他就喜爱这种运动，而音乐家们热衷于音乐，当然他们也和我父亲打网球，利用他顺便探听出森严壁垒的政权当局偶然的秘密。

1992 年当我与罗斯特洛波维奇在阿姆斯特丹筹备上演什尼特克的歌剧《与白痴一起生活》时，他向我说了很多恭维我父亲的溢美之词，他因我父亲与苏联恶棍截然不同而欣喜。我听到这些话颇为高兴，立即往莫斯科打电话告诉父亲，转达罗斯特洛波维奇的问候。父亲听到他的问候感到骄傲。对于父亲来说，这位驰名世界的大提琴家的问候，是自己成就的标志。父亲与母亲不同，他很少思考音乐，我从来没有看见过他打开唱机听古典音乐，他把音乐理解为生活的陪衬，而与罗斯特洛波维奇的友谊是我父亲虚荣心的慰藉。

我邀请父母观看歌剧首演式，他们实际上如何看待这部歌剧我不知道，但是既然荷兰女王在歌剧结束后站起来鼓掌，那么我父母的反应是可想而知的。在宴会上我父亲与罗斯特洛波维奇相遇，他们站在离我不远的地方热情地拥抱亲吻，好像是接吻，互相拍着肩膀，兴奋地交谈了几句。罗斯特洛波维奇旋即离开，在整个大厅周旋，与熟人一一接吻，当他来到我的面前时问：

“你父亲在哪儿？我真想见到他！”

“你不是和他亲吻了吗？”

“什么时候？”

“刚才呀！”

罗斯特洛波维奇皱了一下眉头努力回想，可是没有想起来，没过一秒钟已经没有他的踪影了。次日早晨，父亲向我说起他与罗斯特洛波维奇热情的会见。

我父亲保护苏联演员不犯错误，而对法国演员——却是怂恿。父母以与伊夫·蒙当和西尼奥雷的友谊而感到快乐，在这两位演员的豪华别墅中，在明媚的阳光下，他们的合影被列入父母纪念库中最珍贵的一页。与蒙当的友谊却是以离奇的方式而告终。在匈牙利事件以后，父亲说服这位演员去莫斯科演出，父亲把这看作是个人的胜利。局势的进一步发展可就各行其道了。莫斯科狂热地欢迎蒙当 。对于那些不太明白匈牙利革命、头脑日益迟钝的莫斯科人来说，蒙当的访问不是苏联意识形态的谋略，而是斯大林死后的解冻。蒙当在莫斯科客观上促进了俄罗斯自由化。但是赫鲁晓夫及其随员们出席了他的音乐会，而这变成了政治姿态，蒙当回到法国之后，有一种受欺骗的感觉。我父母很多年向我讲述这段往事时一直愤愤不平，蒙当在电台演说、录制唱片都遇到了障碍和抵制——用这样的办法惩罚他，在观点上接近共产党人的这位演员不得不像沙拉莫夫在《文学报》上对自己《科雷马的故事》那样，在右翼的《费加罗报》上证明自己无罪。他同我父母的友谊从此断裂。

在苏联入侵捷克斯洛伐克以后，西蒙娜·西尼奥雷写了一本书，书名中有我父亲的名字：《沃洛佳，再见!》，可能，这本书是作为她与共产党人决裂的象征。

蒙当成了反苏人士，他在《自白》影片中担任角色，在戈尔巴乔夫时代，他带着这部片子来到了莫斯科，我父亲参加了首映式，为了一睹当年老友。在音乐会之后，父亲与蒙当见面，和当年与罗斯特洛波维奇会面不同的是，蒙当认出了我父亲，也许可以理解是什么原因。他们俩都变老了，但是仍不失为仪表堂堂的男子汉，尽管两个人的眼睛由于老态而显得黯淡无神。俄罗斯也开始变成另外的面貌了。伊夫·蒙当在人群簇拥之下从远处挥着一只手喊着再见！再见！但是他没有走近，没有请父亲参加宴会，没有拥抱、没有接吻。父亲回家以后怏怏不乐。与蒙当交往的话题从我们家庭的节目单中被慎重地删除了。

*

每当我到巴黎，都去圣母大教堂点燃两支蜡烛以示祝福。我像七普特重的商人那样祈祷，请求上帝赐予我父母长寿、健康，他们由于历史原因而失去上帝的保佑，但是他们年事已高，需要理解、温暖、上帝的慈爱。我沿着河岸走着，经过出售50年代杂志的古旧书商的摊床，那些年代政治丑闻、纠纷闹事的封面，现在看起来都是寂静的港湾，但是突然一切又浮现在眼前。印象派艺术家使我们家庭分化（早在30年代末期，在莫斯科母亲就开始喜欢印象派）。难怪苏联文艺理论家克梅诺夫同印象派艺术家斗争直到最后。他公正地认为：印象派艺术家否认客观真实，破坏思想主旨，夸大偶然性。克梅诺夫当时在巴黎工作，他是联合国教科文组织的工作人员，他喜欢伯努瓦，在与我父母散步时，他愿意猜“城市”字谜：

“卡卢加!”

“阿拉木图!”

“克拉斯诺雅尔斯克!”

“克里兹莫斯特洛伊!”克梅诺夫说。

大家都哈哈大笑，我也笑了。不过从此父母不再邀请他，因为他耍滑头，他可能知道我母亲对法国印象派画家莫奈的暗恋。我的第一个（也是最后一个）偶像是早期的马雅可夫斯基，我把他的像挂在我房间的门上方，从表面上看他是我的公开偶像，而在内心深处已经与他决裂，早在这一偶像之前，很多印象派画家，如后来的凡·高、高更、莫迪利亚尼等一系列大师，对我具有真正而永恒的魅力。如果不是他们的诱惑我可能考入国际关系学院，我幻想当外交部长，也许真的能当上外交部部长呢！但正是这些艺术家把我弄得糊里糊涂，他们洗清了我的头脑，铺平了我通向深渊的道路，后来立体派、抽象派、超现实主义派艺术家又纷纷向我的头脑灌输，我母亲使我最早知道印象派艺术家们。他们不需要阅读和领会，只消看上第一眼，他们就足以征服你，他们是同在巴黎郊区生长的那些我喜爱的罂粟花，同我的塞纳河，同我的马恩河、同我的栗树和梧桐树奏出同样的韵律，和谐相伴。

*

我愈是往下写这本书，就愈是难以厘清我父母的秘密和公开的矛盾。真的他们之中，谁是我生活中的不明飞行物呢。分析父母可比作精神上的乱伦。是什么魔鬼迷住了我的心窍（我母亲常常这样说），我找到了数十个证据以便证明我不是为了挖掘父母的隐私。我对父母知之甚少，我对此很满意。我怎么能知道他们为什么如此迅速地适应于欧洲的口味，为什么恰恰在他们身上打下了欧洲的烙印。

除了衣食以外，欧洲的生活情趣也征服了他们，父亲把下棋丢在脑后而开始打网球，他买了丹洛普牌和施莱辛格牌的网球拍，买了很多名牌毛茸茸的网球留以备用，买了白色运动短裤和鳄鱼牌的网球衫。购买8厘米电影摄影机更是惊人之举。一开始这纯粹是为迎接春暖花开进行旅游而准备的，但后来是为了自己拍自己、自己看自己了，电影摄影机自然要求选择：拍摄什么和为什么？

喜爱的电影——征服死亡，父母至今仍有很多窄幅电影的卷带盘，我很久没有再看那些片子了（老的放映机坏了）。在很多年期间常常是这样：在与客人吃过午饭以后父亲把折叠式小银幕拿到餐厅，把卷带盘装到放映机里，发出嗒嗒声，自制小电影开始放映了：卢瓦尔、枫丹白露的城堡和绿色草坪上的其他建筑物。父亲从来没有拍摄过俄罗斯，我是这些小电影中经常的人物。我看见那是一张颧骨凸出白净的脸，头戴法国贝雷帽，挂着不自然的微笑的男孩，与父母的其他朋友相比，每一次我都是走过场的角色。我在影片中扮演招之即来，挥之即去的人物。不过也有不同的变化，正如我写的字体有数十种差别一样，尽管用了电脑以后很久不写字了。父亲买了带小银幕的剪辑台，晚上一连几个小时忙碌着：又是剪辑，又是粘贴，起初片子是黑白的，能拍近、中景，不拍特写镜头，父亲不好意思在人面前拍摄。我没有见过父亲大喊大叫、生气跺脚、发怒。在他的诸多优点之中最明显的是自制力，这一点我继承得远远不够。可能父亲也许是不太高明的摄影师和导演。认识自我的思想在我父亲那里可能像小雏啄破蛋壳，但是却没有破壳而生。显然他感兴趣的不是艺术，而是拍摄对象本身，目睹的综合场景，以往生活无意识的总结——在这些方面略微展示自己的才能。父亲从来不敢拍摄有风险的镜头。有一次他从他所钟情的视力不佳的女友加丽娜那里借来关于她马里之行的窄幅电影片，他在编辑台上毫不吝惜地把影片中裸露阳具的非洲人剪掉，聚在我们家的观众深表遗憾。家庭影院把我们家庭与离群索居和只为自己生活的大使馆世界隔离开来。

在观看喜爱的影片时，经常伴随着音乐，而这一点也是欧洲的胜利。大使馆一些级别较低的工作人员偷偷收听由禁止转为半禁止的列申科的歌曲，而我父母与他们不同，不喜欢豪放歌曲的父母认为法国歌曲比较悦耳动听，他们为法国女歌手皮亚芙的歌而陶醉。他们还听布拉桑斯的歌，还有阿斯纳夫尔等等，且与伊夫·蒙当和西蒙娜·西尼奥雷友谊甚笃（还有一个对法国的强烈情趣：就是与这样一些名流结交——不过我几乎不认识，我没有见过他们）。父母从来对爵士音乐不感兴趣。

在我们家从来不听普拉·西纳姆帕歌曲，不过法国游艺舞台的歌手唱的民谣在我们全家颇受欢迎。至今我还能唱：

“玛葛莱娜，你多美啊……”

有时忘了歌词，有时重又想了起来，甚至从开头唱到最后一句。

*

大使馆过着宗法制地主式的农村生活，只不过院内没有养鸡。满院子来往穿梭的女服务员、密码译员、级别较低的克格勃人员、司机、饱经世事的总务主任。这里的最高领导是维诺格拉多夫大使，他是这里的老爷，他是从建筑师一跃而进入外交界的幸运外交官。他像老爷一样，把双手往裤兜里一插，根据苏联的方式，时而把重点放在这只脚上，时而放在另一只脚上。浓密的浅色眉毛，脸上总是洋溢着成功与荣誉。父亲在与朋友们的家庭交谈中，大使——这个词异常神圣。父母在巴黎的朋友有两对儿夫妇：特别喜欢朗朗大笑的《真理报》驻巴黎记者（这个人我认识）和克格勃中层工作人员美男子洛吉克。在我童年的记忆中还有一个人几乎与大使并列，人们提到他的名字——埃恩埃斯也压低嗓音，但是我想他没有大使级别高。我多么想知道成年人的隐秘，我有自己的秘密。只有多年以后我才破译出：埃恩埃斯意思是指赫鲁晓夫。大使夫人叶甫盖尼娅·亚历山德洛夫娜比丈夫更加傲气十足，说话时喘着粗气、昂着头，她俨然是一个女皇。可是年轻时她只不过是拉脱维亚的一个女车工。当晚上大使和夫人感到寂寞时，他们就叫我的父母去他们的官邸，一起用法国电视机看电视，大使吃着核桃、喝着啤酒，经常与新闻节目主持人直接对抗：

“你这个小伙子，一派谎言，我们了解你，你是美国的奴才！”他用手指威胁着，皱起了浓眉。

“他听不见你说！”大使夫人阻止他，他从容地望着妻子并意味深长地开始沉默。与很多负责人的妻子一样，她很得意，因为只有她能驾驭丈夫。乘坐他们新款的“雪铁龙”牌小轿车简直难以忍受，大使亲自驾驶，夫人向他喊着：

“你干吗追这个法国白痴！”

大使仍然意味深长地不说话。我父母不知最终胜利属于哪一方，无奈只好连声称是。不过他们的看法根本无足轻重。

母亲病态地经历着由俄罗斯妇女蜕化为欧洲妇女的痛苦。由于经常过于激动而不时地出现抑郁征兆，毫无任何原因她便开始烦躁不安、哭泣，躺在床上像死人一样闭着眼睛。电话铃响了，那些年代电话声音特别尖、特别急促。父亲的沉重的黑色电话机（同时又很不结实，一旦掉在地上，立刻摔得粉碎）放在餐厅显要位置，在壁炉上方有一面古董镜子，电话机转动不灵的字盘和又大又亮的话筒在镜子的反照之下像是那些年代汽车后备厢中的备用轮胎。电话是领导打来的，父亲急忙跑到电话机旁说：“我是叶罗菲耶夫！”母亲从床上爬起来。

“怎么，你们来吗？”大使夫人问。

“我们已经躺下了。”

“没关系，起来就是了！”

如果电话打得亲切一些，婉转一些，也许有伤她的自尊，而像现在这样，具有双重压力，迫使我父亲处于她的岌岌可危的地位之下。夜间拒绝在我父亲的命运中产生了影响，可能这标志着“自己人”和“非自己人”之间第一个分水岭。“自己人”哪怕是在弥留时刻也不会拒绝。传说根据领袖的指示而被毒害的高尔基，在弥留之际，斯大林、伏罗希洛夫和莫洛托夫前去告别，高尔基肾上腺素猛增，致使他又多活了一周。我父母的双重有机体已不再分泌必需的肾上腺素了，他们轻率地忘记了自己的官运和远大前程，我母亲不止一次指出：在巴黎的苏联大使馆官邸大使夫人的盛气凌人，让人感到好像演员出场之前的恐惧，当我母亲向这位从前的拉脱维亚女车工问候时，母亲的嘴唇颤抖，两腿打弯儿。自从父母在夜晚电话婉拒去大使官邸之后，不仅不再让父母去他们家看电视，连大使馆亲信们的非公开聚会也不让父母出席——在争权夺利的角逐中，父母开始落伍了。

然而父母内心深处却在为家庭关系出现裂痕而困扰。母亲嫁给父亲意味着人与事业规格的提升，但是她却背信弃义，出自纯粹女人的那种不知感恩的心理，实质上蔑视父亲成为官员，而事业上飞黄腾达的男人们恰恰为此而苦恼。

“有什么办法呢？他是官员啊。”后来母亲不止一次对我说，她非常理解契诃夫这句话所表现的一个真正男人委屈而孤独的心境。母亲不满意父亲的智力结构：透过薄雾她看到的父亲，即或不是诗人，那么至少是人文学科的学者，饱学之士，长篇小说的读者。对母亲影响较深的印象派艺术家潜在的个人主义，再加上母亲难以摆脱的法国作家普鲁斯特的影响，这些足以使她形成关于丈夫的个人印象，在俄罗斯保守的传统看来如果这不是禁忌，那么至少也是不礼貌的。父亲的个人主义是在疗效显著的“飞黄腾达”草药中浸泡出来的。父亲显然需要妻子的无限崇拜，需要极大的爱抚。而他命中注定较少关爱他人。父母一直觉得生我一个太少，最好是紧接着再生第二个孩子。不过就算生十个孩子也克服不了他们内心的裂痕。在母亲内心深处确信，天色将永远阴晦，乌云不会拨开，阳光难以闪烁。母亲对世界不满，积怨甚深，对印象派除外，她怀有潜意识反抗神祇的精神，她确信没有上帝。不过在个人主义方面，他们分别地遗传给我了。

11 月 7 日，在正式招待会前两个小时，大使夫人在半明半暗的隆重庆典大厅里召集了大使馆的孩子们。餐桌特别丰盛，摆着各种各样的葡萄酒和果汁。向我们祝贺节日，然后问我们学习怎么样。

“好……”大使馆的孩子们有气无力地齐声回答。

脸蛋滚圆穿着白色围裙的女服务员站在窗户旁傻乎乎地微笑：孩子之中受到大使夫人特别关爱的是女服务员的儿子季玛。虽然孩子们学习成绩都不错，但是也没有招待他们。我当时特别害羞地请求说想喝点什么。大使夫人重问了一句：“你想喝点什么，是吗?”

我点了点头，我因提出这个请求而羞得满脸通红。然而我与那些司机、密码译员的剃成光头的孩子有所不同，我下意识地表现出我的胆大无畏。我这个头脑大、智慧浅的人是想暗示让他们给点面包片吃。可是大使夫人从袖子中抽出白色手帕把头微微一转，对那个做出虚伪面孔的服务员说：

“给他拿点水来。”

她从水龙头下面接了点水递给我。这个女服务员不久因吵架而被召回莫斯科。她野兽般地向大使夫人吼叫，她冲进大使的内室大声斥责，因为没有派大使馆的医生给她那个病重的季玛诊治。

“我们的人们天生没有隶属感。”大使夫人感叹地对我母亲抱怨说。

*

那天晚上父母严厉地惩罚了我。大使馆庆祝十月革命节日活动场面像教堂般富丽堂皇。大使馆的大门犹如教堂圣坛的大门敞开着，向苏联理想世界驶进一辆接着一辆超级豪华轿车。到苏联大使馆被看作是一种时尚，在把洛可可式建筑与俄罗斯国家电气化委员会的风格相结合的半圆形的正门入口处停着无数挂着国旗和没有国旗的轿车。司机匆忙下车，俯着身打开后座车门，走出来像聪明的海洋动物那样头发梳得溜光、衣着笔挺的法国人和其他外国人。错过这样的场面将终生遗憾。可是禁止大使馆的孩子们走出房门，不过那一时刻我们也没有人监督。大家都忙于节日招待，无暇顾及我们这些孩子。

我悄悄从豪华住宅的侧面楼梯跑下去，确切地说是顺着楼梯扶手滑下去，打开通向院子的侧门，躲在明光锃亮的大客车后面，贪婪地看着节日场面，实质上这是我童年大饱眼福的唯一机会。我的快速奔跑和躲藏，我把手指比作手枪偷偷射击那些珠光宝气的女士。终于被大使馆的保安人员发现了。他们揪着我的耳朵，说出我的特征，向上级报告了，可能大使夫人向我父母提出了意见。

那一天晚上在招待会成功结束后，父母因与达官贵人接触而非常兴奋，浑身散发出香水味道（通常在招待会之后他们在卧室长时间交谈，交流各种印象，谈笑风生），他们砰的一声打开房门（通常踮着脚怕惊醒我）。我已经躺在长沙发上的被窝里了。

“维佳!”

沉默不语。

“维佳，你睡着了吗?”

声调令人不快，但是由于我很喜欢父母的夜间问候，于是不慎回答：

“我睡不着。”我假装着微笑，其实我是在听到他们上楼梯说话时马上钻到被子里的。

他们把我从被子里拉出来，让我穿着短裤和背心站在他们面前。他们像发了疯似的，大喊大叫，怒火万丈。我从来没有见过父母这样狂怒，而且还是他们俩同时发作。平时他们只是单独地骂我，而此刻他们变成了穿着黑色晚礼服和长连衣裙的疯狗。

“皮带在哪儿?”母亲把我推到他们卧室喊着。父亲想要从腰上解下皮带，但是他的盛装中没有皮带，于是他把头伸到衣柜中在诸多领带中翻找皮带。我盯着父亲，不太相信。

“躺下!”母亲命令说。

“往哪儿躺?”我奇怪地问，“我不想躺下!”

“你为什么要到院子去? 不是对你说过了吗!”父亲问。

“这有什么?”我仍旧不相信。

“我对你说过，不要离开家!”

他们抓住我，我半裸着身子，转过去躲到窗帘后面。父亲抓到了我——我挣脱了，然后跑到餐厅围着餐桌转，边跑边绕过椅子。他们追赶着，他们已经不是永远可以推心置腹交谈的父母了。他们超出了我已习惯了的轨道，背离了自己的角色，成了国家任务的执行者，雇用打手。终于我被抓住了。母亲使劲地扯着我的胳膊肘儿，把我拉向他们的卧室，我抓住门框不放，他们把我拖到了卧室。我的耳朵、手、脸发热。我脸朝下躺在他们的双人床上，他们狠狠地惩罚了我。母亲粗暴地脱下了我的短裤。违背我们家规的做法，使我吃惊得喘不过气来。他们折磨了我瘦弱的身体，我不知道父母在他们的童年时是否挨过鞭打，但是看样子他们在自己记忆中知道鞭打的基本规则。虽然在实践中他们鞭打得笨手笨脚，一点儿也不高明，因此我得以挣脱，从床上滚到地上，他们按住我，压着我，我开始大喘气，皮带抽打在我赤裸的后背。

“往下一点打。”母亲说。

皮带抽打着我的屁股，我喊叫着，泪水淋淋。我喊叫得让全住宅都能听见。我使出全部的本能挣扎、怒吼、气愤，我没有做任何坏事。也许他们害怕惊醒大使，也许这像青少年第一次性行为那样匆忙收场。反正很快他们就住手了。我已经不号啕大哭了，而是在床罩下面呜咽。床罩有一股奥妙牌洗衣粉味道，在打开洗衣粉盒子时，我能找到五颜六色的玻璃球——我们整个苏联学校的学生们都喜欢的玩意儿。

“睡觉去吧!”

我躺在被单散落的长沙发上，屁股已经肿了，谁也没有前来向我道歉。他们像叛变了我似的悄悄躺下，关上卧室的灯。他们的行为使我震惊，我怒不可遏，我诅咒他们的节日。

父母破坏了我的这件最大的开心事。不久，我却深深地对他们失望了，这种鞭打是我一生中唯一的一次。不过它把我的童年世界分裂成两半，开了我对父母不满的账户。我开始与他们过着两种平行的生活，好像通常丈夫和妻子生活那样：在和平状态中关系是这样，在战争状态中则是另一番情景：冲突愈演愈烈，事件层出不穷。在鞭打之夜，我想起很多年以前发生的事。在莫斯科住宅的厨房，女工克拉娃和我母亲正在剁肉，那菜板就放在地板上，我父亲失去自控力，勒令她们停下——因为在我们楼下，住着那位维诺格拉多夫大使，我父母特别害怕他。我还想起在那个莫斯科住宅中在辞退了女工之后，母亲用吸尘器清除我房间地上的灰尘，我看见吸尘器的接头从吸尘器上脱落了，吸尘器却仍在转动。这时，母亲的吸尘动作是徒劳的，像在卓别林的影片中表现的那样。我开始发笑，而她勃然大怒，不懂得幽默，狠狠地朝我的脸打了一下。那次节日招待会也使大使夫人激动不安，她向女服务员厉声喊着：

“晚宴之后您怎么敢向杜克洛敬烟呢？您疯了吗？他是共产党员啊！”

从前当过车工的大使夫人还是个画家，她在巴黎市郊大使的花园和别墅作画。我父亲慎重地赞赏了她的风景画和写生画：

“真的，您画的云彩栩栩如生。”

大使夫人喜欢听到恭维话，她又高兴又骄傲。很多年以后我与妻子到坐落在苏联最好街区阿·托尔斯泰大街他们的新居去，大使夫人气喘吁吁地给我们看了她的一些画，她说：

“这是我的，”她指着一幅油画说，“这也是，而这幅是毕加索的，这是夏加尔的，这是莱热的，那边那幅也是我的。”

据说法国人喜欢他们。大使夫妇后来去世了——他们的住宅我想可能被瓜分了。也许没有。一切都混乱不清，一切都无关紧要。

*

“你知道吗，你有弟弟了！”

我正怀着重要目的沿草地奔跑，聚精会神，像拉紧了的弹簧似的。恰在这时基里拉老师拉住了我的手问我。这个问题弄得我茫然失措，我不仅不知道我的弟弟降生，甚至不知道我母亲怀孕。她掩饰得那么好，我丝毫没有怀疑过，在我的家庭中赤身露体不是禁止，而是根本不可能存在。母亲从来没有裸露过身体，父亲也同样，他们总是穿着什么，他们不可能是裸露肉体的人，在游泳池，父亲像法国人一样在单独更衣室换衣服。有一次家里热水暂停供应，母亲叫我帮助她洗头发，让我从锅里舀水给她洗头发（那时候，很多炊具不是按其功能使用）：我走进浴室时忐忑不安，有点像那一次到列宁墓那样，我害怕看见母亲的裸体，可是她穿着胸衣和连衣裙，肩上披着浴巾——这已是母亲裸露的极限了。我们家里见不到肌体的某种分泌物、排泄物、脏东西，或者如果有也很少（比如被扔在马桶里的从梳子上面清理下的头发），无足挂齿。在我们家，血液就算是肌体内唯一的液体了，父母从来不向我讲述孩子是怎样出生的这一类创世纪话题。

苏联人一行在芒什耽搁了，他们是乘客车和轿车去的，他们去那里举行野餐。夏天孩子们都去夏令营。在夏令营里我第一次开始读书。在此之前我不能忍受：因为我阅读总是一句一顿，艰难地把字排成音节。母亲为此沮丧，而此刻我却迷上了读书，在午休时读凡尔纳的小说，一卷一卷地阅读，蓝颜色封面的文集，近似疯狂地阅读只能是偷偷地，午睡时禁止读文学作品。长相似恶狼的学监们一进来，我赶快把凡尔纳藏在枕头下面。基里拉老师兴致勃勃地看着我，我对她前面提出弟弟出生的问题回答说：

“我知道。”

我不知道为什么这么回答。也许因为我爱上了这位老师，她惊奇地看着我，据她对我母亲说我知道她生孩子的事时，母亲以更加惊奇的目光看着我，不过母亲始终没有问我，我从哪里知道的。我茫然地跑到荒芜的樱桃园。

*

我在樱桃园里遇见了一个真正的法国青年，个子很高，满脸呆气，我不想惹法国人民不高兴，可是我觉得这个青年弱智，我和他找到了共同语言，因为我们知道的法语词的数量差不多。

“是瓢虫吗?”

“是瓢虫!”

其实它们不是瓢虫，是蚂蚁和瓢虫的变种——带有红色斑点、外壳光滑的火红昆虫在树林里爬着，我和弱智青年把这些小虫抓起来装在空火柴盒里。不知他想给我看点什么，他不停地拉紧裤腰带，我们点燃了篝火，我担心火柴盒里的小虫会燃烧，不过我却不动声色地坐着。

在夏令营里流传着关于樱桃园的神奇故事。禁止在园中奔跑，那里有蛇，弱智青年走路内翻足，双手像大猩猩的掌那么大，他很讨我喜欢，我们交上了朋友。我们坐在树上一起摘红色和黄色的樱桃吃，有时他喊叫。在樱桃园的中心他停下来喊叫。有一次他做了个手势：把左手掌握成空拳，右手食指插进空拳的洞中。有很多人到这里来干这种事，他能指出干这事的地点，我做了一种表情示意我对此不感兴趣，我骄傲的是有他这个法国朋友。

他好心肠地想教我学会抽烟，从衣兜里掏出皱巴巴的蓝色烟盒，不带过滤嘴。我第一次叼起香烟，我把左手插在休闲短裤的裤兜里，但是我不打算抽烟，烟丝碎末进到嘴里，舌头火辣辣的，香烟纸贴在嘴唇上，粘住不掉。我担心哪怕就是吸一支烟也注定对我的身体有害，在想象中描绘出各种可怕的图景。只有在见到啤酒时，这些可怕的图景才一扫而光。

“喝吗?”

“喝!”

我们俩对着啤酒瓶你一口我一口地喝了起来。此时我又害怕了：万一弱智通过唾液传染给我可怎么办？我想象着自己回到夏令营时，变成一个两只脚向内翻，嘴里叼着烟的弱智青年。我倘若成为这样的人——将会把基里拉老师吓坏，她失声喊叫，而我用非人的吼叫回答她——孩子们看此情景向四处奔跑，边跑边喊：维佳成了魔鬼——我向基里拉老师走去吻她的嘴唇。——莫非法国青年真的是魔鬼？——难怪他的裤子总是向下掉——难怪在樱桃园中禁止奔跑——难怪我们烧死火柴盒里带花点的硬壳瓢虫——打电话把我父母叫来了，可是我不认识他们——维佳！小维佳！你们爱我爱得不够——为什么生下弟弟——你们照顾他吧——买了婴儿车了吗？——是的，我是魔鬼——你们把我忘了——我忘了自己是俄罗斯人，我站在那里用法语吼叫——你相信上帝吗？我不由自主地说出：

“我希望上帝也能相信我。”

“为什么他恰恰应该相信你呢？”

“怎么不能？”

“你瞧——瞧瞧你自己！”

“好吧！”

“是你烧死了森林中的小虫吧？”

“是的。”

“这不就得了吗！”

“上帝不是上校，上帝喜欢多种多样。”我反驳说。

我感觉到风把我托起，樱桃园在浮动，我眨了眨眼睛——法国弱智青年开始傻笑，法国通过这个弱智使我堕落。一般来说这个青年没有姓名，对于他来说——我也没有姓名，这使我们有可能做那些有名有姓的人禁止做的事情。我们爬到了带有花纹和渗出甜树脂的樱桃树树尖上，为了窥伺情侣，我们像两只鸟似的坐在树顶上：他的裤子总向下掉，嘴唇上沾着口水——而我穿着休闲短裤，膝盖因刺破而流着血，任何情侣都没有来。有一次我们看见穿过樱桃园的一对情侣，我们屏住呼吸、心脏开始剧烈跳动，他们在高高的草丛中坐下——立刻便永久消失了。

*

资本主义悄悄溜进餐厅，用彩色铅笔绘制法国的钱币——黄颜色面值很高：10000 法郎。用这些钱可以向邻桌买香蕉或者果汁酸牛奶——现代酸牛奶的鼻祖。贪婪的买主可以用它买肉饼。教导员开始翻孩子们的衣兜，我被当场揭穿，事情是我想出来的，在法国大方格笔记本上画钱币。教导员得出结论：维佳·叶罗菲耶夫——造假钱的人。

画钱是我生活中最早期的意识形态丑闻。假如我是大使馆司机的儿子，那么照章处分就行了，可是我有保护证书——他们认为不要与参赞的儿子找麻烦，于是委婉地向我母亲说了，母亲严厉地斥责了我，我怎么也不理解，这有什么不好。这是从国外生活中借用的一种游戏：在俄罗斯我未必能想出画钱。我知道父母星期日给我的零花钱100法郎这是交易，形式上看是由于学习好表现好而给的奖赏，但是真正目的是：100法郎是避雷针，这点零用钱限制了我的消费需求，否则需求将是无止境的，画最大面值的法郎——我理想的目标。基里拉老师按自己的方式把画钱事件压了下去。

每逢星期六是澡堂洗澡日，从一大清早大家都激动不安，孩子们洗澡时间是午饭后午睡时间起至晚饭，澡堂有几个浴室，先给女孩子洗，然后给男孩子洗，安排基里拉老师给我洗澡。那时已接近黄昏，基里拉挥汗如雨、浑身乏力、双手通红，从头发梢流下滴滴汗珠，她是按照俄国方法用手搓澡。父亲对这位老师颇有好感，他拍摄下她的镜头：在芒什野餐时她侧身坐在草地上，意味深长地望着前方。突然她激动地鼓掌，然后停了下来，折断一根草，坐在那里嚼着，我父亲不止一次放他拍摄的这个影片，认为是自己的杰作。这已不是黑白片而是彩色片了，犹如做梦一样。有一天父亲回家心绪不佳，不知什么人从他的汽车里偷走了电影摄影机。这架捷克产正方形摄影机可以像钟表一样机械化开动，这台机器我连摸一下都不允许，父母猜测是法国秘密警察偷走的，他们对我说：那些人是贼。我父亲难道是间谍吗？

*

读课文不求甚解，作画马马虎虎，好像在胶合板上涂抹一样，但是当你亲眼看到最深层的东西，你立即会陷入无底深渊。

“你的皮肤像小姑娘一样娇嫩。”

当基里拉老师在浴室给我洗澡时这么说，我由于害羞不停地哆嗦。9月1日父母给我买了一束花，重又上学了。学校很小，在那里学习轻松而愉快，课间休息时跑到院子里，小路上铺满砾石，我们互相扔着小石头玩。一个留着黑色额发的姓奥尔洛夫的男孩，用小石块打掉了我的一个臼齿，因为我上文学课时表现出色。我走到他的面前，神情果断，可是没有打他，学校不准打架。

5月份，沿环行路经过波尔多、比亚里茨、卢尔德（路标像残疾人的拐杖从上向下垂着）和图卢兹，我们去戛纳出席电影节：父母住在“卡尔顿”旅馆窗户朝着大海的房间，我一个人住在屋顶下面的阁楼，像鸽子一样，在戛纳电影节我明白了什么是真正的孤独。父母每天晚上出去应酬，香水味道袭人。母亲穿着白色大翻领黑色长晚礼服——在我眼里她是陌生的女性。长期以来早在幼年时期，我想象着父母浑身上下的模样，我希望他们一成不变，他们也听从了我：保持了自己的形象，但是不知为什么他们突然变化，像在戛纳一样——感到不舒服。

“你怎么了，好孩子，在旅馆里没什么可怕的，谁也不会把你偷走。”母亲用温柔的、不自然的语调对我说，她急于离开我，我为此感到很不自在。要知道我是病人啊！我的双手缠着绷带。在通向戛纳的途中我在碧蓝海滨生平第一次看见仙人掌，很多东西的名字都是很早就知道并且记住了。仙人掌是我从北方向南方行驶的继续，这种行驶是从巴黎起步，不过已经不能止步了。我忘了下车是为撒尿，我径直跑到仙人掌前抓住它想连根拔出来，作为南方之行的战利品，不料立刻遭到了报复，仙人掌刺破了我的手。

母亲吻了我，祝了夜安后，急忙去参加明星招待会。我躺在床上想着父母将有可能离婚。当向南方行驶时，他们吵得很凶，母亲说父亲选择的道路不对，卢尔德的路标使他们吵架的兴趣暂停，可是后来他们重又各持己见。我很晚才睡着了，那是在父母离异，家庭破裂的想象中沉入了梦乡。突然旅馆的楼梯充满了人们的笑语、喧哗，电梯的门不停地砰砰响着。在戛纳只有早晨不感到寂寞。早餐时几个讲俄语的人走到我们桌旁，他们问为什么我的双手缠着绷带，对我的回答发出了悦耳的笑声。他们之中美丽的女人长得像马一样，鼻翼翕动着，当他们从我们餐桌离开以后母亲骂着：

“你看看，那个女人连衣裙的背带是用别针别着的！”

父亲默默地吃着羊角面包。

“你对他们说！让他们哪怕是保留着从莫斯科出来的时候那样也好呀，至少不同寻常。在‘塔吉’买了很多便宜的女短衫！你看见过非洲女人吗？她们穿得要讲究得多！真丢人！”

父亲默默地喝完茶，他实际上从来不对女人评头品足，更不必说那些长得像马一样的女人了。那一年在戛纳电影节获胜的影片好像是《雁南飞》，母亲开始以法国的标准衡量人与事了。大使馆的清扫女工当着我的面对母亲说：

“法国人特别脏，给他们打扫房间时，他们把鞋放在床上。”

“胡说！”母亲反驳说。

我能感觉到清扫女工用什么眼神看着她。实际上，如果女工说犹太人贪婪，母亲也将会立刻反驳。

*

我应该如何看待这个清扫女工呢？她在什么方面比俄罗斯政权更好呢？是什么历史恐怖事件使她产生“法国人特别脏”这种想法呢？

俄罗斯政权透明，政权的建立就是为了进行引起西方反感的行动。毒害帕斯捷尔纳克，在联合国发言时赫鲁晓夫用皮鞋敲打桌子，向捷克斯洛伐克派兵——到处一片恐怖。这些行动的根源何在——是对人类文明所赖以生存的全人类财富蛮横无理的嘲弄。

在童年时我们家里常说：反正都是废话。我真佩服俄罗斯国家这么善于玷污自己的声誉。

我理解政权当局日益增长的恼怒。我在某些方面表示同情，在国内没有起码的规章，缺乏对法律的尊重。俄罗斯的法律永远是非人性化的——触犯法规——是勇敢而不是犯罪。政权当局不愿意后退到共产主义，但是却建立在只承认政权垂直统一领导的俄罗斯国家体制这一基本模式。总是担心幅员辽阔，历史悠远的国家会像法棍面包一样折断并发出清脆的裂断声——这是俄罗斯领导人的夜间噩梦。俄罗斯无论采用什么样的意识形态模式，都会自动地滑向专制制度。在俄罗斯从来不鼓励挣钱，尤其是挣大钱，更不必说私人占有大量财富了。在这种情况下，统治者选择强力机构——特辖军团（伊万雷帝时期直辖）或者秘密警察以便同离心势力进行斗争。

害怕自身失败的政权当局采用全民恐惧的办法，作为唯一的坚固混凝土是人民凝聚，这种恐惧不仅掩饰了俄罗斯的丑陋而且也凝固了生产的发展。

俄罗斯希望在文明的空间飞翔，然而却剪断了自己的翅膀，但是俄罗斯却认为剪断的不是翅膀，而是凶猛的爪，自欺欺人令人失望。

摆脱困境的出路是：对自己可耻行为的新一轮羞愧、忏悔，保证不按谎言生活。不过这新的一轮是否来得及呢？西方工艺技术发展的速度不给俄罗斯留有躲藏在熊窝里的机会。俄罗斯别无选择，俄罗斯已被判决：或者成为文明世界的一部分，或者不是。在俄罗斯自由资源特别贫瘠，这是历史形成的，自由不发达，没有经过试验。清扫女工挥动着拖布。这是——选民区。在1990年混乱年代以后，俄罗斯最高政权当局又一次猜到西方类型自由的脆弱性。当今的俄罗斯好像拴在绳子上的一头母牛，自由派把母牛向西方市场拉，可是母牛却执拗不动，它认为在西方，它或者被奸污或者被宰割、被吃掉。

*

也许我天生应该写好莱坞电影剧本和肥皂剧。总之我童年的创作阶段——创作之家！——创作力如何？——退化趋向！——我童年的天才阶段——真糟——一事无成！——文艺理论的精辟论述燃烧殆尽——但是明显的是，这些内容恰恰是涉及我选定的体裁，不排除儿童体裁，幻想初级读物——终生成就的最佳保证：观众还需要什么呢？大体上我从轰动效应的武打开始，追踪、互相射击、吸血鬼、魔鬼、间谍和尸体成堆。

在从戛纳返回巴黎的路上我发现自己可怕的双重性，从汽车窗向外看着沿国道（那时还没有高速公路）掠过的梧桐树——树的顶端，树叶与树叶交错编织成了高大的绿色长廊——前面是汽车加油站，油的标牌是“壳牌”和“道达尔”（我们按外交卡加油），看着普罗旺斯人城市的街道，我顿时感觉到进入了另外一个世界。在那个世界里人们像真正的人那样生活，不过他们有其他的行为根据。我的思绪缠绕在某一辆轿车上，其后备厢中装有备用件，缠绕在父亲的偶然一句话或者母亲手里拿着的带有轮胎小人的加油卡上，此时我变成了超灵敏度的机器，某些不甚清晰的事件像电流沿这台机器流动。

不寻常事件互相交错、重叠，又派生出新的事件，受到了阻碍难以继续，进入了死胡同绕过去，仿佛没有发生过任何事情一样，不平常事件继续发展。在这些不平常的事件中：父亲的衣兜里有一把真正的手枪，比现实主义更加现实，我把这个发现向我的同班同学、包括打掉我的臼齿的奥尔洛夫讲过：我父亲有武器。我更为惊奇的是有一次当父亲上班以后我打开他的桌子抽屉，发现武器实物：一支不大的沉重的手枪，当然是气枪。在这些事件中还有打扮成农夫和骑自行车的警官在跟踪我们。工兵从梧桐树树顶上向我们射击。我们驱车前往是为了解救被俘的女老师基里拉·瓦西里耶夫娜。她的连衣裙已被撕破，沾满泥污。还有一次运送成袋成袋的钱币，可能这也许是真的：维诺格拉多夫大使带着我父亲向法国共产党提供秘密现金。实际上不允许大使馆的车在法国自由行驶，需要法国外交部允许才行，而且要注明行驶路线和日期（对等的行动是禁止外国人在苏联境内旅行）当时我不知道这一点，不过我觉得，法国对于我们来说——神秘莫测。

我们停下车提前吃午饭，把车转到乡间小路上，我警惕地睁大眼睛。哪里能找到安全的地方？谈何容易！周围连绵不断的私人领地，有时，驱赶我们。父母的苏联人心灵中燃起愤怒的火焰。眼前森林和原野一望无际，我向这里移民，在这里将住上掠夺者，我的同班同学、法国儿童读物中的小姑娘，父母的朋友、邮票市场的商人、移民中奥尔洛夫仍旧扮演叛徒的角色。我们沿着僻静而陌生的道路进入了阿尔卑斯山区。在地图上这条山路变成了肠扭结。

父亲。很快就要到达山隘。

母亲 。空气多么好！不过得关上车窗，吹得厉害。

在转弯时我有点想吐。目的地——边界。我把右手手指做出手枪的架势，静静地向迎面来的汽车射击，我向四周张望看见那些汽车飞到路旁的排水沟爆炸了。有时还能成功地打落客机，每个穿制服的人都理应被消灭。我不站在法国法律一方。我一边射击一边发出“啪！啪！”的声音，母亲转过身来，莫名其妙地看着我。

母亲。你向谁射击？

母亲不属于另外的世界，此时此刻她只能妨碍我。

“没有向谁射击呀！”我一贯这样回答。

她不相信要我停止射击。还有更坏的是她开始嘲笑我，这简直难以忍受，她完全打乱了我的思绪。我不想把这些叫作侦探故事，可是其中有侦探情节，而事件本身已延伸到无限遥远。我给父亲当保镖，像英勇战士马特洛索夫那样忠诚地掩护他。法国的那个弱智青年变成像瓦连金诺那样的美男子，可是我不知道他应该有什么结局，还是悲痛地让他死于流弹之下吧！我们在很小的旅馆吃晚饭。有时候法国人喝红葡萄酒并唱歌——婚礼或者娱乐晚会。很多人有些微醉，像松树树干那样呆头呆脑，他们之中很多人是监视我们的间谍。我把手指握成手枪状，婚礼上的人们全被消灭了。旅馆骨瘦如柴的女老板像个女妖，在晚饭期间企图毒死我，我拒绝喝水，我拿食品打赌——这一块有毒，另一块没有。晚饭结束前，我困得已经睁不开眼睛了。在旅馆的房间里法国服务行业的简陋令人难以忍受，地板块踩上去吱吱作响，床头上方悬挂着棕色的耶稣受难像。我其他的倒不怕，就是怕受难像，他吓得我魂不附体。用沙发的圆柱形扶手代替枕头——正常人枕着它睡觉脖子痛。父母向女老板要了枕头，旅途故事多得直向外溢，父母变了，在睡前他们来到我的面前，不过我感觉到有些特殊，心想父母很快即将离婚。我想象着自己是不幸的孤儿，由于恶人教唆我犯下了骇人听闻的罪行，我该坐牢。早晨阳光透过窗户洒了进来。从什么地方飘来咖啡的香气。伴随着更加惊险的故事继续前进。出乎意料弟弟降生了，基里拉老师听到我说我知道弟弟出生的事之后大为惊奇，她答应照顾我。她是对的，无论母亲的圣灵感孕，还是弟弟纯洁无邪的出生，我全是猜测的。

*

基里拉·瓦西里耶夫娜把橘黄色的海绵涂上香皂，在莫斯科没有这种人工合成的海绵。洗澡用的海绵很大，有很多孔，像多孔的奶酪。

“转过身来，面向我。”基里拉拽着我的一只胳膊，把我的身体转了过来。

我每次都害怕这句话，我总是最后一个洗澡，以便拖延害羞的时刻，她把我的身子转过来，弯下腰开始搓我的膝盖，我抬头向上一看，看见在红绿花哨的浴衣里面，没有晒过的丰满乳房在剧烈颤动。

“你身上的伤疤可真多！真是个英雄！”基里拉嘲笑说。

浴室的门打开了，一个穿着白大褂的阿姨走进蒸汽弥漫的浴室。

“基里拉·瓦西里耶夫娜，吃晚饭别去晚了！”

“他是我最后洗的一个。”

“让我来帮你吧！”

“他是大孩子了，让他自己洗吧！你自己洗行吗？”

我点了点头，她把浸着香皂的橘黄色海绵塞到我的手里。

“您自己还没有洗吗？”阿姨问。

“是的，我马上就洗。”基里拉笑了，擦了一下额头说，“唉，真累啊！”

阿姨走到瓷砖砌面的墙旁边的浴缸，与我的浴缸一样，打开冷、热水开关，让水流入浴缸。

“今天很热，我浑身是汗！”

“我也是！”基里拉搓着自己的腋窝。

阿姨脱下白服，放在凳子上，事先摸了摸圆凳子上面有没有水？她只剩下粉红色内裤和白色胸罩，她抬起瘦长的腿，把粉红色的内裤也脱了。只穿着胸罩，站在那里用手试了一下水温。把脸转向我们脱下胸罩，揉了揉不太丰满的乳房，钻到浴缸里。

阿姨做出了范例。基里拉老师受到了鼓舞，她走到另一面墙旁边，也就是我的浴缸对面的那个浴缸，打开开关放水，她走到门前，把门锁上。现在她脱下浴衣，随便地把它扔到另外一张有水、有肥皂沫的圆凳子上，浴衣里面什么也没有穿，基里拉的臀部不大，但是滚圆。我很不好意思地看着我的女老师，一般来说，我暗恋着她，当她在课堂上给我们讲解副动词时，把法国的长粉笔用手折断，侧身向着褐色的黑板，她的脸像狐狸的脸。她抬起一条腿跨进浴缸，就在这一秒钟，好像闪电一样，我看见了她的阴部：玫瑰色的阴唇和黑色的阴毛。我呆呆地站在自己的浴缸里，手拿海绵，不死不活的，任何一个无姓无名的法国弱智者也不可能提供给我比这更直观的描述了，她在水没膝深的浴缸里弯下腰取肥皂和洗澡用的擦子，她的乳房丰满，粉红色乳头坚挺，乳房不停地颤动着。

“基里拉·瓦西里耶夫娜！想让我给您搓搓后背吗?”阿姨在自己的浴缸里喊着。

基里拉挺直了后背，转身向着我丝毫不掩饰她赤裸的阴部说：

“你自己洗吧，我请求这位男士帮忙，他已经洗完了。”基里拉冷冷一笑。

这不完全正确，我还没有洗完。

“你给我搓一搓背，好吗?”她再次冷笑。

*

作家为什么要写自传呢?我认为这是痼疾，这就好像在长椅子上刻下自己的姓名一样。作家的任务——不是写自传，应该回避，应该把自传拿去喂鱼，高尔基在自传三部曲中对话长达几公里，对话的真实性与虚假性几乎相等。俄国铅一般灰暗而沉重的生活仅能换取一百普特苦痛，在这苦痛之中没有任何革命的东西，这种苦痛近似索洛古勃无穷无尽的忧伤，零等于零。相反纳博科夫却说，他生活在天堂里。他的这个天堂是由利己主义少爷、酒足饭饱的生活、追求荣誉的琐事构成，而后来革命却以极大的满足惩罚了他。纳博科夫竭力有节奏地再现自己的生活，点燃欢庆生活意义之火，作为不可知论者的他，却陷入了自己的圈套，并且偏离了主题。由于偶然性他的逃离近似障碍滑雪赛，他在回忆录中扬扬自得令人生厌。这恰恰是他本人一直反对的那种下流行为。高尔基和纳博科夫——俄国文学的两极——却把他们的自传变成了如出一辙的狂妄之作。

作家的生活在生活意义之上飞翔。作家的生活不像其他人的生活那样吸取千百万细节。与作家语言不同的是作家的生活比其本人更为贫乏，生活凌辱着他。作家的巨变是磨难的结果，不是正确的陈述，而是背叛——作家的隐修地。陀思妥耶夫斯基在母亲墓的碑文中写给他作品中主人公被分离的“肢体”的墓志铭是：

安息吧，亲爱的遗骸，
直至欢愉的清晨。

这是唯一的拯救。陀思妥耶夫斯基无论做什么，都是浪费时间。他名不副实，他由虚度的时光构成，他企图与革命家结交，他成为隐士，他怒火中烧，他处之泰然，面对深奥莫测的父母有一种永久的负疚感，他向自己头脑灌输婉和柔情，像浇灌橄榄油一样——这一切都是幼儿痴语。乔伊斯在长篇小说《一个青年艺术家的画像》中醉心于描写圣洁与淫欲主题，因而忘记主要的：

作家既没有淫欲，也没有圣洁。他——洁白如纸。要不然——没完没了地手淫。

蒲宁迅速地乔装打扮成另外一个人，他无穷无尽地描写大自然并且与自己的童年交织在一起：层见叠出的落日余晖，触目皆是的曲折小路，洒在田野上的皎洁月光。然而他的主要天才——翔实地描写棺木中的死尸。邻居、父亲、大公、婴儿——各种亡人。描写他们腐朽的特征：嘴唇、太阳穴的静脉、眼睑，双手的颜色——宛如观察力敏锐的专家做出的鉴定。但是这种有趣的尸恋——我都觉得更像是对死亡的恐惧——归根结底，作家自传以失败而告终：由一个美丽的抒情主人公——男孩成长为一个喜欢以琐事烦扰他人，忌妒心重，发号施令强迫别人爱他的人，描写大自然为主题的充满激情的年轻诗人。他宣扬唯美主义，而对人民的苦难却无动于衷。作家自己欺骗自己。

维诺格拉多夫大使委托我父亲拜访蒲宁的遗孀，以便从她那里买下作家的文档。父亲毫无畏惧地前往她的住宅，她似信非信地对待父亲，她从栏杆向下看。

她以为我父亲身后有苏联尾巴跟随，当作家遗孀最终让父亲走进现已败落的从前的豪华住宅时，她用下列的话恐吓他：

“每个星期四在我这里召开反苏委员会会议。”

父亲不动声色地说：

“夫人，这与我无关。”

贪婪的遗孀把蒲宁手稿卖给了我父亲。我父亲经过努力奔走为她争取到了以自由兑换货币支付的终生苏联养老金。父亲从政治上评价蒲宁是“头脑不清的人”，通常在谈到“非自己人”的知识分子时，这个评价是温和而准确的词。夏加尔、安年科夫、利法里、拉里奥诺夫和冈察洛娃——所有从事创作的知识分子移民逐渐成为“头脑不清的人”。最后事情轮到了别尔嘉耶夫——他也成了“头脑不清的人”。

阳光灿烂的日子，在多佛尔海峡，我9岁时第一次看见大海和贝壳的地方，我们（我已是大学生了）沿着海滨散步，微风吹拂着，浴场彩旗哗啦哗啦响，布制躺椅也发出吱吱声，我们的散步令人想起法国电影中的一个镜头——微微发胖，精力充沛的大使馆假冒参赞沃洛金（间谍之一）携同他迷人的夫人——大剧院钢琴家（在莫斯科时我母亲曾请她到我们家做客，但是女钢琴家没有去——而在这里，母亲是主管），评论着关于别尔嘉耶夫的档案。沃洛金说，莫斯科对这个“头脑不清的人”的档案感兴趣。父亲从来没有读过别尔嘉耶夫的一行文字，但是却点头称是，冷不防地沃洛金停下了脚步。

“如果现在，向我们袭击，我将特别高兴地把他们全都抛出去!”

从他的眼睛里毫不掩饰地闪出仇恨的光芒。我回过头去，仔细打量一下这个企图凌辱他人的家伙。微风习习，太阳高照。孩子们嬉戏奔跑，突然燃起的仇恨之光逐渐熄灭，我们一起去吃午饭。父亲不曾与这类人打过交道。沃洛金的仇恨并非生理要求，仅仅是表情的流露。不过“头脑不清的人”——这是含混不清的克格勃用语，但是其内涵是明确的。实际上作家们——“头脑不清的人”，再找不出更准确的词了。

所有作家都孤芳自赏：所有的作家——寻根问底、善于观察、伪善、好色，具有能够看穿自我的犀利目光。作家在所有的肖像中都是一派深邃、洞彻事物的神情。也许我——不是作家：在照片上看上去，我是生活的附属品。作家之中百分之三十非常自满，百分之二十怀有死亡感。其余的百分之五十确信自己的独特性，后者不相信自己的生日——他是从太空中来，并永远与太空融为一体，他在自己的肉体上寻找神秘的记号。例如：我的左乳头下面——有一个胎记。我看过很多人——谁都没有类似的记号。也许，这是我的前世留下来的，在前世我曾是半人半神。一旦从作家那里剥夺独特性，那么作家也就完结了。这种独特性的感觉特别强烈，托尔斯泰打乱了自己的足迹，把自传变成了道德自我审判，其结果是建立了托尔斯泰主义。这一主义的发明者却与该主义南辕北辙：他把重要的和次要的混为一谈，因而他的道德说教等于零。马雅可夫斯基行为放荡。帕斯捷尔纳克自作聪明，普鲁斯特说，他是彻头彻尾的偶然。作家们互相攻击时，常常袒露自己生活的细节，他们相信有什么人对此感兴趣，不知为什么我就没有见到《巴格罗夫孙子的童年》这样的书，也许这是一个例外？自传体就其本质而言——陷入绝境的体裁。我曾读过几十本自传，足够多的了，最终懂得我将永远不写自传。

我感觉到那位阿姨在浴缸里突然不出声了。现在我不禁回想起——似乎在这一瞬间我完全回到了童年——阿姨是商务代表处工作人员的妻子，非常年轻，外貌酷似法国女郎，比我母亲更加时髦，她想在夏天临时干点工作。我们到商务代表处去看苏联电影：尤其是喜欢《狂欢节之夜》和那些年代在赫鲁晓夫宣传画中杂草向玉米进攻的画面，杂草唱着美国的布基－武基舞曲，周围堆成草垛，这位代表处工作人员的年轻娇妻身穿喇叭裙在电影院入口处特别活跃，喜欢围着男人们转。我母亲不赞成她的这种做法，母亲认为如果丈夫在外贸机关工作，她不应该再做临时工：这种挣钱途径不体面。

“好吧!”我在基里拉老师求我给她搓后背时做了这样的回答。

基里拉老师坐在浴缸沿上背对着我，我知道这样的事情将多年不能忘却。我像成年人一样跳跃过一些过渡思想，我明白只有在商务处工作人员的妻子在场时，她才能让学生给她搓背：在我与她单独在一起洗澡时，从没有发生过任何事情。

我走到她的浴缸旁，从她手里接过擦子，这纯粹是俄式的，并且已经有肥皂泡了，生平第一次（生活是由无数个“第一次”

开始组成的）给别人搓背。女老师的背部被搓出红色的斑点。

“你搓得很好！”女老师说，好像给我的算术打分似的，然后她接着说，“你记得吗，当接受你们参加少先队时，我问全班同学为什么叫少先队员，那时候你开始举手。”

“我记得。”我嘟哝了一句。

“当我让你站起来说的时候，你说这个词来源于牡丹！少先队员的鲜红领巾，完全像红色的牡丹花！”

基里拉笑得滑了下去，但是那位阿姨在自己浴缸中对老师的这些话没有任何反应，我的脸像牡丹一样，立刻泛起红晕像当时在课堂中那样。

“你真的是一朵红牡丹！”基里拉已不能够抑制自己，她从浴缸中站起来，双手扶着墙像在《巴黎竞赛画报》照片中的阿尔及利亚俘虏似的，她弯下身，略微分开双腿说：

“好，接着向下搓！既然开始，就搓到底吧。”

我又往擦子上抹了一下肥皂。

“小傻瓜！这次需要用手搓。”她转过脸去。

我向手掌上抹了肥皂，开始擦她的臀部，她站在那里，把头靠在墙上，两腿分开，用手指着臀部说：

“那里也该擦一擦，只是轻一点。”

我看见一个褐色的小眼儿，我用手搓着她的肛门，手指触摸到小眼儿。在那一刹那我已经不再存在了。这是某个别的人在做，我的心脏从胸里跳了出来。小眼儿富有弹性，像基里拉本人那样强壮、有力。突然小眼儿变得激动起来，好像受了委屈似的胀大了，变成红玫瑰颜色，可能由于紧张，她放了个屁，声音很响。

“对不起，我忍不住了。”她说。

我想她可能累了，刚想离开她，突然看见她在浴缸里撒尿，她用我从未听见过的低哑嗓音说：

“接着搓呀！”

我没有明白这话的意思。

“还搓什么？”

她把脸转向我，把我沾满肥皂液的手掌放在她那长着卷毛的阴阜上，她说：

“搓这里！”

我开始搓洗她的阴毛，她不慌不忙地把我的手向下拉，我感觉到那里滑润，没有毛发，触摸到一种隆凸的东西。

“用手摆弄它，摆弄阴蒂。”

我用两个手指摆弄它。

“你看，它多么大，有点像男人的小生殖器。”她边说边呻吟着。

我继续抚摸着她那温柔的阴蒂。

“喜欢吗？”她气喘吁吁地问：

“再向里面伸，把手指头塞进去！”

我的手指淹没在她那湿润的孔洞之中，我又塞进去一个手指，基里拉像马一样两腿乱踢。

“拳头，快把整个拳头塞进去！”她说。

“你说，我喜欢你的生殖器。”基里拉像说梦话那样请求着。

“我喜欢您的生殖器。”我胆怯地说着，拳头滑动着。

突然她睁开闭了很久的眼睛，用完全浑浊的目光看着我，并温柔地抓起我的阳具，用手摆弄着，高兴地喊了一句：

“起来了！”并紧紧地把它握在手里，“我的男孩，立起来了，硬起来了！”

基里拉的身子更加颤抖，张着大嘴，她的那副表情好像对这事盼望很久，好像刚刚给她拔了牙似的。她使劲地抓住我的拳头，在她那个孔洞里频繁滑动，她全身抽搐，好像上了绞刑架似的，后来慢慢沉静下来，在浴缸里不动了，她轻轻地、温柔地拉出了我的拳头。她低下了头，坐在水中，脸像没有煎透的煎鸡蛋。过了片刻她没有抬起头，低声地问：

“你也洗完了吗？”

“是的，我把水都溅到了地上。”阿姨像在梦中回答说。

“你看见他的那个了吗？”基里拉问。

“看见了，毛发还没有长出来就能够直起来了，很棒！”阿姨说。

基里拉疲倦地重又摸了一下我的那个，说：

“好样的，牡丹！现在吃晚饭去！”基里拉夸奖我说。

两个女人从浴缸出来，像两座瀑布。基里拉吻了阿姨的嘴唇，她们俩紧紧拥抱，高耸的乳房碰在了一起，基里拉笑着说：

“你还说缺少男人呢！”

当我们用浴巾擦干，穿好衣服。基里拉的头发没有来得及梳理，严厉地问：

“再也不造假钱了吧？”

“不了！”

“在生活中你不需要伪币。”

我不知道她怎么会有这样的信心。这种预言只是部分地应验了。在这以后，时不时地心里有一种甜滋滋的难以名状的感觉。不过我再也没有与基里拉老师一起洗澡。许多年以后，有一次在莫斯科的大街上看见了商务代表处工作人员的妻子也就是那个阿姨，我和母亲一起，迎面与她相遇，她说丈夫在莫扎伊卡汽车相撞事故中丧生，她看了我一眼，似乎我从来没有看见过她脱下白色胸罩时的情景。

*

我们家从来没有养过小动物，别人家都有，而我们家从未有过，父母不喜欢猫和狗，他们看见家养动物时，总是微微皱一下眉头，尽管出自外交礼节不得不问一下朋友们的狗和猫的情况：

“它叫什么名字？”

不过父母与大使家的狗“黑脸儿”却有了交情，推着我弟弟坐着的儿童车到大使家的花园必须偷偷地，维诺格拉多夫大使禁止任何人到那里去，大使夫人说。

“‘黑脸儿’不喜欢看见小孩，一看见他就闹。”

不过，儿童车还是到那里去了。

难以想象我的父母抚摸着家养动物的神情，我们家里除了德国的牧羊犬以外，不知道也不想知道狗的其他品种，在巴黎我希望他们给我买一只猴子——没有买，甚至在塞纳河畔“萨莫里吉纳”旁边卖的观赏鱼也没养过，此外无论大老鼠、小兔子、闲不着的小松鼠、海豚，还是会唱歌的鸟什么都没有。我们家里从来没有鹦鹉用自己难听的嗓子学舌。父母没有骑过马，没有饲养过鸡，没有乌龟爬到我们家，最终女性生殖器官成了我的家养动物。女性生殖器官——我的战友，她——艺术活动家、她——我自由射门的对象，她——我写作的障碍，她——我生活的女伴。

*

当我在樱桃园中再次见到那个法国弱智青年时，我真想告诉他我给女老师搓澡的事，可是我不会说那么多的法语词。

“你住在什么地方?”我问。

“住在这里。”他直视前方，莫名其妙地微微一笑。

我们坐在花园的墙上，墙上长满紫罗兰和不知名的红花，管状花形，里面有很多蚂蚁，在我们身后是生长着山毛榉树的公园，传出风吹树叶的簌簌声，弱智青年递给我一支烟，我已经没有什么可损失的了，我开始抽烟，略微吸了一口，把烟末吐了出去，我们猛然发现花园里一对法国人在散步，他们已急不可耐，他们坐在樱桃树下开始亲吻，我歪着嘴讥讽地窥视他们。我们离得太远，难以看清楚，不过在基里拉那件事之后，这一切全都属鸡毛蒜皮，不值一看了。

“夜里，这里有很多星星。”法国青年冷不防地冒出了这句话。

“当然。”我附和说。

“你喜欢星星吗?”

“是的。”

“我也喜欢，夜里到这里来，我指给你看。”他的一只手臂张开，殷勤好客地邀请我并环视着法国的天空。

“好的!”我高兴地说。

那一对法国人躺了下来，女人的两条腿裸露出来，白白净净的，后来被那个男人挡住了，什么也看不清，只见她的两腿不停地震颤。不过当我把头转向法国弱智朋友，我想告诉他，我们没有带望远镜，此时他的样子使我惊呆了。我的望远镜总是用于窥视，仔细观看对面楼房别人家的私生活并且总是建立联想，而不是用于看剧院的首场演出，甚至座位较远我也不从更衣室借用望远镜。弱智朋友那时已解开裤子，裸露出下腹，那里长着黄褐色的毛，周围有很多雀斑和胎痣，他的阳具较大，我的法国朋友想看那一对情侣但是看不见，无奈自己摆弄起自己的了，他看着我，大声喊着，让我也像他那样。但是我始终如一地忠实于基里拉老师。

现在我看着这一场景，我不明白什么是头脑中的臆造。什么是——历史真实。这个历史自从50年代中期就在我的头脑中存在——像岩石般岿然不动，我记得黄颜色假币的清晰轮廓，不过我难以回答最简单的问题：基里拉·瓦西里耶夫娜是不是色情狂？还是像上次那样纯属她一时的心血来潮才那样做，在她心绪甚佳的时候才那样做？不过那时候，她为什么问那个阿姨关于男人的问题呢？也许问题出在很久以后？她怎么敢那样做呢？难道只有她吗？大使馆在当时曾有丑闻，大使馆的一个工作人员不是带自己的妻子，而是带了情妇去巴黎任职，交给干部处的照片是情妇的。连二婚的妻子都不愿意理睬的大使夫人，意想不到却与这个冒名顶替（未必是她喜欢的）的情妇交上了朋友，这位工作人员的妻子因为丈夫长期不从法国给她写信而深感忧虑，便向外交部打电话询问，这才揭穿了冒名顶替的丑闻。在苏联时期，这个故事真像罗密欧与朱丽叶。基里拉在我们喜爱的电影片中留下了稀少的镜头。在野餐期间我们5个男生在草地上表演叠罗汉——非常不协调，基里拉坐在那里向我们鼓掌。我的蓝色套头衫上的纸签是“狄纳莫”，我的头发剪得很短，老师看着我们拍手，折断一根草，放到嘴角上咬着。

*

我第一次看见毕加索是在碧蓝海滨咖啡厅的外廊。父亲与大明星奇一起去的，奇曾在爱森斯坦执导的影片中扮演过角色，母亲与大明星的夫人早已相识。那一年在索契的外交部疗养院我学会了游泳，奇的夫人在亚热带公园散步时对我母亲说：

“您难以想象与不聪明的人在一起生活衰老得多么快，真痛苦啊！”

这句话我牢记终生，后来我遇见了很多演员：那些相当聪明的人不是好的演员。毕加索来了：身材不高，穿着海魂衫，眼睛像牛眼睛一样滴溜溜转动，他与我父亲、大明星问候，然后我们去了什么地方，演员奇准备朗诵马雅可夫斯基作品的某个片段。在路上，邂逅了诗人阿拉贡，他与我父亲早已相识，当他与夫人爱丽扎·特里奥莱吵架时，常常到大使馆向我父亲抱怨妻子、厨娘以及所有的女人，我知道他是共产党员。共产党员阿拉贡喜欢看镜子中的自己。如果房间里有镜子，那么他会不停地照，后来健壮的男子汉多列士也来了。我们走进一栋住宅。演员奇用俄语扮演了马雅可夫斯基，又扮演了女性的角色。显然，他们将不会住在一起，我特别希望父母千万不要离婚。表演之后，男人们喝了葡萄酒，毕加索抓起我的一只手说：

“你长了音乐家的手指。”

后来在莫斯科我们的住宅，当罗斯特洛波维奇给我父母带信，我给他开门时，罗斯特洛波维奇也夸奖了我的手，说了同样的话——但是我的听觉不好，当不了音乐家，手指再好也无济于事。

“你想成为什么人?”毕加索眯缝着眼睛，不挂一丝微笑地问我。

“什么人也不想成为。”我转过头避开这位画家那双金鱼眼睛的逼视，我看见父亲有点不安想给我解围。可是毕加索却突然朗声大笑：

“回答得好!”

其余在座的人都向我投出亲切的目光，趁他们交谈时，我拿起餐巾和铅笔，把手掌放在餐巾上，五指张开，用铅笔画了一只手掌。我把这幅画送给了毕加索，他说我很有想象力——他立刻用手拍一下自己的太阳穴。毕加索拿起画，他的一个手指在自己的红葡萄酒杯中蘸了一下，然后涂在我的手指上，大家此时都故意装作不在意的样子，可是当我张开的五个手指都涂上红葡萄酒时，阿拉贡、父亲、苏联演员奇和法国共产党员都表现出虔诚的喜悦并争先恐后地说着，这一刹那我将永世不忘。毕加索看着我说，我的眼睛像科克托的眼睛那样忧郁。我不知道谁是科克托，后来人们向我说，科克托——就是科克托。我的这幅手掌画下落如何我不知道，可是我记得毕加索用那支铅笔签上了自己的名字，并送给了我，不排除我的手掌画挂在瑞士的某个私人收藏家那里，估价百万美元。后来父亲又去了南方拜访毕加索，没有带我——父亲此行留下了很多毕加索的照片，容貌依旧只是衣着不同，他时而化装成小丑的鼻子，时而又是别的什么模样。父亲说毕加索关心我的绘画是否有进步。对于我来说，毕加索——既不受年龄、也不受时尚局限的永恒艺术家，他在我的手指上涂红葡萄酒并非同样深浅，一个手指更红一些，而另一个手指则完全浅淡。大家都认为：男孩涂着红葡萄酒张开五指的手掌画——珍品。不过，被涂上的颜色有一种难以表达的恐惧感：似乎这不单是葡萄酒，而是什么其他的，也许是鲜血。

*

我们的大使馆遭到了鸡蛋袭击。这事发生在秋天，大使馆的白墙溅上了红颜料，据说清晨一群乘坐汽车的歹徒开始向墙上投掷带红颜料的鸡蛋，而警官没有采取任何保卫我们的行动。

“依我看，这是——挑衅。”我说。

“这是毫无疑问的。”母亲为了以防万一，抱起我弟弟在屋内来回走。

“或许，这是第三次世界大战的开始?”

母亲把弟弟往怀里搂得更紧。

“你说什么呀!”

大使馆内像蚂蚁窝似的慌乱不安，大家都向什么地方跑，我父亲也同样。我弟弟出生在开始地震的年代。夏天在芒什，在洗手间我偶然看到了报纸的碎片，上面谈到斯大林的个人迷信。斯大林对于我来说没有重大意义。我自己就是斯大林，更确切地说，这不是侦探肥皂剧，而是我把自己看作是世界中心，这种感觉把我变成痛苦的孤独者，我突然感觉到正在排挤我，把我推向一旁:世界变得更加缓和，父母说着悄悄话，窃窃私语，不许我听大人们说话。这也许是针对我的阴谋。

看到大使馆的红墙——我生活中的第一个抽象派作品，我开始异常激动，我想象着不仅可以玩铁路游戏，士兵打仗游戏，甚至邮票——不是愿望的极限，在这个世界上能够干的事还多得很呢！据说事先往鸡蛋里注进红颜料，然后抛掷引起普遍慌乱，在大使馆的走廊里放着一些硬纸板箱子，传说大使馆可能关闭，人们可能回莫斯科，已经不让我们上学了，这真的是过节。一切都取消了，我了解到世界上存在着一种人，他们叫作匈牙利人。我认为匈牙利人和流氓——同一类货色。他们暴动了，在《巴黎竞赛画报》上我看见了开进城市的坦克，向坦克投抛的是石块，而不是鸡蛋。

匈牙利革命对我来说是一个转折点，我苏醒了，开始成年人生活的黎明，我急于想了解这一事件。我开始向父母提出成年人的问题，世界顿时开阔了，父母拒绝回答我的问题，这使我产生更多新的问题，母亲若有所思地说：

“也许，我们得回莫斯科。”

在她那褐色的双眸中没有一丝快乐，我也开始整理东西，收拾玩具、课本、邮票夹。我观望着工人们从墙上清除颜料，大使馆处于失落状态，世界上发生了某种事情，曾经是完整的和不可分割的那个童年世界结束了，在那个童年世界中存在过清洁的大使馆，严格禁止外人进入：那里在传达室坐着值班人员——重要人物，据我所知，他也有手枪，在那个童年世界里，雄犬“黑脸儿”在花园里撒欢儿似的奔跑。维诺格拉多夫大使走下台阶，或者坐上“雪铁龙”或者坐上吉斯牌轿车外出。我知道父母教会我一旦迷路，怎样能找到家的方法，我的住址是我的秘密接头暗号。突然，一切都破灭了，语言失去了从前的意义，大使馆大门上的红旗被撕破，在我的意识中这是绝对不能接受的，撕破红旗？是谁这样胆大包天？秘密接头的住宅被暴露，世界倾斜了，由于什么人？是由于投掷鸡蛋的流氓，他们又诞生了新的流氓。新的流氓每天到大使馆门前挥动小旗喊着口号，用扩音器向我们喊着什么，他们想对我们采取断然措施，大使馆现在被警察包围，局势变得特别有意思，沿着我们这条狭窄的街，车辆无法通行。在世界上我最想成为这样的流氓，成为胆大包天的人。是谁制造了整个这场混乱，装有二层楼高的长长的天线的警车、军车开向街头，这是由谁引起的？警察头戴钢盔严阵以待。大使馆收集了纸箱并堆放在住宅门前以便撤离情况下使用。他们枯燥乏味，瘦弱不堪——他们不是流氓，苏联坦克在布达佩斯街上行驶，我决定成为像印第安人那样可怕的匈牙利人，我想亲自投掷鸡蛋。这一切留下了难以磨灭的印象。

*

大约下午三点钟，我父亲像往常一样，在巴黎的一家饭店吃午饭，这一次他喝了葡萄酒并与一个他深深喜欢的人交谈，谈话使用法语，尽管法语对于这两位男人来说都是外语，这是由于我父亲一直没有精通英语。父亲的谈话对方是莱贝克先生，他也是大使馆的参赞，与我父亲一样，在某种程度上，他与父亲的性情、外貌相似，只是他较为富有，他是大洋彼岸之子，午宴接近尾声。

“请您告诉我，您为什么不愿意和我到这个饭店来？”父亲忍不住地问。

“我不告诉您。”莱贝克笑着说。

“请您告诉我吧!”

“有一次我到这里来，两个男侍者接待了我们。一个——年岁稍大，另外一个——看上去像实习生。这个小伙子相当激动，两只手发抖，他从罐子里向我的后衣领倒了热油!”

两个男人齐声大笑，周围的法国人惊奇地看着他们，端上了甜品，父亲吃了桃子冰淇淋。

莱贝克更喜欢苹果馅饼，在吃甜品时他们讨论了最关心的题目。

“你们与你们的匈牙利给我们提出了任务。”莱贝克慵懒地微笑着说。

父亲听见“你们的”这个词沉默不语，等待他继续说下去，窗外细雨蒙蒙，鸽子蹲在窗外的遮阳帘上。巴黎凉台的黑色栏杆很像一排祷词，在世界大动荡时莱贝克出现在我父亲的生活中，通常在豪华饭店请我的父亲吃饭，而父亲则是在较为普通的餐馆请他吃饭。

“实际上，那里究竟发生了什么事?”莱贝克问。

“法西斯暴乱。”父亲用茶匙把桃子切成小块，茶匙滑动了一下，发出敲击玻璃盘的清脆声。

“暴乱?”莱贝克威严地同时又嘲笑地反问了一句，这一暴动的背后集中了美国全部军事威力。但是我父亲既不怕这种嘲笑，也不怕军事威力。

“是的，是暴乱。”父亲回答。

“我喜欢巴黎的雨天，多么宁静！真想在午饭以后睡一觉，午饭后您睡觉吗?”

莱贝克顺便说。

“休息日时午睡。”父亲说出了家庭秘密。

“睡多长时间?”

“一个半小时。”

“那么，你们将如何对待匈牙利暴乱呢?”莱贝克有礼貌地微微张口打了个哈欠。

“匈牙利人民……”

“我明白，那么你们呢?”

“我们将向匈牙利提供兄弟般的援助。”

“弗拉季米尔，你们有一周时间，如果你们在一周之内能够结束行动，我们将不干预，喝白兰地吗?”莱贝克说。

“今天我请客，”父亲说，“两杯白兰地。”父亲向系着白色长围裙的侍者说：“请结账!”

“我想尽量减少与您的会见，但是恐怕不太可能。”莱贝克碰了一下杯说。

“我该走了。”父亲把一杯白兰地一饮而尽，他们俩站起来握手道别。

“您的花呢西装好极了。”父亲赞赏地说。

“苏格兰爱丁堡的。”莱贝克点头说。

“我在战前曾到过那里。”

“我知道，我再坐一会儿，抽完这支烟。”莱贝克微笑着说。

父亲稳健地走出饭店，在门口他把浅灰色双排扣风衣随便地扣了一下扣子，他坐上了“标致－304”牌轿车离开人行道，沿着林荫道向大使馆方向急驶，雨刷不停地清除落在汽车前窗上栗树发霉的树叶，树叶散发出甜蜜的死亡气味。

“这些枯树叶。”父亲自言自语，他想象着略微发胖、身材魁梧的莱贝克此刻正在旅馆洗手间旁边拥挤的小室，在旧的广告海报堆中间弯着腰拨打自己大使馆的电话号码呢！

“怎么样？”维诺格拉多夫大使忧郁地抬了抬浓眉，他像孩子一样急不可耐地在大厅里等候我父亲。

“我们有一周时间。”父亲低声地说。

“发电报，报务员。”大使笑着说，“向最高领导报告，你是多产型的人。”

“从事文化口工作我有点腻烦了。”父亲顺便说了一句。

“我理解。”

大使把人们分为多产型的人和非多产型的人，他把自己列入到后者。

“如果你不反对，我们一起签署。”大使几乎像是讨好我父亲似的，补充说。

*

“你想一想，”我针对母亲兴奋的话语说，“绕地球飞行！噼啪——噼啪——噼啪！哪里有什么宇宙！”

“你没看报纸，要知道全世界都在为此欢呼呢！”

“说不定还想飞上月球呢！”

“你从哪儿来的这种逆反心理？”母亲不愉快地说。

母亲是对的，我不明白第一颗人造卫星的意义，我的逆反心理不断增强，我不知道是怎么产生的。但是这恰恰是逆反心理。而且这种心理还在加剧，起初是自发的，我不是对什么事都挑剔的人，只是我喜欢有独立见解，自从有了逆反心理之后，对任何事情，从人造卫星到皮鞋都纠缠不放，甚至对母亲也是如此。

我在布鲁塞尔国际博览会上看见人造卫星的模型之后，再次感到失望：竟然这么小啊！此外在博览会上遇见了我们学校的一个女孩子，我曾经爱过她，她此刻胜过人造卫星。我与她并排站在苏联展厅的入口处，闪闪发光呈卵形的原子模型附近。小姑娘比我大一岁，我们的父母在交谈，可是她装腔作势，身子扭来扭去的，虽然我爱上了她，可是我看她这种动作很替她害羞，我们互相什么也没有说。不过在我的平行的幻想世界中，所有侦探故事中都有她的角色，她被敌人打伤，我给她包扎。旅途情节非常愉快——旅途中我得意扬扬。相反夜间入梦之前，心情郁闷。我在各方面都失败了：父母离异，小姑娘夭折，所有的人都死了，我陷入失魂落魄的境地。

在返回的路上，我们驱车到兰斯市，我们观看了莞尔而笑的天使。父母到法国天主教堂去是作为博物馆参观的，他们手里拿着绿色参观指南，对哥特式建筑风格赞不绝口，他们所喜爱的窗、门上的彩花玻璃我也喜欢：桑·夏贝里、圣母大教堂、沙特尔市——一切都有条不紊。甚至天主教这种博物馆式的兴趣也已使我永远脱离东正教，我一定要成为圣母的骑士。对于我来说，除了对女性崇拜以外，其他宗教是不存在的。也许在我这种病态的想入非非心境之下，特别需要信仰。我在没有外力帮助之下，克服了对死亡的恐惧。人们告诉我上帝是存在的，也许倘若我有信仰，我就不可能成为作家了。

作家创作恰恰是信仰的替代物，至少创作初期如此，我经历了20世纪欧洲被上帝遗弃的时代，这是由形式主义宗教造成的，我为他人的过错付出代价。

母亲和我一样，总是害怕死人，害怕走近他们，触摸他们，母亲只触摸过她的祖父，因为需要吻死者的手，母亲对死人的恐惧遗传给了我，而父亲多疑的性格全面地遗传给了我，并且有所发展。母亲总是取笑多疑性格，不过取笑这个词出自另外的词典，似乎不太准确，在我们家里不使用这个词，只要一运用这个词，我就不认为是自己的家庭了——这是某个陌生的词，有一整套词汇不得进入我们的生活。母亲不是取笑父亲的多疑——而是多疑使她愠怒，只不过她竭力克制自己，这是有目共睹的。在父亲的疑心发作时，我的心就缩成一团，我明白父亲——不是母亲的理想人物。在我看来父母激情满怀的关系上有一层薄雾。

*

如果在莫斯科我的家庭是一个包容全世界泛着银光的球，那么在巴黎这个银球破裂了，母亲逐渐像人鱼公主那样向自由的生活价值观缓缓游去：人——各种事物的尺度，她相信了非斯大林化的进程，而这种进程在俄罗斯任何时候都不曾有过。俄罗斯就是把眼睛剜出来：她仍在原地打转或者摸索前进，时而向前，时而后退，母亲遵循的不是女性的逻辑，不是亲人的观点，而是其他观察家的观点，这成为俄罗斯女性从娜杰日达·曼杰尔施塔姆直至今天道德审判的公共场所。

女性道德审判的基础极不稳固。这是——无信仰时代的女性，但是其基础愈是不稳固，就将会愈加严酷，母亲走的是地下自由派的道路，丈夫的斯大林主义使她仓皇。我父亲作为国家官员，看到的是军事和战后斯大林主义的强国效应，他不能放弃这一点。

我隐约地开始分裂。在文化方面我更加倾向母亲，但是父亲的基本生活原则令我欣赏：精力充沛、意志坚强、富有经验、战争和角逐。母亲方面只有书籍，弟弟的出生缓和了紧张性。弟弟立刻成了母亲的宠儿；同弟弟争宠，是不可能的，这使我与母亲之间产生隔阂。与此同时，父亲却对两个儿子一视同仁，他把自己工作放在首位，其次是孩子，莫洛托夫的学生——我父亲永远不忘最主要的——世界革命学说，后来父亲对我说，在同资产阶级活动家们谈话中他时刻感觉到：真理在他这一边，因此关于我父亲开始接受自由思想的说法有局限性。不过父亲也没有完全站在激进的斯大林主义的立场上，而波采罗布则不同，此人在以斯大林为首的苏联代表团在波茨坦的照片中占据显著地位，波采罗布当着我父亲的面批评赫鲁晓夫，在自己办公室的柜子上方悬挂着斯大林肖像，在柜子里——像圣坛一样珍藏着斯大林的书籍、照片和便条，在办公室召集了一些从前克里姆林宫亲信中斯大林器重的人。他们是古拉格群岛真正的卫士，被西方认为坚定的共产党员的赫鲁晓夫只是出自战术性考虑诋毁了斯大林的声望并准备给西方一点厉害看看。在加勒比海危机中向美国施加压力，在真正的信仰捍卫者眼里，赫鲁晓夫不仅是政治废物，而且还是叛徒，当赫鲁晓夫被撤职时，波采罗布大清早拿着《真理报》敲我们家的门，他为此欢呼，波采罗布是斯大林忠实追随者，我父亲则不是，父亲缺少哲学思考，他随波逐流。在我们家里，没有斯大林精神，父亲没有超越反党集团异议思想的界限，每当他讲述在克里姆林宫工作生涯时，眼睛里放射出的光芒显示在那里度过了他一生中的重要年华。

*

童年时代我喜欢说谎，我说谎话没有什么个人目的，只不过是一种爱好。我用谎言的五颜六色涂饰世界，用自己的无稽之谈把听众吓得全身发抖，特别喜欢听我说谎的固定听众有玛露霞、祖母和克拉娃，她们很容易相信我，后来我的同班同学取代了她们。我编造说在布鲁塞尔的国际博览会上曾有人建议我在人造卫星上绕地球飞行，我撒谎说我学会了开汽车并且独立行驶了300公里，还说我用真正的手枪射击过，还瞎编说我在巴黎看见过重量为100公斤的钻石。我用各种难以置信的故事，不仅是大钻石，还有关于巴黎的趣闻使从未到过国外的祖母惊得目瞪口呆，我骗她说，我沿着侧面的铁架爬上了埃菲尔铁塔，她信以为真，这给我带来极大的喜悦，不过当我对她说在巴黎人们吃着炒栗子时，祖母不相信；我向教我法语的那位亚美尼亚女移民编造关于莫斯科的谎言，我对她说在莫斯科有一些蓝—黄颜色奇迹般的无轨电车，用自动控制，电车到站自动停车，我骗那位法语老师说我像俄罗斯所有孩子一样从三岁起就喝伏特加酒，我撒谎说我亲手摸过克里姆林宫上的红星。

“噢，红星是什么样？是用红宝石做的吗？”亚美尼亚人赞叹地问。

“不知道，但是五角星特别尖锐，划破了我的手指头。”我回答说。

“听说你们的小学生穿制服？”亚美尼亚人问。

“是的，每个人还挂有短剑。我们国家全民都有制服：工人、农民、我父亲也有。”

编造谎言夹杂着生活真实，我们忘了时间，最后亚美尼亚人突然想起了什么，她看了一下手表，她的眼睛下面有很大的黑眼袋，她说：

“那么，我们走吧，你走吗？”

已经很晚了，到了下课时间。母亲穿着宽大的连衣裙轻盈地走了进来，由于光顾编造谎言，我总共只学了一个法语词“瓢虫”。

“你使她高兴极了。”母亲指着那位亚美尼亚人说。

毫不奇怪：这位亚美尼亚人获得了这么丰富的素材足够向那些移民社团讲述了。

只有鬼知道，我都说了些什么，我完全想入非非。我对祖母说为了打赌我喝了一整瓶墨水也没中毒，我瞎编我和奥尔洛夫打架，打断了他的一只手，至今那个人——一只手；还说我有自己的外交护照，巴黎的警官向我致军礼；我在大街上拾到一块金表；还说我父亲实际上比维诺格拉多夫大使更加重要；我对祖母说巴黎学校留的那些作业弄得我整夜整夜不能睡觉，在体育课上，我的双肩上站了5个女学生，像杂技团的杂技演员那样，祖母不停地说着“啊——哈！”“噢——赫！”她激动、她不安。有时祖母难以克制自己，在我的父母面前袒护我。那些感到受骗的人开始揭露我的谎话，父母是最不好的听众，我尽力不向父亲说谎，而母亲很快就能戳穿我，生气地把我叫作闵希豪生男爵，母亲揪着我的耳朵同时说：

“揭穿了！”

真令人厌恶，我不记得什么时候我学会了撒谎，也许我生来如此。我喜欢世界由于我的幻想而震荡，谎言动摇了我的世界观，我看到了世界在我的谎言之下被压得变形，我不再相信世界的坚固性，我认为没有我编造的故事世界将枯燥乏味，毫无新意——一派胡言乱语。我是自己谎言中的头号主人公，从谎言中诞生了我对语言的态度，我是按另外的方式倾听人类的语言，例如在克雷洛夫关于蜻蜓和蚂蚁的寓言中我听到的是下列句子（早在童年时期在特维尔大街街心公园孩子们散步时听到的）：

爱打架的蜻蜓愁肠百结

去找蚂蚁。

他说：

老兄，不要丢下我……

我觉得“老兄”——是世界上最温暖人心的词，比起蚂蚁和蜻蜓我更喜欢“爱打架的”这个词。早在中学时我觉得格里鲍耶陀夫的剧本《噢，乌云，痛苦啊！》这一名称特别有诗意，可是后来当我知道这部作品的正确名称是《聪明误》时，这个名称的平庸使我黯然神伤。

*

在世界上我最不喜欢女人的内衣和间谍，我遇到过的最大问题是带花边的女人内衣，我祖母怕我受凉，在我念一年级时给我从莫斯科寄来一件她自己做的白色胸衣，穿在学生制服里面，胸衣上钉着大扣子和松紧带，为的是能吊住我的棕色长袜口，在春秋季节天亮较晚，每天早晨我站在镜子前，反射出一个莫斯科少年穿着女式吊袜带的带花边胸衣，裸露下身，此时我那趋向成熟的男性器官便开始激动，我穿着胸衣走路就像准备去被屠宰的猪，我现在甚至仇视女人的连裤袜。我不承认具有“野春兰花”那样幻想的女人，甚至穿紧身短裤跳康康舞的女演员也使我反感。我仇恨束缚胸部和带有专门衣钩扣紧的女人胸衣。我一概否定无论是在生活中，还是在好莱坞电影中遮住乳头的美国运动式胸罩。我也否定旧大陆那些稀奇古怪的胸衣，当女人穿着胸衣，我便走开，这——不投我的所好。您应向我祖母说声谢谢——与性的本能开不得玩笑，我喜欢不穿任何胸衣，乳头自然裸露的女人。

同样我也不喜欢间谍，当莫斯科一位爱慕我的温柔女士说，她认为两种身份对我最适宜：要么是作家，要么是伟大的侦探，我说："亲爱的，不要给我穿上白色紧身胸衣！"我甚至不欣赏詹姆斯·邦德具有幽默色彩的身份，他的敌人——我的敌人，这种英国式的幽默引起我呕吐的本能，间谍天生说谎和施暴，我不喜欢凭借武打完成任务的男人，我蔑视他们，本质上我不反对报复，我想回过头来谈一下爱伦堡，我承认下列场景使我感兴趣：二战后期被德国人赶到焚尸炉的犹太人与后来在犹太人火化厂在雄壮的犹太音乐声中被焚烧的人数量相等 6 000 000 比 6 000 000 人，这一切——犹太人的幽默，对每个德国女人施暴的苏联红军我也能够理解，甚至高兴，不过詹姆斯·邦德——不是我故事中的主人公，现在大家都各得其所，我获得了什么呢？

*

介绍一下：这位是弗拉季米尔·伊万诺维奇·叶罗菲耶夫——在法国的苏联间谍机关中的重要人物。

20世纪中期苏—法关系中公正的历史学家，可能恰恰是这种角色赋予我父亲永久政治生命力，可怜的父亲啊！在法国他迂回于两个侦查机关之间，法国人——是蠢猪！1996年10月《快报》周刊上宣布我父亲是间谍，我父亲在很多年期间每周必读的杂志。

我父亲遇到了麻烦事！当时他正在指定医院住院，经过院长允许，我父亲回到家里接受了法国电视台的采访，根据他天真的直接的反应，我看出他内心深处愤愤不平。这是针对他制造的挑衅。父亲坐在餐厅黄色安乐椅上，面对电视摄像机，他身穿黑色西装，系着贵重领带，他准备回击。由于母亲不允许任何人穿鞋进屋，室内铺的全是地毯，从这个意义上看他们属亚洲风格，清扫女工每周只来一次清扫，因此父亲穿着质量上乘的黑色便鞋，说不定还是法国货呢！但是便鞋常常从后脚跟向下滑落，这无论如何与他那威严的面貌不相称，于是我看见那个恶棍——摄像师对准父亲的便鞋拍了下来，以便在全法国讥笑我的父亲，我坐在室内角落里，沉默不语，我真想站起来给那个恶棍——摄像师一记耳光，因为他使我父亲蒙受屈辱，但是我依然坐着沉默不语，我非常怜悯我父亲。

我坐在那里思索着，实质上我父亲与在战后被宣布为间谍的某某纳粹外交家没有什么区别，区别在于，他不是纳粹分子，不是共产党人——是我父亲，年迈的父亲，是在1979年被我杀害了的，而对我却给予宽恕的父亲。当时我回想起，有一次在曼海姆市我朋友们的住宅，我们被领到另一个房间，他们给我看了他们祖父的照片，身穿全套纳粹制服，额头上带有法西斯党徽的照片，前面放着一大束鲜花，鲜花每天更换，像卫兵一样，朋友们告诉我他们的祖父参加过反对希特勒的阴谋，他们讲起这事时声音低沉，他被吊死在钩子上，对于我来说，他们祖父的制服远比阴谋重要，挽救这个将军的生命已经为时过晚，应该早在斯大林格勒大血战之前——进行，因为我藐视德国人对英—美空军轰炸他们城市的抱怨，藐视德累斯顿市的废墟——我喜欢复仇的熊熊火焰——因此我无法对这个被绞死的我朋友的祖父表示同情。当电视台采访父亲后，我告诉他关于便鞋的细节，他脸色苍白，不过向我担保说，他不是间谍。我告诉他在采访期间我想了些什么，我认为只有残酷能够揭示事情的真相。在巴黎期间我曾去找过在《世界报》工作的朋友，但是在此之前我又问父亲：

“你真的不曾是间谍？”

父亲说真的不是。

“不过，你可能秘密地给过法国共产党钱吧？”

“给过，维诺格拉多夫带我一起送过钱。”

《世界报》刊登了我父亲有关间谍的反驳文章，父亲对此特别高兴。我问他：

“你认为在纳粹外交部的官员和纳粹侦查人员之间有区别吗？”

父亲开始沉思。

“纳粹外交官为希特勒效忠怎么能是受尊敬的人呢?”

“是呀。”父亲说。

“在被占领期间的巴黎，你能看出外交家里宾特洛甫与纳粹间谍之间的区别吗?”

“你指的是什么?”

“对于法国人来说，你曾是纳粹外交家，只不过你不是为希特勒效劳，而是为斯大林服务。”

“这可不能相提并论。”

“你是这么认为的，对于法国人来说就是一回事!”

父亲站在那里面如死灰，嘴唇哆嗦，他应该回到医院去，不过他总归满意的是《世界报》刊登了他的反驳文章。

*

以我父亲为中心的间谍事件愈演愈烈，法国人豁然领悟了，俄联邦外交部收到了文件，其中有我父亲当时注有“机密”字样的密码电报。

有谁想过，我父亲在可怕的梦中是否梦见过1950年的电报什么时候落到了敌人手中，就算是从前的敌人手中，这里碰巧出现了好的斯大林：父亲像捍卫历史的恐龙一样捍卫自己不存在的祖国，在密码电报上父亲通报了关于法国军队在阿尔及利亚的人数，关于他们的政治清洗、拷打，还通报了美国秘密机关在巴黎的地址，父亲是从哪里知道的？

法国历史学家博顿给我父亲做出了判决（从政治方面看，我很难不同意他的评断）：“每一个会见政治家或者记者的外交家都必须把情况报告给克格勃的间谍头子，由此在西方工作的任何一个苏联外交官最终都是秘密机关的间谍，例如：自1955年8月19日至1959年6月24日驻巴黎的苏联大使馆参赞弗·伊·叶罗菲耶夫与夏里·阿尼保持经常性的联系。”

感谢历史学家们，现在我知道了我怎么也没有看见香榭丽舍大街的准确日子了。

“在法国认为叶罗菲耶夫是国家政治和文化生活的著名专家，在自己职责的正常范围内他经常接触的演员有伊夫·蒙当、克洛格·奥当－罗拉和政治家（莱奥·阿曼、让·德·林科夫斯基等），例如1957年4月24日叶罗菲耶夫与夏里·阿尼在‘拉罗舍尔·贝里古尔金’饭店共进早餐。”

我能够生动地想象出我父亲在巴黎的饭店吃早餐的情景（在俄罗斯叫午餐），而对方是像我仇恨共产主义一样仇恨资本主义的人。当我在世界文学研究所读研究生的时候，我有机会结识法国驻莫斯科大使馆的法国外交官们，我是多么想向他们说出一些反苏言论，提供给他们一些秘密以便让他们认为我是间谍或奸细，由父亲遗传给我的幼稚病把我推向更远。我企图向美国大使说他的俄国司机肯定给克格勃服务。

我立刻被叫到位于库兹涅茨基桥的克格勃机关，这是由于我经常去一些外国大使馆，他们含混不清地恐吓我，在谈话的最后建议我与他们合作，我说这事应告诉我父亲，同他商量。无论多么奇怪，这句话使他们窘迫不安，他们又纠缠了我三次，其中最突出的是活泼好动的年轻人鲍里斯·伊万诺维奇。

“所有的青年作家都与我们接触。”他吹嘘说。我对此不屑一顾，对其他的一切表示冷漠，我与他坐在中央文艺工作者之家的咖啡厅里。

“你听我说，你能帮我一件事吗?”

“什么事?”

“我的妹妹在印度被一个家伙给迷住了，能不能通过你的父亲把她召回?”

“怎么她是处女吗?”我非常粗鲁地问。

他像具有变形术的人那样立刻满脸通红。当然我也为自己这种尖刻言辞而害怕，然而就算是大使的儿子办这种事也是力所不及的。况且我妻子也是外国人，虽然是波兰人，那也不是自己人啊。诚然在我与阿尼之间是有差别的。保加利亚的侦查机关雇用了他，对他的情报付钱，当他丧失了对保加利亚人的信任后，俄罗斯人雇用了他，在他为两个侦查机关效劳的间隔期间我父亲与阿尼会见了四次。我不知道，是父亲说阿尼被保加利亚侦查机关雇用过，不过奇怪的是阿尼竟然当上了法国的国防部长。

思想肤浅定型的法国人突然想起并翻阅历史上明眼人早已看得一清二楚的事实，在共产党人已经饱和的法国自然排斥华盛顿，而成为莫斯科的轻易猎获物，莫斯科向巴黎派出了各种各样的“有权威的代表”，也许我父亲就是以外交途径，从这个法国馅饼上切下了一小块，当法国人恍然大悟时，开始揭露我父亲的行为，父亲通过我向《快报》周刊发去了反驳文章，那里可能惊奇的是我父亲还活着，他们没有任何回复，也没有刊登反驳文章，这至少不够礼貌，父亲向我施加压力，要求我通过我的法国记者朋友向法国报界施加影响，由于激动不安，父亲有一次甚至向女诗人阿赫玛杜琳娜诉苦。

“有什么办法，比如说，我同一位熟悉的外交家友好地交谈过，而他却向自己的领导机关打了报告，这——不诚实，我甚至说这不正派！”女诗人作为永久良知的角色不满意地说。

“在外交活动中有特别的工作方式，全世界的外交人员都应记录自己的事务性谈话。”父亲揭开自己职业秘密的帷幕，向她解释说。

他想继续说，谈话记录是外交官从所在国家获得情报的重要来源之一……

这种工作方法能够揭露滑头与坏人。

简言之，这种方法有助于制定具体措施以便进一步发展和深化同该国的合作，这类谈话记录按照批准的程序上报中央，包括部长、副部长，有关直属部门的领导人。

当父亲向音乐家们解释这一秘密时，他们相信了他，对于他们来说，部长总归也是大人物，不过向女诗人的说明没有成功，谈话毫无结果，互相更加疏远了。与此同时父亲认为持爱国主义立场的俄罗斯记者们开始支持《快报》周刊。父亲不知为什么开始称他们为苏联记者，呼吁他们遵守秩序。他向我们外交楼（父亲把我安排到那里的合作住宅）从前的邻居诉说——那个人当时主管新闻出版司，请求他召开记者招待会，可是那个人像轰走苍蝇一样，拒绝了我的父亲。父亲想去找上级求见普里马科夫部长，可是部长没有时间接见退休干部，副部长总归接见了他（父亲对这一官气十足的接见事实本身感到满意），父亲开始骂法国人，千方百计地强调他——不是间谍。而那个卑鄙的历史学家还写了父亲在瑞典已经是间谍了，实际上对于我来说，这已不是什么新的发现，早在苏联时期我读过一本美国人（可能是史密斯）写的关于克格勃的书（书就放在父母的书架上），在书中我找到了因父亲在瑞典的业绩而提到了他的姓名。法国人和美国人企图使大家确信我父亲在斯德哥尔摩工作时，向侦查总局提供了有益的服务，父亲恰恰以此为自豪。

父亲。根据柯伦泰的委托，我与为反对希特勒而战斗的丹麦和挪威爱国者们经常保持接触，他们经常到瑞典去，他们讲述了纳粹分子的军事设施，而我把这些向柯伦泰汇报，她把情报转给莫斯科以及同盟国。例如她把我从丹麦爱国者那里获得的关于希特勒向英国，首先是向伦敦发射 Фау－1 和 Фау－2 型导弹装置所在地的资料转交给了英国，英国空军立刻向这些基地猛烈打击。

“只不过他们是伪爱国者，他们类似博顿那样，在战争年代无所事事，他们现在责备我们，苏联外交部派出的外交家……”父亲对我说。

我没有往下听，我在想关于“爱国者”一词的意义，想着对于苏联外交家来说，战争在 1945 年并没有结束，反对德国人是好，那么反对美国人——不好吗？我不由自主地在家庭与历史之间折磨自己，初露头角的巴维尔·莫罗佐夫的角色对我没有诱惑力，他不仅把我父亲交给了阿赫玛杜琳娜，而且还交给了我所不知道的博顿 。我心里盘算他是什么人（这类教授我见得多了；他们给我打电话坚持要见面，要交朋友），可能是令人讨厌的大学学者，巴黎廉价的冒牌上流人物，他的妻子又老又丑，有一辆破而脏的“雷诺”牌汽车以及呆板、简陋的住宅，或者他是讨人喜欢的人——厌世者，在苏联时期，在法国大使馆工作过的我的南特市朋友就是这样的人——我们在那里认识——向苏联的异议分子秘密运送过钱。

而父亲给法国共产党人送钱——不可以吗？莫罗佐夫——是

伪君子？不过父亲怎么知道美国特工机关在巴黎的地址的呢？

*

1959 年 6 月 24 日父亲被迫离开法国，法国迫使他爱上法国式的食品，然后再把他吐出去，法国人难道宣布父亲为不受欢迎的人了吗？

父母匆忙收拾东西，此外维诺格拉多夫大使还在暗中作梗。后期大使把从莫斯科来的一位高级党的领导人安排在父母的住宅，父母几乎被挤到阁楼上去了，然而仅在一个月之前，5 月份维诺格拉多夫大使正式向莫斯科建议提升我父亲为苏联大使馆第二号人物：公使衔参赞。这向我父亲开创了走下一步棋的可能性：到瑞士或者比利时去当大使，却突然被召回莫斯科。

克格勃在巴黎的间谍头子不喜欢我父亲，他愈来愈明白父亲在某些方面不太适合克格勃的口味，他不但不知道应该怎样向莫斯科，而且也不知道怎样向自己解释这一点。第一眼看上去，似乎父亲一切正常。

本质上，克格勃间谍头子瞧不起所有外交人员，他们的情报表面化，缺乏准确性，大多数人来巴黎是为了炫耀自己和购买大量衣物，在他看来维诺格拉多夫大使是“吹牛大王”。间谍头子也瞧不起苏联反间谍机关，秘密监视他本人的那些近邻，间谍头子热衷“地下活动”，在他的倡议下，冒着生命危险在法国部长们的办公室和住宅中偷偷安置扩音器，清除掉不合心意的人和变节者。这是——事业。“在委员会中把我们这些人叫作‘屠宰手’，并非无缘无故。”间谍头子讪笑着说。不过他知道他干得并不顺利，他力不从心，开始悄悄喝酒，并且很快成为不可救药的酒鬼。每天早晨他刮脸都很费劲，已经两次殴打妻子，妻子免费教外交人员妻子们英语，并且常常带着好吃的肉馅饼去上课。当妻子不让他出去喝酒把门锁上时，他两次砸坏房门，他明明知道自己的近邻了解这一切。

间谍头子不蔑视我的父亲，他认为我父亲是积极的业务能力很强的工作人员，父亲向莫斯科的报告很有价值，明智甚至可以说出色，一切的确如此，可是间谍分子相信自己的直觉，事情似乎不在于我父亲的穿着、举止、谈吐——可是又恰恰是他的衣着、举止、谈吐使间谍头子警觉、紧张。父亲永不止步不前，他像树木一样成长、繁茂，然而在这棵树上结出了不可理解的果实。克格勃间谍头子猛然领悟到我父亲对于作为间谍头子本人构成的潜在威胁。如果维诺格拉多夫不向莫斯科建议提升我父亲做公使衔参赞的话，那么也许一切就都相安无事了。但是间谍头子对这一步骤必须做出自己的评价，他监视我父亲的行动，获得了证据，他开始缜密地思考。

很多人不喜欢我们之中的某个人，他们出自动物的本能，对我们的任何一个动作都感到刺激，但是主要的，不要授人以柄，不要使别人形成对你的具体意见，不要受人制约，不让他们有机会用日本利剑刺杀你。

父亲陷入了困境，他希望被提升，他的气味应该弥漫整个大使馆，一切由气味的级别决定，在不露真实姓名的间谍头子与父亲之间的暗地较量中已经建成了我的未来人际关系模式（父亲出自爱国者的谨慎从来不向我提到这个间谍头子，拉出这根线索便可牵动出至今仍在欧洲工作的俄罗斯间谍整个链条；母亲对我说间谍头子的姓名可能是伪造的，还补充说他是个“相当聪明的人”）。父亲首先凭借他天生的魅力而铺设了孤芳自赏的道路——在克格勃间谍头子招牌之下集聚的人们不喜欢这一点，间谍头子拥有法国高级轿车（法国的反间谍机关根据汽车型号很容易分辨出俄罗斯公开的侦查人员：外交官的汽车较差一些，但是间谍头子并不掩饰，外交家们的光彩是依赖于他们的保护），他的妻子爱多嘴多舌，她病态地惧怕大使夫人，他们有钱，在莫斯科有可靠的关系，但是间谍头子没有我父亲具有的特点：轻便灵活，父亲像蝴蝶一样在生活上空轻盈地飞翔。父亲确定了我生存的吉兆。

我父亲的未来命运已定，根据间谍头子的情报，父亲周围有一些可疑分子围着转，例如香烟店老板邦尼——福楼拜站出来辩解说，这是根据他的风格写出的人物——还有邦尼的妻子，位于塞纳河右岸时装商店的女老板，父亲认为这些商人很富裕，是对苏联有用处的人，因为他们可以作为旅游者乘船去敖德萨（苏联海关人员在边境上刺破柑橘不是为了查获反叛者，也不是为了禁止法国人在岸边出售柑橘），这些法国人会向大家宣传说，他们喜欢苏联。邦尼全家都喜欢文学艺术（这一点吸引我母亲）：他们与父母一起去剧院看戏，他们请父母去他们家做客。

在大使馆石墙院内间谍头子与我父亲不期而遇，他承认了我父亲工作的高效率，他直言不讳地说：

“我向莫斯科报告了关于您的可疑关系。”

父亲向我解释，那些年代有过不公开的，但是明确禁止与普通外国人保持非公务关系的规定，而他们掌握了关于母亲与邦尼私交的情报，依我看最坏的莫过于：父母是最有法国影响的代表人物，因为他们运回莫斯科各种漂亮的法国东西：家具、白铜制炊具和餐具、桌布，印象派画家画册，而这些让老百姓看得目瞪口呆，而且父亲还带回到莫斯科外国名牌网球，比我在“狄纳莫”体育用品商店（假如有的话）买的网球好许多。

一切都不那么简单，都被搅在一起了，父母的亲近朋友洛吉克和加洛奇卡，他们的女儿伊拉齐卡是我的朋友，当大人们都去看电影，我把伊拉齐卡放到浴缸里打开淋浴器，她浑身都湿透了，因为她没脱衣服，我不知道该如何是好，让她紧紧靠在沿墙的暖气片旁边站着，她就这么站着，慢慢地烘干衣服直到父母回来。起初他们不明白是怎么回事，大吃一惊，特别焦急，怀疑我是否对她有什么不轨行为（潜在的可能性是存在的），但是惊慌后轻松地大笑。有一次我父亲决定与在联合国教科文组织直属下工作的洛吉克叔叔交流看法。邦尼的行为中有些令人费解，洛吉克叔叔是“较远的邻居”，是个顶级美男子，父亲与他促膝谈心，但从另一个方面，他的妻子加洛奇卡根据父母的想法也与克格勃有联系，因为当母亲对她说他们常与香烟店老板夫妇去剧院时，幕间休息期间猛然在小食部出现了洛吉克和加洛奇卡——令人着迷的夫妇——也与邦尼相识。父亲对洛吉克说邦尼不是反间谍人员，但是有一次邦尼却秘密地告诉我父亲在法国正在研制用固体状态运输石油的方法。

“用颗粒状的形式。”邦尼解释说，当时他正去厨房取柠檬馅饼（我母亲学会了制作方法）。

我父亲已有多年警惕性的经验，他感到这种固体石油有些蹊跷，邦尼没有提供这种石油的成分，事情没有进展，父亲内心警觉起来。

“我——不是这方面的专家，如果有愿望，请找商务代表处去。”父亲镇定自若地说，回避开危险性。

“很有意思的新鲜事！”洛吉克做出了反应。

“他怎么说，颗粒状形式?”洛吉克想了一下之后问。

洛吉克答应弄清楚，一个小时以后，洛吉克叔叔已经坐在克格勃间谍头子那里了，盼望着那里对他的青睐。也许他这是对我进行报复，因为那一次我糊里糊涂地把他的女儿在浴缸里浇湿了，洛吉克是一个脆弱的人，从气质上看，他根本不能当侦查人员，而且已经想把他调回去，尤其是他的妻子加洛奇卡不慎用开水烫伤了他，沸水洒到他的裤子上，他在生活中第一次因剧痛而骂了她，可巧这样一来他挽救了大使馆不必招聘参赞了。

间谍头子尽人皆知因为他从不掩饰，当他去芒什野游时，坐在草地上喝着伏特加酒，吃着烤羊肉串，他对巴黎、塞纳河桥、梧桐树和发霉的栗树没有一丝好感，与他一起的远近邻居也都像他那样，因此他的秘密活动程度不仅对于偶然参加节日活动的《人道报》记者无关紧要，而且就连对我们、孩子们也无所谓（他对父亲悄悄说：“肉眼都能看出来他们是些什么人。”），他让我父亲赶快回家，悄悄离开。

间谍头子知道我父亲非常明确自己的主要任务：戴着“白手套”工作的。实质上我父亲与间谍头子在同一个马戏团里工作，只是我父亲戴“白手套”，而间谍头子——手持皮鞭。他们的目的一致：为了把一切摧毁，为了使法国从零开始。大使收到了电报。

“沃洛佳我一点都不明白，我们上级要召回你，你当心点。”

大使友好地给间谍头子看了电报，也可能没有给他看，两个男人相视一下，表示他们不是空口说白话。

“我将进一步弄清楚。”维诺格拉多夫皱起眉头阴郁地说。

维诺格拉多夫大使真的替我父亲说了好话，但是如同当年柯伦泰一样，大使并非万能，克格勃挫败了我的父亲。激动、对友谊丧失信心、热爱巴黎，内心委屈被挫败的父母回到了莫斯科。

但是外交部——我父母的神祇——没有让他们死亡，父亲回到莫斯科立即去见外交部部长葛罗米柯，这位部长面色忧郁，有充分根据地、肯定地对父亲说："我们相信您，您将像从前一样在外交部工作。"

一切都好，只是没有巴黎。

*

记忆犹如僵尸。我每隔两周写给父母介绍当时事件的信都消失到哪里去了，莫非散落到其他国家了吗？信中我是否回避写自己了呢？在白俄罗斯火车站"莫斯科—巴黎"车厢前匆忙转交的几百封信哪里去了，难道落到了陌生的住宅、送到了斯摩棱斯克广场，或者在外交部的哥特式外廊里受尽折磨呢？施本格勒和丹尼列夫斯基的幽灵在我的书中游荡。我跳出这个题目。生命线由智慧线编织而成，其中孕育着孤独，而这孤独常常被一系列消遣所迷惑，如果反复强调关于信念和知识的差别，那么智谋——也成绝境，智谋令人无比厌恶。教育妨碍启迪，但是智谋的限制——鼓励蒙昧。柏林萨勒塔巴奇饭店的账单，49.50 欧元。首先让女人吃饱，然后同她睡觉，四杯中等的意大利葡萄酒，一瓶饮料，需要带气儿的还是不带气儿的？一只配有梨的炸山鸡。我不会一个人生活，我需要把我对女人的爱情体现出来，我像点燃灯泡一样点燃女人，像更换厌倦了的灯泡那样更换女人。她们都叫什么名字？连一半也没记住。运气——生活考验的极限形式。嫉妒、仇恨、虚荣像白菜叶一样从我的身上逐片逐片地剥离下去，曾是非常彬彬有礼的我变成了没有烧尽的尚可使用的木头块，我陷入了太空沙尘之中。

*

我拖延着：早就应该把书、课本、玩具整理好装进箱子，准备回莫斯科——我不想回去，父母在没有被召回前在巴黎还将度过一年，可是我必须走：在塞纳河畔没有俄罗斯中学。

我对回家的路线像背诵“我爱五月初的大雷雨”一样背诵得滚瓜烂熟，自从屈斯蒂纳时代起改变不大。

稍晚一些时候，我父亲重返巴黎以便在教科文组织担任副总干事（文化以嘲弄的方式不放过我父亲），我作为学生又重新到了巴黎，我把回莫斯科的路程比作莫罗佐娃大贵族夫人去西伯利亚流放一样，不满心情日益增长。

收拾行装的忙乱冲淡了愁绪，不过当我的皮箱被提到门外，像葬礼那样把箱子放到汽车后备厢时，我面无人色地大胆地挣扎着。

“你怎么了?”父母严肃地问。

“我不愿意离开你们。”我勉强微笑。我们缓慢地沿着塞瓦斯托波尔林荫道开往北站，路上不时地遇上信号灯。巴黎人拿着法棍面包在人行道上迈着特别有弹力的步子走着，此时我真的希望铁路员工开始大罢工，或者我们在路上堵塞，因而耽误火车。

在车站上停着一列什么都不像的苏联列车，笨重得像德意志民主共和国生产的装甲车一样，列车员不在，他到月台起点的商亭去了，他贪婪地但又若无其事地翻看着有裸体画的性爱杂志。他跑回来了，气喘吁吁，他是一个多种面孔的人物，他像保卫仓库的警卫、清扫大街的清扫工、肃反人员、滑稽大王、山鹰、士兵和军官，他——整个俄罗斯，穿着铁路员工节日礼服的俄罗斯，他查验火车票，表现出拜占庭式慢条斯理的沉思，行程——并不遥远。欧洲——不是横穿西伯利亚铁路大干线。告别是庸人自扰，打开车窗上面的四分之一部分，头伸不出去，只有懊丧地向父母挥手，父母关切地挥手告别直到彻底看不见为止。

列车还没有走出铁轨交错的车站，列车员已经打开各个包房的门问候，列车员已不再开玩笑，变成了严肃的监狱看守，他端着斟满热茶的茶杯送到乘客面前，通常这是最后一节车厢，可以走向车厢过道观看列车后面的风景，现在将穿越法国、比利时、西德——在这个路段上列车员收集护照——以示对旅客关怀——西方国家的边防军在护照上盖章，对个人毫不打扰，主要的是列车员监视着，谁也别想逃跑。

列车穿过欧洲疯狂地行驶，掠过比利时境内在俄语中是骂人话的车站；驶过像用酵母发酵而蓬勃发展的西德，列车进入了大气稠密层：东德的边界，不过仍然有些乐趣：在西柏林名为“动物园”的火车站，列车员总是激动不安，他眼巴巴地看着，旅客用最后剩余的钱购买啤酒、核桃和巧克力。列车在通过铁桥时，发出轰隆隆的响声，柏林墙和施特劳斯已尽收眼底，我们到站了，列车员急剧变化，他变得判若两人：由一个好心的监督者变成满脸胡楂的老汉。我们大家一律平等，不过他比其他人更为重要，他皱着眉头小声嘟哝着分发护照——现在你们自己管自己吧，东德边防军打开车厢顶篷，手持电筒检查车内厕所，每个缝隙，波兰人——头戴有鹰标记的制帽，无动于衷——他们不予理睬——窗外掠过修有苏联文化宫的华沙，紧接着是森林茂密的铁路区间、小河、停车。到边境前，列车员更换服装，看上去像未婚妻一样。新郎马上驾到，他们人数多极了，按照军官断断续续的命令，他们登上了列车，边防军拉着拴在锁链上的德国牧羊犬哗哗啦啦地走进车厢，乘客们惊呆地坐着，牧羊犬进了包房，（乘客必须出去！）跳上卧铺，列车一连停几个小时——更换车轮，似乎是通行的制度，一些妇女上车卖新鲜蔬菜、水果。表情冷酷的男海关官员和把眼睛遮住的戴有古怪饰物的女海关官员，登上火车像是为了惩罚似的。他们没收女性杂志，把皮箱翻个底朝天，把手伸进衣兜，让个别乘客下车。行程又从祖国的边陲开始了，列车开动了，大家——经过搜查以后——头发蓬松、心神未定的人们看着窗外，在布列斯特市身穿运动服的出差人员在月台上跑着购买啤酒，祖国散发着日古里啤酒的香气，祖国空旷广袤。白俄罗斯的田野，俄罗斯的森林，带有茶杯托的铁路茶杯和茶匙相碰发出清脆的响声，突然回想起一些小木房，女扳道工身穿背心手举小黄旗永生永世站在拦道杆旁。

在布列斯特没有询问我们——我父母有外交护照，我们受到尊敬，没有打搅我们，还向我们敬了军礼，1958 年夏天当我与父母一起从巴黎回莫斯科的那一天，是我童年的结束。

第四章

祖母在房门口走廊的地板上铺了一块蓝色的旧衬裤，这不像擦鞋垫，倒像是新政权上台后的旗帜，她把吊灯罩上旧床单，为保护家具把破布覆盖在长沙发和安乐椅上，父母休假之后去巴黎时，祖母在我们家举办了假面舞会，我穿上她亲手改制的衣服，我的天堂伴随着童年结束了。我由祖母照看，把我像布谷鸟蛋似的丢给了她，我没有立刻明白，可是当我明白时，这已经是少年劳动教养院、少年犯监狱了，不允许我坐在沙发上，而且我也不愿意坐在那些破布上，让我做一个现实中不可能存在的人。祖母的神经功能紊乱，当打开气窗时，她大声喊叫，她剧烈地战栗，我的任何一种行为方式都不能使她满意，因为全世界都不合她的心意，她在这个世界上借宿，她保护物品像保护灵魂一样，她消除了毛皮中的蛾子。这里没有任何逻辑，父母后来把这些长沙发和安乐椅连看都没有看就扔掉了——祖母又都运到自己的住宅去了。

我与祖母之间的关系没过几天就破裂了，从前她是我亲爱的祖母，而如今她成了虐待者。

不许带同学到我们家——他们可能是小偷和贼的眼线，祖母像在玻璃瓶中腌西红柿一样把我密封起来。我在这样的瓶子里漂浮了一年，我陷入了孤独之中，显然唯一的拯救——自我思考，祖母像我当时一样，四年级小学生水平，在课程方面她一点不懂，只能监督我的分数。

父母把我送到第 122 普通学校学习，学校坐落在普希金广场附近的帕拉舍夫斯基胡同，我在那里上了一年级，学习了一年，异议分子布科夫斯基也在这所学校学习过，他比我高一年，当时我不认识他，当我在剑桥市与布科夫斯基见面时，我们喝了一整夜红葡萄酒，回忆起了老师们，还有绰号叫“鲤鱼”的教务主任、地理老师。父母可以把我送到特权阶层子女的学校，例如波采罗布夫妇就是这样做的，我不知道结果将如何，在我生日那天为斯大林干杯，喝了番茄汁的廖沙成了外交官，而他的弟弟——成了吸毒犯，我和这个未来的吸毒犯交上了朋友。我对他颇有好感，在社会地位方面接近，高尔基大街胡同住宅地下室和公共住宅的孩子们也都在我们学校学习。教室用木柈生炉子取暖，在我看来我的同班生穿得破旧，像是小流浪汉。

巴黎和莫斯科之间比较：同样喧闹，同样震耳欲聋，不过我所描绘的莫斯科是如此美妙，实际上这样的城市是不存在的，我们开始侦查，与基里尔一起晚间在街道上巡逻，在我看来莫斯科是危险的地方，我认为危险无处不在，红普列斯尼亚污水池的垃圾燃烧，放学回来走在胡同里毛骨悚然，流氓来到你的面前问：

“有钱吗?”

如果说没钱，他们要求你跳一跳，口袋中的硬币会叮当响——他们因你说谎而打你，并且把钱全部拿走，如果没有钱币的响声——他们也打你。我很快明白了，有不可言传的经验，谁也不知道巴黎是什么意思，在暖和的季节，课间休息时在学校院内把人头骨当足球踢，这个校址曾经是墓地，在胡同里曾经住过刽子手们，他们不喜欢穿着考究的人们，看见戴礼帽的行人就喊：

“看，笨蛋来了!”

收藏邮票的兴趣淡化了，在库兹涅茨基桥上，集邮商店附近躲在门口偷偷卖英国殖民地邮票的青少年贩子使我望而生畏，不过在面包店里倒是卖香喷喷的锁形白面包，生活可以做出比较，冬天，在帕特里阿尔沙池塘有滑冰场——在巴黎没有，如果避开流氓——在那里滑冰十分惬意，不过流氓也去滑冰场，他们穿着冰鞋也能打架，并且欺负女孩子，实际上我很少挨打，我很勇敢，但是我不喜欢打架。有一次，在学校走廊走着两个高年级学生，他们用拳头打了我的脸——没什么用意，打得很疼。我的内心深处怀念女老师基里拉，她在浴缸中美丽的裸体形象让我无法忘怀，在学校也有类似的情况，上体育课前，偷看换衣服的女孩子们，她们的内裤是奇怪的红颜色，显得非常寒酸，她们的身上有被臭虫咬的痕迹，肤色病态、苍白。学校对我而言，唯一的好处是可以嚼口香糖，在巴黎父母从来不给我买口香糖，而在第122学校大家都幻想着美国口香糖，有一次科利亚到我家看见厨房里有长方形的什么东西，他就吃了起来，原来是法国胶棒，而不是口香糖，我看见他被胶粘住的嘴巴。

如果我更机灵一些，也许我将会收买一些流氓，不过我没有这样的天赋。我没有成为厚颜无耻的人，而是——我是小先知施洗约翰，向所有的人，向每个人预告莫斯科有朝一日将焕发光彩，广告五彩缤纷，改革将会开始，新生活即将降临，人们认为我有退化倾向，道德说教增多，我宣扬另一种生活，最高质量的生活，在那里没有流氓袭击，没有贫困和臭虫，母亲时至今日仍保留这种说教，外交礼教是她的上帝，与此同时，她竟然没有教会我正确使用刀叉。我低头喝汤几乎低到盘子上，喝热茶时发出呲呲声音，这可谓：有嘴说别人，无嘴说自己。学习是枯燥乏味令人疲倦的折磨，在我的生活中没有比在学校课堂上度过的时光更慢的了，学校门的上方悬挂的挂钟指针好像粘在刻度盘上不动，45分钟仿佛是永恒，而现在我反倒希望时间不要走得太快，慢一点吧！

*

母亲在巴黎度过最后一年回国时，在莫斯科白俄罗斯火车站见到了我，她没有亲吻我，而是双手抱住自己的头，回到家里以后她立刻给我换上从巴黎带来的全部衣服。与父母生活轻松多了。在学校已经习惯了，最喜欢的活动是去国立百货商店买冰淇淋，那里的冰淇淋神奇地好吃，有杯中装的每一只仅20戈比（1961年币制改革以后），在铝制的货亭里出售草莓、黑醋栗、奶油、香兰素各种味道应有尽有，《真理报》驻巴黎记者的妻子尼娜·谢尔盖耶夫娜说：

“如果我们做的一切都能像冰淇淋这样高的水平，那么我们早就生活在共产主义了。”

不知为什么做不到这一点。除了冰淇淋以外，还有整个夏天都很美好，我们驱车去别墅，在契卡洛夫别墅生长着繁茂的白桦树，这里是外交部工作人员占领的庄园，他们打网球，在那里甚至还有从前的“英国”间谍，清瘦的面孔，满脸雀斑，两腿很长——他们向我国出卖了原子弹的秘密，而现在却悠闲地打着网球。瓢泼大雨骤然而至，不是雨，而是暴雨，大家都躲在餐厅前面宽敞的前厅里，我站在门口，我喜欢闻雨的清新味道，我一向喜欢站在温暖和寒冷之间，谎言与真实之间的交界。门槛——我普通的家门，在前厅最黑暗的角落，大家都挤到最里面，有两个身材不高的人站得稍远一点，我觉得谁也不愿意理会他们，其中一个人是莫洛托夫，宇宙工程的支持者、苏联集体农庄组织者、环球人物，他身边站着他的妻子，热姆丘任娜，她是最后一个目睹斯大林夫人的人。暴雨停止了，人们涌向了湿润的大自然，父母对人们如此无情而感到愤怒，他们来到从前的领导人面前，莫洛托夫夫妇曾经有一次邀请他们到索契自己的别墅去，雨后，父母决定请他们夫妇一起散步，从白桦树上落下大滴大滴的雨珠，父母讲述了关于巴黎的生活，莫洛托夫若无其事地说：

“真的吗?”

莫洛托夫妻子对赫鲁晓夫赞不绝口，而恰恰是这个人把莫洛托夫推向无底深渊，莫洛托夫降职以后成为我们的邻居，住在相邻别墅。

莫洛托夫妻子热姆丘任娜出狱后，直至生命最后一息始终忠于斯大林，我母亲对此怎么也不能理解。有一次母亲在中心教研医院与她在同一病室住了三天，母亲对这位俄罗斯退休老干部感到吃惊，每天早晨她听新闻综合报道，拿着铅笔阅读中央报纸，看来她是以此分散对死亡的注意力。母亲和她谈起了关于在清洗时期苏联驻保加利亚大使拉斯克里尼科夫的事。众所周知，拉斯克里尼科夫是著名长篇小说主人公的孙子，在俄罗斯有时有这种情况，达尼伊尔·安德烈耶夫证实了这一点，拉斯克里尼科夫收到从大使馆图书馆取缔“人民敌人”的书籍清单之中有写他的家族的这部长篇小说之后，他决定成为流落异国者，小说主人公的孙子没过多久被克格勃扔出巴黎窗外，莫洛托夫妻子热姆丘任娜说：

“宁在社会主义祖国死，不在资本主义国家生。”

我母亲与她各持己见，争论不休，没有找到共同语言，热姆丘任娜患有肝癌，病危期间她仍把斯大林亲切地称作“约瑟夫”。莫洛托夫每天探视，热姆丘任娜是正确的，斯大林——在俄罗斯实现共产主义的唯一保证。

无论往斯大林头上泼多少污水，他仍活着；无论他的亲信怎样毁灭他，他仍活着；无论苏共二十大怎样批判他，他仍活着；无论那个充满神秘主义的作家达尼伊尔·安德烈耶夫在长篇小说《人世的蔷薇》中怎样把他打入地狱最底层钉在十字架上，他却从地狱走了出来；无论在国内怎样推行改革，他仍活着。像淹死的人浮出水面，他很快就浮上来，神奇的极权主义这个版权非斯大林莫属。最终以他的名字命名的城市斯大林格勒将重新出现，无须给斯大林恢复名誉，因为他的名誉早已恢复，俄罗斯就其本质而言是斯大林魂魄。斯大林的受害者进入历史愈是久远，斯大林就愈加有力和高尚，受害者——时代的一片浮云。俄罗斯人留着甜蜜的口水观看关于斯大林的电影，听着关于斯大林的笑话，斯大林沿着克里姆林宫的阶梯向下走——穿着东方长袍的乌兹别克人手捧鲜花迎上前去，斯大林甚至使乌兹别克人幸福。斯大林的复活将像托洛茨基革命一样永恒，在俄罗斯每一个领导都按斯大林模式工作，甚至铁路小车站站长都在研究斯大林思想。欧洲自由派的能量在俄罗斯非常微弱，不仅不能创立，而且连复制其他领导模式都无能为力，俄罗斯的每一个主宰者都情不自禁地站在斯大林潮流一边。

“为什么我要把维佳浸死呢?”母亲针对生下我的时候她在与陀思妥耶夫斯基的对话思考着。

我们缓步向外走着（像布留洛夫在《庞培城的末日》中那样)，尽管存在整个斯大林主义，在从影片中恋人之间称“您”的彬彬有礼的世界走出时，我们谦恭地微微弯下身子，屈斯蒂纳极为赞叹地描写了谦恭俄罗斯的毁灭——使斯大林激动不安。我赶上了俄罗斯的残片碎屑。

*

小子，如果你有祖母，如果她还活着，你就折磨她，弄断她的手，咬掉她那干瘪的奶头。斯拉瓦大叔这样教唆我的，就这样，只有这样，只有这样，快行动吧！咬掉奶头并吐出去。

“呸!”

那年夏天祖母去世了，在内心里向她喊着：老妖婆奶奶！我跌倒在地板上哀求她宽恕，大声恸哭。她没有宽恕，父亲因奔丧而回国，祖母要求严惩。旁边是未来的宇航员村，鲜为人知的加加林彻夜遥望繁星。当时纸币的幅面如此大，足以能使成年人蹲在上面擦地板，这一僻静地区美极了，简直妙不可言，高大的白桦树，高大的草丛，草高没膝的大池塘，令人心旷神怡，我记得我准备挨打，父亲那张吓人的面孔，我一下子就感到脸上被打得火辣辣的，耳朵里发响——父亲没有打我。

我不知道邻居斯拉瓦大叔的别墅用什么炉子做饭，我们是在无声煤油气炉子上做饭，祖母不相信电炉子，因为电炉子慢，普通煤油炉子正在淘汰，而无声煤油气炉子　　没有过时　　它正在生活中受宠并且像最高主教的头饰一样被奉若神明，炉子上有一只像焚尸炉上的孔一样快活的小眼睛。只要一点燃，切成块的香肠——博士牌香肠——立刻在锅上跳动、弯曲，最后弯曲得像耳朵似的，祖母像唱歌一样高兴地向花园方向喊着：

“吃——饭——了！”

我在花园里：我骨瘦如柴，大脑袋，大而无当。这还不是我，没有——长成的我，我——不是——我，还不到十三岁，我因孤独而憔悴。在花园的某处，乐声飘荡，曾有一种茫然的感觉，担心生活悄悄溜过，坐在一堆沙子上，好像坐在一堆粪上一样，无可奈何但是仍然高兴地玩起了铁路火车游戏，这是祖国的铁路，又长又结实，只有结婚以后我才把铁路油罐车这个破旧玩具扔进垃圾道。或者我拼命读书读到头脑发晕的程度，我就是这样从孤独自然成长为有教养的少年。由于没有同龄伙伴我便与斯拉瓦大叔交上了朋友。

我没有立刻管他叫大叔，别墅是公有财产，我们两家别墅互相之间没有用栅栏隔开，在厨房，在大锅和夜里搭起的床铺之间的大木盆里洗澡，或者在凉台上洗澡，我不愿意睡觉前在盆里洗脚，祖母从水壶里倒出热水，怎么样，够热吗？搓一搓膝盖！你干吗和那个人打交道？瞧着吧，你会给父亲惹麻烦的，别把水溅到地板上！

她用手指摸了一下水说，啊，水还热着哩！她往盆里再加一些热水，她胸衣上的背带令人讨厌，水冒着蒸汽，要是冷不防地烫我一下，这可怎么办？我开始害怕她夜间把我憋死，因为我青春年少，就算出自嫉妒吧。你听见我说的话了吗？斯拉瓦不配做你的伙伴，你看，谁都不和他打招呼。早晨醒来，旭日东升，暖洋洋的，她没有把我弄死，我光着脚跑去洗脸。

与斯拉瓦的结识从一开始就被严加管制，祖母很早就用男人们吓唬我说：他们用糖块做诱饵，把你引到森林，扒下你的衣服——大事完毕！我提心吊胆地想象着一个可怕的男人，他把孩子们的夏天衣服，凉鞋塞进口袋匆忙离去，碰得枯树枝噼啪作响，而我一丝不挂地被扔在森林中，任命运摆布，身边只有花花绿绿的糖纸，我向祖母发誓我将不相信任何人，她用粗糙的手抚摸着我的头，有时我觉得自己遵守了这个誓言。

我和祖母和睦相处，但是我恨污水池的那只猫，我们家与斯拉瓦大叔家共用一个污水池——大的臭水坑，8 月份有一天我们并肩坐在长椅子上，椅背像林荫道那样弯曲，当时我们正在仰望流星，那天我胆敢叫他斯拉瓦大叔，我们秘而不宣地占卜——看，又有一颗，我说还有！——我很想让他搂抱我，把我拉向他的怀里——真的，很多流星在陨落，突然斯拉瓦大叔声音痛楚地答应了。他在别墅生活几乎没名没姓，恭顺随和，他每一次去莫斯科我都像丢了魂似的。

一辆相当旧的黑色吉姆牌小轿车开到别墅，像梳妆盒似的小后备厢打开了，司机慢条斯理地忙碌着，出现了家里女人模糊的身影——斯拉瓦大叔身穿考究的黑色西装，系着黑色领带，头戴黑色礼帽，他步履均匀，彬彬有礼，神色不惊，略微弯了一下身躯，慢悠悠进入吉姆牌轿车，不慌不忙地坐在后座上，后座用深红色绒布罩——好像匆忙半遮半盖上去似的，为了看上去清洁，我记得这辆吉姆牌轿车排气管放出灰蓝色的气体。我们离别的气味，汽车驶过我这个腼腆大嘴的瘦削少年时，他弯起胳膊肘一只手抬起来然后放下，一瞬间在他的脸上闪出含蓄的、悲戚的微笑，我也伸出手表示告别并长时间地站在小路上，感觉到他的汽车轮子像地球旋转一样突然转动起来。

不知什么时候，某个玻璃工人打碎了一块大玻璃，残片仍在小路上，在太阳照射之下，玻璃碎片好似数百个夹鼻眼镜在反光，我祖母认为夹鼻眼镜使男人们增添风采，我祖母的丈夫，也就是我去世了的祖父，铁路会计师终生戴夹鼻眼镜。此刻祖母挥洒着孀居老妇人的眼泪，当祖母情绪不好时，她就说是我害死了祖父，因为我总是用各种反复无常的要求折磨他，迫使他抱着，由此患了心肌梗死，而他去世的时间特别不巧——再过几天祖父就能获列宁勋章——祖母的眼睛闪出对这一殊荣盼望已久的光辉，于是祖母说我忘恩负义，因为怎么可以不记得为你做这么多好事的祖父呢，在拉兹多雷别墅他和你玩游戏，给你吹玩具笛和在地上爬，玩汽车游戏，有一天突然我看见他：穿着宽大的睡衣，头戴傻里傻气的绣花小圆帽，哎呀，没有列宁勋章，他乘坐一辆褐黄色的无轨电车游玩，祖父向我眨了眨眼睛，气喘吁吁地说当个交通警察该多好，手持指挥棒向这里向那里指挥。

“吃——饭——了！”祖母生气地喊着。

从前这些可以维持玻璃工人生活。午饭后，祖母躺在小花园的轻便折叠床上，身穿花布长衫，腿上盖着被单，我坐在一堆沙子上把油罐车沿铁轨向下滑，猛然祖母站了起来——牛奶沸出锅了，洒在煤油气炉子上，冒出奶焦味。当她突然掀起被单时，我瞥了一眼，只见她在长衫里面什么也没穿，刹那间闪出她裸露的下身——我坐在沙子上，吓傻了——拿着油罐车发愣。

玻璃碎片在吉姆牌汽车没有自卫能力的轮胎之下吱吱响，在别墅斯拉瓦大叔通常穿着浅色西装，不系领带，头戴浅色礼帽，喜欢转来转去地散步，从不离开别墅较远，而且他总是手不离拐杖，这是带普通手柄的普通手杖，他身材笔直、体型匀称，像一只小的保险柜，住在别墅的人们从远处看见斯拉瓦大叔便转身向回走，而那些与他迎面相遇的人，毕恭毕敬，不敢抬头从他身边经过。炸香肠和通心粉，喜爱的晚餐，如果香肠吃得过多——将会胃疼，我由于胃疼和孤独而闷闷不乐，晚饭吃得不舒服，喝了点淡茶，祖母不允许我听晶体管收音机，在她看来收音机听多了损坏得快，在那个时代晶体管收音机对当地居民来说是从未见过的，引起惊奇的新玩意儿。祖母把收音机包在布里藏到衣柜中，这是一个漂亮盒子，鲜红颜色，白塑料提手，不知为什么是挪威生产的，当我背着祖母把收音机偷偷提到大池塘时，当地的人们喜爱得发狂，他们好奇、怀疑，他们把我团团围住，从他们的表情可以看出：骗不了他们，收音机没有电线是不可能的，这不言而喻。我在池塘旁，拿着晶体管收音机，我感觉到我是不可企及的少年上帝，我说这是父亲允许的，祖母说——允许又怎么样？你弄坏了各种东西，你还想弄坏这个，她这一辈子什么都珍惜，我的自行车灯也包得好好的保存起来，父亲允许了！我不给！不，你给我！祖母逼得我流泪，然后她转身不见了，给我拿出来收音机，她的表情使人想起受委屈的小狗的可怜相，在流眼泪之后世界变得更加美好。

每天晚上9点钟我和斯拉瓦大叔在我们两家别墅交界的长椅

子上，在高大的白桦树下见面，祖母从来不走到我们跟前也不听我们听的内容，她只是双眉紧蹙：他要从你这里得到什么？不过祖母尊重他。

我一贯第一个来，并且常常担心他不来，斯拉瓦大叔比我晚来半分钟，从无线电杂音中我把频率调到31赫兹，通常首先报道简明新闻，然后是详细内容，斯拉瓦大叔把手放在拐杖手柄上，再把下颏贴在手掌上——胡须、夹鼻眼镜、礼帽，毫不妨碍，我们开始仔细地听。

所有时间声音总是被干扰，不得不再一次地调，声音很弱，如果我没记错的话，频率调到63赫兹，播送其他新闻时听得很清晰，只要一调到本国或者柏林的波段时——不知根据什么人的命令——消音器就起作用，几乎听不见了，不过总归还能略微听到一点，而此时斯拉瓦大叔并不离开，祖母却从折叠床上一次、再次地下来，而夜里她站在我的床头：憋死我——不憋死我？斯拉瓦大叔当听见声音减弱时，从来不说话，从不表示激动或者不满，他对待消音器如同对待大自然界的必然现象一样，依然不动声色，坐着、等待着我调过似有声又无声的过渡区域，他寡言少语但是和蔼可亲，从一开始他就和蔼可亲，尽管他坐在这里宁静、沉着，可我总有一种不安的感觉，觉得他在这里绝非偶然，他坐在长椅上，靠近一个男孩，那男孩调着收音机，偶然听到不该听到的消息：一个年迈的秘密工作者没有过错，但是这种偶然性每天也许都能发生，每天晚上都能发生，他没有像我表现出这种虚拟的偶然性，世界也不知道曾经有过这样的事：这条长椅听而不闻，是只属于我们俩的长椅。在这样的时刻，我们两个人在宇宙中已融为一体，他和我是沉默的阴谋者，听不应该听的新闻，这样偷听的少先队员和退休老人同样有罪，但不知为什么互不背叛，当然这使我们更加贴近，每天晚上，日复一日，他对我更加友善，我已经不单是一个男孩，我有名有姓，他用难以捕捉的姿态暗示我，他不因收音效果不好而生我的气，而我因与他为邻以及无法消除收音时的干扰而感到的愧疚淡化了，午饭后祖母躺在花园的折叠床上，突然——牛奶！我整个夏日就是伴随着牛奶的煮沸和作为固定听众的斯拉瓦大叔一起度过的，斯拉瓦大叔只听新闻，而评论文章他用普通收音机在自己家里听，听过新闻，他悄悄站起来走了，有一天，我们在新闻节目中收听到了斯拉瓦大叔的名字；当时报道——我记得内容相当简单——贝鲁特大学的大学生们用为纪念斯拉瓦的名字命名的鸡尾酒瓶向警察投掷。美国之音对我来说，这是不小的发现，其意义不次于我曾瞥见祖母的下身那样，我偷偷地看了斯拉瓦大叔一眼，看他对自己的名字有什么反应？您快一点做出反应啊！他毫无反应。

他从来没有问过我任何事情，没有提出过任何表示关怀和同情的问题——我也没有问过他任何事情，不过我记得几年前，我们在索契，父亲从海里上岸突然听见——人们都涌向无线电扩音机——宣布：阴谋集团被揭露，所有当事人及其追随者们都已抓获。我还记得我父母特别伤心，尤其是父亲，他穿着游泳裤，满面愁容，而阴谋当事人之一就在我身边——我多么希望我们互相关爱，我们一起放风筝，在田野里奔跑，互相吻着对方——我身边坐着我所不知道的鸡尾酒制造者。有一天是洗衣日，那天我自由自在，我从柜子里取出绝对不允许我拿的东西：父亲的气枪和小子弹——我立刻跑到污水池想打死那只猫，猫不在那里，我长时间坐在臭水坑旁边耐心地埋伏着。等得厌烦了，我拿着气枪跑向森林，我还真是个弹不虚发的神枪手，在祖母的洗衣日那天我打死了很多乌鸦、鹌鸽、山雀，还有其他的鸟，我特别开心地看着它们像一个个纸袋似的慢慢落在地上，回家的路上我还顺便打死了一只美丽的啄木鸟，它就落在我面前，我对它没有一丝可怜，后来我又跑到污水池，这时祖母已经喊着：吃——饭——了！我看见了那只以污水池为家又瘦又小的灰猫，灰猫想悄悄溜走，可是我却以欺骗的嗓子叫着它：咪咪。灰猫的眼睛眯缝着，怀疑是否是圈套，就像当地人曾怀疑没有电线的收音机那样，我使出浑身解数温柔地不停地叫着咪咪，终于灰猫动摇了，我慎重地举起气枪，一本正经地瞄准，灰猫犹豫地站在那里，我向它的头部开枪，猫开始恼怒，惨痛地叫着向草丛跑去，我激动得颤抖，笨拙地装上子弹。

“吃——饭——了！”

我以后再也没有见过那只猫，斯拉瓦大叔不久也离开了，不知什么人告诉我父亲我拿着气枪到处跑，消灭了所有鸟类，多么可恶的狗东西！我承认没有经过任何许可拿走了气枪，我哭着请求原谅，睡觉前，想起祖母裸露的下身，心里有一种不可名状的感觉。这怎么做？——斯拉瓦大叔惊奇地说——你看，我们拿起它……不会传染吗？怎么可能传染！就这样。对，不要害怕，可爱的花蕾！他和我一起听反苏广播，我冷静地想着，共产主义不可避免。父亲气急败坏地打了我的脸。斯拉瓦大叔在逝世前不久被恢复了党籍。

*

在学校对面有一个免费“电影院”，我们在那里站着看电影，个子小的还要踮起脚尖，通常是单独看，有时大家挤在一起，互相挑逗，冬天人们踩在吱吱响的雪堆冰层上，冰层很滑，有的人嘴里叼着香烟滑倒了，要是鞋不好，站在雪地上时间一长，渗进雪水，开始冻脚，然后在暖和的屋子里，双脚会很长时间酸痛、发痒。逐渐暖和的双脚的酸痛——我的莫斯科童年的常见病。

如果从院子进到“电影院”，尤其是将近黄昏时，可以看见很多裸体女人，玻璃窗上涂了一层白漆，但是不是从里面涂的，而是从外面涂的，男人们在一些地方用指甲把白漆刮掉，某些地方被刮掉的涂料多一些，透明的地方就大一些，女人们从里面用纸贴上：她们已猜到男人们的用心所在，不过较小的地方没有遮盖。特列季亚科夫说有一次女人们打开窗户，用热水盒把男人们浇成落汤鸡，男人们的骂声与女人们的尖叫声混成一团，特列季亚科夫说：如果不算这次事件，那么女人们还能容忍对她们的偷看，她们甚至还摆出姿势呢！

我很长时间没有同意与他们一起去看这种男人的电影，而有些人几乎每天都去看，我比同龄人发育得较晚，虽然我装作与他们一样，我落入了“足球队员”名单之中。在班级里对著名的“足球队员”马洛菲耶夫嘲笑，我不知道“足球队员”这个词有什么其他含义，反正罚我靠墙站着：

“我根本不懂足球。”我嘟哝着。

只有一次，五一节当“狄纳莫”和“斯巴达克”两队开始公开赛时，我和父亲到过“狄纳莫”体育场，我们观看了前半场比赛踢成平局，我们对这种奇怪的、枯燥的比赛表示失望就走了。

“这与足球有什么关系?”同班生奇怪地问。

他们突然恍然大悟哄堂大笑，笑得如此响亮，如此轻蔑，致使很长时间在夜里我还被笑声惊醒。我较迟才明白孩子之间的骂人话，较晚时候我像学习外语那样学会了粗话，我较迟才学会俄罗斯的反犹太主义的语言，我把“犹太人”一词与“吝啬鬼”一词混为一谈，当我把“犹太人”一词错用于我的两个最忠实的朋友明科夫和特列季亚科夫引起他们不满，我才大吃一惊，他们俩决定对我进行启蒙教育。

“你也许不知道什么是避孕套吧？”明科夫问。

“这个我猜到了。”我打断了他的话。

“什么地方有卖的？”

“我不知道。”

“走，我告诉你。”朋友们说。

俄罗斯的每个青少年都有与避孕套有关的故事，避孕套是俄罗斯孩子们的气球，我们走进高尔基大街一家药店，那里散发着苏联妇女内衣的香紫兰果的气味，明科夫说首先去收款台付上40戈比，我从兜里掏出40戈比，把收款单送到非处方药付款窗口，明科夫吞吞吐吐，并稍微向后退了半步。

“请给我避孕套！”我向穿着白大褂头戴白帽子的年轻女售货员说，那个人接过付款单，斜眼看了我一下，跑到药店里屋去，过了一会儿，从侧门走出来一个穿着同样白大褂略微发胖的大婶。

“是你要买避孕工具吗？”她严肃地看着我问。

“不是，我需要避孕套。”我说。

“为什么？”

“为了使用。”

“为了使用？”售货员惊奇地问，“你几岁？”

“我是五年级学生。”

“三年以后你再来买吧！”她在收款单上签了字，交给收款员，然后把40戈比退还给我。

明科夫认为应该赞扬，第二天把我奉为英雄，他向同班生说，我去药店买避孕套，他们都以尊敬的目光看着我，女孩子们友善地嘻嘻笑着，偶尔温柔地拉着我的手。

“好了，既然你已经去买过避孕套，那么现在就没有什么可怕的了，走吧！”特列季亚科夫说。

我无法拒绝他，不过我还是没有同他一起去看男人电影，一直拖到冬天，我已经上了六年级。

这里的美妙之处在于这是一场戏，女人们生活在自己洗浴的舞台上，她们洗浴，用俄式搓澡的擦子互相搓澡，用盆浇水，交谈着或者坐着沉思，她们每个人有独自的生活，与我们的生活完全隔绝。她们的生活惊人的甜美：一个是草莓味道，另一个是黑醋栗味道，就是那些散发着香紫兰果味道的老妇也很甜美，在我对女性狂热崇拜的观念中我发现无论什么年龄的女人都很美（至少从远处看），洗浴者当中也有我们同班的女生，她们同她们的母亲、祖母一样在下腹部长出了阴毛，的确，有一些女人向窗外看，反正看不见我们，似乎有些人摆出诱人的姿势，炫耀自己。

我时而用这只眼睛，时而用另一只眼睛偷看，由于紧张甚至让睫毛掉到了眼睛里（在那个年龄常有的事），我擦了擦流着泪的一只眼睛，不知是眼睛疼痛，还是过于激动，不过我清楚地记得浴室里面发生变化的那一时刻，气窗啪的一声打开，眼前绝对不是女人们洗浴的和平场景，而是女人肉体的某种堕落，起初是一丝不挂的少女们向什么地方飘然游去，在她们原来的位置上出现了脂肪堆积、体态臃肿可怕的老太婆，她们松弛的肚皮下垂到膝盖，乳房大得像在中心市场上出售的中亚香瓜，老妇的骨头架子，这一瞬间我想到的不是女人美貌的转瞬即逝，而是突然感觉到死神的降临，死神在裸体上罩了一块玫瑰色涂胶的遮羞布，臀部仍旧裸露着，她好像澡堂女老板。

这个女老板健壮有力，精明狡猾，好像来自莫斯科未来健身中心，她狂笑着开始像砍白菜那样砍杀女人们，不过不是像神话中那样用镰刀，而是用哥萨克的大马刀，布琼尼的第一骑兵师也没有像她这样训练有素、熟练地砍杀人们，她更加凶猛地把女人们砍成两半，砍掉她们的手、脚、乳房。她们的头被砍掉，落到浴盆中，在长板凳下面到处滚动，留下鲜红的血迹。在浴室雾气腾腾之中，沾满鲜血的刀刃闪闪发亮，女老板嘴角上隐约露出甜蜜的微笑，她冲向那些女孩子：棕色头发的、脸上长着雀斑的、淡褐色头发的、留着额发和没留额发的、微微隆起胸部天使般的少女们，她们向四处跑去——女老板像鲍罗廷的波洛伏齐舞中那样跳着长步追赶，她不放过任何一个机会，从气窗传出少女们临死前的哀号，女老板最终把跟随母亲和祖母前来洗澡的不同性别的孩子们打死，淹没在血泊之中，我也曾与祖母一起到契卡洛夫街上的女澡堂洗过澡。

起初，这场戏使我胆战心惊，一般来说，我害怕血，特别是那些被砍断的身体更是血肉模糊，不过不能不承认女老板的杀人技艺高超。我从窗口探过身子刚想与特列季亚科夫讨论这突如其来的场景，但是没有来得及，一个警官从墙角向我和特列季亚科夫走来，他站得离警察近一些。警察抓住他的护耳皮帽，摘了下来，这种袭击特别卑鄙，特别可憎，根本没有任何公平可言。顺便说一下，我第一次爱上“公平”这个词是与自行车有关。父母从巴黎给我带回了一辆红色学生用带有车灯的自行车，在前车架上有特别灵敏的车闸，我在距离别墅不远的乌斯宾斯基公路上骑车，警察拦住了我：这里不允许骑自行车，他干了非常下流的事——不仅把轮胎中的气给放光，而且还把气门芯给扔到树丛里。当警察折磨我时，另一个骑自行车的人从这里经过。

“如果他也违规的话，那么您为什么不挡住他呢？这——不公平。”我问，心里怦怦地跳。

“回家去，向你妈妈讨公平去吧！”警官说。

在苏联每一个警官都来自古拉格群岛——反常世界的气浪，这个世界的腐朽气味通过这个警官传到了我这里。他的这个回答，对于他完全无所谓，可是却向我展示，我的国家堕落之深，我有几年成为道德说教者，我到处揭露不公正。

特列季亚科夫顺从地到警察分局去取被摘走的皮帽子，他被带走了，把我一个人留在那里，澡堂里砍杀肉体和警察的袭击搅得我天昏地暗，他们把特列季亚科夫的母亲也叫到了警察分局。我赶快回家，但愿可别找我的麻烦，如果警察把我母亲叫去并告诉她我偷看了裸体女人，那可就大难临头了，如果是我，我宁肯像在国际象棋中那样：用车或马换象，为了保全名誉，我宁肯牺牲皮帽——不要帽子逃开。

*

我——共青团员，当我 14 岁时加入共青团——当了一次苏联人，大家都加入——我也加入了，尽管在莫斯科与在巴黎学习之间还是有差别的。入团是因为那些没入团的人继续戴着可笑的红领巾，而在此时，他们已开始长出小胡子和偶尔遗精，而入团的人则领到了漂亮的共青团员团徽——在制服上佩戴团徽比红领巾看上去更帅气，很多女生早已是共青团员，她们第一批加入，为仍留在少先队里感到害羞，我甚至从未想过不加入共青团，共青团更主要的是成年人生活的标志，而不是思想上的抉择，同时这还涉及未来的利益，谁都知道，只有共青团员才能被大学录取，在共青团区委会问我喜欢读什么书时，我回答：

“《青年近卫军》。”

我酷爱雷马克，不过认为雷马克对于共青团不适宜，我拿着引以为自豪的新团证从区委会跑出来。这是我的第一份证件，赶时髦的种子已经萌发——我错过了机会，我曾有过成为苏联外交官的先决条件。

*

“埃里卡”有一个带金色拉链的橘黄色外罩，如果取下外罩，“埃里卡”更加美丽，甚至比我在契卡洛夫别墅认识的两位学艺术的大学生更美，当时我们一连几个晚上在篝火旁谈论现代艺术，其中一个是娜塔莎·阿尼金娜，也是大使的女儿，整个夏天我把我的爱情接力棒传给了她，当夜间在池塘游泳之后，我把在黑暗中看清楚的白色浴巾递给她时，我的心缩成一团，那个时候，在篝火旁她讲述了她父亲认识的帕帕宁的故事，帕帕宁用自己诚实劳动挣的钱在莫斯科市郊修建了一座大的别墅。“你怎么不请我们去祝贺乔迁之喜呢?”斯大林打电话问。

帕帕宁制作了皇家酒宴，陪同斯大林一起去别墅的有莫洛托夫和伏罗希洛夫，政治局委员们夸奖了别墅，斯大林没有说话。离开之前，斯大林举杯说：

“帕帕宁同志，谢谢你，让我们为这所新的儿童之家干杯!”

“可是帕帕宁是用自己诚实的钱修的别墅呀!”我对此事愤愤不平地说。

“老百姓们高兴地讲述着这件事。”另一个不知名字的学艺术的女大学生说，在游泳以后，我也向她递过白色浴巾，与娜塔莎不同，她在黑暗中并不羞怯。

“也许，孩子们比帕帕宁更重要吧?”我随之改变了刚才的观点，那些年代，通常都是这样。

“让我们来看一下莫迪利亚尼吧!”娜塔莎说。

她从别墅拿来一本斯吉尔出版社出版的方形书。书本散发出甜香味。

“埃里卡”在一切爱情之上，它由较为贵重的金属制成。“埃里卡”踏着精心锻造的小铁蹄，不停地转动着墨带，从这一齿轮飞快地传到另一齿轮上，它那指尖上刻着字母的细长手指——这是爱。我任何时候——直到现在——从未想过“埃里卡”这是女人的名字。这个名字曾是我的理想。“埃里卡”——使我成为作家的打字机的名称。“埃里卡”——我私人博物馆的主要展品，至今，理论上依然认为这种打字机也可以用于写作。这台打字机是德意志民主共和国的产品——很重，不过仍可以随手携带，父母为什么买打字机呢?他们极少使用，它像邮票市场一样——使我痴迷。我内心依恋着它，不让使用时我就更加迷恋，他们害怕我会弄坏，他们把“埃里卡”藏在桌子下面、床底下，在上面打字写作——立刻成为禁止的题目，我曾在上面打过几个字，字盘卡住了，字母搅在一起了——我明白了：“埃里卡”不适用于打个别字母，不适用于打个别单词，它——适用于飞翔。

我平生写的第一首短诗《铃兰花》是在“埃里卡”打字机上打出来的，那是8月中旬，我在乌索沃铁路支线的拉兹多雷火车站附近的森林里看到了铃兰花，于是写了短诗，为了找对韵脚大伤脑筋，我把短诗寄到了非洲，父母客气地保持沉默，铃兰花反映出我毫无抒情天赋。

在此之前，我已经有过文学尝试，这是发生在八年级，家庭作文的题目是《我怎样度过了夏天》，我写得敷衍马虎。我是在“阿尔捷克”模范夏令营度过的夏天，我写了位于海岸的少先队员宿舍的钢筋水泥建筑，这好像是给父母的信——又似乎不是。实际上曾有过地下“阿尔捷克”，那里住着很多菲德尔·卡斯特罗的孩子，某些孩子明显是阿拉伯面孔，我与他们一起到冒失鬼酒吧去喝啤酒。在少先队员的地下活动中有一个格鲁吉亚少年，他的阳具很大，在营房午睡期间他给大家看并要求比较，做这类比较——我生活中的新鲜事，那里有一个少先队辅导员，他的短裤过短，极不体面，他很崇拜弗朗索瓦·萨冈。我那时是用死的语言写作，普希金使我顿开茅塞，应该写叶甫盖尼·奥涅金，我写了这方面的某些东西把女老师吓呆了，一派胡言乱语，不过我开始从死的语言变成活的语言了，一切都明朗了，女老师害怕，在那里只是缺少印刷机，一旦有印刷机——我会马上成为作家。外祖母西玛看见我夜里关在餐厅里，用打字机打着什么，她生气地喊：

“你在写什么下流东西！”

您哪，真是个卡珊德拉——灾难的女预言家，我写了关于铃兰花的诗，父母住在非洲，西玛外祖母住在列宁格勒，但是她迁到莫斯科以后，读了父母书架上的很多书，一本接一本地读，其中有：巴尔扎克、狄更斯、托尔斯泰全集。我从来没有见过这样的读书狂。她很快就全部忘光，然后再重新阅读——完全像第一次一样，她把文学作品中的可笑人物搬到现实生活中，然后把一切又都遗忘掉。外祖母内心一直怀有见不得人的欲望，我的表姐玛丽娜在很多年后对我说：外祖母因强烈的爱欲而发狂，把什么都比作性器官，也许我与外祖母有很多题目可以探讨——只是没有机会。

*

斯大林。只有懒惰的自由派不把斯大林比作希特勒，不过希特勒——只有一个狂热的民族思想，列宁、托洛茨基、希特勒不可能复活，他们在历史上的牌已经输掉。我是另外一种命运，在我的这幅画面上，不仅有伊万雷帝杀死亲生儿子，而且还表现各民族融为一体。我单枪匹马工作不是因为我疑心太重，而是因为我孤独一人，我想重新改造世界——实际上我已经改变了世界。

我。我父亲愈是为斯大林感到难为情，愈是找不到为他辩解的理由，我就对斯大林愈加感兴趣，我把他看作在现实中绘制出世界宏伟蓝图的艺术家。斯大林背后——远大的理想，也许这种理想在非洲、在美国将能够实现。

斯大林。人生下来是为了像鸟一样飞翔——为了幸福，人会飞行，不会飞行的只有地主和资本家。

我。斯大林创造了飞行神话。

斯大林。契卡洛夫成了飞人。

我。在苏联制造了世界上最大的飞机，所有的人都应该飞行，从降落伞上向下跳（我父亲曾跳过伞）。

斯大林。起初在飞机上飞行，然后——不用飞机。

我。欧洲和美国的精英们相信过这一理想。1980 年年末我第一次去美国时，在美国的词汇中市场语言多得使我吃惊，大家都在说什么信贷、交易——流行用语。

斯大林。伴随这些语言可以富裕，但是不能飞上天空。

我。斯大林希望像伊卡洛斯，他想飞翔，他在飞机上只飞行一次，飞往德黑兰——而且，他特别害怕。

斯大林。这是西方批评家用于讽刺的对象。

我。当加加林飞上宇宙时，我跑到驯马场钻到军用卡车下面偷看，至今我依然喜欢他的微笑，我们大家都满怀飞行的理想。

斯大林。但是看起来，人的翅膀长得较慢。

我。斯大林在逝世前，消灭了曾是斯大林攫取政权见证人的从前的卫队。斯大林希望作为理想集中表现而流芳百世，不要掺杂他人成分，他是个不走运的、滞后的人，一心想杀死那些知道他的罪恶的人，至少他经常撤换自己的亲信，斯大林要求在用刑之下招认——他愿意在飞行理想方面有他的大敌，他明白杀人的乐趣，他从暴虐中获得满足，当人们向他报告如何把季诺维耶夫拉出去枪毙时，他笑了。然而如果有人敢嘲笑他，那就格杀勿论。

斯大林。该杀多少就杀多少！他们妨碍我，而我——想做事情，我是人世间最孤独的人。

我。此外，他还是粗鲁的毫无教养的蠢人，他喜欢从《星火》杂志上翻印图片，他不需要埃尔米塔日博物馆。

斯大林。为什么不需要？

我。他用自己的一生证明人们没有翅膀，有的人可能感觉到他在进门时翅膀被折断，然而关于俄罗斯人却不可以这样说。在我们的别墅，当乌鸦从污水池上空飞走，想要落到附近的白桦树上或者在天空盘旋时，我明白——这是俄罗斯人开始飞行，不过他们都在夜间飞行，他们不愿意谈论什么信贷，什么交易。他们一如既往幻想着飞行，他们按照老的规矩，热情奔放地向往着。我父亲——斯大林之鹰的谜底就在于此，也是——我的国家的谜底。为了这一理想，任何牺牲都无所畏惧，几百万人——不算什么！犹太人不会飞行——滚开，犹太人！西方不会飞行——滚开，西方！不过，一旦需要我们将教会犹太人飞行，我头戴羊剪绒皮帽，戴着缝有松紧带的手套像个小球似的站在那里——喂！在楼梯方格窗口（防止在进入住宅时出汗），我们和一群男孩子唱着歌，边唱边向女孩子们摆弄着手指头示意她们是二等公民，我们唱着。

斯大林：头等大事、头等大事——是飞机，

姑娘们、姑娘们——以后再说。

我。我觉得这是——反女性歌曲，我们成双成对地走在特维尔大街的街心公园。父母让我进的不是国家幼儿园——尽管他们信奉斯大林主义，可最终还是选择了新经济政策时期的历史残余，闲散的私人幼儿园，在沙箱的木挡板上——坐着一个戴着帽子和深色面纱的老妇人，像是契诃夫话剧中的人物，她的体态臃肿、气喘吁吁，显然她不能飞行，却安然无恙，她在我们中间——飞行的孩子们之中。在飞行形象的链条中我们的歌曲仅仅是一个环节。

斯大林。我知道。

我。飞行的女服务员成了60年代的英雄。不明飞行物——新创立的神秘主义令人着魔，倘若不飞行——那么，哪怕是行军也行。俄国上帝——善跑的人。跑步、游泳、行走，经常更换工作地点（“经常变换工作的人”），做一个徒步旅行者，从监狱逃跑——只要不站在原地就行。与此同时——罕见的惰性民族，我想为什么我飞行如此多，我明白了：飞行幻想也涉及我。我——也是飞行人，反对这个理想——可以，但是俄罗斯人将不能理解这一点，或者——重新再生，俄罗斯——飞行理想的飞行场，飞行人——先锋队与革命之间的纽带，所有的人都在飞行，当俄国人移居国外，他丧失了自己的飞行场——他是世界上最不幸的移民，当然，国家——杂技场，全体都成了飞行者——可是却没有裤子穿，全体飞行者互相残杀，从天空上跌落，降落伞没有打开，扑通一声从天上摔到了地上。

斯大林。斯大林逝世了。

我。我投生到俄罗斯是想亲眼看到一切，对一切了如指掌——啊，事实原来如此。分析——理想的大敌，谜底——神话的死亡，不要碰我们的神话！

*

从母亲的方面看我们都是——安徒生童话《白雪皇后》中的加伊，镜子的一块残片落到了我们这里：我们看到的是丑陋的形态，互相补充，外祖母西玛坐在那里像一尊雕像，她身体肥胖，戴着眼镜在读长篇小说，由于动作不灵便，她很难帮助料理家务，我有一种印象，她很冷淡，这倒不是说她不温柔，而是像冷冰冰的青蛙，冷血动物，我母亲也是像薄荷糖块一样永远凉飕飕的。西玛外祖母的确冷若冰霜，她冷漠地低低细语，流露出她的欲望。

父亲担任了非洲大使。

他从书架上取下灰色、硬皮1940年版的苏联地图，苏联及其刚刚归入苏联版图的领土凯旋式地用红笔标出，格外醒目，而用线条勾出的波兰被称作德国国家利益区，翻过无关的几页后，父亲指给我看非洲，淡紫色的法属非洲，但是他没有找到塞内加尔和冈比亚：他在这两个国家同时担任大使，我成了大使的儿子。

*

我父亲向身穿黑色军装、肩章上带有四枚星形军徽的将军、塞内加尔总统阁下、天才诗人桑戈尔递交了国书，他的妻子是来自诺曼底的法国美女，然后我父亲如同乞乞科夫一样拜会了当地的显贵名流和外国使节，向所有的人说尽了恭维的话，取得了所有人的好感。现在他独自领导外交使团的全部工作，从厨师到参赞，并且毫不拖延，为了非洲的光明未来开始同殖民主义残余进行斗争，对于苏联国家来说，非洲是试验的天堂，昨天的奴隶、野人穿上白色长衫以后幻想着社会主义，时而在那里，时而在这里，出现了社会主义制度。当然有过个别的失误：从莫斯科向热带的几内亚运去了扫雪车，有人开玩笑说，如果在撒哈拉大沙漠建设社会主义，那么那里将出现沙子的持续紧缺，但是我父亲准确无误地工作以避免失误。我从所有方面听到的都是对父亲的溢美之词：从上到下，从白人到黑人，当苏联船只驶入达喀尔港时，我父亲登上船，接受船长的报告，而这个港口到处跑着老鼠，就连果戈理当时也难以想象。当苏联足球队员来访时，我父亲鼓励地抚摸着浅色头发的小伙子，然后在体育场上为他们喝彩助威，虽然他对这项不喜爱的运动比赛规则一窍不通。苏联电影工作者来访，热情接待他们；军事代表们来访，热情接待他们；克格勃邻居的工作人员来访，事先应同姓捷列加的间谍头子交谈，我父亲与捷列加找到了共同语言，一切顺利，如鱼得水。

谁没有到过非洲，他就不知道什么是生活。在非洲，像从柑橘上剥下皮一样，从生活中剥下外壳，非洲——俄罗斯的继续，这酷似——战争是政治的继续一样，如果我父亲与法国反间谍机关不闹僵的话，那么他将成为比利时大使，也许对西方的危害要比在塞内加尔大得多，我父亲精力充沛、平易近人，具有魅力，他以其非苏联人的吸引力使敌人解除武装，他与他们开始战斗就像下棋一样，保持一贯的和善态度，但是自己却已胜券在握，他特别奇怪敌人怎么会不投降呢？他相信自己棋子的颜色。

在达喀尔市中心买了住宅以后，父亲邀我去度假，父亲甚至不知道，他送给我的是多么好的礼品，黑非洲——摄影迷梦寐以求之地。难怪摄影师们都醉心于非洲，那里的猴面包树胜于高迪设计的大教堂，那里在铜锣伴奏之下的舞蹈胜于卡拉玛佐夫们关于生活意义的说教，那里萨王纳群落的每一块石头胜于福音书，那里猴子比人更有人性，这不单是生活的另类色调——而是另外的无法探求的世界，落日余晖，雷鸣电闪，医术、清真寺、长衫、面罩、热带森林——所有这一切比起黑夜、街道、灯光、药店更胜一筹，我们乘坐“兰德罗维尔”牌吉普车经过撒哈拉大沙漠到毛里塔尼亚，我看见了数百个身穿华贵但已破烂的衣服的奥赛罗，我们驱车到济金绍尔和冈比亚，那里年幼的孩子低价出卖自己的姐妹，瑞典的旅游者特别重视这一点。那里的国会是按照英国的方式建立的。我们住进了世界级的疗养院：海滨浴场、棕榈树、猴面包树，从前贩卖奴隶的场所，太阳在头顶上直射，酒吧间、海胆，那个时候我已经是父亲意识形态的敌人了，黎明我在海里捕鱼，夏天我以两种身份两次飞到达喀尔：两种身份是还有一年即将中学毕业的学生和读完大学一年级的大学生。

我这个中学生以信心十足的道德说教者身份来到非洲，我像传染上了麻疹那样患上了道德说教症，我为此心神不宁，世界引起我的强烈兴趣，世界上一切都不公正——从我的学校起到仇视抽象派绘画的赫鲁晓夫的审美观止。我入迷地读叶甫图申科的诗，仿佛他的诗是为我而写的，这位诗人对父亲说：教授，我的某些方面使您不喜欢，可是却使您的夫人和您的儿子喜欢，您的儿子显然他是一个固执青年。根据记忆援引，我有这种水平，诗人说：我发现我像这个固执青年，我痛苦地回忆我也不像我的父亲。叶甫图申科迫使我感觉到与生身父亲格格不入，而我尽力不承认这一点。

我像从前一样，认为父亲在休闲时最好，我的面前是一位休闲的父亲，他善于在各地安排自己的休闲。达喀尔是豪华的疗养胜地，我与他打网球，一些黑人孩子沿着网球场周围跑，捡回网球扔给我们，这不完全符合社会主义精神，但是如果拒绝他们的服务，男孩子们也就挣不到钱了，应该决定或者现实地帮助他们，或者在网球俱乐部为社会主义而斗争。我和父亲认为在这一点上我们最好背离社会主义。打过网球后，我们去了俱乐部的酒吧，父亲在那里开了账户，他轻率地让我利用它，我款待了因经营花生而赚到数百万财产的法国巨富的儿子们，我是如此慷慨大方，不仅请他们喝酒，而且还吃炸乳鸽，过了一个月父亲抱住自己的头悔不当初，但是没有打我，他一向对钱不太在意，他相信生活、事业的成功，因而他不羡慕那些青云直上的朋友：无论是特罗亚诺夫斯基、杜比宁，还是亚历山德罗夫。叶甫图申科的诗对于我们家庭具有预言的性质，他到达喀尔参加黑人艺术节。父亲不喜欢他，他与我父亲一起去见桑戈尔，桑戈尔问叶甫图申科，马雅可夫斯基与叶赛宁相比谁更杰出。

叶甫图申科。这种比较完全像是西红柿与黄瓜的比较。

父亲觉得这个回答有些不太礼貌，他按外交道德准则生活，我则为叶甫图申科的回答由衷地高兴，他的风度，他对阿赫玛杜琳娜的爱，对于我来说，是绝对的偶像。在艺术节期间叶甫图申科爱上了我母亲，而母亲也因为经验丰富善于向女人献殷勤的著名诗人的追逐而心花怒放，叶甫图申科在达喀尔写了两句诗：

把我放到猴面包树上
与我同在的有美貌婆娘。

父亲勃然大怒，他故意不在乎叶甫图申科，因嫉妒与母亲吵架，当母亲来莫斯科时对自己的胜利感到骄傲，她第一次对我说，父亲嫉妒——当他嫉妒时，他的面色苍白，就这样由于叶甫图申科，我窥见了父母生活的幕后。

*

我想谈一谈20世纪60年代苏联的一代文人，他们——我的新的“邮票市场”，他们好像葡萄牙殖民地邮票：阿赫玛杜林娜——蜥蜴、沃兹涅先斯基——蝴蝶、叶甫图申科——美洲豹、奥库扎瓦——海马。他们在舞台上朗诵关于他们是怎样在葡萄牙殖民地三角形邮票中过着阳光灿烂的日子，我为他们而陶醉。我与把吊灯包起来的祖母一起生活，我希望成为漂泊文艺家，这个领域已所剩无几。

基里尔·瓦希里耶维奇，他的姓出自俄国古典主义——奇斯托夫，他的妻子贝拉·叶菲莫夫娜是我父母朋友当中的例外，他们是语文学家，酷爱诗歌，他们住在彼德罗扎沃茨克，住得俭朴，但是清洁，他们送给我母亲一些新的诗集，书都很薄，他们喜欢阿赫玛托娃和茨维塔耶娃，我和母亲从前读过的她们的诗不是成书而是打在方格笔记本上的打字稿，我去了彼德罗扎沃茨克，基日岛——我决心爱神圣的罗斯，先锋派、知识分子、法国乳酪——什么都行，除了苏联现实和我与祖母生活。

我在全校大会上发表了60年代少年活动家尖刻的演说，内容是我们学校的不公正事例，很多年以来我觉得我的想象、敏锐的感觉、酷爱文学、主张公正等方面，与很多人交流过看法，我并没有标新立异：只不过其他人不去思考这些，应该唤醒他们！当然我记得我的同班生关于叶甫盖尼·奥涅金就有过自己的评价。

“他想干什么，糊里糊涂地折磨自己！真想打他一记耳光，让他别再犯傻！”

我想，好一个落后分子，我仍生活在普拉东诺夫梦的海洋之中，我认为老师包括体育老师——知识分子。

“不过，他总归是老师啊！”当我们的体育老师做出伤风败俗的行为时（偷看女学生换衣服），我很生气。我母亲的知识女友却扑哧一笑，而我坚持自己的看法。在我看来，世界可以改正和变得聪明，我不怀疑，我看上去与众不同，我百思不得其解：我们的班主任在毕业考试当中给我的历史卷打了个4分——这显然是对我的惩罚，因为我专门研究历史，以便提出问题。我想——我们应进行辩论，结果班主任甚至不能容忍，而且由于提出过多问题，由于我担任了年级共青团领导人，我在班级掀起了温和的革命：听法国摇滚歌星的唱片。我看见我们的贫困同学是多么高兴听这种声音响亮的音乐，虽然不是所有的人，不过我想我们在激动的喊叫中融合在一起了，然而享有莫斯科最优秀教师声誉的女老师帕利奇克——中年女性染成淡黄头发——她认为这是闹事，可是她又害怕，因为我是大使的儿子，害怕我更放任自己胡作非为，我在全校大会上面对女校长，面对全体发表了革命性的演说，由于我的严重害羞，我的尖刻之词有所减弱，顷刻之间已经发表过讲话的女校长向全校宣布，我——法西斯分子。

法西斯分子！这——是我——学习优秀，在外交部学校学习过英语，懂得历史，文学课第一名，极力想成为有知识的人，在八年级结束的暑假期间背诵了罗森塔尔的俄语教科书，在学校墙报上写过绝妙文章以至老师认为我是从《美洲》杂志上抄袭来的呢！我——法西斯分子？我把莫迪利亚尼、凡·高和早期的马雅可夫斯基敬若神明。我从学校图书馆偷走了刊登有阿克肖诺夫长篇小说《带星星的火车票》的《青春》杂志——纯属对作家的崇拜，我飞行是为了改正世界，与我同一个飞机的还有60年代诗人，他们征服了整个运动场上的人们，而此刻——法西斯分子。

事实上我不是法西斯分子，而是道德说教者，我所经历的第一个反抗——道德反抗。在中学高年级时，我思考过正义和善恶的道德范畴。我与俄国文学结下不解之缘，我原来热爱化学，因为我在化学中发现了炼金术，我在家里进行试验，“青少年化学家”的成套仪表箱里一个试管发出强烈的磷光，父母大吃一惊，他们很理解我并不责备我，不过，他们更担心的是我的房间那些装有银色葡萄壁板的玫瑰色墙壁，那是请老油漆工从白银时代的作品中仿制的，年轻的化学老师很喜欢我，我在化学中寻找炼金术——生命水，我热情地揭露欺骗。全世界都在说谎——我揭露全世界。母亲说谎、父亲说谎、班主任帕利奇克说谎、同班同学说谎，电视播音员、报纸、党和政府都在说谎，不说谎的只有我所热爱的法国，还有陀思妥耶夫斯基。我窒息于谎言之中，我也说谎，不过我是热情洋溢地说谎，而世界是卑鄙下流、充满恶意、危害极大地说谎。正像别林斯基一样，每天他都到尼古拉耶夫斯克火车站去看连接彼得堡与莫斯科之间的铁路修建情况一样，我确信文明的飞速进程：我高兴地看着每一个新橱窗的出现，普希金广场一家服装商店不知从哪里弄来的第一批服装模特儿，我高兴地看着正在修建“现代化”的明斯克旅馆，它仿佛戏院的包厢，我高兴地看到在莫斯科私人汽车数量在增加，从前在信号灯前至多三辆，我曾希望出现巴黎的那种“塞车”，我向往咖啡厅、鸡尾酒。我不知道为什么，特别相信人们，我认为灾难没有超出不可克服的范围，而倘若我坚持这样的立场，那么我将会荣幸地进入俄罗斯文学，会根除罪恶，将被列入到60年代作家的行列，成为他们的小弟弟，无论后来我有多少困难，我将成为自己人——永远，完全可靠的自己人，人们啊！我曾爱过你们。

*

现在，应该说一说本质性内容。我比较晚地做出了童年总结，我考入大学之前，在还没有建立稳固家庭之前，终究我开始恋爱了。谈一谈秘密。

白日的幻想——旅途中、玩游戏，黑夜的幻想——与恐惧有关——最终全都破碎，这导致我的创作分裂症，我分裂成思维的白天和谵妄的黑夜。童年的恐惧无须写在纸上，不需要任何同情或者支持，这是一种自然解脱。

然而，事情不仅局限于此，正如后来发生的事情——不仅局限于我的弑父行为一样。那里有某种较为深刻的与能量转换有关的持久秘密，无论弑父行为，还是对恐惧的解脱都指的是“发自内心”的创作，秘密再也无法珍藏，只能绽放出来，但仍保留对秘密的忠实，这是自我抒发，这些秘密可能引起很多人炒作，结果把秘密变成了令人生厌的老生常谈，人们喋喋不休地说：创作的能量来自外部，实际上这也是天才——让能量穿透自我。“发自内心”的创作就是最佳状况的模仿，“来自外部”的创作不具备保险性质，随着岁月流逝它不会升华，而将会更快地蒸发，取而代之的将是自我重复。

“来自外部”的创作主要倾向于时代的普遍风格，注重当代认知水平，永远处于今天的生物圈内，但是这种创作处于时尚之外，与时代也与人的思想具有双重关系，由此这类作品难以翻译——例如普希金——难以译成其他语言，最佳的翻译只能是对真实进行精雕细琢的整体表现。

这两个不同意义的概念总是融合的，尤其是在20世纪令人费解的外壳被揭开之后，一切都融合了，“发自内心”的创作具有巨大的美学潜力，我不止一次有机会领略其作用，其奥秘在于把我变成载体，这种载体能够派生其他潜能和另类世界，变成载体能产生稀有的美学现实效果，那时候你的作品已经不单属于你，当你看着它，感觉到惊奇：是你写的吗？我从来没有被形式主义所吸引甚至在被禁止的状态下的形式主义，无论塔尔图学派，还是法国的结构主义都从来没有使我觉得是揭开秘密的推动力，那里只有一个任务：《外套》是怎样制作的？

不过我觉得《外套》不是制作的。作家——不是大师，这有别于布尔加科夫所认为的，作家——发了疯的闹钟，它响起铃声为了唤醒世界，而作家给闹钟上弦不是出自对世界局势的担忧——这一类铃声多得不绝于耳——而是完全由于其他原因，不过作家如果软弱无力、听觉不灵，只关心自己得失，那么他就听不清从自己身上穿透的音波，他就会胡言乱语，随便加上自己的话，从而损害他作为载体能够派生的原始思想，因此我觉得作家的骄傲是一种表象，而且荒唐可笑，作家恨得咬牙切齿，因为他听不见。首先他应看到自身的缺陷，他——不中用的载体，他感到害羞，他羞愧得想钻到桌子下面，他不能胜任工作，他甚至不能够与人交流：没有什么人可交流，就这一题目我能够与之对话的唯一的人是什尼特克。

其余的归结为下列社会角色：热衷反抗、追名逐利、追求生活中的创作战略、在医治创伤中达到美学成就，有不少已由文学先知恩赐，但是尚未充分显示出来的文学天才，不过看来他们也得像早期的马雅可夫斯基那样忠实地模仿别人。但是学会驾驭语言以后，他们模拟状况就并非是终生地保证了，我的听力不好使我学会恭顺，傲气自然而然消失，但是人们似乎不相信我的恭顺，给了我一个同姓名者，这个同姓名者自动地把傲气塞给了我。据说有一天，一个佛教僧侣到了彼得堡以后，夜里睡不着觉，第二夜他仍不能入睡，渴望从他那里获得真经的徒弟们焦急万分问他为什么不睡觉，他回答说："在你们的城市里很难入睡，因为在树上有很多没有被招走的魂灵。"可能在全国的树上也都有没忏悔的死魂灵。这把他们弄糊涂了——不由自主地想做安魂祈祷。如果把父亲派往巴黎，投到文化之中，那么我将在国内生活，这种生活是"倒霉"一词的隐喻，是丑陋的体现，人们对我说，这就是你的工作地点。

不过，意识到这一点远比母亲已怀上了我的弟弟（当时我不知道）还去罗浮宫和印象派艺术家博物馆晚许多，对于母亲来说，文化是她的休闲，她希望以此度过一生，就其思想而言，母亲理应是我的生活盟友，但是并非如此。对文化的执意渴求能够损害艺术家，他不应该全身心投入文化而是把它分解成板块。母亲希望翻译文学作品，她的文学才能无可怀疑，但是她太谦逊，她不认为自己具备很高的禀赋，她赞赏天资聪颖的人，她不断充实自己，强迫父亲参观展览会，父亲对艺术作品表示赞赏，竭力符合妻子的文化情趣和素养，尽管我怀疑他能否领会达·芬奇与拉克季奥诺夫之间的差别，不过对我来说父亲比母亲更加贴近：他作为莫洛托夫的学生本能地明白文化的危险性，文化本身——这是向右倾斜，前景错位，国家作用削弱。

甚至父亲与抵达巴黎并由他陪同的那些音乐家的接触，他们都以不必要的思想、情感，最后还有声音削弱他，他热心对待他们，而自己吸收了很多多余的东西，最无辜的音乐家例如柯岗或者罗斯特洛波维奇，他们的命运取决于父亲向大使和莫斯科的报告，因此他们很容易冲动，难以捉摸，他们有某种“另外的东西”。任何时候都不可能理解：买贵重的小提琴或者与美国同行接触（他们立刻开始友好相处）——他们是超越了被允许的界限还是完全有利于苏联文化呢？在政治中很少有衡量的尺寸：领导和被领导、志同道合者、同事、升迁、朋友——敌人。如果维诺格拉多夫大使把我父亲从主持文化调到主持政治，我父亲不仅高兴（很有克制，我从没有见过父亲无克制的兴奋），而且还轻松地喘了一口气，他返回到熟悉的世界……不过我说了——我这已是迟到的消息，父亲早已经在非洲工作了。

*

8月，黑醋栗般的乌云悬垂在非洲上空，空气中散发着大雷雨的气息，仿佛加勒比海那样的严重国际危机正在逼近，狂风骤雨连绵不断，河水泛滥成灾，在这种时节，我父亲回莫斯科休假。

大使——严重脱离人民，不过这并不影响熟悉情况，对结识新交颇为有益。在祖国，松树疗养院正恭候他，政府级松树疗养院是我最向往的休养胜地，尽管我在那里从未住过一夜。休息日我去看望父母并立刻陷入自己几乎被遗忘的童年天堂，根据我激进的、毫无止境的自由主义思想准则，那里是可诅咒的地方：在那里休息的是人民真正的敌人——政府上层公仆，不过，当我一踏上“松树”领地，我的道德说教立刻被享乐主义取代，这与其说是良心的妥协，倒不如说是特权阶层子弟严重的片面性。俄罗斯作家最好由外省自学成才的、具有艰难童年的、身体有缺陷的人和荡妇组成。在祖国，从来不会宽恕我的令人讨厌的出身。

松树疗养院每年因父母的升迁而提高待遇，事情不仅在于游泳池、医生询问表、普遍的热心服务、莫斯科河上船站、餐厅、网球场——而纯粹在于威望，有权在那里休息的大使们已经是最接近政权顶级的高官了，他们从商务舱升到了头等舱，更为豪华的地方像巴尔维哈疗养院里休息的有特罗扬诺夫斯基、杜比宁和亚历山德罗夫——我父母暂时还没有飞到那里（由于我的原因，他们将永远飞不到那里了）。不过，在尼科林山附近的松树疗养院里也已经建成了共产主义楼房，建筑结构像一条大船，它已经到了目的地。在这条大船的宽敞舒适的带有阳台的舱室内，弥漫着安谧与温馨——我抛开政权、政党、苏联现实和休息的人们，我怀着负罪的心理爱上了这个地方。在受到特别保护的公园的另一侧，有一座被废弃的教堂是莫斯科郊外巴洛克建筑物，从石头缝隙里钻出葡萄枝叶，我也爱这座教堂，那里所有的一切我都喜欢。

我骑了父亲的自行车沿着遥远小路飞奔，很大的公园里处处长着没有被人触动过的蘑菇，那里生活落差如此之大，严禁任何人进入栅栏，在松树疗养院我忘了我与父亲不太亲近的感觉，而且他的这种陌生感是有分量的，有细微差别的，他的朋友们仇视《伊万·杰尼索维奇的一天》；在我们家里，吃午饭时，在各道菜之间，抽着万宝路牌香烟，他们用官老爷的腔调高谈阔论——首先我听见特罗扬诺夫斯基的声音，他是苏联外交界中真正漂亮的贵族老爷，曾任驻日本和中国的大使，列宁战友的儿子：在茹科夫卡的别墅外廊中，天顶牌晶体管大型收音机，从收音机里传出英国广播公司英语广播员纯正的声音，我父亲没有这样奢侈地过着贵族老爷生活，没有到这种程度——他们谈论着作为反苏分子的索尔仁尼琴，《伊万·杰尼索维奇的一天》这部中篇小说被提名获列宁文学奖，当时在座的人为此气得发疯。不过父亲当着我和母亲的面从来没有谴责过索尔仁尼琴，他听着朋友们说，但是——自己没有斥责，也许他一直没有读过《伊万·杰尼索维奇的一天》，在内部争论中他保持沉默，而这种沉默珍贵如金。在我房间的窗台上放着一个不大的陶制的索尔仁尼琴半身像，是西里斯和伦伯特共同制作的，底座是由几本书和铁丝网上的铁蒺藜构成，半身雕像用纱帘遮盖以防不怀好意的人们玷污，父母对此时而含蓄、时而明确反对过，但是最后找到了解决办法。

“如果出现情况，就说这是贝多芬。”母亲说。

这样一来，索尔仁尼琴在我们家变成了贝多芬。在松树疗养院的凉台上母亲坐在蓝—白条躺椅上捧着革命前杂志，好像是《处女地》厚厚的合订本，给我和父亲读着广告和治疗痔疮的药物，母亲快活地微笑着，上嘴唇上方露出动人的水平皱纹；而父亲自娱自乐地玩着网球，在这里他重又成了我的生活盟友。外面下着雨，大街上水洼中漂浮的松树针叶有一股清新的气味，这时父亲说太阳马上就要出来，并带我去打乒乓球或者台球或者到装有木顶棚，修有特别短的跑道的封闭式网球场，我父亲对花花公子式的时尚感兴趣，他购买了国际著名品牌昂贵的鲜艳高领羊毛衫。

夏天雨后的蒸汽团团升起，我转动着自行车脚蹬子，沿着被保护的公园飞驰，古拉格群岛的同代人、年老的守卫人员从湿淋淋的树丛中钻了出来抓住我的重型自行车车把，我险些跌倒，他的脸色特别凶狠好像立刻要把我枪毙似的，他认为：我——是普通百姓中的骑车能手，可是我也火冒三丈，这是大使儿子的愤怒，我没有错，我吼叫着：

“怎么，你没看见吗?”

他比我年长四分之三。

“我没看见什么?”他没有料到我的反抗。

“车牌子!”

我让他看钉在前轮辐条上的公家自行车的车牌，我们俩都是了不起的畜生，他明白他失误了，他从一个由于愤怒而失去理智的保卫人员变成了摸不着头脑的傻瓜，其变化极为可怕，后来他从惊慌失措的大叔变成了因反对贵族少年而被吓破胆的农奴。俄国历史的再现，这个保卫人员弯腰深深鞠躬，匆忙道歉——他好像是在他人的领地上，现在他有可能被赶走似的。

过去，我从来没有见过这种蒙受耻辱的场面，在达喀尔，父亲领导之下的外交官曾殷勤地关照我，塞内加尔人也想，既然是大使的儿子，那么意味着长大以后——也将是大使，因此当父亲不能够带着不含酒精的橙黄色浓汁芬达饮料到某个城市参加穆斯林节，好像是儿童的晨祷似的，他们特别高兴我代替父亲前往，把我看作王储，陪同我的外交官们顺从地承认我对这一职位的继承权。不过那是在非洲的游戏，而这个老保卫人员是扎根在本国土壤上，我想象着：从他的身上流出脓液，他蜷缩成一团，变成另外一种形状：扁平的人，他满脸大胡子，穿着有虱子的军大衣和他的士兵弟兄们一起去抓反革命分子，他们奸污了女人，在我的幻觉中出现了一个发臭的黄里透绿脓液的大坑，从大坑向外流淌臭脓，在少年时期我真诚地相信过被历史折磨的俄罗斯人民，人民像黑面包那样永远吸引着我。我甚至相信过成为共产主义奴隶的无产阶级，直到在十一年级我们在马里纳小树林一家小无线电工厂实习时为止。走在公园小径上，我觉得全体俄罗斯人就是这样的脓液大坑。这是一种神秘主义现象，这种感觉比我童年的恐惧更加可怕，我必须摆脱掉，我不知道该怎么办，我的文学考试还有一个月准备时间，在这段时间里将放弃课外生活，我不相信这种临阵磨枪的生命力。

*

我不承认现实存在的真实性。我滑落到虚幻的世界，祖母虚构了的围困的各种新形势，她甚至把我的自行车灯包在破布中以便将来再出现战后生活困境时使用。父母从非洲给我的来信中充满乐观主义，描写了稀有的贝壳和水下王国的其他秘密，父母以法国式的漫不经心，好像完全不关心我似的扔下我一个人面对大学考试。当我经过剥了一层皮似的考试以后，轮到了文学课口试，口试中向我提出的问题是：

“在马雅可夫斯基长诗《好》的哪一章中他与勃洛克相遇？”

我不记得第几章，不过记得马雅可夫斯基在神秘情节中插入的这个简单情节，于是争得了救命的“5 分”，在四门考试中我已经考完了三门，在疯狂竞争的情势下，没有走大使的任何后门关系——母亲在家里，我高考遭受的折磨使她痛心，她完全变得呆滞——我父亲突然例行休假，只有在这时父母才去找他们不太熟悉的扎苏尔斯基，他们在语言文学系的窄小走廊里寻找我考历史的办公室，以便向主考老师悄悄耳语，可是没有找到我——我已经考完了。

*

温室里成长的孩子们的意识具有非此即彼的特点，人们抓起孩子们发育不完全一样的两条腿向不同的方向拉，向表面上他们同样掌握的文化方向拉，由此变成了精神饥饿。经历了神经失调、夜间噩梦和考试后的混沌，我以少年理想主义者尚存的幻想认为：

大学——自由自在的殿堂。9 月 1 日第一堂课是苏共党史，当然接着是拉齐格的课，他援引了古希腊荷马的作品，他言多语失，不准确地知道他说了些什么，因为那个时候他已不复存在，我看着这位衰弱的老人有些故意卖弄。大学对于我的有效系数像火车头一样——不超过百分之五，我在那里多多少少学会了法语，而其余的——时间的自由储存器，一年级以后，在达喀尔的大使馆的人认不出我来了，某人对我母亲悄悄说：

“他的变化可真大!”

我的阅读开始像20 世纪哲学讲习班，不过我缺少支撑点，一切都成为偶然，只有落到我头顶上的砖块，在我看来才是合乎规律的现象，我不知道我的道德观悬浮在什么上面，我的道德说教坍塌了。在大学一年级时，我经常去图书馆——这是我的大学，我高兴得像小马驹似的撒欢儿，我发现了从索罗维约夫到别尔嘉耶夫的俄国哲学，我淹没到俄国的唯心主义之中。我高兴的是这一发现具有实用性质，在实质上，这是伪哲学。这里指的是关于自我拯救，陀思妥耶夫斯基就曾研究过，巨大的世界进入了我的思想。不过，我仍缺少支撑点——我没有信仰。

也许，我过多地“反复阅读”了陀思妥耶夫斯基的作品，他的秘密对我来说远比阿辽沙·卡拉玛佐夫更有说服力，他的确是无信仰时代的产儿，并且断送了很多俄国的精英，他把自己传统的上帝遗弃论，通过宗教以探求生活意义的无能为力转嫁给读者，他拖着十字架，没有拖到目的地，在半路上跌倒了，他放出了胃肠中郁积的气体，毁坏了俄罗斯的动力工程。罗扎诺夫抱怨果戈理把俄国的死魂灵引入阴暗的森林，把他们抛到那里没有一丝希望之光，不过，果戈理像在死海里的游泳者一样坚守自己天才的诺言。陀思妥耶夫斯基把大家拖入了海底，只有个别的人浮上了水面。作为甜食，我开始品尝扎米亚京和20年代的文学潮流。这方面，又重演了少年时期的悲剧，我开始阅读尼采。冬天，寒假期间在列宁格勒到父母的朋友家去，夜里，在新年枞树和未经整理的庞大家庭图书馆的氛围中我读着尼采，而他们夫妇在虚掩着门的卧室里，艰难地喘着粗气在做爱，在我看来，他们过于老态，有点荒唐。读过尼采后，我就在外面跑，我很长时期崇拜60年代一代诗人的诗歌晚会，到那里去如同做梦，他们对于我来说，都是上帝，但是被上帝遗弃却是主题，我发现了道德与世界之间的鸿沟。世界的偶然性成了我的偶然性。世界飞向了荒谬，当时我19岁。

在抽彩中我抽到了两张幸运彩票，当时，在法国掀起了萨德侯爵作品热，我开始阅读他的作品企图了解书中伤风败俗的情节，但是却发现了他是一位哲学家，他以笨拙而枯燥，但却是极有说服力的形式向我宣传了不受制裁理论，这一理论套在苏联的病体上，使我大开眼界，我至今仍感谢萨德侯爵的教导。第二张幸运彩票是舍斯托夫，他告诉我俄国作家像受了伤的母狮，母狮身体上的一侧中了箭，流着鲜血，但仍然跑去喂小狮子，装扮成自己健康的样子。舍斯托夫缓解了我与世界之间的紧张性，他建议把握机会和容忍绝望。从另外一个侧面思考问题，承认世界的不完善，怀着某种历史滞后感，这在俄罗斯司空见惯，我开始追随已经不时髦的存在主义，我觉得自己像萨特的长篇小说《恶心》中的主人公一样，人们使我恶心，恶与善混杂。我体验孤独的兽性发作，丧失了生存的动机，一切都不美好，无神论者对死亡的恐惧妨碍我立刻自杀，我试想过适合于我的骄傲自杀的各种形式，爱拯救了我。

*

在他年轻生命中积累的偶然性极限值由命运而定，命运同他玩捉迷藏游戏，关于这一点他没有立刻猜到，一切从琐事开始，只要试想一下，有一天，他不得不去坐落在他家附近的布拉戈维申斯克胡同的眼科医院，他的眼睛进了沙子，很久没有这样的事情了。他依次坐在眼睛蒙着绷带的人们当中。另外他不禁想起他很长时间没有得“两分”了，他站在教室的黑板前，面对几何题完全束手无策，如同对待扁桃体炎一样，逐渐地这些个别事例形成了系统。命运捉弄他，专门与他作对，他预感到事情将被推迟拖延或者不可能的时候，命运却给他实现的机会，而当他想要去夏令营结识新的女友，或者想请她跳舞，此时命运总是作对，使他扫兴。如果他对什么事情特别有把握，那么结果肯定失败，如果他故意什么都没有设想，那么命运特别慷慨地与他分享。例如在学校最后几个年级，他一直希望能在时尚杂志《青春》上发表作品，他的偶像们在该杂志上已发表了诗歌，并且还登了照片（杂志刊登照片的尝试令人感动），他把在“埃里卡”打字机上打出的诗歌从邮局寄出，刚刚邮完走到路对面时就已开始令人折磨地等待，仿佛期待情爱一样，结果——被拒绝了（就连拒绝刊登的简短表格都引起他的尊敬和高兴，毕竟做出了反应；《青年近卫军》杂志诗歌部回了一封冗长的反驳信，谴责他写的是“反人民”的诗，在诗中他依照马雅可夫斯基押的韵脚：“马路迈着大步……好像夏加尔的步伐”——他的祖母对诗的后果担惊受怕，背着他寄往非洲他父母那里一份——他们没有做出任何反应），不过只要他稍一怀疑自己，立刻会出现意外的惊喜。

起初，他得出结论应该更加慎重，他努力不提出为什么总是事与愿违这样的问题，他明白了，他应该用无所期待而取代期待，放弃他所追求的目标。正像患有失眠症的人盼望入睡，而暗自数着羊的头数或者沙漠上的骆驼头数，但是当他对什么都不抱希望的时候，却不知不觉地睡着了，他对母亲的态度特别慎重。五年级时，他在特廖赫普鲁特胡同的儿童公共图书馆根据图书馆员的推荐借了一本当代作家为青少年写作的书，以现实主义的风格写了少年主人公母亲的死亡情景，他难以评价作者的文学天赋，他已不记得作者的姓名，正如观众记不住电影导演一样，不过令人刺激的主题沉淀在脑海，多年不能消退，他害怕母亲将会死去，头脑中出现很多母亲逝世的场景，一个比一个更加可怕，他甚至忘记了在巴黎对父母离异的恐慌。虽然他并未完全意识到命运与他在玩捉迷藏游戏，不过他已预感到，他必须提出保护母亲的防御构想。他开始懂得在这种情况下，他是母亲生命的保护神，不过他任何时候没有向任何人承认这一点，正如现在，无论怎样强迫他把第三人称代词“他”换成第一人称或者第二人称他都不同意一样。

从另一方面，他明白，他不可能直接请求什么，他试图找到解开命运游戏的钥匙，任何知识都有不足和有余。而且知识也不准确，随着年龄的增长，他猜到了命运给予他极大关注：从眼里进沙子到汽车事故并且已不再责怪他出生的偶然性，让他明白命运正在呵护他。他领悟到这种关爱的重要性并准备与之配合，以便不怀疑他另有企图，为了证明正确，他可以说这种关爱不仅只对他一个人，本质上这比福音书的内容更加令人幸福，尽管希望很有局限，但是应对此予以重视，不可以用任何文学形式贬低这种希望。这种希望不应成为趣谈的对象，趣谈将有可能吸引听众，不过，对于怀疑者或者绝望者需要经过改编。后来当他看到在诗歌和小说创作方面取得更大成就的同行们正在建立智力豪华城堡，他们哗众取宠，用俏皮话、敏锐的观察力、随机应变的语言和风格，颇费心思地装扮自己的外貌以增加吸引力，从墨镜、服饰直到青云直上的战略任务，他在看过同行们此番表演之后，恍然大悟，这些人从来不具备真才实学，他们不知道什么是希望、谦恭，不知道任何时髦风格都有最高极限。他无论如何不应模仿托尔斯泰语言中的生涩，这是由于运用一些难懂的词引起的，有时，语言过分细琐，好像托莱多市大教堂内多余的装饰一样。捉迷藏游戏也是如此，命运同他玩捉迷藏游戏，他明白了，任何形象都不可能成为任何象征，他还明白了在极其偶然的转折，在令人难堪的话语或者粗野的争吵背后隐藏着某种对真理的微小暗示。不过，他的这一切都将在以后发生，那时候，他成熟了，他能判断自己如何介入事件的核心之中，他懂得，一切都不可能预约：关于很长时间眼里未进入沙子的思想，是下意识产生的，他不得不学会制止这种思想。但是，他明白思想的不由自主性本身也可能是渗入了自己意图的复杂编织，例如如果他不满意美国总统肯尼迪征服世界，那么，这不是出自青少年的嫉妒，而是出自对世界角色分布的批判，尽管不排除超前出现的电脑黑客的流氓行为。他开始不由自主地想：很久没有发生美国总统遭到暴力身亡的事件了。1963 年 11 月 22 日的事件成为对他的这个不由自主的思想的回答，他不可能筹划阴谋，不过他可能支持这个阴谋，最明显的理由可能是与他自己国家的制度有关，但是他不会违背涉及更加重要事件的游戏规则。捉迷藏游戏是他的指路星，至少在他尚未意识到偶然性的要领和构成现存世界一切事物基础的宿命论之前是如此。无论如何，他没有想过杀死肯尼迪。

*

好心肠的母亲给我买了很多书，我从达喀尔经过巴黎回国时，利用外交护照自己也带了很多书——买了不少基督教青年会出版社出版的书。在我们家出现了争论，母亲把书分成允许的（诗歌、哲学、纳博科夫）和不允许的（粗俗的、描写当代生活的、异国未归者、反苏分子等）。禁止的界限（实际上自由化界限）在奥威尔（可以）与索尔仁尼琴（不可以）之间。我与母亲从清理书籍开始观点对立，我和母亲的文化联盟由于她为父亲的仕途过分担忧而解体，不过根据自由化的原因，这种担忧没有明显坦露。

母亲。你会伤害父亲。不可以，就这样。

父亲在世界上最害怕丢失自己的外交护照，事故、抢劫、疟疾、友人之死——这一切比起丢失护照都是微不足道的小事，丢失护照——会让父亲上断头台。父亲永远随身携带护照，他只相信一个人，当我们去恩戈尔海滨浴场游泳时——他把护照交给母亲，我们在海上游泳，母亲守护着弟弟和护照，弟弟戴着眼镜，活像个联邦德国小孩，在达喀尔我结识了一个女友——越南大使的女儿，当时正在作战——我们是敌人，这反倒使我们更加亲近。夜间，我们乘坐她的破旧汽车到人迹罕至的海滩去，到夜总会去，在那里，在曾到达巴黎的甲壳虫乐队伴奏之下跳舞。清晨之前回家，沉浸在欣快的感觉之中，但是门卫并不告发：我有豁免权，大使高于间谍头子，间谍头子有一绺蓬起的头发，他姓捷列加，在电影出口联合会——出口苏联电影的掩护之下工作。他能够毁掉任何一个苏联公民，但是任何人除了我之外，都不做越轨的事。一大清早苏联人在码头上捕鱼，为了节省用于“伏尔加”车的费用，夜里自己向污水坑运送垃圾，为的是省下向塞内加尔垃圾工人支付这笔钱。非洲人秘密监视着苏联人，并根据全面计划严厉地打击他们，父母感到受辱。父亲在遥远的海滩上召开党的会议，认为那里谁也无法窃听。捷列加邀请我们全家去吃晚饭，父母长时间犹豫，最后决定还是应约前往，我们到他那里去时略带挑剔的神情，餐饮极为丰盛，让我们吃饱喝足，谈论饮食。当母亲说到“香瓜”——立刻端来香瓜，当谈到“肉”——立刻端上了肉。间谍头子很满意：我们饱餐了一顿，而且喝得也很多。早晨我用绞杆钓鱼，我用力一甩不慎钩住了一位法国人的耳朵，这要是俄罗斯人，他会立刻骂娘，而那位法国人等着把鱼钩从他的耳朵上摘下来。

*

父亲失去了关于他所代表的那个国家的概念，在他看来，他的国家仍是由列宁格勒的曙光出版社用白垩纸印刷的，赠送给外国人的图册上那个样子，这是当作礼物的国家，这是伟大的国家。那里应有尽有：贝加尔湖、基日岛、第聂伯河水电站，在哈萨克斯坦大草原上空飞翔的鹏鸟、棕榈树、冰川、红场上的阅兵式、伏尔加河的春潮，只剩下做最后的努力：提高居民的物质生活水平，可总是有上千个客观原因使这一任务年复一年地拖延执行，父亲准备等待。

独立存在的《真理报》是世界上最乐观的报纸，该报报道中，每天善都在战胜恶，父亲晚饭后必读的神话——报纸，但是由于年龄的增长，加上劳累一天，他愈加经常地看着《真理报》便进入了梦乡。《真理报》上每个标题，从头版头条到末版末条，都鼓动人心，撩拨情欲。我们大学生在大学里常常这样嬉闹。当父亲回到莫斯科，他不知道电车票价是多少（我现在也不确切地知道）。商店货架有一半没有货，他不完全明白，反倒高兴，在面包店里他准备排队，地上撒着锯木屑，一个女工正在用木屑擦拭地上的泥污，这个女工恰恰是在巴黎认为法国人是“最脏的人”的那个。父亲的假期为一个月，在这有限的休假日，把时间白白浪费在购买食品上，这对父亲来说是暂时的问题，维诺格拉多夫大使住在我们的楼下，他到我们家来做客，闪出狡黠的目光，皱着浓眉问我：

“怎么样，她们，你的那些姑娘？”

这被看作是关心的标志。父母坐在那里一副紧张的面孔，晚饭按最高级别准备的：生煎牛排或者杏仁鸡，晚宴的最高潮是我母亲的保留节目：柠檬馅饼，同一个问题年年问，弄得我满脸通红，后来得出一个结论，维诺格拉多夫——白痴。不知什么人告诉我说他有个情妇是商店的收款员，他常给她送礼，我想象女收款员与大使之间的爱情，这一定很美好。外祖母表示关怀，有时不明白父母为什么总是东奔西走的。

外祖母。真正的人胸怀世界，他的心里装着欧洲、非洲，还有顿河畔的罗斯托夫。

“那么，新西兰呢？”我严肃地问。

如同以往一样，每年一次，事先也不打招呼，一大清早我母亲的表兄格里亚舅舅从坦波夫来，他与我母亲在厨房喝着咖啡，母亲穿着蓝色绒毛睡衣，讲述着世界多么美好，多么多姿多彩，格里亚舅舅乘坐一夜俄罗斯的火车，满脸灰尘一副机灵的表情，他表达了坦波夫人的立场。

格里亚舅舅。我们那里也在修建高层大楼，已经建成了两座，每座十二层。

“今天，我为我是俄罗斯人而感到羞耻。”1968 年 8 月母亲对我父亲这么说，父亲什么也没有回答，我们坠入了被太阳晒得过熟了的向日葵的黑漆漆谷地，向日葵低垂着头站在那里。

“我什么都明白，不过我不说。”那些年代母亲对我说。

她觉得，这是——明智的。她保住了自己的巢。在丧失了的希望，丧失了的对虚无理念的信仰与捍卫父亲利益之间出现断裂时，母亲毫不怀疑通向解脱的道路必须经历过这种羞辱，她那天真无邪的个人主义长期使我无法争辩。为了欧洲的舒适应该以坦克的沉默作为代价，最后我无法克制，反驳地说：

“我认为这是懦弱。”

我与母亲之间发生了人与人之间无声的敌对，这种敌对发生在心灵趋近而对家庭责任感认识程度趋远的人们之间。如以政治人物相比：类似列宁和托洛茨基，我怂恿她去干什么了吗？是逼她去红场了吗？我促使她全面精神分裂了吗？我与父亲接触比与她容易得多，我潜意识地寻找与她的分裂，这种分裂终于在 1973 年 9 月由于智利而发生了。

智利与我有何相干？当时出于我对制度的仇恨，在制度中除了意识形态以外，我没有看到其他任何东西，这种仇恨达到这种程度，在我的眼里阿连德早已是被欺骗的空想社会主义者，我猜想他是克里姆林宫安插的人，因此当以皮诺切特为首的军人推翻阿连德总统，美国中央情报局胜利之后，我为此欢欣鼓舞，我高兴的是阿连德被打死，当我看到莫斯科对此发出哀号，我感到开心。那时我的政治失控力达到高峰：曾是左派，为了捍卫自己的“左”倾主义，我开始变右，无论什么都行，只要不是莫斯科就行。在由法国生活设施装备的莫斯科住宅的厨房里，关于智利的辩论时间不长。母亲对我大吼，说我是——恶棍。父亲如同往常一样，他在巴黎，由于皮诺切特，我们家没有给我过生日——有生以来唯一的一次。

*

父亲为之效忠的苏维埃国家安排我父亲做他认为枯燥乏味的工作，文化口总归没有放过他，1970 年再次把我父亲派出从事文化工作，任命他担任联合国教科文组织副总干事，让我们再一次温故知新：从前当过饭店小提琴手，后来担任总理职务期间从不接触文化人士的莫洛托夫的追随者，我父亲本能地感觉到文化那里放着许多插满鲜花的有毒陶罐，那些苏联政权最上层人物，例如莫洛托夫、加里宁、伏罗希洛夫，他们醉心与芭蕾舞演员、大剧院与艺术家结成友谊，结果他们或者濒临危险边缘或者死亡，在教科文组织中工资很高，父亲把四分之三的工资交给了苏联大使馆，不仅是他的助手，就连从以色列去的他的打字员实际上拿到的工资都比他高，在教科文组织父亲的美国同行在巴黎工作期间在香榭丽舍大街买了一套有十一个房间的住宅：在他的高薪基础上，美国当局还给他增加百分之十的国外工作补贴。父亲只有在出差期间领到全部工资，他勇敢地同在教科文组织中的西方影响进行斗争，他领导着工作人员竭尽全力以便使该国际组织变成第三世界反对美国的组织。

与此同时，在内部战线上进行着无形的斗争：父亲把在巴黎的苏联驻外机构变成了自治共和国，现在他是国际高级官员，形式上独立于苏联国家，可采取自己的决定，陷入国际人士包围之中：他的下属和他的上司都是外国人，他开始进入另外的节奏快的文明工作方式，参加了很有威望的网球俱乐部与英国人打网球，乘坐着新款“奔驰”牌轿车，他生活得不像美国同行那么阔气、讲究，但是——体面、舒适，住在装有空调的住宅，住宅位于第七行政街区，晚上，埃菲尔铁塔的探照灯光洒在他的窗户上。苏联新任驻法国大使契尔沃年科把卢瓦尔堡说成瓦卢尔堡，引起人们对他无言的轻视，由此无特殊需要，他尽量不在大使馆露面，我父亲如今不仅在全法国，而且在全世界也都颇有名气，他流露着50岁功成名就的男人那种镇定自若的神情。星期日，父亲和母亲领着我去鲁瓦西机场，然后直接去诺曼底前往海滨和雾霭弥漫的山崖——陶醉在印象派绘画的大自然意境之中。父亲实现了青年时代的夙愿：他去了西班牙；与国际视察团一起飞遍了半个世界，到过斯里兰卡的黄蜂窝——坏分子的巢穴；视察了在伊尔库茨克一架客机在跑道上坠毁的情况，父亲谈到这一空难语调非常平静，如同世界上不可避免的事故一样，他的行为揭示他的心理状态和预示未来的趋向。当他的工作人员，俄国出生的法国人，他的姓氏颇耐人寻味叫亚历山大·勃洛克，他的毫无掩饰的笔名叫作勃洛，以这个笔名在巴黎出版了关于曼德尔施塔姆的书，这事不可能不触怒苏联政权当局，父亲进退两难：勃洛克违反了教科文组织的章程，其中规定不允许工作人员在未经该组织事先同意的情况下从事任何商业活动（惩罚还是宽恕），母亲拿着铅笔读着书，她反对书中的反苏宣传，不过诗人的命运催人泪下，她请求父亲宽恕，父亲暗中了解了这件事。

还有一件更加复杂的事情使父亲进退维谷，那个时候勃列日涅夫正式访问法国，并决定向父亲颁发各民族友谊勋章，按教科文组织规定国际官员无权接受任何国家，包括自己国家的奖赏。父亲知道勃列日涅夫比教科文组织更加重要，父亲同意在大使馆不公开的场合接受勋章，勃列日涅夫颁发勋章之后，按照惯例亲吻对方的嘴唇，父亲善意地向我讲述那一瞬间他是如何躲避了这一皇帝对父亲嘴唇的长吻，父亲抢先机灵地吻了一下散发着法国花露水味道的勃列日涅夫的脸颊。

到父亲退休时，他把教科文组织发给他的钱上交到国库，1980年年末我花费很多唇舌说服他把这些钱留给自己，可以转到我在巴黎的账户上，父亲勉强同意以挽救后苏联时期他和母亲半贫困处境，尽管作为教科文组织副总干事时，他削减了教科文组织的退休金，当时没有想过若干年后这将涉及他本人，实际上在晚年他的生活费用是由他坚决与之斗争的西方敌人支付的，他的脱离实际引起我复杂的感情。当他在国外担任高官时，苏联官员对他十分关注：希望父亲能把他们的子女安排在国际组织中工作，莫斯科市副市长普罗梅斯洛娃向我父亲提供在巴尔维哈的一块地，需要在那里修建两栋住宅：一栋供没有继承人的两个老妇人住，另外一栋归我父亲自己。我无论怎么说服他，他也不同意，他说他不想修建两栋房子，这块地产按当今价格最低值一百万美元，当父亲拒绝以后，那位女副市长猜想她可能出价太低，便又向父亲提供距离尼科林山不远的一整个庄园，还有一公顷的地块。我和父亲去那里看过，简直是仙境般的童话世界，有参天树木，有潺潺流水，小溪横穿地界，建有圆柱的地主式房屋，共有六室，是19世纪前半期修建的，我们把汽车停在门口进到院内，放弃这样的庄园——真是彻头彻尾的白痴。今天这个庄园价值不低于二三百万美元。父亲放弃了，不过他确实把那位女副市长的儿子安排到国际组织工作了，就这样白白帮忙。父亲是圣人还是傻瓜？或者二者兼而有之。父亲是一位神圣的共产党员，他很晚才买了汽车，当时已当了大使，更晚一些时候修建了简单的别墅，他在别墅里自己修剪草坪，阔气——不是他的风格。

当莫洛托夫已经厌倦生活，准备迎接死亡时，他请求把在戈尔巴乔夫政权时担任外交部部长的谢瓦尔德纳泽叫去汇报，在这个被排斥的退休干部的脸上，显露出主人原本的面孔，我想莫洛托夫在梦中也能梦见我父亲不停地向他呈报文件，当他心情好时，便问我父亲：

“亲爱的叶罗菲耶夫，怎么样啊？”

也许，同样情景也出现在父亲的梦中。

*

爱情挽救了我，我对欧洲执着的爱得到了体现，大学一年级时，我爱上我未来的妻子，她来自华沙。我们在66号大教室听古俄罗斯文学课，她与苏联女大学生不同。我们在黑暗的楼梯上姿势优美地抽着香烟，那一时代难以置信的稀有革制短外衣披在肩上。大家认为我们是大学里最漂亮的一对，也许真的如此，她请我抽波兰“卡门”牌香烟，其中掺有美国烟丝，她与父亲、弟弟乘坐带有红色外交车号的“梅赛德斯——190”牌神奇的灰色汽车，她父亲在波兰大使馆工作。

我站在阿·托尔斯泰街上的拐角，挂着漂亮国旗的波兰大使馆黑色庞大建筑物旁，建筑物上镶嵌的金色门牌饰有一只骄傲的鹰，建筑物内灯火通明，那里正在过着豪华的生活。我等待着她从那里出来，她身穿蓝色紧身连衣裙，系着白带子，带子末端闪烁着镀金的硬币，她很有礼貌地向大使馆的警卫点了点头。我们在门口接吻并坐上她的朋友从自己父母那里租用的外国汽车，我们在友谊商店买了精装封面的波兰诗集。她含情脉脉，一字一顿地说出诗人的名字：加尔——琴——斯基，她的波兰发音加上顿挫读法足可看出诗歌的价值，她说“一点点儿，一点点儿”足以使我爱得发狂。她笑我很少剪指甲，我认为这是——欧洲的公开性，生活是由小事和大事复杂编织的网，为了解开这些网，生活消耗殆尽。

*

在与女人的关系中，父亲永远比预料的更为亲近，这是他的谜。我父亲唯一的爱好——网球。网球——他的生活代号，冬天，他在滨河街政府大厦小型剧院上面的室内网球场打网球，据认为再也没有比这更好的场所了，父亲在巴黎买了装网球拍和网球服的手提箱：长形蓝颜色带有银色小锁，俄罗斯的小偷用牙就能把锁咬断。专用手提箱，对于不知道在大自然中可能存在这样东西的莫斯科人来说，实在难以想象。在高尔基大街上有一个人上前问父亲是否想卖自己的“萨克斯管”。父亲讲这件事时笑个不停，我在中学高年级时，有时背着父亲偷偷穿上他的深红色绵纶防水布上衣手提这个专用箱在街上走，就这样毫无目的。对于父亲来说打网球是神圣不可侵犯的时间，他走了，消失了。一般来说，他消失的时间很久，打完网球之后，他淋浴。他的白色毛袜散发着清新味道，他在打网球时动作温和，也许，在网球中最能表现出他的男子汉性格，对于他来说，网球运动比网球更为重要——对此应该顺其自然，他的发球一向不狠，但是准。第二次发球与第一次差别不太大，他毫不怯场，他不喜欢粗野的，非职业性的网球打法，他在球场上总是特别忍耐地对待任何对手，并称赞他人的成功。

父亲。好，打得很准！

我爬上裁判台，根据球的节奏左右摆动着头，不过父亲喜欢自己记分，他不喜比分“30 比 30”别人说打成“平局”，或者想出什么类似的新鲜说法。按规则在单数局结束后交换场地，父亲走到放着网球手提箱的长椅旁，用专门的网球毛巾拭去脸上的汗。我和妻子去大剧院已经迟到了，父亲让我们坐上他的车，还没有开到驯马场就让我们下车，因为他去打网球也迟到了。这样一来，我们在大剧院的最后几排观看的第一场。网球是他的自由，他没有另外的自由，网球是他的魔法球，只要他愿意，在魔法球中他可以看到各种幻影的轮廓、模糊的女人身影，看到波斯赫的画《伊甸园》中的千姿百态，也许恰恰是根据波斯赫的画使我产生联想，我做了一个梦：梦见我与父亲——共同的情人，淡黄发女郎，她向我提供紧缺的打字纸，以便在“埃里卡”打字机上打字，她把我带到契卡洛夫别墅的树林里，她躺在松树针叶上面，解开紧口的女紧身衣，裸露湿润的下身，她寻求的不是满足，而是暗自较量，她喜欢在我们生活中冒险，她想以自己性爱的优势，冷酷地打败我的母亲，无论是我母亲，还是我，在这场比赛中都甘拜下风。

父亲把我送到“狄纳莫”体育场学习网球，拜苏联女网球冠军丘维里娜为师。我带着球拍坐上地铁，每周三次，勤奋地击着墙壁，他们向我猛烈进攻，我参加争夺莫斯科青少年冠军赛，不过网球没有成为我的魔法球。母亲把父亲打网球看成是客观存在，她并不嫉妒——她只是担心，有时急得流泪：他究竟到哪儿去了？母亲曾诅咒过他的网球，在假日里母亲精心烹制美味佳肴，可是父亲却常常不能准时回来（尤其用新鲜白菜做的清汤特别好吃，我和父亲在汤里撒上很多胡椒粉，同时互相对视一下，一边喝汤一边喝小杯伏特加酒）。打网球回来，父亲通常精神饱满，眼里闪出兴奋的光芒，不过略带若有所思的神情，有某种异样的神色，只有在午饭期间，他的脸上逐渐显露出平常人的模样。我觉得，自己与父亲不仅身体相貌病态地近似，而且在生活中，由于同一理由我们也说了很多谎话，这一点也特别相似。

*

初恋需要预先排练，这本身就很荒谬，我陷入了情欲的深渊，这种情欲能够把随便什么样的强烈爱情摧毁、捣碎。我诚恳地把在欧洲处理事情的责任放在我妻子维斯拉娃脆弱的双肩上，但是出人意料的是：她办得不太顺利。我开始忽视她的优点，不关心她的音乐才能，相反过早地对她的缺点：女性的狭隘、缺乏大胆和先锋派的果断等感到沮丧。

形成的情况是——不是欧洲好斗，而是好斗的人在欧洲。爱情——如果柏拉图是对的话——是获得自己的另外一半，但是这另外一半大多数不适合，像零件不适合那台机器一样，因此失去耐心；不愿意在加深爱情上下功夫，而是醉心于情欲。

“小姐，您好!”父亲走进我的房间第一次与维斯拉娃见面时用法语问候，他特别不好意思，因此忘了除了法国以外世界上还有其他国家，经过他三年的努力，我们终于结婚了，这在当时是不允许的，波兰是允许与大使儿子结婚的最后国家，如果我娶南斯拉夫女人，我父亲立刻会丢掉工作，父亲并没有害怕波兰姑娘，她在我们家开辟了“与外国女人频繁接触”这样的危险话题。1969 年 5 月 20 日父亲亲自到了格里鲍耶多夫街——莫斯科唯一受理涉外婚姻的结婚登记处去见体壮如牛的女主任，为了请她在我们呈报申请书之后三十天内予以登记，她看到了特命全权大使的外交护照以后顺从地答应了，预约登记的时间特别早，我们躺下睡觉前上好闹钟以便按时听到门德尔松的婚礼进行曲。

我是在苏联军队中度的蜜月，那时候由于美国航天员阿姆斯特朗漫步月球而引起苏联军队胃肠严重失调，在坦波夫区的沼泽地上，在大里亚达村附近集训，那里青蛙的叫声，比军官的喊声还高。当我从军队回家后，我们在喀尔巴阡山度过了秋天，从那时起，波兰成了我的第三个故乡。

如果说法国遥远，那么波兰则是不屈服的邻国，这个国家的不屈不挠有时也针对着我，我去波兰很多次。有一次在克拉科夫的普热梅希尔我遇到了交通堵塞，我开的是带有苏联国家汽车监察局金属牌黄色“8”字汽车。一位穿着花呢三件套西装，衣着考究的先生沿人行道从我旁边走过时，向我的汽车吐了一口唾沫，根据判断他不是在俄罗斯出生的人，几分钟以后我驱车追上了他并按了按喇叭，他回头看了一眼，看见是我，多少有点害怕，我打开车窗向他伸出了我跷得很高的大拇指，赞许他敢于冒犯帝国，他惊呆了。

当然在波兰我不断寻找西方的痕迹，看美国的惊险电影，去法国文化中心阅读杂志，不过归根结底，我爱上的恰恰还是波兰，我热爱波兰难以察觉的自由，那位波兰先生的傲骨，尽管居民较为吝啬。穿越布格河以后，维斯拉娃不再与我说俄语，我学会了波兰语——根本不用看字典。俄罗斯人对波兰的爱常常没有回报，虽然我的情况不是这样：看来波兰人喜欢我，真挚地接纳我，因为我不像俄罗斯人。

诺夫戈罗德情结在母亲内心苏醒了。在她的意识中无产阶级领导权实际上以马克思的理论而告终结，她对改革的热衷间接地证明了这一点。她突然明白儿子娶了厨师的女儿。屈尊俯就的婚姻，这在我的生活史上是最令人厌恶的一页，我也有一种不平等的感觉，并为此而苦恼，害怕陷入异国的大众文化之中，我的岳父齐格门特·斯库拉先生是个杰出的厨师，可能是波兰最好的厨师。每逢星期日盖莱克把他叫到豪华别墅去，他做的炸猪排简直是一绝，他为制作家常凉拌菜在厨房用刀切黄瓜条的速度之快可与音速媲美，他亲自熏肉，制作香肠，他是真正的烹饪大师，但是他读《华沙生活报》时嘴唇颤抖，他不很喜欢共产主义，看到社会主义商品的质量他失望地摆了摆手，另一方面他又是一个传统的波兰反犹太主义者。在波兰在共产主义掩盖之下，到处洋溢着反抗的歌舞，青年人嘲笑政权，每一个天主教堂都点燃着不服从的香火，而波兰知识界不仅争得了翻译乔伊斯的《尤利西斯》的权利而且还争得了波兰国家翻译奖金，这在莫斯科是不可思议的，我的波兰家庭过着我认为是某种奇特的生活，去电影院看电影被认为不体面，购买外国杂志被称作是挥霍浪费，而在家里大家坐在长沙发上一起看电视，津津有味地评论电视主持人的服装和打扮。尽管有些不协调，总归我还是爱我的波兰家庭，在德纳萨街上的两室住宅中我听到了很多故事，他们讲述怎样参加了抵抗运动和华沙起义的往事，他们还讲述了在战后被炸毁的城市里，岳父怎样给妻子买黄色水仙花的浪漫花絮。

我做出了选择：1976年春天维斯拉娃去华沙生下我们的儿子奥列格，为了使他成为波兰公民，我确信我的岳父、岳母度过的一生要比我的父母更加诚实。我岳父被派往巴黎，在波兰大使馆当厨师，他在荣军院旁边的市场上看到各种各样的鱼，他为此而狂喜，他一句法语不会却与卖主交上了朋友，而我的父母则平步青云，飞向教科文组织，维斯拉娃的母亲伊丽莎白出生在波兹南附近，当过餐厅服务员，她爱说话，她的发式总是梳得很美，她非常愿意讲在招待会上邀请的客人们从她端送的托盘上拿起波兰伏特加酒杯时，总是说着奉承话：

“伊丽莎白女士，您的托盘上的酒味道最美。”

维斯拉娃羞得满脸通红，当她从电话中得知她的父母从华沙去巴黎时，她甚至不停地放屁。他们与我的父母生活在一个城市但是却没有见面，因为我的母亲认为他们是平民，不过当为上层人士而设的教科文组织免税商店的法国收款员向同事确认了“高露洁”牙膏的价格之后，母亲认为这是对她的嘲笑，认为收款员把她看作是吝啬鬼。母亲对所有外国人都以礼相待，只有波兰人——例外。当母亲回莫斯科时，父亲示威似的到波兰亲家家里吃晚饭或者去喝波兰酒。我岳父在圣诞节时做的蘑菇汤对我来说，一点不亚于普希金的诗。

*

不言而喻父亲没有教育我成为异议分子，他就是在噩梦中也不会梦见这种事，但是他向我展示了世界——这就足够了。我从来就没有成为苏联人，家庭气氛愈来愈出现病态的分裂和反常，我与父亲都是理想主义者，以相似的方式捍卫自己的观点，而这恰恰促使我们分道扬镳，毫无疑问作为人，我与父亲互相珍爱着，不过思想意识冲突却年复一年地变成没有宣布的战争。我们不知道该如何是好，我利用他所享有的特权，穿着昂贵的法国高领毛衣和麂皮短外套；我的外貌很像西方的花花公子，但又持有苏联外交护照，我与父亲公开争论极少，但是一旦争论就像狂风暴雨，而且争论无边无际，有时是与父亲被派去工作的地理位置有关。开始我们在非洲，在杧果或猴面包树下面争论，后来——已经是在欧洲，有一次（他那时任教科文组织副总干事，而我——国立莫斯科大学语言文学系留着长发的大学生）我们乘坐他的豪华雪铁龙牌小轿车，从巴黎出发前往阿姆斯特丹，一路上不停地争论，从法国到比利时和荷兰，汽车沿高速公路行驶，两侧安装着黄色防雾灯，童话般优美，我与父亲的争论没有尽头，互不相让，甚至没有心思看着对方，在布鲁塞尔，夜幕已经降临，警察拦住了汽车问：

“您为什么不打开近光灯？”

父亲没有说这是由于我们唇枪舌剑忘了开灯，他没有失去自控力，不过内心的安宁已荡然无存，母亲认为最好不介入，不过当我争论得过于激烈时，母亲用外交方式扭转话题。

母亲。我们最好还是找一下厕所！

但是，在下一个汽车加油站找到了厕所，里面播放着古典音乐，重新又引发出争论，父亲所坚持的看法在我看来特别荒诞可笑，他认为苏联的自由多于西方，生活水平不低于西方，我气得简直快要疯了，在承认祖国存在“个别缺点”的同时，他不愿意让我“概括”（这个词是我们观点分歧的关键词；他准备毫无保留承认“个别缺点”，以此聊以自慰），尤其是当“触动”到他的“瑰宝”——列宁的时候。阿姆斯特丹按照自己的渠道安排我们过休息日，可是在巴黎，我早就打破一切礼仪，从语言到行动，我结识一些不太正派的人物，不区分是右还是左，去见老侨民，从异国不归者、叛徒和异议分子，诸如陀思妥耶夫斯基研究专家帕斯卡里，在德吕翁的协助下与马赛尔见了面。另一方面，欧洲日常的资产阶级生活，小面包店的老板和执政阶级的政治空谈逐渐使我厌倦，于是我的兴趣转向1968年参加过巴黎街垒战的大学生们、革命文艺工作者、热情的女同性恋者扎克林和韦罗尼克，由于革命失败，她们很长时间身穿丧服（不过，超过当时的时髦，露出肚脐眼）。所有的这些吸食大麻的革命者我都敬而远之。但是我觉得此刻在门槛上绊了一跤：眼前斯大林的英明形象正在向上升起："你好！"当时我正想去找平易近人的德吕翁，并在罗丹博物馆的院内他的住宅吃早餐。他有一只出色的小狗普佩，他告诉我普佩已经和蓬皮杜的小狗一起吃过早饭了。我们一起抽着香烟。

由于德吕翁的关系，我有机会接触了上层核心人物——不是在巴黎，而是在克里姆林宫，当时为纪念陀思妥耶夫斯基诞辰150周年，法国未来的文化部长携夫人"小心肝儿"抵达莫斯科，当时世界文学研究所所长，早已过了任期的苏奇科夫派我陪同德吕翁，那些年代研究所科研人员最害怕被人告密。一切都非常出色，直到让我担任同声翻译之前——这简直如同上刑，当我知道德吕翁应福尔采娃之邀将前去共进午餐时，我明白了，我将完全彻底地丢脸，结果走运，我没有丢脸。我们乘坐法国大使塞杜插有法国国旗的汽车经过斯巴斯克塔楼驶向克里姆林宫（我吓得腿肚子抽筋）到福尔采娃那里共进午餐。

福尔采娃——是位历史女性——奇怪的是怎么没有给她竖纪念碑，赫鲁晓夫在党内同莫洛托夫的斗争中，她在赫鲁晓夫一边争取了胜利。她争取到苏联妇女允许堕胎的权利，福尔采娃身材不高，精力充沛，头发梳得非常平整，她温存地、亲切地款待德吕翁，慢慢地博得对方的好感。长时间地以审视的目光看着我不做任何记录。在场的还有普利谢茨卡娅和我父亲的朋友杜比宁。

"我看，你正在继承你父亲的衣钵。"

"您过奖了！"

我怯懦地做了回答，心想我马上就要出丑，但是他对我的回答不动声色，好像我请求他代替我进行翻译似的，午饭之前，大家合影留念，很想知道这张照片放到哪儿了，摄影师个子不高，明显的犹太人脸型。

“您知道他是谁吗?”福尔采娃问，“他是卢那察尔斯基的儿子!”

众人齐声：噢——噢——噢！摄影师开始按照规定拍摄，似乎他的背后有教育人民委员部的父亲做后盾似的，福尔采娃很快把他赶走了，像赶走讨厌的家禽一样。

福尔采娃。好了，你走吧，走吧……

大家入席，服务员分送热腾腾的小面包，客人们用短柄银刀在面包上抹了鱼子酱，此刻我感觉到只要一开口说出不明白的译文，就会立刻把我羞辱地赶下桌去，可巧就在这千钧一发时刻，福尔采娃的专职翻译赶到了，青年人，克里姆林宫塑造的标准派头，手提黑色公文箱为了记录谈话，好了，我坐在那里旁观，拿着安徒生童话中镜子的碎片，福尔采娃谈话抓住要害，给人的印象是她善于并且喜欢言简意赅。起初她大骂英国人，因为当时恰恰从英国驱逐了大量苏联特务，普利谢茨卡娅加入福尔采娃的独白，这位以自己动人的微笑出入政权高层人士官邸的芭蕾舞大师说，她很气愤将不能去伦敦巡回演出。法国人没有替伦敦辩解，福尔采娃继续展示政治攻势打击捷克斯洛伐克，这是1971年——

激进情绪尚未平息，福尔采娃有充分把握地论证苏联坦克进入布拉格的重要性，援引了伪造的论据，而我困惑莫解地看着我们伟大的法国朋友，他们彬彬有礼、洗耳恭听福尔采娃的讲话并频频点头，同时不放过品尝鸡汤煮的小饺子，看样子福尔采娃自己对此都始料未及，她不时地向我看一眼，似乎在考虑今后我该怎么办，但是美好的气氛被法国大使破坏了。

“部长女士，对您的看法我不敢苟同。”微微驼背，在克里姆林宫午宴坐在福尔采娃右手边的法国大使塞杜开始反驳。

“您一向不同意我的意见。”福尔采娃不慌不忙地抖动了一下餐巾。

友好的午餐不欢而散。如果有人认为，岁月流逝人依旧，那么德吕翁就是例证。本世纪初在官方场合我再次遇见了德吕翁——这一次是在十月广场附近的法国大使官邸，他喜气洋洋——普京刚刚与他共进了午餐，奇特的选择。

在巴黎我的那些不太体面的政治联系不可避免地中断了，这不合某些人的心意。那个时期阿克肖诺夫已经从难以企及的偶像、搅乱文学的不安分者、《带星星的火车票》一书的作者变成了我年长的朋友，他有一张令人难忘的拳击手的脸庞，他如醉如痴地寻找奇遇，保证在他将来的作品中对我的“天才”表示尊重，他笑着，紧着鼻子，唠叨地说：

“你去巴黎比去图拉容易得多。”

1972 年父母最后一次邀请我去巴黎，铁幕在我面前徐徐落下。

*

母亲总对我说俄罗斯的外省有很多优秀人物，我一旦习惯外出就再也制止不住了，我开始了“图拉之行”，我一连几天坐在中央文艺工作者之家俱乐部，行政领导人，凶恶矮小的阿尔卡什卡不放我进去，可是我偷偷从厨房的门溜了进去，厨房里自由派人士和克格勃分子忙得不可开交，厨房里炸着基辅式肉饼、苏伏洛夫式牛排，而母亲从巴黎回来却对我说，俄罗斯的外省住着优秀人物——富有同情心的人们，我相信了母亲，我寻找优秀人物，但是，时间很紧，我必须写出答辩论文《陀思妥耶夫斯基与法国的存在主义》。在中央文艺工作者之家与阿克肖诺夫和沃兹涅先斯基讨论了紧急的要害问题。父母把弟弟的哺育任务托付给了我和妻子，需要照看 5 年，作为对此的奖赏是我们经常收到装有水果的邮包，到小白桦商店购物的一些购物券，可以买到丹麦啤酒，克里姆林宫小泥肠和美国香肠。我们好像在包围圈中的西柏林，当父母彻底从巴黎回来时，他们对我们与外国人的频繁接触和弟弟养成的自由化恶习而感到愤怒，当天晚上把我们从家里赶了出去。

我们开始在朋友瓦夏那里租半间屋，他住在日丹诺夫街，窗外是铁路线，开往东方的火车日夜不停地轰隆轰隆响，妻子正怀孕，整个夏天我和妻子到波兰去，波兰成了我很多年排遣郁闷唯一的西方国家，如果在俄罗斯一百个优秀人物当中大约有三个人准备分享我的苦衷，那么在波兰这个数字恰恰相反，时隔不久，父亲又被派到维也纳。我和妻子继续住着半间屋，最后我们在瓦冈口公墓附近总算有了栖身之地，当父母到莫斯科时，家庭聚会更多的像是怪诞剧。纳雷姆这个地方似乎突然从河川，从云雾中钻了出来，时值八月末，纳雷姆因曾是斯大林的流亡地而闻名，高高的木制人行道板铺设在腐烂的木桩子上面，在鄂毕河黏土质陡峭的河岸上有大字题词："繁荣吧，我的祖国！"

祖国繁荣了，从飞机上向下看，祖国像戈壁沙漠一样荒无人迹，我想，如果斯大林在世，肯定也会觉得寒冷：秋末之夜，水洼表面已结成薄冰。

斯大林。让这种天气见鬼去吧！

我坐在瓦丽娅大婶农舍的小窗户旁，正在从罐头中抠出包在食用明胶中的波兰火腿，这是我和妻子从莫斯科带来的，早晨我们到森林去，晚上去跳舞，在那里有著名歌手阿达莫演唱，我与他的相貌酷似，甚至有一次在列宁格勒，陪同歌唱家巡回演出的妻子竟然把他与她的丈夫弄混了。善良好客的西伯利亚人民生活在高大的围墙后面，夜里，常常听到猎枪射击声——这是男人们在菜园子里追赶自己的妻子和女儿——任何人对此都不闻不问。有时候，沿人行道流淌着炼乳——据说这是斯大林的礼物，我与渔民们一起品尝了鄂毕河中游捕捞的生鲟鱼，喝着伏特加酒。

“应该在鄂毕河上横挂一幅题词：醉汉们，小心！”渔民们开玩笑地说。

我在沼泽中猎获了几只野鸭，我不敢到森林中去，因为害怕熊。在肮脏的澡堂里洗过蒸气浴。周围到处有优秀人物：大力士、干私活的包工头、杀害儿童的凶犯、嗑着松子的姑娘、波兰流放犯的残余、警察、当地的囚犯。在斯大林博物馆纳雷姆业余演出组被迫演出《三姊妹》。

“瓦丽娅大婶，那炼乳……”

“斯大林的礼物。”

“我知道，从哪里来的？”

“这，可没人知道！”

有谁不记得蓝色铁皮罐装的炼乳呢？可以把它抹在黑面包上，加在咖啡里，或者干脆用茶匙从罐里盛出来空口吃，像牛奶软糖似的，无论你怎么加小心，炼乳白色的黏液也会挂在罐子的外皮上——那时候就得伸出舌头舔，炼乳曾是国家的“原动力”，民族的神医，儿童和士兵的幸福，但是为什么在纳雷姆沿着人行道流淌着黏稠的炼乳呢？它从哪里来的呢？它流向哪里去呢？瓦丽娅大婶坐在炕炉上，紧闭老态的干瘪嘴唇，一声不响；我想着偶然性，现代化西方的好消息产生怪诞戏剧而俄罗斯的宿命论产生木偶剧，木偶剧的含义是仿佛我不是活人，我的生活和行动是由别人操纵我，偶然性一般来说没有什么结果。在我的头脑构思着关于炼乳的中篇小说，探索与俄罗斯现实调和的灵丹妙药，我穿了一双胶皮靴子，走上纳雷姆流淌着炼乳的人行道，双脚又黏又滑，我已踏上民族康复道路的边缘了，啊，炼乳，我的炼乳……

*

1979 年我父亲达到仕途的巅峰期，在等待着任命为外交部副部长的消息时，发生了政治丑闻，他失去了苏联在维也纳国际组织的大使级代表的公职，被召回莫斯科后，没有工作，我们家族的生活陷入昏暗之中，一切都结束了。

维也纳的荣誉市民，国际间谍组织的骑墙派、馅饼和音乐爱好者弗洛伊德可能对我满意，因为我对他研究的父与子相互关系理论做出了个人贡献，使这一理论成了整个世纪的规律，不过如果我讨好奉承他，那么也是迫不得已，不是出于好感。我是扮演父亲的仇敌这个角色的最后一个人。整个童年我担惊受怕，害怕使父母受到损失，好像是我有能力做到这一点似的，现在当我看到我儿子打乒乓球超过我时，他那得意的样子使我回想起甚至在父亲的优势大大超过我的时候，我也对他产生怜悯，这是一种心理错位，我害怕下棋时偶尔战胜他，虽然他的棋艺是大师水平，而我才刚刚入门，当开始计算比分，偶然出现40比15我领先时，我便激动不安。

不过，我杀害父亲不是蓄意的，在这方面主要是我的愚蠢，娇生惯养和对我所生活的国家制度不珍惜不热爱所致。换言之杀害父亲几乎是我的命中注定，是在苏联生活残酷而敏感的情势之下发生的，这种势态——政治之下的必然。随着岁月的流逝我愈来愈明显地看出，这种势态只不过是综合性冲突的一个局部，冲突无处不在，从南非到日本到美国无一例外。

不言而喻，一切归罪于文学，父亲只读报纸和《塔斯社秘闻》——非公开的情报资料汇编（这也是我的读物，我偷着读，我喜欢读塔斯社的“秘密”情报，父亲把汇编藏到报纸堆里放到写字台的抽屉里，母亲在睡觉之前喜欢读《快报》，尤其喜欢读《新观察家》周刊，仿佛在这些周刊上报道了一周之内全部生活真实似的。而我是《泰晤士报》和《新闻周刊》在世界上最忠实的读者）。我从来没有看见父亲读过长篇小说，更不用说诗集了，可是我母亲却把德莱塞作品选集译成俄文，在我很小的时候就培养我的阅读兴趣，让我读凡尔纳和杰克·伦敦的很多作品，我的成长并成为作家对自己来说是没有察觉的，因为我远离各种文学集会，长时间沉浸在童年过多的幻想之中，在头脑中丛生着每个人幻想范围之内的肥皂剧，我不怀疑自己的天才，我愿意把天才与大家共享。

当我已毫无退路，直至发生政治丑闻时为止父母都不能理解，一个“一无所有”的人怎么可能成为作家，而且怀疑地看着我，当时我开始感悟。实际上我已经写了一些鬼知道是什么东西：既非政治上反叛，也不是持不同信仰——但是肯定是以生活情节（我这么觉得）为基础展开的不成体统的短篇小说，我时而非常怀疑自己，时而又把自己看作是年轻的陀思妥耶夫斯基。

我像任何一个作者一样希望作品能够发表，可是我的国家显然对此没有准备，于是我学会了忍耐，我写一些短篇小说投入“写字台”，不过逐渐开始刊登我的文学随笔，受到欢迎（阿克肖诺夫的母亲叶甫盖尼娅·谢苗诺娃·金兹堡在看了我写的关于舍斯托夫的文学随笔以后对她儿子说：新的哲学家诞生了），虽然这些随笔思想性模棱两可，但是竟然批准我加入了作家协会（勉强，但是终究还是吸收了），当我对政权当局的观点有怀疑时，我母亲的套话立即脱口而出：

“你为什么要这样做呢？”

在这种情况下，潜意识的实用主义起了作用，它确定了行为的真实品格，母亲头脑中唯物主义多一些，她善于运用利益的本能去解释离奇古怪的事物，实际上，在我加入作协时，母亲提出的这个问题恰逢时宜。

我至今保留苏联时期的作协证：红色硬皮，上面有因作协对党所建树的功勋而授予的列宁勋章图案，为什么要加入这样的作协？异议分子们（引用娜杰日达·曼德尔施塔姆的权威性意见）认为这是叛变投敌的耻辱，从思想上看他们是对的，不过我把加入作协看作是非思想性的，是进入中央文艺工作者之家餐厅聚首的机会，那个时期这个橡木大厅仍由20世纪60年代一代人掌权，他们是作家甜蜜生活的主宰，那里充溢着漂泊文艺家的气氛，我当时并不知道从遗传学角度我与那个残害作家的作协之间不可能有联系，在中央文艺工作者之家的前厅有一幅红底白字的题词："作家——党的助手"。当然，这使我骇然，不过类似的口号在全国比比皆是，在我这个年龄这些口号已经失去了思想性，成为勃列日涅夫的刻板公式了，如果在两个自行出版物的女杰之中选择的话，我更喜欢叶甫盖尼娅·金兹堡的立场，她有时说服儿子阿克肖诺夫："你应该为他们写点什么！"异议分子们与世隔绝，这不是自由创作，而是宗派主义，这是被迫形成的，加入作协是我的幼稚性的表现，我单纯地认为：如果加入作协——意味着我是作家。我不假思索地站在温和的多数派一方，他们认为作协主要是能够提供出版书籍和通向广大读者的机会，也就是通向荣誉的阶梯，作家是否需要荣誉？作家极少能够经受住荣誉的考验，更为稀少的是能够经受住没有荣誉的考验，作协中吸收了所有著名作家，曾一度包括索尔仁尼琴，会员资格曾是保护证书，没有保护证书也可以出版作品，但是铁的规定是——禁止出版被开除会籍的人的作品。评论部上了年纪的女秘书看我年轻很同情我，在那个橡木大厅拥抱了我说：

“唉，将永远如此！”

她指的是较高的社会地位：进入全莫斯科名流光顾的品尝美味的鱼类冷餐、锁形白面包的创作之家，专门医院的证明，节日订购紧缺的鱼子酱，在全国巡回讲学甚至出国旅游等特权，如果你开车超速被警察拦住——你可以展示作家证，他就会不罚款放行，这是作家的特权。政权收买了作家，而作家中自由思想的人只是装出被收买的样子，他们认为橡木大厅是同人集会的最佳场所，利用自己的地位，以便全面灌输秘密反抗政权的思想。

那位女秘书的眼力很准，我创下了自1934年建立作协起至今为止会员资格最短的纪录，我既没有来得及享受出书的快乐也没有享受创作之家的福利，经过七个月十三天我被开除出了作协，因为什么？文学大多数是臆造，而苏联作协是语言和形象的帝国，外国人很难理解，尽管发生了根本性的变化，至今在这个国家中基本生活依然存在于人的头脑之中，存在于自己的信念之中，存在于语言的形象体系之中，而不是像在其他国家那样存在于现实之中。言论——是有利于俄罗斯生存的唯一原因，党必须绝对掌握言论的专利权，如同掌握伏特加酒的专卖权一样，任何损害专利权的征兆都被看作是对政权的瓦解，1977年12月我30岁，脑子里闪出一个念头：制造一枚文学核弹。

第五章

每天在我们窗外，都奏出不和谐的送葬曲，我和妻子租了我父亲在维也纳的司机的一个小住宅，它位于瓦冈口公墓对面，在这个古旧的公墓里很久没有埋葬人了，因为只允许向那里已故的亲属“并葬”，当然与其他事情一样都有“例外”。住宅旁边有棺材制作厂，新涂上颜料的棺材盖就摆在大街上干燥，我们一岁半的儿子坐在儿童车上小手可触摸到那些盖子，棺材盖有时滑落到地上，棺材匠为此发火，这种墓葬气氛促进了我产生那个魔鬼计划：埋葬苏联文学。

1974 年在光天化日之下用推土机碾碎禁书的“著名的”推土机展览会以后，在国际社会支援之下，艺术家为自己争得了令人羡慕的独立的影子：社会主义现实主义退却了，莫斯科先锋派艺术家在我的眼前树立了榜样，文学方面，事情糟到了极点：只要在诗歌中运用几次“黑色”一词，这个诗人就被谴责犯有反国家悲观主义罪，唯一的自由主义杂志《新世界》于1960年年末被摧毁。我有时候有机会在小型舞台上读一些自己的短篇小说，例如在莫斯科演员之家的“处女作”晚会上，后来在普希金广场，当年轻的芭蕾舞演员表演之后，我朗读了自己的短篇小说《浪女费妮娅》。由于激动我念得结结巴巴，小说写的是关于公共厕所里胡写乱画的内容，年轻的流氓调戏女人，引起听众震惊，不过事情不在于题材，短篇小说表现的是日常生活，像在薄膜覆盖之下的人的肝脏一样生存，跳动，小说提炼了内容、体裁使其与语体相符合，并融为一体，它是语体——短篇小说，无须任何证明。朗读以后一个上了年纪的演员，好像被探照灯专门打亮了似的，用全场都能听见的莫斯科模范艺术剧院演员的喊声喊着：

“伤天害理的破烂货！”

尽管出现勃列日涅夫向斯大林主义倾斜，不过在1970年上半年我两次绕过书刊检察机关，发表了两篇文章，首先是在《文学问题》杂志（在特瓦尔多夫斯基离开《新世界》以后自由主义苍白的语言迅速被知识界发现）上发表了在苏联关于萨德侯爵的第一篇文学随笔，然后发表了关于舍斯托夫的文学随笔。政权当局开始警觉，苏共中央文化处宣布刊登关于舍斯托夫的文章（1975年第10期红色封面）是该杂志犯了“意识形态错误”，父亲当时打算把我安排到教科文组织担任翻译（他从巴黎回国以后）——

世界文学研究所所长巴拉巴什拒绝给我提供书面鉴定并开始从所里排挤我。

我没有错，我没有看出写关于舍斯托夫的文章有什么罪过？如果留在巴黎或者最好选择随大溜的途径又该如何呢？我还能够继续写作吗？还是我在巴黎的餐馆已吞噬掉自己的才华了呢？

我已别无选择，与自己的大多数同行，与整个知识分子群体不同，我对于政权内幕的了解绝非道听途说，我是政权子弟，正式地列入莫斯科“纨绔子弟”之中，他们是政治局委员们、勃列日涅夫的助手们、部长们、大使们、军队首长们的子女，他们之间通常联姻，他们庇护某些冰球队，他们在孔采沃的“贵族之家”拥有用全套南斯拉夫家具装备的豪宅，去非洲旅行，在莫斯科河上玩水上滑板，在政府级别墅里举办野餐，翻看从父亲写字台里偷出来的色情杂志，勾引母亲的女理发师，有时因结婚急需她们帮助做头发。当时的显赫人士的子女们有自己的秘密代号，因为真名实姓过于招摇，因而缩写，比如“库兹”或者“卡帕”这创造一种神秘杰出人物派头，实际上掩饰他们的自以为是、淫荡和怯懦。我与他们接触很少，只是出自好奇，通过他们探听政权隐私，偶尔看见他们的父亲在休息室喜欢按自己方式玩“宰羊”游戏或者看广大观众禁止看的美国惊险电影，我与主管文化的党内高官一家比较接近，他叫瓦西里·绍罗，白俄罗斯人面色阴郁，是他扼杀了《新世界》，是他多年暗恋着该杂志最热心的读者——我的母亲，他甚至在秘密角落珍藏着我母亲的发卡，母亲毫无怜悯之心，认为绍罗是个“枯燥乏味”的人，不过在我们家里还是接待了他，他坐在餐厅的长沙发上，翻看着达利绘画复制品画册，上面有裸女加利娅的画像，“怎么可以画妻子的裸体呢！”绍罗生气地合上了画册。

显然，绍罗明确暗示，如果我入党他会安排我在他手下主管文化，他不能够帮助我出版我的短篇小说，我用无辜的、友善的目光看着他，我在思索政权对我的“炸弹”将做出什么反应，我知道只有从武力的立场出发才可能同他们谈判，于是谨慎地寻找这根杠杆，还真的找到了——这将是“被排斥的文学”丛刊，是由苏联书刊检查部门所禁止的作品编成的，其原则是：“请看，他们不敢出版的作品！请看，政权当局害怕什么！”企图以此使政权当局曝光。

“检查”是一个概括的词，任何一种超过20份以上的出版物都应送交初步检查，不过检察机关很少禁止出版，因为编辑部一旦意识到放过“离经叛道”作品将丢掉工作，立刻就把手稿“封杀”了。编辑们用祈求原谅的眼神看着你：“你也不愿意让我的孩子们没有面包吃吧?”苏联政权很会操纵人们。

诚然，1970年起，政权已经处于半解体状态，时代令人隐约感到不安，要求——不甚透明。当时我23岁，我把关于萨德侯爵的文章手稿送到了被人们善意地称作“大喊大叫”的《文学问题》杂志，那时谁也不知道萨德是什么人，把手稿退给我了，一年以后，我仍旧拿着那份手稿一字未改送到那个杂志，杂志社的人们说——“现在好多了”，对萨德已开始熟悉，并让我写一篇关于暴虐狂在资产阶级文学中作用的文章。一年以后，我仍然拿着那份手稿送去，人们点头说“这次可以用了”。我在这篇文学随笔中援引了恩格斯的话作为奉公守法的象征，既没涉及共产主义，也没涉及萨德侯爵——在杂志上刊登了，第二天早晨我醒来时，在“小圈子内”我便一举成名了，我明白，还是有用武之地，虽然小，但是——有。选择陌生的题目写出聪明的文章，可以把编辑部弄得晕头转向，出自这种思想我又写了关于舍斯托夫的文章，晚些时候，1980 年末，我接触了一些面向市场的西方编辑人员，我确信他们不会以祈求宽恕的目光看着我。最“聪明的”纽约杂志主编在拒绝刊登我写的关于纳博科夫的文章时对我说：“我们的读者认为自己最聪明，如果他们读了您的文章，没有读懂，感到失望的不是自己，而是杂志，他们将不再买我们的杂志了。”

*

我作为“炸弹”的发明者，认为其炸药成分是自由思想作家和异议思想作家的混合物，在不受书刊检察机关检查的丛刊中把全国闻名的作家，例如：政权当局利用作为“出口”的沃兹涅先斯基同被从生活中删掉的异议思想作家联合起来，并且显示他们的共同反抗，也就是谴责政府有意识地摧残文化，迫使政权当局让步，在瓦冈口公墓沿着未经修葺的小径漫步，仔细看着用银色框架保护以防被活人破坏的墓志铭，我为那些英年早逝的人哀伤。（为什么他们如此之多?）我仔细思考着首批作者名单，但是我明白我单枪匹马不能胜任此事，在作家中我缺少关系，也缺少威望。

在《大都会》丛刊发刊词中谈到为什么叫作丛刊，它是在牙齿剧痛的背景上诞生的，这不单是比喻。众所周知作家们的牙齿通常都不好，在武切季奇街的口腔综合医院，当时的文学中心人物“西方派”作家阿克肖诺夫正在治牙。我们俩并排坐在治疗台上，这是超现实主义的独家采访，治疗大厅中间没有隔墙，牙科器械咯吱咯吱的响声不绝于耳，在这里，我装出泰然自若的样子，怂恿这位著名作家，我的朋友参加我的计划：

“我们把丛刊送到西方出版吧!”阿克肖诺夫响应说。

“不，在我们这里出版。”我坚持说。

在彼列捷尔金诺作家村年久失修的冰冷的凉台上，我潜心编排丛刊中“高额头”作者安·比托夫的长篇小说《普希金之家》。我与他关系很好，他认为我不是罗蒙诺索夫，第三个被我拉过来的是我的同龄人，西伯利亚作家叶·波波夫，1976 年在《新世界》上首次刊登的他的处女小说引人注目，恰恰在那一年，在彼列捷尔金诺青年小说家会议上我与波波夫相识并且很快成了朋友，可能主要是因为我们俩一点都不相像，当我在瓦冈口住宅向波波夫谈到丛刊的思想时，他什么也没有说，他几乎像福音书所教导的那样拥抱了我，后来根据阿克肖诺夫的推荐到丛刊的还有来自阿布哈兹的福克纳，俄罗斯姓名法·伊斯坎德尔，这是丛刊的核心，强而有力，事业开始运转了。

*

1978 年期间我们编辑了“厚本”丛刊，四代作家 20 余人的作品，没有偶然参加的，其中每个人，从高尔基推崇过的诗人谢·利普金到年轻的列宁格勒小说家彼·科热夫尼克夫都各有千秋。《大都会》没有成为某一流派的宣言（在俄罗斯的文学丛刊经常成为某一流派的宣言）；我们本能地拓展美学多元化，这比美学创新更加重要——这预示着未来，在《大都会》作品中出现了一些打破俄罗斯文学禁忌的内容，诸如：宗教探索、性灾难、酗酒、夸大了的幽默、民族纠纷、不同民族的智力潜能、急剧变化的思维方式、最新的文艺冒险和传统的迂腐美学，这是俄罗斯正在极力追求的自我认识的组成部分。

独立的自由思想分子——汽车迷们在我们的秘密集会上抽着那些年代难以买到的美国香烟；而贫困的异议分子们抽的则是苏联难闻的香烟，出现过辩论，女士们之间展开了激烈的唇枪舌剑：

她们是青年人的偶像，征服体育场的女诗人阿赫玛杜琳娜与特别狭小范围欣赏的女诗人利斯尼扬斯卡娅。有些诗人我们没有选，他们在那一时期与政权当局正在玩得不可开交，例如叶甫图申科。有一些人把手稿要了回去，小说家特里丰诺夫对此解释说，他最好是以自己的书籍与书刊检查进行斗争，诗人奥库扎瓦是我们之中唯一的党员。彼特鲁舍夫斯卡娅也很谨慎，国内最有名气的《大都会》作者维索茨基按了门铃（秘密指挥部，已故的叶甫盖尼娅·金兹堡的住宅，1楼电梯左侧，鸟瞰图：像是苏联的博博迪乌拉索），室内问："哪一位?"回答说：

"这里制造伪币吗?"

著名人士的数量不断增加，维索茨基编了关于《大都会》及其"未经特许的"编者们很有趣的歌曲。有一次，他把一条腿放在凳子上微笑着，一边弹着吉他一边给我们唱即兴歌曲（歌曲没有保留下来）。我们大笑，知道我们肯定将为自己干的事业付出代价，但是没有预料到政权当局完全兽性大发。

《大都会》有很多背后帮忙的人，他们把挑选出的稿子在打字机上打字校对，需要把12000张打字页粘贴在高级绘图纸上，考虑到我们象征印数12份，读到最后纸张全破，根据我自己的那一份判断，那么这文学的十二把椅子都到哪里去了呢?——这个问题应该问文学考古学家，《大都会》的原生态是什么样的呢?每一印张——4张打字页，版样由塔甘卡剧院的博罗夫斯基制作，类似浅绿色的墓石，另外一位剧院艺术家梅塞列尔设计了卷首插图和商标——旧式带有“多元化”喇叭的留声机，起初打算贴上作者的照片。戈连施泰因提前交上了两张：正面和侧面各一张，后来一想由于不断翻掀纸页，照片很快将脱落，最后放弃了。

我们手稿书的形式编成丛刊，打算交给政权当局以便在苏联和在国外正式出版，请看前言：“只可以用原样印刷出版，不允许有任何增加和删节。”这个要求尤其使我们的反对派发怒。

晚些时候谴责我们说企图把《大都会》在西方秘密出版，实际上是不对的，我们与我们认识的法国、美国外交官秘密商妥，他们把《大都会》丛刊带到国外，但不是为了出版，而是为了保存——看来还真是有先见之明，带到巴黎的那一份是从我的绿色“日古利”轿车的后备厢转到了“雷诺”牌轿车的后备厢，交接地点是在新阿尔巴特街附近的一个胡同，带到巴黎去的人是法国大使馆随员，文静的东正教专家阿曼，他把丛刊装在布面手提袋里经过谢列梅捷沃机场出境，美国的那份是交给美国驻莫斯科大使馆文化参赞本逊带出的，他后来成为我的朋友，现已退休，住在佛蒙特州的米德里贝。

向阿曼转交丛刊的“违法”（按苏联法律）行动，如果不说“犯罪”行动的话，是在俄罗斯历史上一月份最寒冷的一天进行的，当天的寒暑表指针指在零下 40 摄氏度，莫斯科街道行人寂寥，大多数汽车已经冻坏，阿曼立刻明白“炸弹”的重要性，狡猾地笑了一下，并快乐地紧了一下冻僵了的鼻子，他是在阿克肖诺夫的别墅吃过午饭以后，腋下夹着丛刊踏着深雪坐上了自己的外交官汽车。次日，在美国大使馆的保密室他向大使做了报告，大使一句话没说，弹了一下手指说——拿来吧！丛刊是由美国外交信使乘飞机送到华盛顿的。

*

我们是这样筹划的：我们举办《大都会》创刊日，把丛刊介绍给前来参加的人。在战前我父母读过书，并且进行结婚登记的那个米乌斯广场附近我们租了“节奏”咖啡馆，为庆祝这一节日我们商定要盛情款待，食品醒目（抹着红鱼子酱的锁形白面包和香槟酒），邀请了大约三百人：苏联和西方记者、导演、歌唱家、宇航员、外国外交官，在苏联时期这是大规模的“挑衅”活动，紧接着侦探活动史揭开了新的一页。

克格勃按军事行动做出反应：工作人员封锁了街区，占据了自动电话局工作地点，关闭了咖啡馆并贴上了封条，理由是由防疫站医生证明其中发现有蟑螂，在门上挂了个牌子“卫生日”，而我们开始被逐个叫到作协去审问，我们事先已向作协送去一份丛刊供审阅。

我在列宁大街上的住宅门铃响个不停，信差送信、签收、通知：您应于……前来，如不出席……1979 年 1 月 20 日，召开了作协书记处和党委紧急会议，丛刊的 5 名编者被叫去开会，一切都预先进行了排练，活动家们一个紧接着一个地发言，表示愤慨、恐吓，有的人甚至恨得咬牙切齿，还哭了几声。大约 50 名苏联忠实的作家被关在中央文艺工作者之家让他们轮流阅读丛刊（读过后——出来，摇头表示不赞成我们的做法），他们朝着我们的脸喊着，骂我们是西方特工机关的帮凶，是“文学界的弗拉索夫”，逼得我们或者承认错误，或者直面人民，一切都是如此卑鄙、如此拙劣，我们毫无办法，只有“勇敢”面对了。在 20 世纪初哥特式建筑风格宽敞华丽的房间里，我们沿着墙并排坐着，很像是笨拙、激动的画匠们用油彩画的一幅反社会主义现实主义的生动群像，这个房间是莫斯科共济会会员曾经开会的地方，奇怪怎么还没有发现新的列宾以便认真地画一幅油画，或者也许列宾再加上达利，将能画出这样的群像。开会的那个晚上，经过 25 年以后我闭上眼睛重又浮现，看到秋天的苍蝇落在我们的脸上，在后几排坐着的市党委的指导员脸色愈来愈阴沉，克格勃的特派员眼睛黯然失色，伊斯坎德尔傻乎乎地把眼睛瞪得溜圆，突然尖刻地说我们在自己国家好像是在被占领之下生活一样。我看见莫斯科地铁车厢，波波夫正在那里，他为了让晚上的乘客吃惊，从自己的白衬衫上揪下几枚扣子，为了证明对寸步不离我们的一个偶遇的美国女人的爱，波波夫像吃药片一样把扣子一个一个贪婪地吞了下去，但是那一天，波波夫并没有吞自己的扣子。人们对这个一只眼睛被打坏的西伯利亚流氓特别凶狠，因为他记录下作家们在检察院的发言，阿克肖诺夫把作协叫作加强管教的幼儿园。我留着长发、脸拉得很长，皮肤透亮（好像涅斯捷罗夫的收藏品），我宣称我们的丛刊——这是突破。

“向西方的突破!”什么人生气地喊了一句。奥库扎瓦在会议上不知道站在哪一方，他没有说话（我们对他有些不满意），我到走廊去吸烟——一些困惑莫解的目光护送着我，好像我自行躲避审问似的——碰上了传奇式人物，斯大林时代极端的顺从主义者，秃顶诗人戈里巴乔夫。

“孩子们，不管你们怎么说，你们总归是完蛋了!”他说这话时好像刚从棺材里站起来似的。

“我警告你们，如果丛刊将在西方出版，那时我们将不接受你们的任何忏悔!”会议主席库兹涅佐夫最后说，他的外貌很像贫民知识分子，满脸大汗。1960 年他曾是自由思想评论家，现在成了《大都会》的主要杀手。

“那么你们就在国内印刷吧!”我们坚决要求。

*

假如我处在焦点以外，也许我就不太惊奇了，可是我恰恰位于事件的核心，成了注意的焦点：一些人特别需要我（神秘的西方记者们摇身一变，变成了身材高大的美国青年，变成了法国知识分子如维尔内那样），另外一些人则仇恨我，我的心如刀绞，我被宴请、被蔑视、被撕成碎块。在那一时期，我和波波夫简直可以说情如手足，我们像鹦鹉一样形影不离。一些人企图瓦解我们，他们说我们与阿克肖诺夫不是同路人——他在西方有一百万！是什么货币？针对利普金的姓他们进行反犹太主义的嘲笑——改为“黏糊人”。文学界人所共知的反间谍人员库德里亚采娃（我母亲与她一起学习过，甚至关系不错）和莫特廖娃很为我们的“思想鲜明性”担忧，莫斯科作家机关报写道：《大都会》——是垃圾，不是文学！——是淫秽倾向。俄罗斯的侨民文学家怀疑我们给克格勃工作，也敬而远之。

西方广播电台的叫嚣也传到这里，他们播送了我在《大都会》上刊登的文章，我的感觉是我像一只仰面朝天的乌龟，四只龟爪在空中踢蹬。还有来自美国的意外打击，密歇根州安娜堡市阿迪斯出版社社长查理·普罗菲特是我们很多人的朋友，他曾出版过不受期刊检查的俄罗斯文学作品，我们的丛刊就是寄给他的，据《美国之音》报道，《大都会》已在他的手里，他打算出版。

查理和阿伦迪雅——这是一部关于爱情、金钱、荣誉和在俄国文学中美国音调的诱人电影，他们已出版数百部俄罗斯书籍，我由于个人原因（阿伦迪雅身穿皮衣、嘴唇朱红、香水、嫉妒）

在阿迪斯出版社领导人一行到莫斯科出差期间（那时还准许他们来访），我和查理的关系破裂了，他的出版社永远被抛到九霄云外——与此同时，在那一夜我们弄清楚了私交不能解决公事，我和波波夫跑到外面，跌倒在大雪堆中，最后到了阿克肖诺夫住处，不知该怎么给查理打电话，那个时候打通美国电话谈何容易！

“没有用处！晚了！”阿克肖诺夫耸了耸肩，看了一下我们，把电话听筒放了下来。

没有任何退路，在阿迪斯出版社出版了深黄色封面的俄罗斯丛刊之后，在诺敦出版社出版了英文的，和在伽利马出版了法文的《大都会》。

*

无论我怎样蔑视苏联政权当局，在《大都会》之前，我与政权的冲突仍旧是理论性质的，现在我已感觉到古拉格群岛的寒气袭人：无耻地窃听我的电话并录音（当窃听者去厕所时电话暂停），把我的朋友们叫到“机关”去，打开“俄罗斯美女”牌收录机说服他们中断与我的交往，并威胁说将发生“不愉快”的事情，夜间偷偷搜查我的汽车——清晨发现汽车四门大开，流传着臆造的说法：“阿克肖诺夫和叶罗菲耶夫是同性恋，他们创办《大都会》是为了检验男性友情的力量。”四条磨磨蹭蹭的汉子整整一年对我跟踪盯梢，克格勃派出的“监护人”倒霉的鲍利斯因马虎放过《大都会》而丢掉了工作（在戈尔巴乔夫时代，我与他不期而遇，他承认了这一点）。

“是维克多·弗拉季米罗维奇吗？可以耽误您一会儿吗？”

一切如同电影一样，克格勃的间谍们在光天化日之下，就是以这样的套话开始从我工作的世界文学研究所把我“劫持”走的，两个穿黑色西装、扎着领带的人以出奇的敏捷和熟练把我推进伏尔加牌轿车，司机一声不响，我们默默地驶向花园环行路并且继续沉默地开往斯摩棱斯克方向，把我带到“贝尔格莱德”宾馆高楼（现在叫“瑞士钻石”宾馆），带到最高一层，到了走廊，楼层女服务员惊恐地看着我，他们把我领到某个特殊房间（看样子是他们机关专用），关在里面很长时间。我坐在很窄的单人床上注视着挂在我对面另一张床上方的一幅画，画上是苏兹达尔城外的一座著名教堂，画的风格明快，有观赏性。仿佛猜到了什么，我马上站起来向窗外张望，如果他们把我扔下去，很长时间才能落地……我拿起白色电话听筒贴到耳朵上，没有蜂音，他们能否向我索取美元？会不会用某种毒气毒死我？门的钥匙动了一下，房门打开了，刚才那两个人走了进来，坐在对面的床上，他们威胁我——谈话很强硬，要求“主动地”交出手稿免得搜查；希望“进一步了解作品的内容”，警告说将因“淫秽读物”而提起刑事诉讼。

*

偶然性和规律性——他们生活中的节律，普鲁斯特——一切包括情感在内都是偶然性，什么能变成规律性呢？普鲁斯特、萨特、昆德拉、俄国的蒲宁认为——只有艺术，想象力的定位。什么时候生活将变成命运？

请看下列对话：

是什么天命选定了我，用手指指着我：我应该投生于俄罗斯以便揭示她的心灵？

什么?!

或者，这一切纯属偶然性？

什么——一切？

那么，我的使命到底是什么呢？

使命？

如果，按照驱逐索尔仁尼琴的模式驱逐我，我将怎么办？

不知道。

为什么我注定应留在莫斯科？

不知道。

我的地位高吗？

不高。

我是否扮演完了我的角色？

扮演完了。

因不喜欢而惩罚，我这是犯了什么法律？

推测：因为犯了放肆言论罪。

如何找到偶然性——非偶然性的节律？

不知道。

由于我的投胎，可能有误——人们怀疑我是否有卑鄙和告密行为，与我一起去纳雷姆的基谢廖夫在戈尔巴乔夫时代从克格勃档案中惊奇地获悉我是克格勃真正的敌人，甚至奇怪我是毫无畏惧和无可指责的骑士，当然晚些时候，我做过“调和态度”的梦，别无其他，况且“他们”没有向我伸出援救之手，我陷入深渊8年，那里非常安静：没有任何独家采访，没有电视，我坐在那里写作，几乎是幸福的状态（后来各种污物使其变得混浊）。现在，我回想当我意识到我将终生不能解脱时，我是否会动摇，以便站到他们一边请求宽恕呢？他们较量的潜能是永生永世的——而我只有一次生命，但是历史似乎故意嘲笑，一切恰恰相反。

克格勃针对我的行动计划，我是在很晚以后在尼泊尔才知道的，20世纪90年代中期我去了加德满都。鲍利斯·格列比翁希科夫决定让我熟悉东方和佛教，我对此半信半疑，不过此行却有新的发现。格列比翁希科夫认识俄罗斯驻尼泊尔大使，他去大使那里吃晚饭，希望我也去——可是大使并没有请我。第二天早晨格列比翁希科夫说大使想单独和我共进晚餐，我大吃一惊，怎么会有这种事，约定时间在宾馆门前停了一辆大使的插有俄罗斯国旗红色大型吉普车，和蔼可亲的司机（后来他成了激进的共产党人、复辟狂）热情地给我打开车门并把我接到官邸，那里播放着俄罗斯最新流行歌曲，我们驶进不大的热带花园，大使站在官邸门口，身穿浅色西装、扎着领带，见到我时，如同见到贵宾一样，把身子挺得笔直，好像与他的身份不太相称地恭敬，很快就剩下我们两人，在晚餐过程中我们喝了很多伏特加酒，早已经互相改称“你”了，我坐在那里不明白他想要什么，东方——西方——东方——话题翻来覆去，但都不是正题，黄昏已经降临，在鹦鹉嘶哑叫声之下，A. K 向我承认，他不敢直言……

“什么事?”

他沉默了，而且沉默很久，我甚至以为由于饮酒过量他可能睡着了，他终于开口了，这位著名的东方学家聪慧的脸上闪出神经质的微笑，他曾在葛罗米柯领导下负责外交部与克格勃互相联系的秘书处工作，这个创意是由安德罗波夫提出的，公文由信使转交外交部部长亲收。A. K 看了公文：据他说克格勃制订了把我作为丛刊主谋驱逐出境的计划，其模式与驱逐索尔仁尼琴相同，夜里送到列福尔托沃，第二天早晨用飞机送往西方。葛罗米柯看了公文之后没有思考匆匆签上了自己的名字——公文退回克格勃

（显然还应送交政治局委员，最后勃列日涅夫签字——才能执行）。

“来，喝酒！”

我们喝了很多，不过我最后完全弄明白了，我与A. K住在莫斯科列宁大街同一栋外交公寓里，当时我不认识他，他下班回来时在门口见到了我，尽管整个楼都知道我的反苏活动，不过我的表情依然宁静。我领着儿子散步，那个时候他也像我小时候一样着了迷似的骑着三轮自行车飞跑，那一天晚上A. K下班回来，他知道最近几天将对我有某种行动，我在电梯旁喊了一声。

“请等一等。”

我一手提着自行车，另一只手拉着儿子，一副怪样子。

“谢谢，我上8楼。”

他知道，电梯缓缓上升，A. K满面愁容地思索：应该告诉他，为了不使这个小伙子做什么傻事，劝他不要向他们抗拒，万一他要是有武器呢？没有任何痛苦，时间不长——只有一夜，然后——飞机，取下手铐，提供早餐。法兰克福，自由了，新的生活。可是，要是从窗户上给扔出去呢？在拘押期间什么事都可能发生，电梯在8层楼停下了。

“再见。”我客气地微笑着说，我拉着儿子走出电梯，而自行车却卡住了门。我用力把车拉了一下：见鬼！

A. K点了点头。我离开他时说：

“对不起！”

“没关系。”

窗外鹦鹉不停地叫，猴子沿凉台的栏杆跑着。

“你不能想象，我很难过……当我看见你时，我不明白，为什么你在这里，为什么没有驱逐你……”

“萨沙，来干一杯。”我觉得，自己已经醉了，我对 A. K 说。

*

在克格勃，给我这个本阶级的叛逆者暗地里起的代号叫沃兰德——追溯那些年代还得感谢他们，我当时的灾难与阿·马尔琴科或者萨哈罗夫所遭到的相比——微不足道。在集中营里我没有挨打，在绝食时没有强行让我们吃东西，但是，我在《大都会》的一年中懂得了我半生都没有明白的我所生活的这个社会的本质，人们的道德基础，一部分人的卑微和怯懦，另一部分人的高尚。相当自由的作家，改革的支持者格·巴克兰诺夫在报纸上写道：“我且不谈短篇小说，例如：叶罗菲耶夫的短篇小说与文学没有任何关系。”难道德高望重的作家不明白类似的评价随之而来的是何等严厉的组织措施吗？开始采取惩罚手段，打击《大都会》的几乎所有作者：禁止出书（已出版的书不许在图书馆借阅），更为严重的是，有人被从工作单位赶出去。我在世界文学研究所科研人员的个人档案起初被克格勃查封（卷发的工作人员表情可怕），后来我也被从所里赶走，时间不长，又给我恢复了工作，显然不想把我变成不劳而食的寄生虫。在大街上在我的耳边悄悄说，“到研究所去”，我去了，给我降职了，禁止我研究法国文学，同事们远远地望着我，不过某些人表示同情向我问候，甚至和我接触——开始分配我到咨询部，后来发配做特殊的苦役——研究加拿大文学。

粉碎《大都会》以后，又过了一段时间，世界文学研究所所长叫我到他那里去，阴沉沉地对我说，我将有幸参加多卷集世界文学史的编纂工作，我负责写加拿大文学章节。“您应认真对待这件工作。”我表示感谢并离开了，我需要从零开始。

我到了外文图书馆，那里——什么也没有找到，我本想去加拿大大使馆去，但是人们提醒我不要去。时间一天天过去，我明白如果我不能按期交出加拿大文学大纲，我会再次被从世界文学研究所赶出去，而这一次是由于工作，由于专业不能胜任，在研究室内距离讨论我的大纲还有两周时间——我还是什么都没有写出，我又一次到外文图书馆，从书架上取下加拿大百科全书，书中关于文学介绍得特别少：列举了人名、生卒日期，我失望地把这些抄在笔记本上，没有任何图片。回家以后承认自己失败了，我拿出打字机开始打字，残缺不全的资料，编写了加拿大作家生平，他们之间的争论、抨击文章、宗教纷争，为形成国家文学而进行的斗争，而主要的是长篇小说的情节，我只好虚构情节，编写了一个又一个主人公形象，围绕《大都会》事件冲突，结合了爱情纠葛。我的科研著作手稿一式4份，把这一手稿交给有关学术同行，等待评价和讨论。为此请来了苏联唯一研究加拿大文学的专家，某大学的一位女士。

这次讨论出乎意料给我送来了意外礼物，同行们对我说，他们承认没有想到加拿大文学有如此鲜明性，表现力和体裁的多样化，那位女士确认我在专业方面的权威性，提出了若干宝贵意见。从那时起，我从头到尾杜撰了加拿大文学，没有一句真实，印刷出版了科学院文献。我觉得自己是编造加拿大文学、编造加拿大文学史的斯大林。到后来特别使我着迷，这是我的报复——对谁？对什么？最有可能是对自己的文学研究，任何文学的历史——虚构，因为如果说文学是学科的话，那么，除了历史以外，还存在近似真实的东西，1994年在多伦多，作家联欢节，在挤得水泄不通的剧院里（那一天晚上布罗茨基发了言），我向加拿大人公开忏悔，加拿大人高兴地呼叫起来，要求我详细讲一讲。我心胸坦白地告诉他们我不仅不记得虚构，就连真名真姓也忘掉了，在我看来这种遗忘症是蒙骗的顶峰。

*

其实《大都会》的主要牺牲者是我父亲，1月份夜晚在维也纳他们的官邸，按照惯例，在睡前母亲半躺半卧，在读着什么，父亲走进卧室递给她最新一期法国《世界报》，他声音嘶哑地说：

“你看一看，有你感兴趣的东西。”

母亲读过之后怅然若失，该报驻莫斯科记者维尔内报道了《大都会》愈演愈烈的丑闻，文章最后写道：

“事件的发展将取决于作协，作协宽恕这些少数人的越轨行动还是激化事件，采取对作家们的制裁，作家们的唯一过错是他们希望发表他们创作的作品。”（附录3）

“我们会被召回吗？”母亲看着坐在床边的父亲问。

“一切都有可能。”父亲点头说，“不过，你最好在这里做手术。”

医生怀疑母亲患有乳腺癌。

“在这里，我对于你们，又是苏联政权，又是斯大林同志。”某个时候一位苏联大使对其下属这样说过，而这也就成了苏联外交的象征。我是否把我父亲看作是可恨的“斯大林同志”呢？我是否企图通过《大都会》事件在全世界传播，传到父亲那里，向他说明，在他那大使考究的衣着和优美的动作之下掩饰着的政治谎言和无权呢？在他的直属之下，有很多工作人员，司机和在浴室中偶然看见我的下身的女仆，正像在家庭中激烈冲突时，墨水瓶、花瓶、茶具满屋飞那样，我是否也应向我父亲抛出我的那些天才的、世界闻名的朋友们，我自己的智慧，我的那些短篇小说呢？否则他不会读我写的东西，这一切都还是冥想，而我的“炸弹”却在父亲手中爆炸了。

在本逊拿走丛刊将近两周之前，父母在莫斯科度新年假，我们吃着牡蛎喝着法国香槟酒迎接了新年，特别高兴。我们没有争论政治（这有可能使父母警觉）。母亲关于她可能患有乳腺癌的事守口如瓶，我也只字未提关于自己的秘密活动，我知道父母绝对不会赞成，而从另一方面，我天真地期望胜利。现在当克格勃把关于《大都会》的秘密文件，我们的反对派的回忆公之于众时，显然，他们的意见存在分歧，可能存在过（苏联克格勃第5局当时的局长博布科夫1995年回忆录：“我们请求不要使情绪激化，应允许出版这个刊物”——可以相信他吗?）想在苏联出版《大都会》的人们，也就是实际上取消对社会主义现实主义的专利权。可能，我们当时还缺少两三个有名望的作家（像奥库扎瓦和特里丰诺夫那样）以便获胜。我当时感觉，胜利的机会还是存在的——我不希望父母卷入这个事件之中，是另外一方把他们卷了进来，克格勃公正地判断：我的父亲——我的弱点，于是他们决定对他进行打击。

*

我生活中最后一次按照苏联贵宾礼仪迎接父亲：从外交部派

来的一辆豪华轿车把我拉到谢列梅捷沃国际机场，最后一次，掀起通向跑道的拦路杆，士兵向我敬礼表示我的存在，汽车开到从维也纳飞来的白—蓝色大型客机“图－154”跟前，我登上舷梯，走到头等舱，手里拿着给父亲带去的羊剪绒皮帽——那一年的冬季奇寒，父亲吻了我，有一股白兰地酒气，戴上皮帽沿着舷梯向下一边走一边说：

“这一次，是由于你我飞回来的。”

当时他没有让我回答，在他生平中第一次说出不是针对西方，而是针对自己人保密的话：

“在汽车里有司机在场，别谈事情。”

在父亲回来的前一周，父母的朋友加丽娜跑到我这里来，怀着极大的兴趣问：

“他们将把沃洛佳召回来吗？”

加丽娜的生活发生巨大变化，她抛弃了作为克格勃分子的丈夫洛吉克，嫁给了作家巴尔特，开始混迹于自由派作家圈子之中，接触名流，自己好像是女十二月党人似的。本来如鱼得水，诸事顺遂，但是有一种反常现象：克格勃分子对待妻子永远持自由态度，而自由派思想的作家对待妻子像是嫉妒的独裁者，时而大打出手，不过加丽娜勇敢地容忍了家庭的暴力，因为她能够有机会在自己家里听奥库扎瓦的歌曲和看沃伊诺维奇爆炸性的讽刺作品，可能女人们以她们的本能更好地预感到几年以后俄罗斯将向何处去。加丽娜的挚友玛伊娅也打算抛弃斯大林的纪录片电影工作者丈夫卡门以便与阿克肖诺夫结成伴侣，这两个女人现在特别关心的是长篇小说是否消亡和勃列日涅夫什么时候死。

“我的事与父亲有什么关系?”我耸了耸肩膀问加丽娜，我不愿意相信事情将更坏，我真诚地想：一切都将过去，我觉得加丽娜感兴趣的首先是耸人听闻的局势，她不理解地望着我。

父母家的女工克拉娃在父亲的住宅迎接我们时号啕大哭，她听信了谣传说我已被“枪杀”了，一切都坏到了极点。母亲留在了维也纳，被怀疑患了乳腺癌。眼前黑色的无底洞，第二天早晨醒来，我发现一夜之间我的鬓角上出现了白发，我当时31岁。

顷刻之间，有四个单位强制父亲去谈话，他轮流被叫到外交部、克格勃、苏共中央和作协，我的反对派们的思想在于：我——丛刊编者之一，如果我将写悔过书发表在《文学报》上，那么《大都会》将丧失法律效力并可阻止它在西方出版。外交部党组书记斯图卡林表示了自己的特殊意见。

“如果我处在你的地位，我就与这样的儿子断绝关系。”他把父亲叫到自己的办公室对父亲说。

父亲外交工作的对象不是美国，不是欧洲的民主，而是亲生儿子。恰恰要求他说服我写悔过书。父亲继续领以外汇支付的大使工资，按照外交部部长的指示给我“做工作”。我们两个人都陷入了捕兽器之中，葛罗米柯通知我父亲“工作”失败将付出什么代价。

葛罗米柯。如果交不出悔过书，您将从维也纳的工作岗位上被召回。

在我看来这纯粹是提出问题的方法，父亲去找亲密朋友亚历山德罗夫求助（勃列日涅夫的外交助手），他在莫斯科和华盛顿作为“缓和”的建筑师而闻名，曾几何时在他的帮助下，我得以把“不许离境的”阿克肖诺夫送去了美国，阿克肖诺夫回来之后，送给我特棒的打火机，并且看样子他向朋友们说了我神通广大，在橡木大厅里一些作家急忙拉着我的胳膊一起吃饭，他们请求我帮忙安排出国。老谋深算的亚力山德罗夫，我背后把他叫作“游动精子”，这是因为他好色，随机应变，身材干瘦，他在接待我父亲时面色忧郁。

“你以为你一辈子都将在国外吗?”他得知葛罗米柯的立场以后这么说。

在克格勃给我父亲看了关于我的秘密专案，这是一份三百页的非常可观的文件，其中有：公开监视我的间谍人员的报告，电话谈话记录，朋友名单，我与外国人的联系（你的那个法国女人是谁?——什么法国女人?——你会面的那个，你不要这样！——我没有与任何人会面——我莫名其妙地离开了）。特别使我父亲震惊的是在苏共中央的谈话，国家的最高机关政治局两次在自己会议上讨论了关于《大都会》问题，制订出镇压知识界反叛的计划，苏共中央主管意识形态的书记齐米亚宁把我父亲叫去：

“你明白吗，《大都会》——新的捷克斯洛伐克事件的开端？”

齐米亚宁与父亲谈话称“你”，这不仅因为他是上级领导，而且还因父亲不止一次与他打过网球。

“据说，你的第二个儿子是异议分子。”

“谁说的？”父亲吃惊地问。

“西蒙诺夫到我这里，他讲的。”

在这里表现出齐米亚宁对父亲的信任。父亲认为必须澄清事实。

“奇怪，我和西蒙诺夫不久前刚见面，他提出让我的小儿子娶他的女儿萨莎。”父亲淡淡冷笑一声解释说。

“你们自己弄清楚这件事吧！”齐米亚宁眉头紧蹙地说。

萨莎是我弟弟的未婚妻，父亲最后一次回国过年，西蒙诺夫请他去做客，商谈婚事，父亲从他那里回来心情愉快。等着我吧！父亲在辈分方面比西蒙诺夫低，他表现了独立见解，暗示苏联文学受欢迎的经典作家，结婚日期——孩子们自己的事，颧骨突出的萨莎几乎每天都到我们家来，我母亲对她有点担心：娇生惯养、喜怒无常、不穿内衣，不过——西蒙诺夫的女儿！西蒙诺夫享有苏联文学自由主义分子独特的声望，但是他不是自由派。萨沙崇拜他，总是叫着我的爸爸！我的爸爸！她总是絮叨她爸爸，使人听得腻烦，西蒙诺夫是她想象中的顶峰，甚至仙鸟都难以企及的高山之巅。

我们家里认为——“太过分了”。她父亲真的是超凡越圣的神圣人物，我见过他两次：沉湎于养尊处优，美食家、文学公爵，看来是公爵强迫共产主义为自己效劳，为自己的智能和物质领地效劳，任何其他人做不到这一点。西蒙诺夫有非党正派人物保护证书，这可以保护他不受来自自由派的猛烈袭击，而现在竟然——他向党的领导人出卖了自己女儿的未婚夫，他，西蒙诺夫害怕了，看来他是假公爵，他与那些在中央文艺工作者之家被关起来阅读丛刊的人，与那些在《莫斯科文学家报》上“淫秽倾向”专栏中发表批判文章的人，与那些我与弟弟，还有——萨莎曾经嘲笑过的人是一丘之貉，当父亲张皇失措——他不是父亲，尤其是西蒙诺夫吩咐女儿不要与我们家接触。斯大林的那些可怕幽灵光顾了他，萨莎听说父亲有出卖行为，起初她不相信，她坐在我们家的长沙发上眼睛瞪得圆溜溜的。后来，她偷偷翻了西蒙诺夫的写字台，西蒙诺夫每天记日记，其中记载了他在与齐米亚宁的谈话中提到了我的弟弟。萨莎与父亲闹翻了，拒绝与他见面，她再也不提起自己的爸爸了，后来当听说要进行搜查时，她把《大都会》的档案藏在自己家里。

向我父亲说出关于西蒙诺夫的事几乎提醒他西蒙诺夫出卖他人的消息，在此以后，齐米亚宁在公事方面不愿与父亲单独谈，他认为从现在起对待父亲已不像“自己人”：在父亲的表现中有我的异端倾向的影子，在谈话中在场的还有中央文化处长，也就是父亲在大学时起就认识，一直对我母亲钟情的那个瓦·绍罗，齐米亚宁指着我父亲说：

“你们认识吗?”

绍罗伸出手，冷淡地自我介绍说。

“绍罗。”

齐米亚宁向父亲读了丛刊最“尖锐的”片段（父亲没有听，他正在想别的，他按自己的常规，仔细打量着绍罗穿着的旧皮鞋，对眼前这个在仕途上超过自己，而生活贫困的对手暗自庆幸自己的富裕)，他把阿赫玛杜琳娜骂作“妓女和吸毒鬼”（父亲抬起了头)，他对父亲强调：

“你的儿子——最坏，从政治思想方面而言。”

父亲沉默不语，白头发梳得很高的绍罗额头紧蹙。

齐米亚宁笑了一下说：

“亚历山德罗夫建议把你的儿子派到贝加尔－阿穆尔铁路干线去出差，写关于铁路建设的文章。”

父亲心想：好样的。在这个思想中有某种希望；绍罗打起精神。

“怎么？我看这是个好主意。”父亲说。

“是让他去玷污我们的贝阿铁路干线吗？他只会写厕所里的事。”

希望破灭了，齐米亚宁施加更大的压力继续说：

“况且他还打算侨居国外。”

“这是从哪里知道的？”我父亲吃惊地问。

“是库兹涅佐夫对我说的，是你的儿子向他亲口承认的。”

这纯属诽谤。

齐米亚宁。转告你的儿子，他要是不写悔过书就没有好下场。

*

党的权威人士的威胁不是儿戏，他们能够对我随心所欲地做出一切：把我送到军队去（齐米亚宁向父亲公开说过这一思想）并在军营外面悄悄惩治我，让我坐牢，制造“意外事件”。我不能说我害怕了，父亲教育不让我当胆小鬼，可是现在我表现出“勇敢”时，实际上是对父亲不利的。

我已陷入绝望，我看着父亲被折磨的样子，每天晚上与他会见，谈话回来，他都像死人似的，甚至我都快认不出他的模样了，也许他亲身开始体验到忠心耿耿服务的制度意味着什么，我觉得他不能忍受自己前途失败。在我们谈话之前，他把电话机拿到另外一个房间藏在枕头底下，他让我说话时小声点，有时甚至利用一些法语词汇，他不愿意他的政府窃听我们的谈话。

另一方面，我又不能够背叛朋友，我是这一事件的罪魁，厚嘴唇上挂着讥笑的重要怂恿者，短篇小说《浪女费妮娅》中的当代英雄——突然投降了！绝对不会！最好打死我！我能够清晰地想象出朋友和敌人对待我的表情：

“好啊，大使的儿子丢脸了吧?!”

我的悔过书将不仅表明事情的失败，而且也是我终生的耻辱：我从苏联的经验知道，那些被克格勃挫败的作家将永远不能重新写作，如果我将背叛，那么我将成为孤家寡人：《大都会》的朋友知道情况以后，将会采取观望态度，他们将不会有任何劝告，他们干脆无话可说了，而异议分子们对我说：

“如果从战壕里出来，你一定向前跑!”

我不愿意当头戴钢盔、手持冲锋枪的士兵，我愿意当一只向大海爬的乌龟，事情已经到了如此危险地步，妻子害怕把儿子送到幼儿园，我们觉得克格勃有可能把他偷走然后恫吓我们，《大都会》变成不能操纵的航船。我看着可怕的局势正在恶化，我一会儿想着关于向土耳其苏丹写信的扎波罗热的哥萨克们，一会儿又想着关于一大群居无定所的吉卜赛人式的生活（我们经常在某家做客就随便睡在人家那里，睡在室内、浴室、厨房，哪里能睡就在哪里睡，有时不脱衣服，有时脱衣而睡），一会儿想着法国诗人兰波的名诗《醉舟》。领导班子中的温和派企图不直接打击，而较为激进的，除了丢掉锁链再也没有什么好损失的，战斗性很强的人们打算给戴上“钢盔”。我沿着没膝深的炼乳行走。但是没有一个人投降，没有任何人出卖《大都会》，就此利普金说了鼓舞人心的话。

“在苏联历史上，只有海军，1921 年喀琅施塔得的反共产主义起义者那里没有分裂、没有投降，因而被枪杀了——其他的反叛行动都因各种方式从受审者那里逼出口供认罪之后，一网打尽。”

看来有些慷慨激昂，我没有记录，我不能逐字逐句恢复他的原话，我尝试着重复他的话，并赋予他的话以诗学的本质，下面是利普金鼓舞人心的讲话：

“自从 1921 年喀琅施塔得起义时起，没有一个反对派的集体行动，没有遭到苏联政权的瓦解、离间和凌辱。”

有的（虽然不太多）略好一些。遗憾的是“海军们”都牺牲了。无论如何《大都会》坚持住了，可以自豪地说出他们的姓名，健在的和已经逝世的，我在本书中不把他们分为生者和死者——因为他们——都是永生的，政权当局用“书记处”恐吓利普金，他说：

“不久以后，我的面前将出现另外的书记处。”他以此暗示。

他活了很多年，让我们默哀，寄托哀思：鲍·瓦赫金、弗·维索茨基、尤·卡拉博奇耶夫斯基、亨利·萨帕基尔、亨利·戈林什泰因、谢·利普金……

在俄罗斯文学丛刊的历史——捣毁作者之巢的历史，谁是第一个，谁是最后一个？庞大的统计数字，死者排挤生者，大家进一个大门，集体行动，（甚至参加喜欢的集体拍照：瞧，萨莎·西蒙诺娃……她已去世……年纪很轻……）结果总是死亡人数很多……沿着瓦冈口公墓林荫道散步，感慨多多，受益匪浅。

*

我几乎每天都到父亲在高尔基大街的宽敞住宅，在窄小的走廊脱下大衣和把棉鞋换成传统的拖鞋之后，经过挂着父亲在塞内加尔收集到的非洲面具的大厅，直接走进黄颜色、用法国风格装修的厨房，父亲从来不会做饭甚至不会做早餐吃的煎鸡蛋，母亲和女工不在他简直束手无策，我们认为女工最好不了解我们的事。我削土豆皮，做了炸薯条，放上绿生菜和西红柿，煮了小泥肠，我们坐在餐厅的圆桌边吃晚饭，饭后我们一起喝茶，还有他喜欢的巧克力蛋白软糖。

室内的东西——安乐椅、画、餐具柜——现在看上去觉得是另外的样子了：陌生和病态，甚至光线明亮的大吊灯也不能使它们焕发光彩。我不能说父亲对我施加压力强迫我写悔过书，没有这种事，他在考虑某种过渡方案，但是方案中没有一个可行，没有人接受那些方案，冲突更加激烈了，很多广播电台大量播送，很多外国报刊大量报道关于《大都会》的消息。在《莫斯科文学家报》上刊登了苏联作家关于《大都会》的严加挑选的特别敌对的有分量的意见，丛刊被正式宣布为“淫秽倾向”刊物，父亲读过报纸之后，发现在这些打手作家之中竟然有他多年的挚友，他感到茫然。

我等着结局，老实说又害怕结局，如果父亲将说，反正需要这样该怎么办？为了父亲、为了母亲、为了挽救我们的家庭，“你看一看他的双手颤抖，他衰老多了！”我自言自语——谁对你更亲切：父亲还是《美国之音》？要知道一生中他为你做的全是好事，别无其他。我不相信奇迹，眼前是西蒙诺夫的例子，还有其他的人，更加丑恶的例子。父亲的朋友们都不再来往了，他们之中谁也不给我们家打电话，每一个偶然的电话铃声都引起惊慌。啊！从前那些何等美妙的晚会！端上来何等的美味佳肴！……一切都已毁灭，烧尽了的大地。在这方面我与父亲不同：我的电话倒不少，很多人支持我，况且《大都会》的人们互相走访做客聚会，我们开着玩笑，有的因年轻，有的因绝望，我们花掉最后剩下的钱狂饮香槟酒，借酒消愁，那一年也许是我一生中喝香槟酒最多的一年。

*

父亲在莫斯科逗留40天中的某一天，他再次请我吃晚饭，我看见他时，他的动作缓慢，脸色苍白，我的内心顿时紧缩，非常可怜父亲。他长时间默不作声，嚼着已成为我们家常菜的小泥肠，最终开口说：

“我们家已经有一个僵尸了，那就是我。”

我默默地凝神注视着他，试图明白他想表达什么，他机械地把棉布餐巾折叠，然后又铺开。

“如果你写悔过书，我们家就将有两个僵尸了。”父亲补充说。

*

在作家的生平上有这种情况，当你采取行动时，你不可能预料到其后果，俄罗斯有一句谚语“成者王侯败者贼”，如果成功，那么生活改观，采取戏剧化的形式，生活变得不一定都是甜美的，也可能相反——一切都由命运决定。如果成为“贼”，那么——失败到底，而如果没有行动，根本就不是作家了。《大都会》在我生活中的作用是——飞向深渊……眼看着就将粉身碎骨！——由于我父亲的自我牺牲，获得了成功，几乎是奇迹般的解脱。

我在政治上杀死了父亲，我必须使他复活，让他作为牺牲品这是清醒的，我需要的不是向政权复仇，而是写作，父亲承认了我是作家——我应证明的确如此。我产生了强烈的创作冲动——这种冲动包括弑父的古典风格，我的文学地位和使命的现代性，但是这一切都只服从于空洞的、表面的逻辑，实际上金字塔是倒过来的或者至少这是我的感觉，我在现代生活中的地位和弑父行为都属命中注定。

*

几天以后葛罗米柯命令父亲回维也纳——举行告别招待会，在那里由克格勃保卫，他们害怕苏联大使乘坐自己的黑色大型梅赛德斯轿车跑到慕尼黑寻求自由，父亲没有跑——他与同事们告别。当然社会主义国家的大使们知道政治丑闻，没有同“失宠的”盟友告别，然而西方“敌人”却友好地握着父亲的手并低声请他向我问候，苏联大使馆不久前还奴仆般效忠于父亲的总务人员和服务人员对父亲态度冷淡。父亲和由于外科手术身体仍虚弱的母亲（感谢上帝手术顺利）不得不自己收拾东西，在维也纳火车站苏联工作人员排成很大的半圆形，害怕与被免职的领导人靠近，火车开动了，一位法国女友向站在火车车门前的母亲赠送了一瓶香奈尔 5 号香水。

*

顿时，感觉到世界上鸟儿在叽叽喳喳地叫，5 月，阳光明媚正当午。

“古希腊男子汉，下车!”

“什么事?”相貌近似苏格拉底的波波夫，在汽车里用没有睡醒的声音问道。

我们坐在嫩绿的草地上，从编织的篮子里拿出阿克肖诺夫的玛伊娅充满爱心制作的夹肉片面包，摆到餐巾上，我们觉得太阳比莫斯科的更加明亮，而且——暖和多了。我们驱车沿基辅公路向南行驶（决定经过卡卢加）走过了300公里以后，我们在路边第一次休息。当父亲在维也纳收拾东西时，我们三个人阿克肖诺夫、波波夫和我正在开着阿克肖诺夫的绿色“伏尔加”轿车到克里木去，阿克肖诺夫豁然醒悟：克里木——原来是个岛，被我们任命为厨师的波波夫整个路上一直在后座上睡觉，以缓解《大都会》事件造成的精神紧张症。

我和阿克肖诺夫轮流开车，阿克肖诺夫遇到每一个教堂都祈祷——他是新教徒，他有一种感觉，克格勃打算在肉体上消灭他，为了拯救他，玛伊娅建议他离开祖国。在彼列捷尔金诺作家村，阿克肖诺夫新的文学基金会别墅里，他们谈到了这个话题，当时大家都已经躺下了：他们睡觉了，我和波波夫没有经过主人允许又喝了两瓶红葡萄酒（不久前在比亚里茨我最终向他还清了我的旧债，欠他的旧情）。夜里在哈尔科夫汽车停车场我们修理了他的汽车，拂晓，天还没有亮，阿克肖诺夫手握方向盘说，他已经同意在美国出版他的长篇小说《烧伤》，这对我是一种打击。

“不过克格勃警告你，如果你在国外出版《烧伤》，你就得离开俄罗斯。”

“有过这样的谈话。”阿克肖诺夫没有否认。

“那么，你要离开？”

“为什么我要离开？”

“你违背了与克格勃达成的协议。”

“在《大都会》以后一切都变了。”

“但是我们说过不让《大都会》在境外出版啊！”

我们向全世界说过这一点，这是我们立场的力量所在，我们很长时间默默行驶。我们的左侧，乌克兰的朝阳喷薄欲出，我们快到扎波罗热了。我尽力克服早晨的睡意，心想：算了，也许他会开口的！

在克里木，海员创作之家，我们会见了伊斯坎德尔。

“海水很凉。”伊斯坎德尔抱怨说，他好像不是很欢迎我们。

当喝过两杯苹果白兰地之后，伊斯坎德尔突然想起来：

“我收到了匿名信。”

他把匿名信给我们看了：“畜生，高兴吧！你们的两个狗崽子终于被作协开除了。”

“谁被开除了？”波波夫吃惊地问。

“胡说八道。”我说。

我们又喝了苹果白兰地，我们的情绪重又像克里木的天气了。

*

俄罗斯联邦作协书记处决议：

“鉴于叶·波波夫和维·叶罗菲耶夫的作品在莫斯科作协积极分子会议上遭到一致否定，俄罗斯联邦作协书记处撤销接受叶·波波夫和维·叶罗菲耶夫作协会员的决定。”

*

在白俄罗斯火车站，没有一个外交部官方人士迎接从维也纳回来的父母，我把刚从报纸上得知我被开除出作协的消息告诉了父亲，想让他“高兴”，他眉头紧蹙，点了点头。

“也许我应该召开一个外国记者招待会吧？”我们回到父母的家以后，父亲问我。

那些年代这是异议分子的自杀行为，是通向精神病院的道路——我尽力劝阻他，被开除出作协几乎等于文学生命的死亡，我认为这是政权当局的强盗手段——打击青年人，恐吓和离间所有的人，不过《大都会》的同志们，作协会员们写了抗议信：如果不恢复我们的会员资格，他们也将退出作协——阿克肖诺夫、比托夫、伊斯坎德尔、利斯尼扬斯卡娅、利普金。阿赫玛杜琳娜也写了字行歪斜的抗议信。《美国之音》也急忙报道了这些消息，我们卷入了新的一轮对抗。

1979年8月12日《纽约时报》第一版上刊登了美国作家致苏联作协的电报。恩涅古、冯尼古特、斯泰隆、厄普戴克（根据阿克肖诺夫特约，在《大都会》上发表了长篇小说《变革》的片段）、米勒、阿尔比表示支持我们，要求恢复我们的会籍，否则的话，他们将拒绝在苏联出版作品，作协特别恐惧，开始了关于恢复我们会籍，一连几个月含混不清的讨论。

不管怎么说，在美国电报之后，我和波波夫由作协主要头目韦尔琴柯亲自主管，他曾“处理”过不少异端分子。仪表堂堂、身材肥胖、臭名远扬的韦尔琴柯好像芝加哥的著名大盗。我觉得作协的最上层似乎表现出奴颜婢膝的样子，领导人对待我们特别地有礼貌——我们是敌人，不过是同下属为敌，包括库兹涅佐夫，对我们特别傲慢。而下属并不在意——认为这是领导关怀。有一次，在波瓦尔斯基街的官邸传说：娜塔莎·罗斯托娃的第一次舞会曾在这里举行，格·马尔科夫走了进去，他是苏联全体作家无个性特点的领导——他看了我们一眼，韦尔琴柯站了起来开始喊叫。

韦尔琴柯。要让我说，你们的《大都会》——狗屎一堆！

马尔科夫走了几步，闻了闻空气走了，没有说“你们好”，也没有说“再见”。

“你们听我说，”韦尔琴柯冷笑一声，回到原来的话题，“我们接受你们回来，你们应成为第一流的人——你们认识所有的领导。”

他要求我们停止与西方的一切联系。

“您的手提包里是什么？”

韦尔琴柯特别害怕波波夫随身带的包，认为里面可能藏有录音机。

*

我的《大都会》朋友没有注意到我父亲的功绩，当然阿赫玛杜琳娜注意到了，维索茨基表示过关切（在塔甘卡剧院的走廊里）——其他人没有，从来没有问过，我父亲怎么样和做什么的。

我这里特别感谢谢尔盖·彼得罗维奇·卡皮察，他是彼得·列奥尼多维奇当之无愧的儿子，有一次在饭桌上，我与他谈过关于舍斯托夫，在《大都会》事件之后，卡皮察经常邀请我的父母到尼科林山他的别墅去。母亲在1990年写的回忆录《不枯燥的花园》一书中写了这一方面，母亲公开介绍外交部的幕后外交活动，但是只字未提自己的丈夫——她生活的工程师，由此看出，母亲也没有注意到他的功勋。他有什么过失吗？

在红帕赫拉难忘的10月，我驱车到尤·特里丰诺夫的别墅，虽然年龄和兴趣差异，我们仍然友情较深，当时他是最时髦的人物，桌上摆着很多本他的长篇小说的外国译本，我不明白他为什么不喜欢普拉东诺夫，不过我与他接近较多是因为他迷恋足球，可是却不为苏联足球队助威。那是秋高气爽的一天，我们正准备喝茶，阿克肖诺夫来了，他到这里来主要想通报昨天他与库兹涅佐夫见面了，这真是新闻！有和解的可能性吗？库兹涅佐夫同意让他全家到国外去，看上去是阿克肖诺夫的个人胜利，他们站在凉台上——伟大的、年长的作家，而我则是年轻的、天真的理想主义者。

“这是库兹涅佐夫的胜利，他到处大喊大叫说你倒下了。”

“不过，如果给你们恢复会籍，我就不走。”

“他们怎么能给我们恢复会籍，我说，如果你……”

这个题目成为我们金秋主要谈资，玛伊娅教育我和波波夫学会勇敢，我把这话当作耳旁风，与此同时，同作协继续进行谈判。谢尔盖·米哈尔科夫介入了这场较量，在作协组织机构中他主管俄罗斯作家，在共和国一级决定吸收或者开除会员，表面上米哈尔科夫表现得非常自由，可是在共青团大街上的宽敞办公室的寂静角落，这位国歌歌词作者，要求我们政治上“最低限度地奉公守法”。

我们写了关于恢复作协会员资格的申请书。

*

12 月降临大地，我和波波夫被叫到作协书记处，我们起初想不去：既然缺席开除我们，那么就缺席恢复我们的会籍吧！但是在此前夕，韦尔琴柯保证他已与有关人士协商，我们必须出席——为了走走形式，不然，外省的同志们将会做出不正确的理解，那天晚上我们与阿克肖诺夫见了面，这至关重要，因为一直有一种说法似乎他创办《大都会》只为了自己到西方去，阿克肖诺夫说：

“如果他们给你们恢复会籍，那么生活就正常了。”

当时我突然回想起他曾向我讲过，有一次在香榭丽舍大街，他想过他们有可能不再允许他返回俄罗斯，这种担忧使他痛苦。我们大家——炼乳的孩子，阿克肖诺夫再过一天还要参加检查委员会的什么会议，他是那个委员会的会员。

激战前夜，我和波波夫思索将会发生什么事，我们明白这将是一场战斗，我们设想，他们将侮辱我们，强迫我们悔过，以便为了今后在《文学报》上刊登我们诉苦求饶的话，以此向我们脸上抹黑，但是最终他们将接受我们；而这意味着作协将改变自己的苏联本质，我们把恢复会籍看作是胜利。

冬季惨淡的阳光射进作协官邸的窗户，我和波波夫站在走廊里吸烟，他那副苏格拉底的面孔流露出傲视命运的表情，早晨的会议等待库兹涅佐夫，他来了，忙碌，首长派头，没脱大衣走进大厅，没有与我们打招呼。

“也许我们应该离开这里？”波波夫皱起眉头问。

不过我们还是没有离开，让我们等了很久，后来让我们进去，不是一起，而是单独进去，让波波夫第一个：认为他来自人民，西伯利亚人，因此在某种程度上他将能缓和局势，难以猜测是否早已有了结论，可能他们起初从上面获得一种指示，而后来下达了另外的指示，事情在于在此前夕苏联入侵了阿富汗，已经不要求上层人士玩弄“缓和”的民主伎俩了。不管怎样，有人已经到过“最高层”，那个人可能是库兹涅佐夫，因为正是他主持会议发表了反对《大都会》的煽动性演说。

他们坐在长条桌旁，他们的手气愤地不停摆动，好像很多条蛇在爬似的，在主席台上坐着的有谢·米哈尔科夫、尤·邦达列夫，邦达列夫一句话也没说，不过他那激动的表情和时而摸一下额头，时而举起双手的动作表达了他的气愤，与波波夫相识的瓦·拉斯普京在会议中途离开为了参加另一个会议，米哈尔科夫显示出公正性和冷静，当人们喊：“算了，听够了他们说的！”米哈尔科夫反驳说：

“不，同志们，我们应该了解全部情况。”

让我们分别进去这没有任何意义。过后，我们笑了：我们的回答绝对一致，他们本想把一切推诿于阿克肖诺夫，例如问：是谁怂恿你参与这件事？波波夫说，他已经33岁，他对自己的行为负责。

“我不是衣柜，不需要别人推动我。”

我们商定，只要波波夫一出来，他给我示意：分别为好、一般或者不好三种暗号……波波夫走了出来，只挥了一下手。立刻问我：您是否认为参加了反苏活动？这不难想象，如果参加反苏活动——按俄联邦刑法典第70条（严加监禁5至7年），就该判刑并不准参加作协，库兹涅佐夫说：

“您在写有关萨特的各种文章时，您难道不明白这是人们利用您这个小卒参与大的政治角逐吗？”

持完全不同态度的有拉·加姆扎托夫、穆·卡里姆和达·库古利季诺夫。有一次加姆扎托夫站了起来对波波夫说：

“你好好回答！接受他们的批评！就是这样！”

当波波夫走出来，卡里姆跟随他出来说：

“你说的全都正确，可是谁听您的呀！”

在书记处开会以后，个别与会者向我们走来，握了握手，后来我得知一致通过。会议中间休息很长，他们开小会，我们在走廊闲走，黄昏将至，这一次让我们俩一起进去，我们面对大家站着，左面是米哈尔科夫，很多人的手指重又挥动，像小蛇重新爬动一样。有一个姓顺季克的作家宣读了决议。这个决议是由自由改革时期起成为“俄罗斯良知”的达·格拉宁起草的文稿，特别明确：不定期开除出作协。坐在旁边桌子上做会议记录的高个子青年女秘书可怜巴巴地看着我，眼里噙着泪水，她可能认为会从大厅直接把我和波波夫打发到西伯利亚去。我向她报以微笑，当大家都各自走开以后，米哈尔科夫悄悄对我们说：

“孩子们，我做了我能够做的一切，可是反对我的有40人。”

也许那一次，他真的不是主要杀手?

这一切恰恰发生在斯大林一百周年诞辰之前的两天。

*

“作协以这种方式纪念了领袖的生日。”我冷笑地对《纽约时报》当时的驻莫斯科记者惠特尼说。他一直等候在作协的门口。惠特尼开始在小记事本上写着什么。

“现在，按照他们的标准，我是‘从前的’作家，走，我们为此去喝一杯!”波波夫说。

“那些保证在你们之后退出作协的朋友，真的将退出吗?”惠特尼问，他头戴俄式皮帽，嘴里冒着热气。

多么好的问题，记得当安·沃兹涅先斯基争吵到白热化，而突然融化在北极探险中时，我和波波夫在由我写的，略带讽刺色彩的一封友好的信中呼吁他们在被开除之后，留在苏联不要暴露自由派。

比托夫、伊斯坎德尔和阿赫玛杜琳娜仔细倾听了我们的谈话。

利普金和利斯尼扬斯卡娅退出了作协，但是年复一年贫困下去，他们不如其他人：他们丧失了生存手段，阿克肖诺夫也退出了，他的“出走游戏”涣散了我们的团结。不久他接受了美国一家大学的邀请，乘坐法国航空公司飞机的头等舱携带全家非常体面地飞走了，起初飞往巴黎，我们在谢列梅捷沃国际机场送他，像在火葬场一样永别的场面。此后不久，他被剥夺了苏联国籍。

*

异议分子的愚蠢有时反映出政权当局的愚蠢，科比列夫在德国尤其著名，当时他曾说过，我在《大都会》上发表的短篇小说——法西斯式的。当年第 122 中学女校长在全校大会上曾把我叫过法西斯分子，这个名声在西方的斯拉夫学家中间流传很久。当以科扎克主编的当代俄罗斯作家词典出版时，我毫不惊奇，那里找不到我的名字，伊斯坎德尔也对我的短篇小说持反对态度，当我们站在长桌旁装订《大都会》丛刊时，伊斯坎德尔公开地极有影响地大声说，我的短篇小说道德观念模糊，以此损害了丛刊。我陷入了窘境：把我从自己的丛刊中排挤出去，我付出了多少代价——为了什么？我感觉到自己是在沙发上睡足了觉以后闯了祸的猫——公众意见的反映。我惭愧地微笑一下，好似对错误习以为常。在《大都会》以后，我写了短篇小说《小鹦鹉》并送给朋友们——鲍·梅萨列尔和阿赫玛杜琳娜，梅萨列尔在彼列捷尔金诺他们别墅的走廊里偷偷把它还给我说，如果阿赫玛杜琳娜读了它，她会与我断交。比托夫认为我的小说是文艺理论家冷静思考的内容，比托夫把我的小说与我的同姓者——自学成材的作家威·叶罗菲耶夫相并列。而波波夫不同，在《大都会》上刊登了他的12篇短篇小说，使他成为知识分子的宠儿，可是我的作品哪一方都不喜欢，很晚以后我明白了我很走运。

看来除了阿克肖诺夫，只有闻名世界的卡维林支持了我早期的文学试笔，他是我通向20世纪20年代文学作品的桥梁，在他逝世后，《西北风》音乐剧再次为他赢得荣誉。实际上，我想说的不是这个，记忆好像被爱犬吞食的僵尸，我遇见了波兰作家孔维茨基，我曾想请他为《大都会》撰稿，当时在华沙没有找到他，当我问他为什么不写回忆录时，他说：

“我什么也不记得。”

“那么你就写健忘的书吧！”

这是特别有趣的事，有多少次我到彼列捷尔金诺的卡维林的别墅去！我们做什么呢？喝茶——我贪婪地向他提出关于20世纪20年代文学生活的问题，关于帕斯捷尔纳克、法捷耶夫、什克洛夫斯基，他的亲属——特尼亚诺夫，我的面前是伟大文学时代的同时代人，中篇小说《大圆桶》的作者。卡维林慢条斯理地讲述着，他生活在新鲜空气中，面色红润，是一位诚实的老者，我听得出神，我不记得他说的任何事情，一句话也记不得，只记得他大声呵斥娜杰日达·曼德尔施塔姆的回忆录，那不是他口头说的，而是文学。我的记忆像从抽水马桶里被放出的水一样，冲走污物：漂在水面上带血的丹碧丝卫生巾。而在这个无生物的搪瓷马桶上我好像看到尸骨已寒的女友玛莎，她因可以理解的原因而没有达到经典作家的声望，她总是愤怒地扬起高加索的眉毛，在我把整个时间投入到文学创作时，她却坐着喝茶用鼻子大喘气，沿着高尔基彼列捷尔金诺冰冻的大街散步。我证明自己无罪，钻进冰冷的“日古利”汽车中，我知道今后将怎样，春天即将来临，我和卡维林将在他的别墅里散步。我——他的最后的爱，他在一棵刚刚发绿的小树旁停下脚步，悄悄地说：

“您看，在这里埋葬着我的记忆，这是秘密，但是为了让您知道。”

我发誓，我骄傲。我——可以信赖的人，我一定要把它挖出来，我将在国外发表，我们喝茶去吧。

一个月以后：

“我们到花园去吗？”

重新挖、重新藏，是不是？我们来到了已放出新绿的小树旁：

“您看，在这里埋葬着我的记忆。这是秘密，但是为了让您知道。”

我——可以信赖的人，我一定要把它挖出来，我们喝茶去吧！

又过了一个月：

瞧，小树已经结出果实，这是苹果，说——不说？他——悄声说：

“您看，在这里埋葬着我的记忆，这是秘密，但是为了让您知道。”

我发誓，我骄傲，如果走运，这是我的未来。别无他求，我喜欢这个三幕话剧：我一贯怀疑在记忆背后是否有纯粹的风格可言（我觉得主张无形记忆的人特别可笑）。卡维林：

“您把自己的文稿重新写几次？”

“您呢？”

“我？很多次，磨了又磨，您呢？”

“我有时候这样做。”

在《大都会》以后，卡维林提供给我以写电视剧本挣钱的机会，我在齐脖颈深的炼乳中行走，我喜欢手稿的原始性。突然，我的住宅来了一对要人，男的——作家，女的——家庭思想学研究者，两个人——都与大赦国际这个组织接近，《大都会》早已成为往事，那位作家说，我作为美国中央情报局的间谍有必要知道我的朋友波波夫出了什么事。

“您为什么认为我是中央情报局的间谍？”

他扫了一眼我的桌子上放着的一大捆美国杂志微笑着说：

“在莫斯科的所有美国记者都服从你，他们援引你的话时像援引首长的话一样。”

我沉默片刻。

“而波波夫——克格勃的间谍。”

我想象着我和波波夫是形影不离的一对朋友，不仅狂笑起来，好像我的父亲曾经逗得斯大林狂笑一样，那位作家一直等到我笑完。

“我不是开玩笑。”他说。

“也许，我作为中央情报局的间谍更了解呢？”

他恐慌地看着我，在他的眼睛里我变成了大洋彼岸的指挥官。

“为什么您认为他是克格勃的间谍？”

“我们最近到过彼列捷尔金诺作家村，大家围坐在一张桌旁，我问：谁支持暴力推翻苏联政权这种思想，很多人支持，波波夫沉默。”

“如果他是克格勃的间谍，那么他会第一个支持推翻苏联政权的。”

令人难堪的僵局，竟然冒出这样的作家。

“可是他是胆小的间谍。”作家说。

“你出去！”我站起来说。

在那以前，我从未把任何人从家里赶出去过，文化圈的姑娘们（主要是犹太姑娘：叶赛宁在什么地方曾说过他所倾心的女人——犹太姑娘）认为我是英雄，在那几个月当我父母和妻子因我的前途未卜而情绪沮丧时，我却不顾大家痛苦而寻欢作乐，真开心——白白占有无边无际的田野，真开心——当你向姑娘们调情，她们不但不喊："你干什么？"——反而像在看足球一样激动地喊着："快一点，快一点！"百万富翁在作家面前一贫如洗。早晨，我带着香水和精液的气味回到列宁大街的住宅，我用钥匙打开房门，妻子走了出来——浑身渗透着香烟味，她问：你到哪儿去了？在我的垂直的瞳孔中，浮现出两个姑娘——姐妹俩正在卖弄姿色。妻子一夜没睡，担心我是否被克格勃抓走，她哭着打了我一个耳光，作为报复我也打了她，她跌倒在地。非人的角逐成了我的作家本性的一部分。

*

有谁需要我父亲成为牺牲品，有谁需要我失去理智，然后醒悟以便找到自我呢？这里指的不是历史上的政权，相反，与戈尔巴乔夫时代彼此呼应的父亲的自我牺牲产生了良好结果。那些年代，在全世界都以冷漠的态度用书信、电话通知或者旷日持久的沉默而把大使们逐出门外时，他们则不敢以这种冷漠的态度让我父亲退休。这样的极端措施在我的记忆中没有。

我更倾向于另外的判断：我想俄罗斯历史的主要反常现象在于不管怎样，斯大林在历史上永远是正面的人民英雄，对斯大林的爱戴——俄罗斯人怀旧的指示器，的确：20 世纪 90 年代初期，虽然进行过各种揭露和批判斯大林的活动，但是没有奏效，斯大林活着。理想——与他同在。

现在，我不得不再回到这些思想，21 世纪之初——是谁从远方和蔼可亲地向我们挥着一只手？

父亲的全部缺点源于外交事业，但是父亲使我有可能看见俄罗斯历史的周期性。斯大林不受惩罚是绝对的，这个绝对意味着什么？俄罗斯准备把斯大林融入其中，然而最终没有实现这个任务，俄罗斯多少有些自取其辱，而他离开了俄罗斯人，难以理解。

今天的斯大林形象——对威力的崇拜、对帝国秩序的怀念、对残酷和背信弃义的认可。斯大林形象——新的恐惧的诞生。在俄罗斯的每一个领导人那里都有自己的小斯大林，我也觉得我的自身中有斯大林，他不眠不休地在我的思想中辗转。我的斯大林——生活的伟大艺术家，他的左手一挥——车臣人离开高加索，右手一挥——半个欧洲建设社会主义。似乎，斯大林——今天拿破仑的未来，斯大林——俄罗斯人反民主主义，俄罗斯人反欧洲价值，俄罗斯人“头脑里一锅粥”的顶峰。今天的俄罗斯有二分之一的人不认为斯大林是暴君，这绝非偶然，斯大林形象是按照俄罗斯的裁剪纸样制作的，孩子们向他伸出自己的小手喊着：爹爹！爹爹！

怎么会这样呢？俄罗斯人甚至以怀疑的目光对待混血儿，不承认他们是“自己人”，而对他不仅承认——而且张开双臂。斯大林在生活现实中枯燥乏味，天资不高，他不坦率，爱记仇，他独自坐着，从《星火》杂志上剪下图片，我大胆地猜想，这是——秘密活动，为什么还要炫示呢？通过这些图片已经声誉显赫，成就辉煌了，那么服装呢？两套制服：礼仪用和日常用的，一双靴子，他死后大家都很惊奇他的衣服如此简朴，这——也是秘密，还有族别——更是秘密。

在俄罗斯文学作品中有数十种斯大林形象：暴君、虐待狂、天才、爱说俏皮话的人，领袖、心理反常的人、胜利者。

事实上你究竟是什么人？

俄罗斯文学不能胜任塑造斯大林形象，它把最高统帅变成了刽子手——又把刽子手变成最高统帅，俄罗斯文学把斯大林转来转去变成无思想的形象，俄罗斯文学没有发现斯大林的出现对于俄罗斯人民来说等同于耶稣·约瑟夫维奇的出现，只不过约瑟夫·维萨里昂诺维奇·斯大林选择了另外的人民——自称为神的体现者——招待客人吧！——让客人永远留在那里。俄罗斯当之无愧地应该有好的斯大林。

俄罗斯文学没有发现，这是——俄罗斯的上帝，三十年一直装成格鲁吉亚人的上帝。

斯大林——假面具。

*

父亲怎么样？他在青年学生中获得尊重，明显的爱戴：

“给他斟上香槟酒！”

英雄表现好不超过三天，就像客人在体面家庭表现好不过三天一样，再往后英雄本色就像鱼一样开始腐烂，可是我失业的父亲继续保持英雄本色，尽管发生不幸，他从来没有谴责我，母亲尽管不止一次埋怨，但是也不是谴责，从妻子那里只听到过“不走运的人”这个词，后来她收回了这个叫法，岳父建议我到波兰去，忘掉文学，开一个卖热灌肠的小吃店，《大都会》的兄弟情谊对于我来说，在 1980 年俄历新年深夜，在彼列捷尔金诺别墅阿赫玛杜琳娜家里以与比托夫流血冲突而宣告结束，我们不能肝胆相照，险些被打死。

《大都会》从自己方面杀死了苏联文学，由我创意，我们大家组织编辑了《大都会》，这枚炸弹把苏联文学炸成碎片，在其位置上开始产生另外的文学，《大都会》成了俄罗斯自由的先驱者。1989 年《大都会》创办 10 周年隆重地召开了盛大的发布会，出版了莫斯科第一份文学丛刊。

2004 年 1 月，报纸、杂志、广播、电视争先恐后地指出了 25 年前创办《大都会》丛刊的历史性意义，但是“我们的”节日已荡然无存了。“我们”融化了，进入了传奇故事之中，只有比托夫和我，在我的住宅碰杯喝了龙舌兰酒，回忆起那些美好的年代。

最后一次我回到了《大都会》年代，有一次父亲不好意思地说：

“只有一个人能够拯救我，这——是你。”

他请求给勃列日涅夫写信不是悔过书，而中心意思是“父亲不应为儿子的行动负责”。我给苏共中央总书记（“敬爱的列昂尼德·伊里奇写了信”），我不忍心看着父亲无事可做，如果这种状况不改变的话，我真不知道自己将会做出什么事，就是说，也许我将自缢。

我不知道怎样才能转交这封信，于是我给老广场勃列日涅夫办公地点之一打电话，利用“纨绔子弟”早已断绝的关系。

“我需要转交一封信。”我说。

“转交给什么人?”

由于激动自己本不想这么说，但是却脱口而出，再也没有比这更为异端的称呼了：

“列昂尼德·勃列日涅夫。”

电话听筒中长时间沉默，“列昂尼德·勃列日涅夫”这是外国电台新闻中对他的称呼。我想没有任何机会了，不过，沉默一阵之后办事人员说：

“把信送到老广场的收发科去。”

他讲了怎么走和如何做。

“谢谢！”

当局没有回音，时间流逝，必须承认我感觉到特别不舒服，我开始突然出现莫名其妙的惊慌，我不能开汽车——头晕，我已经真的不知道该如何对待我发出的威胁，人身恫吓：什么时候上吊？一周以后？一个月以后？早晨起来偶尔照着镜子，摸着自己细细的脖子，到上吊的时候了吗？

最终，政权当局解除了我的疑虑，在勃列日涅夫授意之下，葛罗米柯指示在斯摩棱斯克广场外交部办公中心接见我的父亲，父亲不得不写出字据，他（外交家）将不会见外国人，他获得了独一无二的工作，像卡夫卡作品中描写的那样，苦役般的工作，他每天9点之前来到自己的办公室，在办公桌上放着最新一期的《真理报》，他与当时莫洛托夫遭遇的奇特命运同出一辙，试与本书前面谈到的相比较：

“莫洛托夫坐在空空的办公桌前，阅读苏联报纸和塔斯社公报，其他的材料不送给他。”顺便说一下，莫洛托夫在退休之前担任的也是我父亲在维也纳担任的同一职务，当最后一次在茹科夫卡见到莫洛托夫时，莫洛托夫问：

“怎么样？”

“我正在占据您的位置。”

“怎么回事?”

就是这样，父亲坐在铺着绿色绒桌布的橡木桌旁，不慌不忙地反复讲述党的一连串痛苦的新闻。不过，父亲的工资相当可观。

“弗拉季米尔·伊万诺维奇，想喝茶吗?”

莫洛托夫有私人女秘书。

“谢谢，阿霞。”

就是这样，一连持续几年。

每逢休息日，我与父亲打网球，循环赛拖延很长时间——反正现在我们住在同一个国家。我已经不害怕打赢他，在别墅树林里打网球响起的回声，不知为什么使我产生隐约的希望——变革，虽然周围一片昏暗，不过我相信变革，我感觉到，未来正潜在地涌动着，好像怀了孕一样，生活才刚刚开始——多么想活着啊!

我由“政权子弟”变成了自由作家——也就是，本质上成了正像小时候我回答毕加索的问题那样：“什么人也不是”，夏天的夜晚我写了第一部长篇小说《俄罗斯美女》，命运的捉迷藏游戏以展示其新的潜能而告终，写完长篇小说，醒来以后，我变成了另外一个人，我明白了，这——是我。

附　录

（1）

一些非异端苏联作家拒绝书刊检查并出版了打字稿杂志。

莫斯科，莫斯科一条小街上的咖啡馆，1 月 23 日星期二，一批作家预订了大厅以便向一些苏联朋友、作家和艺术家们介绍新的出版物，但是在约定的那一天，咖啡馆被关闭，在此前夕医生们决定第二天为“卫生日”，咖啡馆必须立即消毒。

五位作家：瓦·阿克肖诺夫（他的作品，例如《带星星的火车票》和《我们金子般的小铁块》在法国颇为有名），安·比托夫、维·叶罗菲耶夫（评论家与《莫斯科——彼图什基》的作者同姓）、法·伊斯坎德尔（来自阿布哈兹的作家）和叶·波波夫

（来自西伯利亚的青年诗人）未经官方允许，拒绝任何检查出版了一份杂志。

作者们根据19世纪的传统把这部集子称作丛刊，丛刊为硬纸封面大开本，A4纸的4倍，共120多页相当于700页的书。丛刊上刊登了23位苏联作家的作品……

丛刊的名称叫《大都会》，这个词有三种意思：大都会作为首都，作为地铁（地下艺术）和作为著名的“莫斯科旅馆”，因为作者们正在“寻找庇护地”……

（2）

《国际先驱论坛报》刊登克劳斯的文章：苏联迫害新杂志的创办者。

苏联政权当局开始迫害和恐吓行动，以威胁非正式文学杂志的创办者，该杂志向国家对艺术的监督提出了挑战。

《大都会》的五位创办者遭到作家协会莫斯科分会的批评，个别作家面临被开除会籍的威胁。

在宣布该杂志事件之后两周之内，出版检查官们把丛刊所有创办者的电影、戏剧、长篇小说甚至刊登他们文章的杂志一律查封。

最有名望的苏联作家之一，《大都会》的主要创办者瓦·阿克肖诺夫说：他被谴责为他在西方寻求知名度，以便他能较容易地移居西方。

阿克肖诺夫先生最近几年对西方国家进行若干次正式访问，他的作品被正式译成英文，他说自己不打算移民。

（3）

事件的发展将取决于作协，作协将宽恕这些少数人的越轨行为还是激化事件，采取对作家的制裁，这些作家的唯一过错是他们希望发表他们创作的作品。

图书在版编目 (CIP) 数据

我的父亲 / (俄罗斯) 维克多・叶罗菲耶夫著；陈淑贤译. — 北京：北京十月文艺出版社，2020.10

(俄罗斯当代长篇小说丛书)

书名原文：The Good Stalin

ISBN 978-7-5302-2055-9

Ⅰ. ①我… Ⅱ. ①维… ②陈… Ⅲ. ①长篇小说—俄罗斯—现代 Ⅳ. ① I512.45

中国版本图书馆 CIP 数据核字 (2020) 第 091164 号

著作版权登记号 图字：01-2016-5041

First published in Russia in 2004 by Zebra

我的父亲

WO DE FUQIN

(俄罗斯) 维克多・叶罗菲耶夫 著 陈淑贤 译

出　　版　北京出版集团
　　　　　北京十月文艺出版社
地　　址　北京北三环中路 6 号
邮　　编　100120
网　　址　www.bph.com.cn
发　　行　新经典发行有限公司
　　　　　电话 (010) 68423599
经　　销　新华书店
印　　刷　北京盛通印刷股份有限公司
版　　次　2020 年 10 月第 1 版
　　　　　2020 年 10 月第 1 次印刷
开　　本　880 毫米 ×1230 毫米 1/32
印　　张　13.75
字　　数　258 千字
书　　号　ISBN 978-7-5302-2055-9
定　　价　49.00 元

质量监督电话 010-58572393

如有印装质量问题，由本社负责调换。